Fantastique
histoire d'amour

DE LA MÊME AUTRICE

La Cote 400, Éditions Les Allusifs, 2010 ; 10/18, 2013.

Journal d'un recommencement, Les Éditions Noir sur Blanc, coll. « Notabilia », 2013.

Quand le diable sortit de la salle de bain, Les Éditions Noir sur Blanc, coll. « Notabilia », 2015 ; J'ai lu, 2017.

Rouvrir le roman, Les Éditions Noir sur Blanc, coll. « Notabilia », 2017 ; J'ai lu, 2018.

Trois fois la fin du monde, Les Éditions Noir sur Blanc, coll. « Notabilia », 2018 ; J'ai lu, 2019.

Cinq mains coupées, Seuil, 2020 ; J'ai lu, 2022.

Curiosity, Les Éditions Noir sur Blanc, coll. « Notabilia », 2021 ; J'ai lu, 2024.

SOPHIE DIVRY

Fantastique histoire d'amour

ROMAN

Sophie Divry est représentée
par l'agence littéraire Le monte-charge culturel.

© Éditions du Seuil, 2024

Le Code de la propriété intellectuelle interdit les copies ou reproductions destinées à une utilisation collective. Toute représentation ou reproduction intégrale ou partielle faite par quelque procédé que ce soit, sans le consentement de l'auteur ou de ses ayants droit ou ayants cause, est illicite et constitue une contrefaçon sanctionnée par les articles L335-2 et suivants du Code de la propriété intellectuelle.

LIVRE 1

La compacteuse

La part la plus vraie de l'existence, la plus intense, gît dans l'ombre comme un fauve tapi dans les buissons.

Robert ALEXIS, *Le Majestic*

Cependant je veux insister sur le fait que l'amour est plus fort.

Pape FRANÇOIS, *Laudato si'*

CHAPITRE 1

Bastien

J'ai de la chance, ce matin elle est là. Le teint mat, un air sérieux, des cheveux bruns. Elle est protégée des pieds à la tête contre le froid, elle porte un bonnet. Pour ne pas la déranger, je me suis caché derrière un arbre. À vrai dire, ce n'est pas elle qui m'intéresse mais ce qu'elle fait. Oh, ce n'est presque rien, un geste, un détail, mais il fait passer un brin de lumière dans la grisaille de ma vie. Alors chaque fois que je me rends tôt le matin au parc de la Tête d'Or, je viens voir près du cèdre du Liban si elle est là.

C'est comme une cérémonie, toujours la même.

De sa poche elle sort ce qui doit être des graines, qu'elle place sur sa main droite. Elle lève la main à hauteur de son épaule, elle ouvre la paume bien à plat. Puis elle se fige, le menton haut, sans bouger. Elle attend une ou deux minutes mais guère plus. Soudain une mésange jaillit du cèdre et vient se poser sur le bout de ses doigts. De son bec elle attrape une graine et repart. J'ai le cœur à l'arrêt, toutes pensées suspendues. Un autre oiseau s'approche. Il se sert et repart.

Cela dure à peine une seconde mais cette seconde me bouleverse. Peut-être que cette fille a un secret pour attirer ainsi les oiseaux. Au parc, les mésanges ne s'approchent jamais de moi ; elles sont sauvages et c'est bien normal. Avec cette fille, c'est différent. Je ne sais par quel mystère elles lui font confiance. Elle a dû mettre des années pour gagner cette seconde de contact. Quel contact il me reste, à moi, alors que plus personne ne me prend par la main dans un parc ?

Si je n'avais pas arrêté de fumer, Isabelle serait peut-être toujours avec moi. Mon sevrage tabagique rendit plus exécrable encore mon caractère. Mais je compris trop tard une chose trop simple : une femme qu'on ne rend pas heureuse vous quitte. L'aspiration au bonheur individuel est supérieure à la force de l'amour – peut-être pas à l'amour filial, mais à l'amour conjugal, c'est sûr. Pourquoi est-on amené à choisir entre le bonheur et l'amour ? Quand cela a-t-il commencé pour nous ? Depuis deux ans, je suis seul et je n'ai pas de réponse à ces questions. Les placards de mon appartement sont restés à moitié vides ; ils ressemblent à ces nids secs qu'on trouve sur les branches basses des arbres. Je me suis fait plaquer. Je mange des plats surgelés. Mais je n'ai pas repris la cigarette, je suis un homme fier.

Maintenant je bois.

On a tous besoin de drogues. Les gens paraissent normaux comme ça, mais ils ne le sont pas. L'un dort avec des couteaux sous son oreiller, l'autre est persuadée que dans trois ans les élections seront interdites en France, le troisième a des sueurs froides si un placard reste entrouvert. Dès qu'on gratte un peu, on s'aperçoit que les gens ont des failles terribles, des béances qui les rongent et qu'ils essaient de contenir. Ils y arrivent à peu près tant qu'ils sont jeunes mais, au fil des années, la résistance s'affaiblit et ils craquent.

Sans parler des traumatismes abominables qu'on découvre quand on les fait parler de leur enfance.

Voilà comment nous vivons tous. Quelque chose cogne à la porte durant des années, mais nous ignorons ce qui cogne. Cette angoisse que je porte en moi, je la vois partout en ville. Sur ces bâches publicitaires où une jeune fille béate lape un yaourt vanille, dans ces dojos où s'étirent les femmes en âge de cancer, dans ces salles de sport où se réfugient les cadres. Jusque dans cette manière de saisir notre téléphone pour pallier l'absence la plus brève... N'est-ce pas la preuve de l'angoisse dans laquelle nous vivons tous ? Je ne suis pas plus malin qu'un autre. Personne en avançant en âge ne peut en être exempt – et comment, sans drogues, pourrais-je m'en prémunir ?

Ce jour-là je m'étais réveillé peu après 4 heures du matin. Depuis qu'Isabelle était partie, je dormais mal. J'avais pris le premier métro et fait l'ouverture du parc de la Tête d'Or.

De la brume s'échappait de la surface du petit lac ; l'eau était restée plus chaude que l'air. Les arbres avaient perdu leurs feuilles. Ils attendaient dans leur immobilité le soleil prévu dans la journée ; ils attendaient la neige qui viendrait peut-être cet hiver. La vue de la neige est une des rares choses qui me rendent heureux. Mais nous n'étions que début décembre et j'avais peu d'espoir.

Quand j'avais 20 ans, je croyais que toute souffrance était guérissable. Depuis que je me suis fait plaquer, j'ai toujours des anxiolytiques sur moi et des bières dans mon frigo. Cela dit, les levers de soleil au parc restent le meilleur rempart contre ce qu'on appelle pudiquement les « pensées noires ».

Autour des berges du lac, des petits plis apparaissaient sur l'eau, telles des rides qu'on pourrait enlever d'un simple revers de la main. Un joggeur avec des oreillettes Bluetooth courait sur l'allée goudronnée. Un retraité promenait un chien jaune. De la buée s'échappait de ma bouche.

C'est toujours le matin que mes pensées noires sont les plus accablantes. Le matin, rien ne vaut la peine, je suis l'homme le plus nul du monde, la vie m'apparaît comme un long dimanche pluvieux.

Mais nous n'étions pas dimanche. Nous étions jeudi, une journée de travail m'attendait. J'étais content de la commencer avec la fille aux mésanges. Je la regardais sans bouger – je ne suis pas du style à aborder les femmes dans un espace public. Les mésanges voletèrent encore quelques minutes autour d'elle. Puis, comme chaque fois, elle se frotta les mains l'une contre l'autre, replaça son bonnet et partit pour son jogging.

J'avançai et me plaçai à mon tour sous le cèdre. Mais les oiseaux avaient disparu. Ils m'ignoraient comme Isabelle m'ignorait à présent. Les idées noires revinrent s'agripper à moi.

Il était presque 8 heures. Les promeneurs de chien se faisaient plus nombreux. Deux cyclistes s'embrassaient devant la sculpture de faune avant de partir chacun de son côté. Un père remettait des gants sur les mains de son enfant. Il reste de l'amour dans nos villes, mais il n'est pas pour moi.

Je repris le chemin du métro. Je bus un café dans un bistrot, mangeai un croissant, feuilletai les journaux. La ville bruissait de moteurs ; les voitures et les vélos se disputaient la place sur le bitume. Les parents amenaient leurs enfants à l'école, les mères tirant sur leurs bras en disant Dépêche-toi. Et les enfants passeraient de la tyrannie de leurs parents à celle de la classe. Qu'on laisse les enfants tranquilles. Ma misanthropie me reprenait tel un liquide corrosif. Je suis content de ne pas avoir d'enfants. J'aurais été un père mauvais.

15

Je m'appelle Bastien Fontaine, j'ai 41 ans et je suis inspecteur du travail. Mon métier consiste à faire respecter le Code du travail dans les entreprises. Nos bureaux sont situés à Villeurbanne dans un immeuble dont la moquette ne s'est jamais remise du passage à l'euro. J'ai trois collègues, Guilaine, Éric et Ludivine, à qui je n'avais guère l'habitude de parler avant de me faire plaquer, mais depuis je fais des efforts pour ne pas rompre tout lien avec le grand brocoli de l'espèce humaine.

Cette journée aurait dû être une journée ordinaire. Une journée de décembre plutôt ensoleillée, et même agréable, avec une promenade au parc le matin, la routine des contrôles, deux à trois bières le soir. Il en fut autrement.

Il était 17 heures. J'étais en train de faire le point avec Guilaine quand le commissariat central m'appela. Un accident du travail mortel venait d'avoir lieu dans une entreprise de Vénissieux – sur mon secteur. Un ouvrier s'était fait broyer dans une compacteuse hydraulique. Je quittai mes collègues dans la minute ; rien qu'à leur réaction lorsque je leur répétai ce que m'avait dit la police je sus que j'allais passer une soirée abominable.

Inspecteur du travail, c'est un métier solitaire, quelque chose entre shérif et assistante sociale – au vu de la flotte de véhicules qu'on met à notre disposition, je pencherais plutôt pour la seconde proposition.

La Renault démarra sans problème ce soir-là. Au premier embouteillage, je jetai un œil rapide sur le dossier de l'entreprise. La boîte s'appelait

Plastirec et faisait du recyclage industriel. À partir de bouteilles plastiques vides qu'elle compactait, Plastirec créait des balles de deux mètres cubes qu'elle revendait à d'autres industriels. Je ne l'avais jamais contrôlée malgré la dangerosité de ces compacteuses. Comme toujours dans ces cas-là, quand survient l'accident, je me sentais coupable. Pourtant je ne peux pas aller partout. Dans le département du Rhône, il y a un inspecteur pour dix mille salariés. J'ai beau en faire le plus possible, mes contrôles restent aléatoires.

Le contrôle, c'est la base de mon travail. On débarque dans une entreprise à l'improviste. On examine les postes, les ateliers, on relève les noms des salariés présents. On vérifie que les équipements sont réglementaires, que les salariés ont bien été embauchés dans les règles et ont été formés. Les inspecteurs du travail (ou plutôt les inspectrices, car les femmes sont devenues majoritaires dans le métier) passent au hasard – ou si on nous a signalé des abus majeurs.

Sans prévenir, de jour comme de nuit, sans autorisation, j'entre partout, je vois tout. Peu importe que je sois en costard-cravate ou en jean-baskets. J'entre. Évidemment, il ne faut pas s'attendre à être bien accueilli. J'ai appris avec le temps à adopter le bon comportement. Rester calme et éviter le contact visuel. Ne pas mettre d'affect. Et, surtout, les laisser dire.

J'ai déjà été traité de collabo et de salopard... Les filles sont traitées de salopes et de malbaisées. On entend aussi beaucoup d'histoires de couilles : Vous nous cassez les couilles, Je m'en bats les couilles, Vous n'avez pas de couilles… Les patrons déversent sur nous une colère longtemps accumulée. Contre l'instituteur qui les a humiliés, contre le flic qui leur a mis une amende sur la route, contre le facteur qui n'a pas déposé leur colis, contre le maire et que sais-je encore. En tant que fonctionnaire, je prends pour l'ensemble. Mais je reste impassible. Quand je contrôle, l'État c'est moi. C'est gratifiant.

Je crois être un bon inspecteur. Dans le genre froideur légaliste plus que vengeur marxiste. Je n'ai pas de pitié, ni de connivence, ni d'acharnement spécifique. Mais si je veux contrôler dix fois l'hypermarché où un manager martyrise ses caissières, c'est mon droit. Je fais partie des fonctionnaires les plus libres de France. Je suis pratiquement immutable. Personne ne peut faire obstacle à mon travail, personne n'a le droit de m'interdire quoi que ce soit, même pas mon supérieur. En l'occurrence ma supérieure à l'époque, c'était Guilaine. On s'entendait bien, et, malgré les grilles d'évaluation infantilisantes mises en place par le ministère, la confiance régnait entre nous. On avait passé un deal, on s'entraidait et, surtout, on se fichait la paix.

Après un contrôle il faut rédiger des courriers qui seront adressés en recommandé aux employeurs. C'est moi qui les signe. Pas Guilaine, pas le ministre du Travail, moi. Souvent ce sont des « lettres d'observations » qui listent les problèmes constatés, parfois un arrêté de travaux quand les zingueurs se baladent sur le toit sans garde-fous. Dans les cas les plus graves, comme les accidents ou les harcèlements, il faut rédiger des procès-verbaux. Il s'agit alors de décrire en termes juridiques les planches pourries, les remarques racistes ou la suite de négligences qui a conduit à l'accident. L'essentiel de mon métier tient dans ces écrits. Je constate. Que les douches sont inaccessibles. Que les salles de pause sont inexistantes. Que le délégué syndical a été privé de l'autorisation de distribuer ses tracts. Sans notre regard et sans ces lois, la majorité des employeurs exploiteraient leurs salariés jusqu'à épuisement ainsi qu'on le faisait au XIXe siècle. Certes, les enfants ne travaillent plus dix heures par jour dans des filatures. N'empêche qu'aucune de mes visites, aucune, ne finit sur un « Bravo, rien à dire ». Il y a toujours quelque chose à signaler, et parfois en montant le ton.

Quand ça dégénère, nous pouvons menacer l'employeur de poursuites pénales. Il m'arrive de le faire. Mais le plus souvent, c'est du bluff. Car la plupart des PV sont classés par les tribunaux. Les procureurs se fichent de la délinquance patronale, ils sont obsédés par d'autres formes de violences. J'ai beau avoir un arsenal juridique à ma disposition, je reste un bas fonctionnaire. Quand, par miracle, mon PV permet d'intenter un procès contre un patron, sa condamnation sera symbolique. Mais je ne me décourage pas. J'applique le Code du travail. Je suis payé pour ça.

L'ironie est que mes parents étaient de vrais chiens de garde de la bourgeoisie. Quand ils m'ont inscrit en droit à Lyon 3, ils espéraient que je devienne avocat d'affaires. À cette époque, j'avais 18 ans. Je cherchais une issue. Les amphithéâtres de la fac étaient peuplés de crétins en chaussures bateau, pull sur les épaules, des blondinets qui avaient planifié leur carrière, leur nombre d'enfants et leur voyage aux States. Je ne me fis aucun ami. Mais contre toute attente, dans le noir désordonné de ma tête, où la notion de bonheur n'a jamais été crédible, où l'idée de loisir m'inspire du mépris mais où la vérité garde son importance, entrer dans la logique juridique m'apporta un immense plaisir. Il n'était plus question de rhétorique ou de violence pour imposer son pouvoir. Je découvrais la force de la loi.

Le cours sur le droit du travail n'était pourtant pas très prisé ; il se tenait dans un sous-sol. Le professeur était captivant. Il nous révéla une mémoire insoupçonnée, ces couches de lois votées pour protéger les faibles, notre Constitution, nos règles de sécurité. Ces lois sont un filet invisible tendu sous nos existences, car nous passons le plus gros de notre temps à travailler. J'ai voulu prendre ma place dans cette histoire, une place à l'opposé de celle de mes parents. Aujourd'hui mon métier consiste à rendre visible ce filet de protection, à défendre ces travailleurs.

Je suis un bas fonctionnaire mais j'incarne. Chaque jour je le rappelle aux patrons : Non, votre salarié n'a pas à vous demander une pause, ce n'est pas comme ça que ça se passe. La loi oblige. Ça n'a rien à voir avec être sympa ou avec l'épaisseur de votre carnet de commandes : un patron doit accorder des pauses à ses ouvriers et leurs durées sont strictement précisées par le Code du travail.

Car nos tonnes d'angoisse n'ont pas toujours été sublimées par de l'alcool, du yoga ou des anxiolytiques. Des députés plus nombreux dans des temps plus anciens ont réussi à imposer des règles protectrices. Et tant que ces lois ne seront pas abolies, l'État doit les faire respecter. J'étais jeune quand je pénétrai à l'intérieur de cette forêt de textes, d'amphithéâtres, à travers ces articles buissonnants et les épines des premiers chagrins – car j'ai toujours été attiré par les femmes qui me font souffrir – mais j'avais trouvé ma voie, et malgré le scandale qu'il provoqua dans ma famille, je ne m'en suis pas détourné.

Certes, je sais qu'il y a une part de leurre. Que l'exploitation capitaliste a besoin d'un paravent juridique pour que perdure l'inégalité entre la classe laborieuse et la classe possédante. Je sais que nos PV seront classés. Beaucoup de mes collègues se découragent et quittent le métier. Les mecs deviennent charpentier en écoconstruction ou avocat aux prud'hommes, les femmes maraîchère bio ou institutrice ; quand elles reviennent prendre un café dans les bureaux, elles disent Je ne sais pas comment vous faites pour tenir.

Moi je tiens.

Même si mes mains se crispaient sur le volant en allant à Vénissieux. Un homme était mort dans une compacteuse. J'avais l'impression que les phares des voitures étaient comme des bougies funèbres traçant des lignes dans l'obscurité. Mort broyé. J'aurais dû inspecter cette entreprise. C'est la base de ma mission, de porter attention aux métiers dangereux. Sauf que c'est le tonneau des Danaïdes. Il y a trop de demandes, trop d'infractions. Je klaxonnai hargneusement une voiture qui n'avançait pas assez vite. Pour un peu, j'aurais voulu me battre.

Isabelle me reprochait de détester tout le monde. Mais tout le monde se déteste. Ce n'est pas ma faute. Dans les entreprises, on ne voit que ça, de la haine entre salariés et patrons, entre collègues et entre services. À croire que c'est une production naturelle. Je la vois partout. La haine se secrète à la machine à café comme une huile jaune. Il y en a tant qu'on pourrait en faire une énergie de combustion. Les jeunes insultent les vieux. Les voisins de bureau se haïssent. On se hait à l'université, on s'humilie à l'armée. Les profs veulent tous la mort du suractif pénible et toute coiffeuse a désiré très fort enfoncer ses ciseaux dans votre gorge.

Isabelle ne comprenait pas qu'avec une telle misanthropie je sois catholique. Que je croie en la résurrection du Christ et tout le tralala. Mais si je n'allais pas à la messe le dimanche, la haine me submergerait. Il faut bien que je m'arme, que je mette quelque chose en face de cette violence. Il n'y a qu'à la messe que je peux entendre mon curé dire Ne répondez pas à la haine par la haine, sinon jusqu'où la haine ira-t-elle ? Seul, je n'ai pas les moyens moraux de contrer ces flots jaunes. Isabelle me disait d'un air condescendant Tu as encore besoin de ça. Elle voyait mon besoin de religion comme un handicap – alors que moi je le considère comme une dimension supplémentaire de mon âme. Une des rares choses que j'aime en moi. Quelque chose de bon. J'ai besoin de Dieu, un besoin noble, qui m'aide à me prémunir de la haine. Isabelle ne pouvait pas se passer de son tapis de yoga. Je ne vois pas en quoi c'est supérieur. Jésus-Christ nous met au défi d'aimer nos ennemis, de prier pour ceux qui nous persécutent : c'est tout de même un objectif plus élevé que de savoir faire le poirier.

Pour le reste, il n'y a que les athées qui s'imaginent que les chrétiens croient à tout en bloc. Que nous sommes vraiment consolés. Je ne suis consolé de rien. Je ne me confesse pas, mon catéchisme est approximatif et l'Immaculée Conception une vaste blague. Mais je vais à l'église le dimanche, et en entrant dans l'édifice séculaire je m'inscris dans une histoire d'angoisse plus belle que la vôtre. Quelque chose alors est possible, malgré les ouvriers tués au travail, malgré les guerres et les chagrins d'amour. Peut-être qu'un jour je comprendrai ce que signifie être aimé de Dieu mais pour l'instant je ne suis aimé de personne. Pour l'instant, du matin au soir, je souffre et je demeure – comme Isabelle me l'a assez répété – un lâche, un misanthrope et un égoïste. Mais dans ce monde privé de beauté, dans ce monde privé d'espérance, le Christ est ressuscité et je vous emmerde.

CHAPITRE 2

Maïa

Elle se tient debout sous les branches du grand cèdre. Elle attend. Elle sent le contact des graines de tournesol sur sa paume ouverte. Une sensation légère, qu'elle associe à la patience, à la concentration. Elle ne bouge pas. Sa bouche expire de la vapeur, une légère brume monte du lac, comme en réponse à sa respiration.

Le froid la fait frissonner, enserre sa peau laissée à nu entre les genoux et les chevilles. Elle lève les yeux vers le cèdre.

Cela ne dure jamais très longtemps.

Un oiseau apparaît. Elle reconnaît une mésange charbonnière mâle, dotée d'une cravate noire sur son poitrail jaune. L'oiseau descend de branche en branche puis se perche sur une branche proche, comme pour évaluer la situation, ses dangers et ses avantages. Mais très vite, en habitué, il vient se poser sur la main de Maïa. La mésange prend une graine dans son bec et se renvole. Cela ne dure qu'une seconde, mais chaque fois c'est un ravissement.

Cela vaut la peine de s'être levée tôt, cela vaut la peine de vivre pour ça.

Maïa commençait souvent son footing par ces minutes de grâce où elle donnait à manger aux mésanges. Ce rite la réconciliait avec ses mains.

Car Maïa di Natale avait un problème avec ses mains. Un problème qui la poursuivait depuis son enfance, un problème qu'elle n'avait jamais réussi ni à expliquer ni à contrôler.

Ses mains faisaient disparaître les objets.

Longtemps elle avait cru être distraite, oubliant des choses ici ou là. Elle se reprochait sa négligence, et les jours d'après surveillait davantage ses gestes. Mais il suffisait d'une semaine pour que les objets se remettent à disparaître : son écharpe, ses lunettes de soleil, ses écouteurs. Sa montre, son portefeuille, les clés du bureau dans les cas plus graves. Ce défaut, ou plutôt cette malédiction, était apparu tôt dans sa vie. Sa mère de son vivant lui disait Ma fille, tu as les mains trouées.

À plusieurs reprises elle avait eu l'impression qu'il y avait quelque chose de plus que de la distraction : quelque chose comme d'*intentionnel*. Mais elle s'était raisonnée. Maïa di Natale est journaliste scientifique. Elle n'est pas portée vers une quelconque forme d'irrationnel. Pourtant ses mains semblaient avoir une prescience des endroits où elles pouvaient laisser tomber les objets : son stylo entre un radiateur et le mur, sa montre au fond du bac à linge... Et une fois que c'était perdu, c'était perdu.

Un jour – Maïa avait une vingtaine d'années –, après la perte d'un bijou qu'elle adorait, elle s'en était ouverte à son psychothérapeute. Celui-ci s'était empressé de faire le lien avec la mort de sa mère. La *perte*, mademoiselle, est un problème récurrent dans votre vie on dirait, qu'est-ce que ça vous inspire ? La jeune fille avait haussé les épaules. Son problème était bien antérieur à la mort de sa mère. Dès l'école primaire, ces phénomènes s'étaient multipliés.

Maïa avait fini par surnommer son défaut la « disparitionnite » et, à l'instar d'une maladie chronique, elle s'en était accommodée. À quoi bon s'affliger ? La plupart des objets se rachètent. Des autres, on peut se passer. Comme de ses jumelles pour observer les oiseaux, qu'elle avait encore perdues récemment. Elle en avait été consternée et triste, mais il n'y avait pas mort d'homme. Et même si sa disparitionnite revenait la contrarier régulièrement, elle n'avait jamais confié à personne l'ampleur du phénomène.

Une autre mésange descend du cèdre. Une mésange bleue cette fois, plus petite que les charbonnières, plus audacieuse aussi. En une seconde à peine elle se perche sur sa main. L'oiseau prend une graine, la relâche sans raison apparente et une demi-seconde plus tard en saisit une autre, qu'il va décortiquer dans l'arbre. Maïa sourit. La mésange a choisi la plus grosse des deux graines.

Une troisième mésange, plus timide, restée sur une branche à côté, ose enfin venir poser ses pattes sur le bout de ses doigts. Les femelles, toujours plus méfiantes que les mâles.

Il est si doux de commencer la journée ainsi. Ça lui donne l'impression d'être hors du temps, hors du monde.

Pourtant, elle le savait, n'importe qui reproduisant le même geste, à la même heure, avec des graines de courge ou de tournesol, aurait pareillement attiré les mésanges. Ce n'était pas lié à son mérite personnel. Il suffisait de faire le calcul. Le parc de la Tête d'Or était ouvert au public depuis 1857. Une mésange vivait en moyenne quatre ans et faisait plusieurs nichées de deux à six oisillons. Depuis la création du parc, au moins deux cents générations de mésanges s'étaient succédé. Les premières avaient sans doute peur des hommes et ne mangeaient qu'à bonne distance les graines qu'ils leur lançaient. Sauf que celles qui s'approchaient le plus devenaient plus grasses, passaient mieux l'hiver, se reproduisaient mieux. Ainsi, au fur et à mesure, le patrimoine génétique des mésanges du parc avait changé. Le stress engendré par la présence humaine y avait baissé jusqu'à quasiment disparaître. Et elles étaient devenues capables de se poser sur des mains tendues.

Maïa avait eu confirmation de son hypothèse darwiniste en parlant avec Monsieur Pascal, un retraité habitué du banc sous le cèdre. Le vieux arrivait toujours avec des amandes entières bio, des noisettes, un vrai régal qui devait lui coûter la moitié de sa pension. Il était entouré de mésanges mais aussi de pigeons et d'écureuils roux qui montaient jusqu'à son épaule pour attraper des noix. Monsieur Pascal était un phénomène au parc de la Tête d'Or. C'était lui qui avait montré à Maïa comment procéder. Des monsieur Pascal, il avait dû y en avoir beaucoup depuis 1857, rien d'étonnant qu'à force les mésanges se soient familiarisées.

Tout s'expliquait dans ce monde.

Le seul problème qui résistait à Maïa était sa disparitionnite.

Un souffle de vent passe, elle tourne la tête et voit la silhouette d'un homme contre un arbre. Elle se frotte les mains l'une contre l'autre. Il est temps d'aller courir, de toute manière. Elle vérifie qu'elle a toujours ses clés dans sa poche. La voilà partie pour son jogging.

Sa respiration se cala sur sa course. Maïa traversa le zoo, longea la grande pelouse des daims. Les colverts s'étaient réveillés. Une oie marchait en se dandinant sur la pelouse. Maïa courait en une foulée régulière, celle des habitués. Une demi-heure plus tard, elle détachait un vélo accroché à la grille du parc et regardait son téléphone. Elle avait juste le temps de passer chez elle prendre une douche avant de filer au bureau.

En arrivant à Lyon, Maïa avait loué un appartement dans le quartier Saint-Georges, au 123 de la rue du même nom, un deux-pièces au quatrième étage sans ascenseur. Ses fenêtres donnaient d'un côté sur une rue pavée, de l'autre sur une butte arborée. Elle aimait beaucoup son quartier, historique et beau architecturalement, proche de la gare de Perrache comme de Bellecour. Pas très loin non plus à vélo du 7ᵉ arrondissement où étaient situés les bureaux du journal où elle travaillait. Pour elle, c'était l'endroit idéal.

Pourtant elle avait vite remarqué qu'aucun Lyonnais n'y demeurait. Aucun confrère, aucun ami d'ami, aucun abonné du club de sport, personne.

Elle avait trouvé plusieurs explications à ce phénomène.

1) Le quartier Saint-Georges se réduisant à trois rues pavées, enserrées entre la Saône et les contreforts de la colline de Fourvière, peu d'habitants pouvaient de fait y avoir une adresse.

2) C'était un quartier d'étudiants et elle ne fréquentait plus les étudiants.

3) Il n'y avait pas de place pour se garer, or les gens qu'elle côtoyait avaient encore tendance à posséder une voiture.

4) Beaucoup d'appartements à Lyon étaient devenus des airbnb pour les touristes, attirés par le quartier Saint-Jean, classé à l'Unesco. D'une certaine manière, c'étaient des gens *qui n'existaient pas*.

Évidemment, durant son déménagement, un carton de livres s'était volatilisé. Elle était pourtant sûre de l'avoir mis dans le camion en partant de Paris. Florence, sa meilleure amie, mais aussi Jules et Jacques, les jumeaux du journal, étaient venus l'aider à décharger. Au bout d'une heure, le camion était vide, mais le soir il lui manquait un carton. Sa disparition-nite avait encore frappé.

Ce déménagement restait un bon souvenir. Les jumeaux étaient pleins d'enthousiasme. Jules et Jacques étaient toujours d'accord sur tout, que ce soit sur la ligne éditoriale ou sur le timing des pauses à faire pour monter quatre étages avec un lave-linge. À l'époque, Maïa ne les différenciait qu'à leur pilosité : Jules portait la moustache, Jacques le bouc. Le moustachu avait clairement le leadership.

C'était lui qui avait voulu fonder le mensuel *Comprendre*. Jules Morichon en avait marre des obligations de rentabilité qui tenaient la presse scientifique en esclavage, disait-il. Il fallait changer de modèle. *Comprendre* devrait être plus sexy, plus participatif dans sa prise de décision (même si Jules et son frère demeureraient les seuls actionnaires). Maïa et Florence, qui, comme les jumeaux, travaillaient à *Science & Vie*, avaient été assez séduites par le projet pour quitter Paris. Florence depuis les attentats de 2015 voulait une ville plus calme pour ses enfants. Maïa avait toujours souhaité se rapprocher de son père, resté en Provence.

Les rapports de genre n'avaient pas été bouleversés. Les garçons étaient actionnaires, rédacteur en chef et graphiste ; les filles salariées, secrétaires de rédaction et reporters. La famille Morichon avait mis des bureaux à disposition dans le 7e arrondissement. Maïa avait découvert à cette occasion à quel point les jumeaux provenaient d'une famille aisée.

Mais, à l'époque, cela l'arrangeait que Jules sache parler aux banquiers.

Ils étaient quatre, ils étaient jeunes et pleins d'avenir, ils eurent des soirées stimulantes. Il fallait tout créer. La maquette. Les rubriques. La périodicité. Ensemble, on décide mieux, disait Jules. Maïa connut cette ambiance où chacun se sent plus intelligent grâce au groupe et en même temps pleinement soi. Quand le premier numéro de *Comprendre* parut, avec comme couverture « Plongée à l'intérieur d'un trou noir », ils n'eurent du milieu que des compliments : Vous avez fait une belle maquette, Vous rajeunissez le lectorat de la presse scientifique, c'est cool. Les abonnements affluèrent, du moins dans un premier temps.

Nous avons besoin de penser que notre vie a un sens. Nous avons besoin de nous sentir utiles. C'est ce qui nous rend heureux – même si Maïa employait rarement le mot « heureuse » pour définir son bonheur à elle. Avec le recul, elle se rendait compte qu'elle avait vécu cette année-là, sa première à Lyon, une félicité presque totale. Elle avait alors 35 ans, elle était en parfaite santé, elle faisait des articles appréciés et son salaire tombait à la fin de chaque mois. Elle n'aurait pas pensé que la vie la comblerait autant. Certes, elle était célibataire, mais elle n'avait besoin de personne auprès d'elle le soir pour se sentir entière. Depuis la mort de sa mère, elle avait appris à vivre avec des manques, elle ne les craignait pas. On ne peut pas combler toutes les failles dans une existence ; il s'agit plutôt, entre ses interstices, de trouver son bonheur.

Tout s'explique.
Pourquoi le prix du papier augmente sur le marché mondial.
Pourquoi le nombre de kiosquiers baisse en France.
Pourquoi le nombre d'abonnés décroît.
Pourquoi un rédacteur en chef, jadis agréable et à l'écoute, devient tyrannique et anxieux.
Car, au fil des années, la situation économique s'était tendue et Jules avait abandonné son leadership cohésif. Il avait à présent des petites remarques sèches quand on ne s'y attendait pas. Ou des silences quand on aurait eu besoin de réponses claires. Ce n'était plus le bon camarade qui était venu l'aider à déménager. L'ambiance alternative des débuts de *Comprendre* s'était perdue. Jules avait dû contracter un second emprunt bancaire. Il fallait faire rentrer de l'argent. Privilégier des sujets vendeurs. Les unes de *Comprendre* s'étaient mises à afficher de plus en plus souvent les mots « révélations », « secrets », « mystères », « miracles »... Cela affligeait Florence, qui levait les yeux au ciel en disant : Si on pouvait éviter de mettre le mot *miracle* sur la couverture d'un journal scientifique !

Maïa était de nouveau sur son vélo. Elle traversa la Saône, puis le pont de la Guillotière. Quelques années auparavant, aller à une conférence de rédaction était une joie. Maintenant elle appréhendait. Heureusement que Florence était là. Elle se sentait moins seule.

Car il y a pire encore que de travailler dans une mauvaise ambiance. Maïa l'avait compris brutalement quelques semaines plus tôt.

Jules disait souvent que la masse salariale était trop importante : On a trop de frais fixes ! Pour Maïa cela restait abstrait. Un propos aigre comme il en tenait beaucoup.

Mais un soir, après une réunion avec le comptable, le rédacteur en chef avait traversé le bureau, s'était arrêté derrière Florence et Maïa et avait déclaré :

« Je n'aurais jamais dû vous embaucher toutes les deux. »

Dans le petit local, la phrase avait résonné comme le bruit d'un revolver dont on enlève le cran de sécurité.

Elles étaient allées prendre un verre ensuite. Florence avait compris plus vite que Maïa la gravité de la situation. Elle n'était pas vraiment surprise, mais en colère.

« Une de nous deux va être virée. Or tu es la plus jeune de la rédaction… Je crains que ce ne soit toi, ma chérie, la plus en danger », avait-elle dit en serrant les dents de rage, car Florence avait toujours considéré Maïa non seulement comme sa meilleure amie, mais comme sa protégée.

Maïa tombait des nues. Les problèmes économiques de l'entreprise étaient demeurés jusque-là pour elle un problème lointain. Elle pouvait expliquer le cycle du carbone et le phénomène de lentille gravitationnelle, mais les questions d'argent lui restaient opaques. Il y a des gens comme ça : devant un tableau budgétaire, leur cerveau se met à l'arrêt. Florence, au contraire, captait vite.

« On aurait dû prendre des parts du capital, ils auraient été obligés de nous entendre. »

« Mais qu'est-ce qu'on peut faire, alors ? »

Elle n'arrivait pas à boire son panaché. Elle regarda son amie.

« Il s'agit surtout de savoir ce qu'il ne faut *pas* faire, avait répondu Florence. Ils attendent que l'une de nous fasse une faute pour la virer. Mais on ne va pas se laisser faire. On n'est pas si bêtes. »

Cela se voyait que Florence haïssait Jules désormais. Cela lui faisait de la peine. Qu'une équipe soudée se défasse. Que les problèmes d'argent modifient l'humeur d'un homme. Que son avenir à 38 ans soit de redevenir précaire.

Maïa se mit à faire des cauchemars où elle était poursuivie.

Mais comment lutter ?

C'était logique. Le prix du papier. Le temps d'écran. La baisse du pouvoir d'achat.

C'était faisable. Une loi récente permettait aux entreprises de licencier plus facilement pour motifs économiques.

C'était triste. Maïa ressentait une vraie satisfaction à être journaliste scientifique. Elle rencontrait des dizaines de chercheurs obscurs, enthousiastes ou géniaux. On lui payait un billet pour la grotte Chauvet ou l'aquarium de Brest et elle pouvait poser toutes les questions qu'elle voulait sur les peintures rupestres ou l'adaptation des requins-marteaux au réchauffement climatique. Elle adorait ça.

Un des avantages de ce métier, c'était que sa disparitionnite ne lui portait pas trop préjudice. Maïa n'aurait pas pu devenir électricienne ou dessinatrice – ou occuper un de ces postes où il y a beaucoup d'ustensiles à manipuler. Journaliste, il n'y a pas besoin de beaucoup de matériel. Un stylo et un carnet suffisent. Elle notait ce que lui disaient les chercheurs. De ces informations brutes, elle faisait ensuite, comme des légumes arrivés crus en cuisine vont être lavés et préparés pour le repas, un article qu'elle proposait à la consommation des lecteurs sous une forme digeste, voire plaisante. Maïa ne comptait pas ses heures. Elle était passionnée, dévouée même. Contrairement à Jules qui adorait parader à Radio France pour y commenter l'actualité scientifique, pour elle être journaliste ne consistait pas à se mettre en avant. C'était un métier de service.

Rendre service ; continuer à apprendre. Elle n'y voyait pas de l'abaissement mais au contraire une manière de se grandir.

Maïa attacha son vélo, poussa la porte du bureau. En se refermant, celle-ci émit un *ding* carillonnant. Le local était un ancien magasin d'instruments de musique dont on avait conservé ce mécanisme. Ce *ding* musical, qui sonnait joyeusement à leurs oreilles à l'époque de la création du journal, était devenu pour

Maïa et Florence une source de stress. Car même ses jours de télétravail Jules pouvait débarquer à n'importe quel moment et briser le plaisir qu'elles avaient à travailler là entre amies.

Les conférences de rédaction avaient toujours lieu le jeudi. L'ordre du jour consistait à trancher les dernières questions sur le numéro en cours, puis à parler du suivant.

Ce jeudi-là, Maïa sentit que Jules était particulièrement en colère. Un article commandé à un pigiste n'était pas arrivé – il se trouvait que le journaliste, injoignable, était à l'hôpital après une chute de ski.

« Quel branque ! Plus jamais je ne lui commande un papier ! Qui m'a recommandé ce type ? »

« C'est moi », dit Maïa.

« Eh bien puisque c'est toi qui nous l'as recommandé, c'est toi qui vas nous sortir de cette merde. »

Maïa sentit le sang se retirer de son visage. Pourquoi Jules ne l'avait-il pas tenue au courant du problème ? Elle aurait pu y réfléchir, trouver une solution de remplacement. Là, au débotté... À croire qu'il voulait la mettre en difficulté.

Florence intervint pour dire que ce n'était pas la faute de Maïa.

« Peut-être, dit Jacques, volant toujours au secours de son frère. Mais on a deux pages vides et on boucle dans trois jours... On fait quoi ? »

Tous les regards se tournèrent vers elle. Il fallait vite qu'elle trouve une idée.

« L'article qui nous manque, dit-elle d'une voix faussement assurée, il faisait partie du dossier sur les matériaux du futur ? »

« Les matériaux *magiques*, oui. »

« *Magiques ou presque* », corrigea Florence.

« Je peux tenter d'aller au Cern », proposa Maïa.

« L'accélérateur de particules ? Je ne vois pas le rapport. »

« Tu sais que j'ai une tante là-bas... »

Maïa n'avait quasiment pas de famille, mais son père avait une petite sœur, Victoire, qui était chercheuse au Conseil européen pour la recherche nucléaire. Une femme au corps trapu et à la voix tonitruante. Après la mort de sa mère, cette tante leur avait rendu visite à plusieurs reprises. Elle arrivait à Tourtour les bras chargés de barquettes d'un traiteur italien et de bijoux fantaisie. Victoire et son frère finissaient toujours par se disputer, mais ses visites mettaient ce qu'on appelle *de la vie* dans la maison endeuillée.

Victoire Hussard était maintenant une haute responsable scientifique au Cern et Maïa suivait les actualités sur la physique des particules, les quarks, les hadrons, le boson de Higgs, un peu comme on prend des nouvelles de sa famille.

« Ils utilisent des matériaux étonnants au Cern. C'est le plus grand frigo du monde, l'accélérateur de particules. » Maïa cherchait à toute vitesse dans sa mémoire. « Je pourrais parler de l'hélium liquide superfluide... Des aimants supraconducteurs... Ou des cristaux scintillateurs ! C'est la spécialité de ma tante. »

Jules demanda des précisions et elle bluffa avec un aplomb qui l'étonna – car en vérité elle ne s'était jamais intéressée de près à ces cristaux.

« C'est un matériel de photographie des particules. Hyper technologique. Et hyper cher », précisa Maïa, qui savait ce qui impressionnait les jumeaux.

« Bon, ça sonne bien, ton truc... » dit Jacques, pour aider son frère à changer de braquet.

Jules se toucha la moustache. Il semblait partagé entre l'intérêt scientifique du sujet, le soulagement de pouvoir boucler le numéro, et la déception de n'avoir pas réussi à prendre en faute sa salariée.

« OK. Mais on est à la bourre, faut y aller demain. Je ne pense pas que ce soit possible de débarquer au Cern comme ça... »

Maïa sortit dans la rue pour appeler sa tante. Les cristaux scintillateurs... Victoire lui en avait souvent parlé. Mais de là à la recevoir du jour au lendemain, en effet, ce n'était pas gagné.

Par miracle, Victoire décrocha. Cela faisait plus de six mois qu'elles ne s'étaient pas contactées.

« Ah, ma puce ! Ça me fait plaisir d'entendre ta voix. Si tu savais le bordel que c'est en ce moment... »

Maïa savait qu'il fallait insister pour obtenir quelque chose de Victoire. Alors elle sortit le grand jeu : elle devait faire un article en urgence sous peine d'être virée, sa tante devait l'aider. Puis elle se tut, étonnée de son audace.

Après un silence, comme en écho à un dilemme intérieur, Victoire dit :

« Bon, viens demain après le repas. J'ai à peine une heure, mais ça devrait le faire. »

Maïa avait trouvé la voix de sa tante anormalement fatiguée au téléphone, mais elle n'y accorda pas d'importance. Elle retourna dans le local d'un air triomphant :

« C'est entendu. On a rendez-vous demain midi. »

Jules ne s'attendait visiblement pas à ça.

« Et l'article, tu peux le faire pour samedi ? On boucle lundi, ça urge ! »

« Oui, je peux. » Elle éprouvait une certaine fierté à être parvenue à se défendre. « Je n'ai qu'à emporter l'ordinateur, comme ça je commencerai à rédiger dans le train. »

Ils se levèrent. Il était d'usage de faire une pause avant de parler du numéro suivant.

Jacques demanda :

« Dis, elle est comment, ta tante ? »

« Grosse intelligence, gros caractère, répondit Maïa après un temps de réflexion. Mais elle n'a jamais réussi à se coiffer correctement. »

Les jumeaux éclatèrent de rire. Florence aussi. Cela faisait longtemps qu'ils n'avaient pas ri tous les quatre. Elle sentit la menace s'éloigner.

Le soir, Maïa fit son sac et vérifia que la batterie de son ordinateur était chargée. À ce moment, dans son cerveau, il y eut bien comme un signal d'alerte, mais elle ne sut pas le décrypter, elle venait de vivre un stress trop important. Après tout, ce ne serait pas la première fois qu'elle partirait en reportage avec son ordinateur professionnel. Cela n'avait jamais posé de problème.

CHAPITRE 3

Bastien

Je me garai et coupai le GPS. Comme les autres entreprises de la ZAC, Plastirec se résumait à un hangar, un portail automatique et un parking. Un panneau mural était éclairé par un lampadaire, un personnage de castor y proclamait : *Une tonne de plastique recyclé fait économiser 700 kg de pétrole brut.* J'accélérai le pas. Deux véhicules de police étaient présents, ainsi qu'une camionnette blanche. Je remontai mon manteau pour me protéger du froid mais aussi de mon appréhension.

Je passai la porte piéton, qui avait été laissée ouverte. Mes pas résonnèrent sur la dalle du hangar. Je vis un petit gros en bras de chemise qui devait être l'employeur. En face de lui, six hommes en uniforme, raides comme un peloton d'exécution. Je reconnus parmi eux le nouveau procureur de la République, Franck Sinastiez, un grand échalas aux dents blanches, un arriviste que je détestais depuis qu'il m'avait classé une affaire d'exposition collective au chlore. S'il était là, c'était que l'accident se révélait particulièrement grave, ou que quelque chose d'autre était en jeu.

À ses côtés, un binôme de la police scientifique en combinaison blanche ajoutait à la tension. Je remarquai aussi deux policiers qui avaient l'air d'être là par hasard et de ne pas savoir comment s'échapper. Enfin, je reconnus les galons d'officier de police judiciaire sur les épaules d'un gars à l'allure de rugbyman. Je me présentai d'une voix enrouée et me mis dans le rang. Les visages étaient sombres. De la charpente métallique tombait une lumière blafarde. Mais ce qui me frappa le plus, c'était l'odeur : il flottait dans le hangar une odeur de mort, difficile à définir, âcre et ferreuse, doublée d'une tristesse à avaler le soleil.

L'officier de police judiciaire était en train d'interroger le patron. Selon mes informations, celui-ci s'appelait Bilal Reghioul. L'homme avait un parler heurté. Il portait sur le visage des traces de cambouis. Je vis tout de suite que c'était le genre à ne pas rester dans son bureau mais à enfiler une blouse et venir aider. L'accident s'était passé juste après la fermeture. L'autre ouvrier était parti pendant les faits. Le patron aussi ; il semblait en état de choc.

« Vous prétendez que c'est un accident. C'est aussi le crime parfait, vous ne trouvez pas ? » dit le flic.

« Je vous jure, c'est un accident. Je ne comprends même pas ce qu'il faisait encore là à travailler, je lui avais dit de partir. »

« Il restait souvent tout seul à faire des heures sup' ? »

« C'était pas des heures sup'. »

Le patron expliqua qu'il avait voulu fermer la boîte mais que Venerio Malgoni, la victime, était resté pour finir des trucs, comme souvent. Il lui faisait confiance, il était parti. Venerio avait dû tomber par accident dans la chambre de presse.

Cela semblait peu probable comme thèse. Mais le type répétait « je ne peux pas tout contrôler », « c'est pas de chance »… – avec son accent oriental, j'entendais *c'est pas de sens*.

« Monsieur, vous êtes suspecté de meurtre. Je vous convoque demain au commissariat où ils prendront votre déposition. »

Reghioul regarda dans ma direction. On aurait dit qu'il cherchait du secours.

« Je vais faire ma propre enquête, dis-je de la voix la plus calme possible. Elle est indépendante des services de police. Vous devrez répondre aussi à mes questions. »

L'employeur baissa la tête, assommé.

Je laissai mon regard parcourir le hangar. Il y avait trois machines. De la rubalise encadrait la plus grosse. Elle me fit tout de suite frissonner. La compacteuse était énorme, d'un bleu foncé, avec un carénage puissant. Elle était constituée de deux caissons inférieurs qui servaient sans doute de chambre de presse, et d'un caisson central plus étroit doté en haut d'une sorte d'entonnoir. Probablement là où était tombé l'ouvrier.

Une information cependant me manquait. Je me penchai vers le policier à ma gauche :

« Mais où est le corps ? »

Le pandore répondit sans desserrer les dents :
« Il est toujours dans la compacteuse... »

J'observai à nouveau l'énorme compacteuse. Son carénage légèrement conique, comme un ventre bien tendu. Cette machine était conçue pour compresser des milliers de bouteilles de plastique à la fois. Une fois la presse activée, il en sortait des cubes d'un mètre de côté. Une de ces balles géantes était restée sur un Fenwick – le genre où ne peut même pas glisser une feuille de papier à tabac tellement c'est serré. Si le corps de la victime avait été compressé par ses vérins...

Les policiers à mes côtés étaient pâles. Moi-même je sentis que les forces allaient me manquer si je restais à imaginer les détails de l'accident.

Le procureur, qui jusque-là était demeuré en retrait, se tourna alors vers les deux hommes en combinaison blanche et dit d'un ton détaché :

« Messieurs, je vous laisse travailler. »

Tels deux fantassins, les experts de la police scientifique sortirent du peloton et se dirigèrent vers la compacteuse. L'un d'eux, tout jeune, enfila une cagoule et mit un masque sur ses yeux. Le patron appuya sur un bouton du panneau de commande. Aussitôt un bruit de carcasse métallique retentit dans tout le hangar : la compacteuse desserrait ses vérins de broyage. Le grincement ne dura que quelques secondes mais il nous fit à tous une impression abominable. On aurait dit que la mort elle-même poussait un cri de plaisir. Le policier à côté de moi émit un gémissement. Même le procureur se détourna.

Enfin le bruit s'arrêta. Je vis l'expert se glisser dans la benne par le bas, rajuster sa lampe frontale et disparaître en rampant.

J'avalai ma salive.

Mon enquête aussi devait commencer. Je n'avais pas le choix.

Je me secouai et m'avançai à mon tour dans la profondeur du hangar. Pour m'aider, je m'accrochai aux étapes de la procédure. Vérifier comment la machine était vissée au sol. Inspecter le tableau de commandes. Chercher des indices de négligences de sécurité.

De plus près, la compacteuse me parut encore plus puissante, étonnamment belle dans son carénage rutilant. Même si on sentait qu'elle n'était pas neuve. D'expérience, je savais que ce genre d'engin est toujours extrêmement sécurisé. Il y a des boutons d'arrêt d'urgence, des positions corporelles obligatoires – sans parler des formations. Pour tomber à l'intérieur d'une telle machine, il fallait monter dessus. Mais le bec de déversement était trop haut pour y accéder sans l'aide d'un tabouret ou d'un marchepied. Je cherchai donc quelque chose de cet ordre, en espérant que les lieux n'aient pas été *nettoyés* en attendant les secours...

Je trouvai vite. La compacteuse était entourée sur son flanc de gros câbles, telle une ceinture d'entrailles. Or, sous l'entonnoir, ceux-ci étaient légèrement incurvés. En m'approchant je vis que des semelles y avaient laissé des traces de piétinement... caractéristiques d'une habitude bien prise et répétée. Il suffisait de mettre le pied sur ces câbles pour monter, le plus simplement du monde.

Plus accablant encore : le bouton rouge d'arrêt d'urgence avait été aveuglé par un rouleau de scotch. Si les ouvriers avaient, comme on dit, *shunté* la cellule de sécurité, c'était qu'ils montaient très souvent sur la machine.

« Pauvre Venerio... »

Bilal Reghioul était derrière moi. Je ne l'avais pas entendu arriver.

« Pauvre Venerio, répéta-t-il d'une voix geignarde qui me crispa. Ça me fout un coup... Même si ce n'était pas un comique. Y a six mois, vous demanderez aux collègues, il a même fait une tentative de suicide... »

« Vous en avez parlé au procureur ? »

L'homme recula d'un pas, comme si j'avais invoqué la statue du Commandeur.

« Non. »

« Si vous croyez que c'est un suicide et non un accident, c'est à la police qu'il faut le dire, pas à moi. »

Je désignai les câbles tassés et enchaînai :

« La victime avait l'habitude de monter par là ? »

Le patron se décomposa. J'ajoutai ironiquement :

« C'est bien connu que les fabricants veulent que les câbles servent de marchepieds... »

« Pas du tout ! On ne montait pas. »

« Vraiment ? Alors quoi ? Ces câbles, ils se sont tassés tout seuls ? »

Reghioul tanguait d'un pied sur l'autre, gêné de la tournure prise par la conversation.

« Vous savez, Venerio, il aimait beaucoup sa machine, il la connaissait sur le bout des doigts. Il la bichonnait... Il restait souvent après le travail, pour finir de la nettoyer. On est une petite famille ici, je n'allais pas toujours lui refuser ce moment. »

« Ah bon ? Et le scotch sur le bouton d'arrêt d'urgence, c'est pour lui faire un câlin ? »

« On n'a rien masqué. »

Il m'énervait ce type. Je lui montrai le bouton rouge occulté.

« Ce scotch, il s'est mis là tout seul ? »

Reghioul s'embrouilla dans ses explications :

« Bah oui, Venerio il montait voir le chargement. Il faut bien débourrer les vérins parfois... »

« Débourrer les vérins ! » je répétai, accablé.

Mais un mouvement nous interrompit. L'expert venait de sortir de la machine.

Je reculai et pris conscience de nouveau de l'odeur hideuse qui nous entourait. L'expert s'extirpait du tube de compression. Sa combinaison était parcourue de traces sombres dont l'origine ne pouvait laisser de doute. Le jeune homme se releva et se mit à marcher vers la sortie, raide comme un automate.

Les deux pandores restés dans le hangar s'écartèrent devant lui comme devant un spectre. Je laissai Reghioul et courus à la suite de l'expert. Je lui mis la main sur l'épaule. Il sursauta.

Jamais depuis je n'ai revu un visage aussi livide. Le gars était blême. J'oubliai un instant ma question. C'est lui qui parla, les yeux ronds :

« Il n'y a plus qu'un tronc. »

Il était au bord de l'évanouissement. Je lui donnai 25 ans à tout casser. Il répéta en me regardant fixement :

« Il n'y a plus qu'un tronc. »

Je demandai :

« Vous avez vu quelque chose de bizarre parmi les plastiques ? Des trucs pas conformes ? »

Au son de ma voix, le jeune sembla se reprendre :

« Il n'y a pas que du plastique, il y a du métal aussi. D'ailleurs la machine n'apprécie pas. On ne dirait pas, comme ça, mais les mécanismes semblent usés. Il y a même des cailloux dans ces rainages. C'est sale... »

Il s'arrêta soudain, le regard vide, comme si on avait débranché la prise qui lui permettait de parler.

Sinastiez s'approcha. Je me raidis immédiatement. L'expert sortit.

« Bonsoir, monsieur Fontaine, dit le procureur d'un ton qu'il voulait sans doute amical. Vous connaissiez cette entreprise ? »

« Non, monsieur. »

« Ce genre de machine vous est familière ? »

Je ne comprenais pas ce que Sinastiez faisait là. L'OPJ et moi, c'était notre boulot de faire du terrain, mais lui était censé rester dans son bureau.

« D'après ce que je peux en comprendre, monsieur, il s'agit d'un compacteur à plastique avec presse hydraulique. Une installation courante dans une entreprise de recyclage industriel. »

« Les ouvriers ne sont pas censés entrer dedans, si ? »

« En aucune manière, monsieur. Ni entrer à l'intérieur, ni monter dessus. Ce serait une infraction grave à la sécurité. »

Son costume bleu pétrole immaculé paraissait surnaturel dans ce hangar. Il semblait excité intellectuellement par autre chose, qui devait expliquer sa présence. Bientôt il me dit avec cet enthousiasme de l'homme qui a un irrépressible besoin d'exprimer sa pensée et trouve enfin un interlocuteur digne de lui :

« Entre nous, je ne pense pas que ce soit un accident du travail. »

« Parce que ça s'est passé après le temps réglementaire ? »

Le patron est toujours pénalement responsable de ce qui se déroule dans son entreprise, même après la fermeture, ou même s'il a laissé la clé à un ouvrier de confiance.

« Non. Parce que Bilal Reghioul a eu des liens dans le passé avec le grand banditisme marseillais. Je suspecte qu'il se passe des choses pas nettes dans cette entreprise. Ils font sans doute entrer ici des tonnes de marchandises, qui ressortent sous forme de balles. Et comment mieux se débarrasser d'un témoin gênant qu'en l'envoyant se faire broyer au milieu de bouteilles en plastique ? Le meilleur des médecins légistes ne pourrait pas détecter s'il y a eu lutte avant la chute... »

Mais soudain le magistrat, comme s'il venait de prendre conscience de l'infériorité de ma feuille d'impôt, s'arrêta. Il se pencha sur son smartphone et dit d'un ton dédaigneux :

« Mais je lirai votre PV avec attention, monsieur l'inspecteur... »

Je pris sur moi. Heureusement il repartit bientôt au tribunal.

Il était tard quand le corps fut extrait de la machine. On glissa le tronc dans un sac blanc. L'officier de police judiciaire, une fois la manœuvre opérée, se présenta à moi sous le nom de Luc Rosset. J'étais en train de jeter un œil aux contrats dans le bureau du patron. J'évitai de regarder le linceul. Un homme était parti travailler ce matin, ce soir il était mort.

Les deux policiers étaient toujours là, tels des enfants dont la punition ne se termine jamais. J'avais les photos qu'il me fallait. J'allais m'en aller quand, saisi d'une impulsion, je me rapprochai de la compacteuse. Je mis un pied sur les câbles piétinés, un autre sur la rambarde. D'un pas, je me hissai sans problème au-dessus de la benne et me retrouvai là où Venerio Malgoni était monté avant de chuter. Il ne fallait pas grand-chose, en effet, pour basculer : la rambarde à ce niveau n'arrivait plus qu'aux genoux, et si on se penchait, pour *débourrer les vérins*, comme avait dit Reghioul...

Je ne sais pas ce que je cherchais à ce moment-là. Je voulais peut-être voir ce qu'avait vu la victime quelques secondes avant sa mort, c'était étrange. Mais je n'arrivais plus à quitter des yeux l'entonnoir. J'eus soudain l'impression que toute la noirceur du monde s'ouvrait devant moi, que la mort elle-même me montrait le chemin. Je ne parvenais pas à détourner le regard.

« Pas de zèle. »

Rosset était en contrebas. Il parlait d'une voix calme.

« Descendez. Vous reviendrez demain, quand ils auront nettoyé. »

Il me tendit la main. Je dus la prendre. Serrer la grosse paluche du policier me dégrisa. Il me regarda d'un air narquois. Je remerciai tout le monde et quittai le hangar.

Je m'appuyai un moment sur le capot de la voiture. Fumer une clope m'aurait fait beaucoup de bien. À défaut je rappelai Guilaine – elle m'avait laissé un texto. Oui, c'était glauque. Non, je n'avais pas vu le corps. Oui, je voulais bien prendre une bière avec eux. C'était gentil de m'attendre.

Il était presque 22 heures quand je sortis de l'ascenseur du bureau. Ce fut Guilaine que je vis en premier. Elle avait libéré ses cheveux de son chignon, elle m'interpella :

« Ça va ? Comment tu te sens ? Comment ça s'est passé ? »

Ludivine me versa une bière. Éric me tendit une chaise. Ils avaient commencé à boire sans moi, comme souvent dans ces cas-là.

J'avais déjà assisté à ce genre de séance. Lorsqu'il y a un accident du travail mortel, les collègues attendent le retour de celui qui est responsable du secteur. Jusque-là j'avais toujours joué le rôle de celui qui sert à boire, pas celui du traumatisé. D'ailleurs, je rentrais plus assoiffé que traumatisé.

Je vidai mon verre en déroulant mon récit, la compacteuse, les câbles piétinés. Ils ouvraient de grands yeux.

« Ils montaient débourrer les vérins ? » dit Ludivine.

« Dans la machine ? »

« Oui, juste au-dessus. La victime devait se pencher avec un balai, j'imagine. »

« Du grand n'importe quoi ! Tu as pris des photos ? »

« Oui. Vous n'avez pas quelque chose de plus fort ? Du whisky ? »

Éric gratta son crâne chauve et dit que si, il devait rester du whisky quelque part, puis il sortit. Un chic type, cet Éric. Un peu naïf, mais chic. À cette heure, il aurait dû être auprès de sa femme et de ses trois enfants. Ludivine et Guilaine aussi avaient planté leur famille pour rester avec moi, alors même que je n'avais pas toujours été très aimable avec elles. Longtemps je les avais plutôt évitées. Mais ce soir-là, elles étaient là à m'écouter.

« J'aurais dû entrer dans cette benne, pour vérifier ce que m'a dit l'expert. J'ai grimpé, mais arrivé en haut je n'ai pas eu le courage… »

« Tu as des photos, ton témoignage… Tu y retourneras la semaine prochaine, ne t'inquiète pas », dit Guilaine.

Puis elle fit quelque chose de déplacé : elle posa sa main sur mon épaule. Cela me fit taire d'un coup.

Ludivine sortit de la pièce. Je restai seul avec Guilaine. Son grand corps stable près de moi, sa main forte sur mon épaule. Je regardais ce bras qui me reliait à un autre corps, un corps avec deux bras et deux jambes accrochés à un tronc, un tronc intact. Mais je ne comprenais pas pourquoi elle laissait sa main sur moi. Je ne comprenais plus rien. Mon verre était vide.

« Vous avez trouvé du whisky ? »

Guilaine se pencha vers moi, d'une voix inquiète elle demanda :

« Tu es sûr que ça va, Bastien ? »

« Oui, pourquoi ? »

« Tu n'arrêtes pas de trembler. »

Je regardai mes mains. Je regardai ma collègue. J'éclatai en sanglots.

CHAPITRE 4

Maïa

Il y a un charme particulier à voyager dans un train qui franchit une frontière. Comme le TER avait quitté la gare de Bellegarde-sur-Valserine, traversant le Rhône par un viaduc vertigineux, puis longeant des champs noirs, Maïa reçut un texto de son opérateur téléphonique lui stipulant qu'au moindre SMS envoyé et reçu il lui en coûterait 40 centimes. Pas de doute, elle était en Suisse.

Dans la divagation mentale qui nous prend naturellement quand nous sommes en train, elle avait d'abord pensé à Jules, à la place trop importante qu'il avait prise dans sa vie, à cet article qu'elle devait écrire le plus vite possible pour lui, mais en remontant le cours du Rhône elle avait remonté le temps et pensé à sa tante. Elle était touchée que Victoire ait accepté de la recevoir si vite. De sa part, c'était une preuve d'affection rare. La physicienne était responsable d'une des plus grandes expériences techniques du Cern : le Muon Solenoid Experiment, dit MSE. Elle était très occupée. D'ailleurs elle parlait toujours à toute allure, lisait à toute allure, coupait la parole sans arrêt. Maïa sourit en y pensant. Vu son débit, une heure d'interview suffirait pour accumuler assez d'informations pour son papier sur ces fameux *matériaux magiques*.

À Genève-Cornavin, elle quitta le quai par un escalier qui la conduisit dans un couloir souterrain. Des affiches rappelaient que vous sortiez de l'Union européenne. Des annonces vocales demandaient de signaler tout colis abandonné. Les douaniers suisses n'arrêtèrent que trois Arabes, en partance vers l'aéroport avec d'énormes valises. Elle chercha l'arrêt de tramway. À l'instant même où elle le trouvait, le numéro 18 arriva, portant à son front en lettres brillantes son terminus : CERN.

Vingt minutes plus tard, elle descendait sur l'esplanade des Particules. L'entrée du Cern se faisait par un bâtiment en béton. La plus grande expérience de physique du monde gardait une touche de discrétion helvète.

Il faut dire qu'il n'y avait rien à montrer : tout se passait sous terre. La seule chose que l'institution pouvait présenter aux touristes, à part le bâtiment globulaire en bois où se trouvait une exposition permanente, était un bout de tuyau d'un mètre de diamètre posé sur un piédestal en béton. Le LHC, le Large Hadron Collider ou grand collisionneur de hadrons, était constitué de milliers de ces tuyaux, jusqu'à former une circonférence de vingt-sept kilomètres. Dans l'accélérateur de particules, les protons atteignaient quasiment la vitesse de la lumière et se fracassaient les uns contre les autres des centaines de millions de fois par seconde. Grâce à cette expérience, les physiciens avaient prouvé l'existence du boson de Higgs en 2012.

Maïa travaillait alors à *Science & Vie*, elle était venue avec Florence, un très bon souvenir. Grâce à sa tante, Florence et elle avaient eu droit à des places dans l'amphithéâtre pour cette conférence historique – pas très loin de Peter Higgs en personne. À l'époque, BFM, CNN et TF1 avaient débarqué : il y avait une histoire à raconter, une histoire un peu sexy, comme les journalistes aiment à dire. Au sujet de ce fameux boson, les médias non spécialisés avaient parlé de « particule de Dieu ». L'expression avait fait frémir le corps scientifique, car le Cern était une des rares communautés humaines où « on ne demande à personne ni d'où il vient, ni en quoi il croit », lui avait dit Victoire.

Ce jour-là, elle avait ressenti de la fierté. Sa tante faisait partie de la grande équipe qui avait permis de trouver ces précieux bosons. Au milieu de la foule des journalistes, elle n'avait pas peur d'attirer l'attention sur elle, ne serait-ce que par sa voix, toujours très sonore, ou par des agencements vestimentaires improbables et souvent involontaires. Maïa aimait l'entendre parler de physique, Florence aussi la trouvait passionnante. Elles avaient longtemps discuté toutes les trois, et l'interview s'était terminée par cette envolée superbe : « Au-delà du boson, ce qu'on fait ici, c'est poser cette question fondamentale : pourquoi il y a quelque chose plutôt que rien ? »

On était vendredi. Elle attendait devant l'entrée du campus que le responsable des relations presse du jour vienne la chercher. Le Cern étant classé « installation nucléaire de base », la sécurité y était renforcée depuis un récent attentat en Allemagne. Deux militaires en treillis faisaient le guet à l'entrée du bâtiment, leur fusil-mitrailleur pointé vers leurs orteils. Les soldats s'ennuyaient, et semblaient désirer secrètement qu'il se passe quelque chose plutôt que rien.

Mais la journaliste était inoffensive. Après avoir montré sa carte d'identité et sa carte de presse, elle put passer un premier portique. Une fois de l'autre côté, on lui donna un badge visiteur et le responsable lui dit sans ironie :

« Voilà, vous êtes libre. »

Maïa serra son sac contre son dos et se dirigea vers la cantine.

Le campus n'avait pas beaucoup d'attrait, surtout en hiver. Pourtant, « travailler au Cern c'est passionnant, valorisant, excitant, c'est *the place to be* en physique, là où sont les meilleurs éléments, les plus compétents, les plus motivés », lui disait la physicienne les rares fois, où, par extraordinaire, c'était elle qui lui passait un coup de fil pour partager son enthousiasme sur une recherche et la supplier de faire un article sur tel ou tel sujet obscur, avant d'éventuellement lui demander comment elle se portait... Maïa ne se vexait pas. Elle sentait malgré tout l'affection de sa tante, quoique maladroite. Victoire lui vantait les mérites de son métier sans aucune ombre au tableau. À croire qu'elle ne rencontrait jamais de problèmes de *masse salariale* ou de *déficit budgétaire*, que tout était parfait dans le monde merveilleux de la physique. « On ne côtoie que des gens passionnés, disait-elle, jamais de tire-au-flanc. Que des grandes intelligences, de grandes ambitions… »

Elle lui parlait du détecteur dont elle avait la charge. Le MSE était une sorte d'œil géant. Mais un œil lourd comme la tour Eiffel et grand comme trois piscines olympiques. Toute cette masse servait à photographier les innombrables collisions de particules élémentaires. C'était une mission délicate que de faire un arrêt sur image sur cet instant infiniment court où avaient lieu ces événements infiniment petits. « Car ça ne sert à rien de faire se crasher les protons si on ne voit pas ce que donne l'accident au ralenti ! » Le MSE était fabriqué avec des matériaux proches de la science-fiction : quand Jules avait exigé ce papier de dernière minute sur les matériaux du futur devenus depuis *matériaux magiques*, Maïa savait que sa tante lui trouverait de bons exemples.

Les physiciens s'en tiennent à l'objectivité : la cantine du Cern s'appelait « Restaurant N° 1 ». Maïa entra. Une chaleur réconfortante l'arrêta et elle se rendit compte qu'elle était stressée et frigorifiée. Elle regarda autour d'elle.

La salle sentait le café noir et la matière grise. Il était 13 h 30, le repas était fini, mais plusieurs groupes restaient attablés çà et là autour d'une feuille blanche ou d'une tablette numérique. Les conversations, en anglais, en italien, même en français, étaient toutes incompréhensibles pour un non-initié. Maïa prit sur le côté, derrière une table de ping-pong, cherchant le kiosque à journaux dont lui avait parlé Victoire.

Soudain une petite dame frisée se planta devant elle :

« Maïa, ma puce ! Comme je suis contente de te voir ! »

Courte sur pattes, en net surpoids et dotée d'un petit cou, Victoire Hussard avait l'air d'un champignon. Un spécimen de type bolet. Cela venait de son teint un peu terreux et du casque de cheveux qui s'étirait sur sa tête. Une chevelure absolument incoiffable, surtout pour une scientifique qui n'avait jamais considéré le corps que comme une contingence.

« Ah si tu savais !... Je suis dans la merde en ce moment. »

Maïa avait oublié que sa tante pouvait être aussi cash.

« On vient d'apprendre une nouvelle qui m'a un peu perturbée, tu m'excuseras si je suis distraite – tu me remettras dans les clous. Ça me fait du bien de voir ta frimousse. »

« Bien sûr, dit Maïa. C'est mon métier, tu sais, de mener une interview. Je te remercie tellement ! »

Sans l'écouter, Victoire tourna les talons et partit à vive allure, sortant du Restaurant N° 1 pour traverser un parking. Maïa la suivit, observant ses boucles d'oreilles qui s'agitaient dans le mouvement : deux sphères bleues entourées de cercles ornés de petites boules rouges. La jeune femme sourit quand elle comprit que le bijou reproduisait la structure d'un atome.

Devant un bâtiment de type soviétique, Victoire badgea pour entrer. Dans l'ascenseur, Maïa remarqua que les lunettes de sa tante avaient un verre fêlé. Elle faillit lui faire une remarque, mais elle ne se sentait pas assez à l'aise pour se moquer d'elle. Victoire dit, comme si elle continuait à voix haute une rumination intérieure :

« Ah, les ingénieurs ! Ils sont censés résoudre les problèmes et parfois ils en ajoutent... »

Maïa comprenait. Dans les institutions de type Cern, CNES ou CNRS, deux sortes de personnels se côtoient : les scientifiques et les ingénieurs. Deux professions qui doivent travailler ensemble alors que tout les oppose. D'un côté il y a les scientifiques. Ils ont beau avoir des titres universitaires, ils sont comparables à des poètes ou des enfants. On attend d'eux des intuitions géniales, mais leur comportement est incohérent. Les scientifiques arrivent en retard, portent des pulls troués et des lunettes fêlées. Ils téléphonent avec des Nokia et ne savent pas étendre le linge. De l'autre côté il y a les ingénieurs, en grande majorité des hommes. Ils fabriquent et règlent les machines, dessinent des plans, huilent des mécanismes. Ils savent résoudre avec un calme olympien des problèmes concrets comme l'introduction d'une fouine dans les tunnels du LHC. Les ingénieurs ont des voitures propres. Ils savent nouer leurs lacets. Ils sont rasés. Ils ont acheté le dernier iPhone et arrivent à l'heure.

Le scientifique a besoin de l'ingénieur pour donner corps à ses idées ; l'ingénieur a besoin du scientifique pour savoir quelle machine construire. Rien d'étonnant, se dit Maïa, à ce que Victoire ait une dent contre un ingénieur, cela devait arriver souvent, et la réciproque aussi.

Sa tante salua quelqu'un dans le couloir. Puis elle ouvrit une porte et dit d'un ton jovial, en joignant le geste à la parole :

« Allons dans mon bureau. »

Maïa fit un pas, puis s'arrêta, figée.

Jamais de sa vie elle n'avait vu de bureau aussi encombré. Du sol au plafond, occultant la fenêtre, des piles de documents se tenaient en équilibre les unes contre les autres, comme des piliers effondrés d'un temple du savoir. Plus aucune surface libre, plus aucun mur visible, les meubles étaient comme engloutis sous cette avalanche blanche. On aurait dit qu'un camion avait déchargé une benne entière de papiers dans la pièce.

« Qu'est-ce que tu as ? dit Victoire, qui s'était frayée un chemin jusqu'à un ordinateur. Ah oui… ajouta-t-elle, s'apercevant enfin de l'encombrement indescriptible qui régnait. Ce sont les travaux de mes étudiants qui sont arrivés. »

Maïa regarda sa tante d'un air interloqué. C'est qu'elle ne pouvait pas s'asseoir.

« Oh pardon. »

Victoire entreprit alors de débarrasser une chaise. Cela prit un certain temps. Quand Maïa put enfin s'installer en face de sa tante, elle s'aperçut qu'elle n'avait plus son sac. Le sang afflua à ses joues et son cœur se mit à battre plus vite. Puis elle se rappela l'avoir déposé à l'entrée. Il fallait vraiment qu'elle fasse plus attention, surtout dans un tel désordre.

« Au téléphone hier, commença Victoire, tu m'as parlé de trois matériaux. D'abord les aimants supraconducteurs. »

« Oui. Ça a l'air intéressant pour mon papier, je... »

« Sauf qu'ils sont interdits de manipulation au personnel non habilité. Je pourrai t'en parler, mais pas te les montrer. »

« Le deuxième, c'était l'hélium liquide. »

« C'est pire : il est enterré et surveillé. On ne peut pas le manipuler comme ça. »

Maïa se mordit les lèvres. On lui avait payé un billet jusque-là, il fallait que son déplacement vaille la peine.

« Et les cristaux scintillateurs ?... »

« Ah, ça c'est autre chose, dit Victoire avec un large sourire, qui alliait orgueil et une pointe de mélancolie. Les cristaux scintillateurs, je travaille dessus depuis vingt ans, je n'ai besoin de l'autorisation de personne pour t'en montrer. J'en ai remonté quelques-uns, tu vas voir. »

« Je pourrai les photographier ? Et toi avec ? »

« Si tu y tiens... »

Malgré les apparences, sa tante n'était pas aussi truculente que d'habitude. Maïa la trouvait fatiguée et même triste.

Victoire était à cet instant penchée sur son téléphone. Son front était barré d'une ride qu'elle ne lui avait jamais vue. Peut-être juste des ennuis de travail...

« On commence ? dit la physicienne en relevant le nez. On est toutes les deux pressées, je crois. »

L'interview débuta. Les deux femmes parlèrent bipôle, cryogénie, téravolts, champ magnétique, superfluidité.

Maïa arrivait à suivre grâce à l'intérêt qu'elle portait au Cern depuis des années. Il y avait cependant quelque chose qu'elle ne comprenait pas : sa tante disait qu'en combinant ces matériaux on pouvait rendre l'accélérateur plus lumineux.

« Qu'est-ce que ça veut dire, "plus lumineux" ? »

Victoire Hussard semblait toujours surprise de constater que ses interlocuteurs n'avaient pas tous un bac+10 en physique nucléaire.

« Plus un accélérateur est capable de générer des collisions, plus on le dit lumineux. Si on passe de trente à six cents millions de collisions par seconde, sa luminosité augmente. »

« Sa puissance, c'est sa lumière ? »

« Pas sa lumière, ma puce, sa *luminosité*. »

Maïa souligna le mot dans son carnet. Son métier consistait justement à faire attention à ce genre de détails : si elle écrivait « lumière » et non « luminosité », son article s'attirerait les moqueries du Cern et discréditerait le journal. Contrairement à Jules, qui voulait du relief, elle voulait de la précision.

« Et ce cristal, je peux le voir ? Sur Internet, on a l'impression que ça ressemble à du verre. »

« Les cristaux les plus courants sont le sel, le sucre, la neige, le verre. Mais les nôtres sont des cristaux scintillateurs, fabriqués spécialement pour le MSE. Ça n'a, je peux te le dire, rien à voir. »

Victoire se leva et ce qui devait arriver arriva : une pile de documents s'effondra au sol. Elle n'en parut pas affectée, la démonstration du caractère inéluctable de la force de gravité ayant déjà été faite. Elle réussit même à ouvrir la porte d'un meuble et à prendre dans ses bras un carton doté d'une étiquette : *Cristal Laboratory*.

« Il faut mettre des gants », dit sa tante.

Le carton était plutôt une caisse, rembourrée de l'intérieur. Maïa se sentit soudain prise d'une excitation particulière.

« C'est radioactif ? »

« Il y a d'autres sortes de dangerosité que la radioactivité, Maïa ! Ce sont des matériaux sur lesquels on ne sait pas encore tout… »

« Mais je peux les prendre dans ma main ? »

« Ceux-là, oui… »

À nouveau Victoire eut cette expression de tristesse qui rendait plus visible la nouvelle ride sur son front. Mais la jeune femme n'y fit pas attention, tendue qu'elle était vers l'objet de sa curiosité.

La physicienne ouvrit la boîte délicatement. À l'intérieur, Maïa vit plusieurs parallélépipèdes rectangles qui ressemblaient à des petits lingots de verre. Victoire en attrapa un à deux mains, très délicatement, comme si elle sortait un bébé dragon d'une couveuse. Elle eut un drôle de soupir et le tendit à sa nièce en disant :

« Je te présente un cristal scintillateur de tungstate de plomb. »

Maïa saisit le cristal dans ses mains. Elle fut surprise par son poids. Il ne mesurait qu'une vingtaine de centimètres sur trois de large mais devait peser un demi-kilo. Elle l'approcha de ses yeux mais ne vit que la transparence la plus absolue. C'était troublant – comme si l'espace avait été supprimé.

« C'est beau », dit-elle.

Victoire s'était rassise au milieu des piles de papier. Maïa la trouva pâle.

« L'orthosilicate de plomb, ou PWO[3]. C'est mon cristal préféré, dit la chercheuse d'une voix anormalement lente. Il est *ultra pur*. J'ai commencé à travailler avec celui-ci. J'en ai manipulé des milliers, toujours avec le même plaisir. »

« Des milliers ? »

« Il y en a quatre-vingt mille dans le calorimètre électromagnétique. »

« Le calori… ? »

« Une des couches du MSE, si tu veux. Le cœur de l'appareil photo. »

Maïa reposa le cristal et ressortit son carnet. Ce cristal n'avait rien de *magique* : il fallait qu'elle comprenne à quoi il servait.

« Le MSE est posé autour de l'anneau de l'accélérateur. Le collisionneur fait s'entrechoquer des particules, le détecteur prend la photo. »

« Comment ça se fabrique, un cristal de cette espèce ? » demanda la journaliste, ne pouvant empêcher son regard de revenir sur le tube translucide.

« On le fait pousser dans des cuves. La plupart du temps en Russie ou en Chine, ce qui depuis la guerre en Ukraine nous pose un problème... »

« Ça *pousse* ? Comme des plantes ? »

« Plutôt comme des stalagmites, dit Victoire après un temps de réflexion. La fabrication se fait dans des fours à très haute température, notamment par le procédé de Czochralski. Pour du PWO[3], il faut mettre dans un creuset du tungstène, de l'oxygène et du plomb. »

Maïa se fit épeler le nom du four, puis, comme sa tante s'était levée pour aller parler à un étudiant devant sa porte, elle reprit le cristal scintillateur dans sa main. Les arêtes étaient bien découpées, avec une transparence parfaite, une netteté incroyable. On avait l'impression de toucher de l'air transformé en matière.

« J'en ai manipulé des dizaines de milliers, de ces cristaux, dit Victoire, de retour, d'un air rêveur. À chaque réception d'une caisse, toute l'équipe était en extase. La physique ne se fait pas sans affect, tu sais. Pour moi, ce ne sont pas que des cristaux, ce sont des diamants... »

Maïa pensa tout de suite que cela ferait un bon titre pour son papier : *Les diamants secrets du Cern...* Ça plairait à Jules.

« Ils sont étincelants, magnifiques... Un matériau vraiment fascinant. Ceux-là, je les aime particulièrement, comparés à d'autres avec lesquels je bosse maintenant. »

« Parce qu'il y a d'autres types de cristal ? »

La jeune femme se gratta la tête avec son stylo bille. Les choses se compliquaient.

« Bien sûr. Il en existe en germanate de bismuth ou en orthosilicate de lutécium. Mais c'est pour d'autres usages. »

« Lesquels ? »

« Eh bien, dit Victoire d'un ton gêné, comme si Maïa avait posé une question indiscrète, ils servent à la cancérologie, pour la détection de certaines tumeurs, grâce à des accélérateurs de particules linéaires qui produisent des isotopes... »

« Des isotopes ?... »

« Laisse tomber, ça dépasserait l'angle de ton article. Et puis ça me donne du souci. Je t'en parlerai plus tard... si on arrive à résoudre nos problèmes. Là je suis dans la merde. »

Maïa ne put s'empêcher de sourire. Elle préférait voir sa tante grossière que triste. Et puis, c'est vrai, ça dépassait l'angle de son article. Elle avait déjà bien assez de travail pour rendre tout cela compréhensible d'ici demain soir.

À ce moment-là, une sonnerie de téléphone fixe se fit entendre sous les papiers, comme un *bip* de secours sous une avalanche. Sa tante fourra une main entre deux piles de documents et en sortit le combiné.

« Kader ! Alors, quelles nouvelles ? »

La conversation passa du français à l'anglais. Maïa devina que Victoire voulait être seule. Elle sortit dans le couloir.

Quand elle revint dans le bureau, elle trouva Victoire ratatinée sur sa chaise, plus contrariée que jamais. Pas de doute, elle était tombée un mauvais jour, le genre où tous les problèmes s'accumulent. Elle était déçue : sa tante ne l'avait même pas questionnée sur ses soucis au journal.

« On fait les photos ? »

Victoire se prêta au jeu avec mauvaise grâce.

« Je t'envoie le papier pour relecture. »

« Oh, ce n'est pas la peine, je te fais confiance. »

La chercheuse avait clairement l'esprit ailleurs. C'est à peine si elle ne lui referma pas la porte au nez. Maïa ne s'en offusqua pas. Sa tante était une scientifique, et les scientifiques n'ont, comme les poètes ou les enfants, jamais vraiment intégré les règles du savoir-vivre.

Deux heures après, quand le TER quitta la gare de Culoz, Maïa avait déjà rédigé les trois quarts de son article ; elle s'accorda une pause. La journée avait été longue, le stress retombait et sa concentration faiblissait. Elle regarda un moment un homme à queue-de-cheval avec un thermos multicolore. Ses mouvements de pieds la dérangeaient dans son champ de vision. Elle referma l'ordinateur, hésita à le ranger, mais se contenta de relever la tablette. Une bonne journée, finalement, intense, mais comme elle les aimait dans son métier. Elle resta à contempler le Rhône. Le train était vide. Elle s'assoupit. Plus tard, elle reprit l'ordinateur, le mit dans son sac, puis le ressortit et le rouvrit pour vérifier encore quelque chose sur Internet et faire une modification, réenregistra le fichier, mit ses écouteurs dans ses oreilles.

À l'arrivée à la gare de la Part-Dieu, elle se dépêcha de sortir. Ce n'est que dans le métro qu'elle s'étonna de la légèreté de son sac.

CHAPITRE 5

Bastien

Rompre, c'est faire d'un personnage principal de votre vie un personnage secondaire. Je pensais qu'Isabelle et moi nous resterions toujours ensemble. Mais un après-midi pluvieux elle m'a dit Mais aussi, tu ne m'écoutes jamais... Isabelle avait décidé de devenir un personnage secondaire. Je n'ai pas eu le choix. À présent je m'efforçais de considérer les femmes qui venaient vers moi comme de potentiels personnages principaux. Mais je n'y arrivais pas. Au fond de moi, elle était irremplaçable et je l'aimais toujours. Je n'aimais pas l'Isabelle réelle, cette femme qui vivait loin de moi et qui était devenue une autre, j'aimais une Isabelle fantasmée, immuable et encore amoureuse. Isabelle était une femme exceptionnelle. Je n'aime que les femmes exceptionnelles.

Henri me disait que c'était de l'orgueil, qu'il suffit de porter un regard intense sur une femme ordinaire pour qu'elle nous devienne exceptionnelle. Mais je n'en avais pas envie. J'étais content de mon obsession isabellienne.

Henri habite sur la Saône, à dix minutes à pied de chez moi, je me rends chez lui presque tous les samedis. Je prends d'abord un moment pour lire un livre de poche, assis en tailleur dans un recoin de sa bouquinerie ; je me pose sur la mezzanine, au rayon littérature. Après avoir fermé, Henri vient me chercher pour jouer aux échecs, puis boire. On se connaît depuis vingt ans, depuis le temps où, étudiant, j'ai commencé à venir fureter ainsi dans sa librairie et où il a senti que j'avais besoin d'être adopté par sa famille. Par lui, sa femme, ses deux enfants que j'ai vus grandir et qui sont à leur tour étudiants. Henri est athée comme une souche mais beaucoup plus chrétien que moi par certains aspects. Il ne me juge pas. Il ne juge personne. Il accepte son prochain tel qu'il est. Il est généreux.

Ce samedi soir, il me resservait à boire et m'écoutait comme je serais incapable d'écouter. Nous prenions notre cuite hebdomadaire. Je lui avais raconté Plastirec, Malgoni, la compacteuse, et maintenant j'en revenais à mes sujets préférés : Isabelle, mon célibat, moi-même. Nous étions dans son appartement au-dessus de la librairie, vautrés dans un canapé bordeaux et nous buvions du vin de la même couleur avec une détermination stalinienne.

Je lui dis que le plus dur dans le célibat, c'était le manque de suivi du quotidien, l'absence d'une oreille à l'écoute. N'avoir personne à qui raconter sa journée, tu comprends – sans même parler d'encouragement ou de soutien particulier. Juste le fait de rentrer chez soi et de débriefer. Je ne m'étais pas rendu compte à quel point c'est important de pouvoir débriefer. De se débarrasser de ce qu'on a vécu de difficile, comme cet accident du travail, mais aussi de plus insignifiant, comme un commerçant qui vous parle mal et d'autres broutilles. C'est ça le plus dur : n'avoir personne qui *fait le suivi*.

Entre deux phrases, je laissai mon regard couler sur les eaux de la Saône.

Le plus difficile, ce n'est pas vraiment l'abstinence, ni le besoin de prendre quelqu'un dans ses bras. Ça, on peut finir par l'oublier, le corps est pris dans les glaces. Mais le besoin de parler des peines de sa journée, c'est terriblement incrusté...

Et je finis mon verre.

Il y a plusieurs manières de boire. Henri est adepte de la méthode la plus courante dans notre pays : boire tous les jours, à petites doses, durant toute son existence, à tous les repas, et pousser des hauts cris si on parle d'alcoolisme. J'appartiens au courant minoritaire qui prend de grosses cuites de temps en temps et entre lesquelles la simple vue d'une bouteille d'alcool donne la nausée.

Je mâchonnais des olives en essayant de mettre des mots sur mon sentiment de solitude. Ce n'était pas un moment triste, parce que Henri était là. Je regardai sa barbe et sa pipe, qui étaient devenues pour moi le symbole de l'amitié. Je parlais de plus en plus tandis que lui était au contraire victime d'un affaissement. Il voulut m'interrompre mais je continuai. Le plus dur était l'absence de quelqu'un qui *fasse le suivi*, oui, c'est ça. Quelqu'un qui m'écoute de manière continue.

Henri tenta de nouveau de prendre la parole mais j'étais emporté par mes idées. Bien sûr, il y avait parfois un vrai problème à raconter, comme ce pauvre Malgoni écrabouillé dans une compacteuse. Heureusement, mes collègues m'avaient soutenu. Henri parvint enfin à en placer une, disant Tu as de la chance d'avoir des collègues comme ça...

Oui, mes collègues avaient été super. Mais la vie ce n'était pas toujours des trucs aussi durs. J'envoyai une olive dans ma bouche. Henri ouvrit la troisième bouteille. Il voulait dire quelque chose mais sa main rencontra son verre, son verre rencontra ses lèvres, le vin ses papilles, l'éthanol son cerveau. Il se tut.

Nous en étions à ce stade de l'ivresse où la sensation de soulagement moral, liminaire, laisse place à des effets euphorisants. Je cédai à cette montée de joie. Je regardai de nouveau la Saône. C'est marrant une rivière, quand on y pense. Toute cette eau qui a décidé de se rassembler pour couler plus fort. On devrait s'en inspirer.

Je considère comme une grande marque d'amitié qu'Henri accepte depuis des années de se cuiter avec moi alors qu'il n'a pas de chagrin d'amour. Sa femme Catherine est toujours charmante. C'est un couple de boomers indestructible. Quand elle me voit débarquer, elle soupire et dit que si on a faim on n'a qu'à se faire cuire des pâtes, puis elle monte à l'étage. Je l'aime beaucoup.

Henri ouvrit la troisième bouteille – ou la quatrième ? Quand le bouchon sauta, il dit quelque chose sur la « présence féminine », dans une maison mais aussi dans un cœur et dans un esprit, une présence qui nous rendrait différemment *présents* au monde. Ou quelque chose comme ça. C'était très beau, ce qu'il disait. Il m'avait parfaitement compris, il complétait de manière super intelligente ce que je venais de dire. Qu'il est bon de boire avec un ami. C'était exactement ce dont j'avais besoin après cet épisode à Plastirec. J'avais tant pleuré. C'était ainsi qu'avait commencé la soirée. J'avais dit à Henri : Si tu savais combien j'ai pleuré l'autre soir dans les bras de ma collègue. Maintenant ça va mieux.

Soudain j'eus soif d'eau. Henri me donna un grand verre. Il faudrait peut-être cuire ces pâtes, non ? Henri répondit Bof, j'ai la flemme. Il se mit à me raconter comment il avait retrouvé une bande dessinée de Bretécher chez Emmaüs pour 1 euro alors que c'était un exemplaire épuisé. Je sentis son bonheur et ça me rendit intensément heureux. Il faisait un métier formidable. Tu fais un métier formidable. Bois de l'eau, dit Henri en revenant sur le canapé. Et comme cela me prend souvent à ce stade des opérations, j'eus envie de redescendre dans sa bouquinerie.

Le mieux, lors de ces cuites chez Henri, c'est de redescendre la nuit dans sa librairie. Dans le noir, à la lumière tremblante d'une ampoule unique, le lieu est encore plus extraordinaire qu'en journée.

Henri me laissa descendre en premier. Je marchai juste au milieu du parquet et lui criai de rapporter la bouteille, qu'on la finirait en bas. Henri ralluma sa boutique et me dit de m'asseoir contre l'étagère des « Présence du Futur », puis il partit chercher la bédé de Bretécher.

La bouquinerie m'encapsula d'un coup. Cet espace semblait non pas recueillir les livres mais les multiplier. Je restai tassé par terre, sous un recoin, à regarder le phénomène. Les ouvrages bougeaient dans les rayonnages. Le bourdonnement dans mes oreilles se fit plus fort. Tous ces murs couverts de livres qui ne buvaient pas et se fichaient bien qu'un ouvrier soit mort dans une machine. Les livres sont sourds, ils sont muets. Comme je l'avais été avec Isabelle. La Saône qui coulait telle une masse solidaire alors que j'étais seul. Comme Malgoni avait dû se sentir seul ! J'avais été incapable d'aimer une femme. Incapable de contrôler cette entreprise à temps. J'étais pitoyable. La Saône demeurera, le pont, les livres, mais moi je mourrai. À l'échelle des pierres, je suis un insecte.

Ma tête tomba entre mes genoux. Je regardai le plancher. Est-ce que je pourrais jamais sortir de ce monde, revenir en arrière, aimer Isabelle, empêcher l'ouvrier de tomber dans la compacteuse ? Mais où était la bouteille ? Henri avait oublié de descendre la bouteille !

« Bastien ? » j'entendis près de mon oreille.

prendre une bière fraîche dans le frigo mais je résistai. Boire de nouveau par-dessus une cuite est un chemin trop dangereux.

Longtemps j'avais cru qu'on devenait alcoolique ou toxicomane par prédétermination sociologique. Que c'était le fruit d'origines sociales difficiles ou de traumatismes graves sur lesquels on n'avait aucune prise. Désormais, je savais que c'est faux. Il est possible à un moment donné, pour une personne normale, et quand bien même elle est parfaitement informée des méfaits de son addiction, de *choisir* d'aller vers sa propre destruction. Chaque fois que je prenais une cuite, j'avais la tentation de recommencer le lendemain. La vie accumule les peines. Le cœur s'use. Pour le moment, je tenais bon. Je n'étais pas entièrement soumis à l'alcool. J'étais soumis à la tentation.

Le lendemain de cuite étant un dimanche, j'allais souvent à la messe avec un certain taux d'alcoolémie dans le sang, ce qui expliquerait en partie la pérennité de mes sentiments religieux.

Le curé dit que tout bouge, tout change, que seul Dieu demeure. Il résume très bien mon impression. L'église Saint-Martin-d'Ainay a elle-même un caractère *fuyant*. Je la fréquente depuis des années, je n'ai pas trouvé d'autre mot pour la définir. L'abbaye millénaire est un bâtiment espiègle, qui joue avec son visiteur. Elle s'esquive. À croire que l'église est dotée, en plus de

Puis la scène devint floue. Je mangeais des pâtes. Henri me servait de l'eau.

« Mais aussi ! Pourquoi faut-il toujours que tu ailles jusqu'à te rendre malade ?... »

La bataille était terminée, le vin avait gagné. Il était 2 heures du matin. J'étais un être humain pris dans une époque déterminée. Je devais rentrer chez moi.

Enfiler un manteau est un geste très technique, on ne se rend pas compte. De l'air frais passa sur mes joues. La rue et la ville étaient stables, moi je tanguais entre plusieurs plans de temps et d'espace. Henri me ramena jusqu'au pied de mon immeuble.

« Il faut que tu arrêtes tes conneries. Ça fait deux ans, maintenant. Isabelle par-là, Isabelle par-ci... Il faut que tu passes à autre chose, Bastien. »

« Je l'aime toujours, c'est tout », dis-je.

Ça sonnait plus comme une phrase d'ivrogne que comme une déclaration romantique.

Henri m'aida à taper le digicode. Il me dit qu'on en reparlerait. Je lui dis que je l'aimais lui aussi, que je l'aimais très fort. Il me traita de petit con et s'en alla.

Je montai l'escalier. Je ne m'endormis pas tout de suite. Je restai à écouter de la musique. Je planais.

Le lendemain matin je me sentis empoisonné. J'avais passé la nuit à me réveiller pour boire ou pour pisser, j'étais épuisé dès le réveil. Les os de mon crâne étaient devenus trop petits et me serraient. Les objets se moquaient de moi. Évidemment il pleuvait. J'avais envie de son caractère sacré, d'un pouvoir particulier de désorientation.

La première difficulté est de la trouver. Elle a quatre adresses : 1 rue des Remparts-d'Ainay, 2 place d'Ainay, 5 rue de l'Abbaye-d'Ainay et 12 rue Bourgelat. Sauf que la rue Bourgelat, je n'ai jamais réussi à la trouver. La rue des Remparts-d'Ainay est impraticable à cause de ses pavés. La rue de l'Abbaye-d'Ainay ne se découvre que par un passage si étroit qu'il en devient invisible. Je n'ai aucune raison d'arriver par la place d'Ainay, car elle débouche sur la Saône et moi je viens du côté Rhône – d'ailleurs j'ai remarqué que *personne* n'arrivait jamais par là. Depuis des années j'arrive donc par la rue d'Enghien où s'est réfugiée la mairie d'arrondissement. Je prends l'église à revers, en quelque sorte.

Ce pouvoir se montre encore à l'intérieur de l'église. Pour entrer, il faut pousser trois portes en bois. On arrive alors dans la nef. Elle est entourée de plusieurs chapelles, d'un baptistère, et de toute une ribambelle de contre-allées. Le nombre de fois où je n'ai pas retrouvé ma chaise en revenant de communion est hallucinant. Même les statues semblent changer de place. Je croyais prier Joseph, je lève les yeux et c'est le monument aux morts de 1914...

Je n'ai jamais demandé aux autres paroissiens s'ils étaient aussi perdus que moi dans cet édifice. Après tout, des centaines de fidèles parviennent à y entrer et en sortir chaque dimanche et je ne veux pas passer pour un illuminé – sans compter que mon haleine ne plaide pas toujours en ma faveur. Alors j'accepte cette esquive du bâtiment. Dans notre monde rationnel, ce pouvoir de désorientation a quelque chose de plaisant. Je ne demande pas à la religion de suivre les mêmes raisonnements que la vie ordinaire. Quand je vais à la messe, c'est au contraire pour *sortir* de quelque chose. Pour un autre shoot que celui de l'alcool. Une espèce de drogue. Ce n'est pas très casher comme approche, mais c'est comme ça.

Ce dimanche, l'orgue jouait déjà en grande pompe. J'avais du retard. Je ne trouvai une chaise libre que dans les premiers rangs, à côté d'une paroissienne à serre-tête. L'encens et les chants s'élevèrent autour de moi. Je tentai de me concentrer sur ce que racontait l'Évangile. Je me levais et m'asseyais en rythme avec les autres. Je pensai un moment à Henri, à mes collègues qui avaient été si gentils avec moi. Je pensai à Isabelle. Puis ce fut la communion – j'allais chercher l'hostie en gardant les yeux fixés sur les chevilles de mon voisin, seule manière de ne pas m'égarer au retour. Je tendis la main, je dis Amen et je mastiquai le corps du Christ en guise de cure détox.

Je me mis à prier pour l'âme de cet ouvrier mort dans la compacteuse, Venerio Malgoni. Je pensai au gouffre noir de l'entonnoir au-dessus de la chambre de presse. Peut-être qu'il s'était suicidé, ce n'était pas impossible. Quand les gens souffrent trop et qu'ils ont un moyen de se tuer à leur portée, un moyen dont ils sont sûrs, ils en profitent. Je priai pour lui, même si, pour être honnête, j'avais un doute sur l'efficacité de la chose. Disons que pendant quelques minutes je pensai à autre chose qu'à ma petite personne.

À la fin de l'ultime morceau d'orgue, je laissai les paroissiens sortir. Ils allaient s'inviter les uns les autres pour le gigot du dimanche et je sentais la détestation de mes congénères me reprendre. Une vieille dame à côté de moi éteignit le premier cierge de l'Avent, sur la couronne devant l'autel. L'idée que Noël approchait me déprimait. J'ai horreur des familles et des fêtes de famille.

L'église était presque vide quand je tombai sur le père Queyras, le prêtre de la paroisse. Un homme âgé et érudit, qui parlait bien. Souvent je m'étais dit que sa puissance intellectuelle devait souffrir de fréquenter ce bâtiment espiègle.

« Ah, Bastien ! Vous êtes là ? Venez avec moi. »

Qu'il se souvienne de mon prénom me surprit beaucoup. Nos derniers échanges dataient de plus de six mois, quelques phrases lors de la canicule, alors que l'église me servait de refuge. Autant contre la chaleur que contre mon isabelienne mélancolie.

Il m'avait dit de le suivre et je marchai à sa suite, un peu intimidé. Le prêtre passa une porte énorme et je me retrouvai dans la sacristie.

Mes yeux mirent un moment à s'accommoder à l'obscurité. La pièce était sombre, avec en son centre une table en bois ronde si patinée qu'elle ressemblait à un vieil aïeul. Les murs étaient recouverts de placards de trois mètres de haut, dont certains laissaient voir un encombrement considérable de linge, bougies, registres, huiles ou encens.

Le curé resta debout à ranger la coupe et l'assiette qui avaient servi pour la communion – le ciboire ou le calice, je ne sais plus comment ça s'appelle. Un silence s'installa, comme si les objets demandaient toute son attention.

« Bastien, vous chantez très bien, vous savez », dit-il enfin, sans se retourner.

Je ne pus m'empêcher d'être flatté.

« Vous m'entendez chanter ? »

« Bien sûr. Votre voix me soutient bien. »

Le père Queyras me regarda. Ses cheveux épousaient une forme de contre-tonsure tout à fait disgracieuse.

« Vous ne voudriez pas être maître de chant ? »

Je ne pus retenir un rire de surprise.

« Vous voulez dire faire chanter ? À l'église, le dimanche ? »

« Oui. Nous manquons d'un animateur pour les messes. »

Me demander à moi, c'était stupéfiant… Mais ça devait sans doute arriver. Une paroisse, c'est comme une association. Quand on participe trop souvent à ses activités, on vous demande d'être secrétaire ou trésorier juste pour rendre service, et on ne s'en sort plus… Je secouai la tête et refusai. D'ailleurs, je n'étais pas un si bon chanteur.

« S'il vous plaît… La modestie n'est pas de mise ici. »

Ma main caressa la vieille table de chêne. Le prêtre ôta son aube blanche. Il apparut dans une chemise usée, tel un vieillard ordinaire, plus maigre encore que je ne l'aurais cru. Je sentis un élan de tendresse pour lui. J'aurais voulu lui faire plaisir.

« Je ne sais pas diriger des chants. Et puis je n'ai vraiment pas un caractère à me mettre en avant devant tout le monde. »

« Mais il y a des formations. J'aimerais bien que des hommes fassent chanter le dimanche. Nous ne pouvons pas toujours suivre les aigus de ces dames. »

Il ajouta un ton plus bas :

« J'aimerais bien que certaines choses changent, ici. »

On aimerait tous que les choses changent. Mais je ne pouvais pas être de tous les combats.

« Non, désolé, mais c'est impossible pour moi. »

« C'est entendu », dit enfin le prêtre en remettant ses lunettes de myope.

Je m'en voulais de l'avoir repoussé. Mais Queyras changea de sujet :

« Bastien, vous êtes content d'avoir été baptisé ? »

« Oui, au final, oui... ».

« Pourquoi ? »

Je ne trouvais pas les mots, j'avais peur de le vexer.

« C'est toujours bon à prendre ? »

« Oui, c'est ça, c'est toujours bon à prendre. »

Le prêtre hocha la tête en souriant. Dans ses mains passèrent diverses pièces liturgiques : des flacons minuscules, des linges aux broderies fines, des assiettes en métal doré. Il vérifiait leur aspect d'un coup d'œil expert et les rangeait dans un des placards muraux.

« C'est dommage, tout de même. Je vous vois ici tous les dimanches et j'aimerais bien vous impliquer davantage. »

Il éteignit la lumière et nous quittâmes la sacristie, laissant la vieille table et les hauts placards se raconter des légendes d'avant 1905. Je le suivis vers la gauche. Devant une porte où était punaisée une affichette proclamant CETTE PORTE DOIT TOUJOURS RESTER FERMÉE, le curé sortit une clé rouillée et l'ouvrit. Je fus transporté d'un coup dans la rue Bourgelat. Je chancelai un peu. Je regardai Queyras. Des reflets de lumière d'hiver caressaient sa peau fine et presque translucide. Rien ne pouvait laisser croire que ce vieillard venait de présider à une assemblée de deux cents personnes.

« Bastien, est-ce que je peux venir chez vous le vendredi 23 décembre ? »

Je ne comprenais pas sa question. C'était dans plus de trois semaines.

« Vous êtes pris peut-être ce soir-là ? demanda-t-il. Vous aviez déjà prévu de cuisiner un repas pour des amis ? »

Il était en train de s'inviter chez moi. Ça me plaisait qu'il s'impose. Mais au lieu de formuler moi-même l'invitation en bonne et due forme je m'entendis répondre :

« Vous savez, cela fait bien longtemps que je n'ai plus préparé de repas pour personne... »

La ville était calme comme une mer froide.
Le prêtre mit son béret sur sa tête.
« Je m'en doutais. Je mange de tout. Je viendrai à 20 heures. »
Il prit mon numéro de téléphone et me laissa là.

CHAPITRE 6

Maïa

Quand Maïa se réveilla, l'angoisse la reprit comme un manteau humide qu'il faut tout de même enfiler.

Dans sa cuisine, elle fit bouillir de l'eau, la versa dans un mug et laissa infuser un sachet de thé noir. Elle sortit du congélateur deux tranches de pain qu'elle mit à griller ; il avait un goût de serpillière. Un voisin jouait du violon, c'était exécuté comme une scie à bois appliquée sur du métal. Par la fenêtre de la cuisine, Maïa voyait les branches nues du platane, trois corneilles y étaient perchées, elles poussaient des cris agressifs.

À cet instant, elle aurait aimé être un oiseau. Se réfugier dans un nid, n'avoir pas de patron. Se nourrir de graines. Être le moineau qui sautille et qui va se nicher dans la cavité d'un immeuble. Le merle qui soulève les feuilles mortes. Le héron qui survole le Rhône, ou la corneille en face, sur ce platane. Mais à choisir, Maïa aurait voulu se transformer en faucon crécerelle. Elle aurait eu des yeux assez puissants pour retrouver un ordinateur perdu. Ce rapace élégant aux multiples teintes beiges l'avait toujours fascinée. Le faucon crécerelle s'est adapté à la ville, il peut nicher dans des clochers d'église ou les souffleries des toits d'école. Par dessus tout, l'objet de sa fascination était ce vol dont il est capable, immobile dans le ciel en suivant des yeux un rongeur dans un champ. Tandis que ses ailes s'agitent à toute allure, sa tête reste parfaitement fixe, comme suspendue à un clou fiché dans le ciel. Cette suspension s'appelle le vol du Saint-Esprit. Maïa ne l'avait jamais vu autrement que sur Internet.

Elle aurait aimé être un moineau, un merle, un faucon. Mais elle était une femme et elle devait faire face.

Sur son vieux PC, qui ramait tellement comparé au MacBook, elle recommença son article sur le cristal scintillateur. Elle avait ses notes, une bonne mémoire. Deux heures plus tard, l'article terminé, elle l'envoya à Jules. Quand il saurait qu'elle avait perdu l'ordinateur, ce serait terrible. Florence lui avait conseillé de ne lui apprendre la nouvelle qu'une fois l'article validé. Et puis, il y avait encore un « tout petit espoir », selon elle. Maïa, elle, n'y croyait pas.

La veille, quand elle s'était aperçue de la disparition de l'ordinateur, elle était retournée à la gare. Un contrôleur lui avait dit de revenir le lendemain.

En début d'après-midi, elle se rendit donc au bureau des objets trouvés de la gare. Le guichet était tenu par une femme au chemisier coloré, qui souriait démesurément, comme si elle sortait d'un rapport sexuel particulièrement satisfaisant.

Mais non, aucun ordinateur. Le service de nettoyage des trains n'avait rien rapporté.

« Alors quelqu'un me l'aurait volé ? » dit Maïa, qui voulait continuer la conversation, terrifiée de se retrouver face au vide qui suivrait.

« Pas forcément, dit la radieuse employée. Parfois des gens récupèrent les objets perdus, mais ils ne viennent pas les déposer tout de suite. Repassez dans une semaine : si un bon Samaritain a récupéré vos affaires, il faut lui laisser un peu de temps. Le lendemain c'est encore un peu tôt pour conclure que c'est perdu. Oui, disons une semaine… »

Maïa ne croyait ni en Dieu ni au diable, et certainement pas au Bon Samaritain. Ce qu'il aurait fallu, pensait-elle, c'est ratisser la ville, visionner les vidéos de surveillance, faire passer sur la bande FM une alerte enlèvement. Voilà ce qu'il aurait fallu faire. Mais c'était impossible, tout était fini, perdu, irrémédiablement. C'était mort. Maïa se contenta de détacher son vélo, le cœur lourd.

Il fallait qu'elle parle à Jules.

Elle se sentait comme dans une drôle de guerre, après la mobilisation mais avant l'offensive, dans cet entre-deux où les hostilités sont temporairement suspendues. Elle roula au hasard. Un faucon crécerelle l'aurait vue sur les berges du Rhône, passant devant le musée des Confluences, emprunter la rive droite de la Saône. Il l'aurait vue garer son vélo devant la librairie du Père Pénard. Maïa savait que, là, rien de mauvais ne pouvait plus lui arriver.

La bouquinerie existait depuis des décennies, sur les quais de Saône. On n'y vendait aucune nouveauté, uniquement des livres anciens, des bandes dessinées aux beaux-livres. Le magasin occupait plusieurs anciens appartements. Les pièces avaient été raccordées, chacune avec un plancher différent, reliées par des escaliers et des portes étroites qui demandaient une certaine souplesse cervicale. Des étagères étaient suspendues dans le moindre recoin. Il y avait tellement de livres que souvent, bien qu'elle fût une habituée, elle se cognait à une étagère nouvellement apparue – et qu'on aurait dit surgie par bouture à partir d'une précédente.

Quand elle entra ce samedi en fin d'après-midi, le patron lui fit un sourire. Mais Maïa n'avait pas envie de parler. Elle prit un escalier, passa les rayons musique, psychologie, philosophie, sociologie, ésotérisme, redescendit de l'autre côté en direction de la littérature. Les éditions de poche étaient toutes rassemblées sur une coursive qui faisait le tour de la pièce. Il y avait là, sur une vingtaine de mètres d'étagères portant un double rayonnage, plusieurs milliers de titres, traductions comprises, alignés suivant un ordre alphabétique légèrement dodécaphonique.

Maïa s'accrocha à la rambarde. Une fois en haut, on pouvait se sentir comme sur un bateau, avec la balustrade en guise de bastingage. Si elle fermait les yeux, l'illusion était complète, car le bois craquait sous ses pas, et de la Saône toute proche parvenaient les cris sporadiques des mouettes. Elle se laissa aller à ce moment de douceur. Elle avait bien fait de venir. La bouquinerie était l'endroit idéal pour oublier le monde extérieur.

Son rayon préféré était celui de la poésie. Son rite consistait à prendre un recueil et à lire un poème au hasard. Elle appelait ça jouer à pioche-poème.

Mais comme elle approchait du rayon elle fut contrariée de voir un homme assis sur une pile de livres. Elle s'arrêta. Le type ne l'avait pas vue tant il semblait absorbé dans sa lecture. Maïa l'avait pris d'abord pour un étudiant, vu sa manière décontractée de s'asseoir, mais non, c'était un quadragénaire aux cheveux légèrement bouclés.

Après l'avoir observé un moment en silence, elle finit par s'avancer.

« Oh, pardon ! » fit-il en se touchant les cheveux d'une façon presque féminine.

Malgré ses protestations, il se leva. Leurs regards se croisèrent une seconde, il descendit. Il avait l'air d'être un habitué, lui aussi. Plutôt beau garçon. Elle s'assit à la place qu'il avait libérée. Elle n'était pas d'humeur à se lier avec quiconque et préférait être seule, comme toujours quand elle se sentait mal. Elle tendit la main et saisit un livre. C'était *Du domaine*, d'Eugène Guillevic.

Elle l'ouvrit au hasard, et lut :

Il allait seul
Dans les allées,
Abandonné
Par son enfance

À ces mots, Maïa sentit comme une onde de consolation se propager dans son ventre. Elle se sentait triste, comprise, bercée. Elle l'ouvrit à une autre page et piocha de nouveau :

Il n'y a pas d'ailleurs où guérir d'ici.

Elle soupira. Ce qui l'étonnait, c'était que, dès la veille au soir, dans le métro, elle avait compris qu'elle ne retrouverait pas l'ordinateur. Elle l'avait senti.

Maïa passa à la caisse, acheta le recueil, le mit dans son sac et sortit. On a toujours du baume au cœur quand on vient d'acheter un livre. Elle se sentait maintenant d'attaque pour appeler Jules.

« Non mais dis-moi que c'est une blague ! »
Plus tard, Maïa se reprocherait de n'avoir pas menti, prétendu qu'elle s'était fait bousculer dans le métro, par exemple. Il fallait qu'elle apprenne à mentir.
« Non ce n'est pas vrai ! Mais quel cauchemar ! »
Elle vivait une des pires conversations téléphoniques de sa vie, elle le savait. Et le pire moment dans cette abominable conversation, c'était maintenant. Maïa chercha quelque chose pour

supporter l'engueulade. Elle saisit son Rubik's Cube sur une étagère au-dessus de son lit, un vieux cube usé sur les arêtes tellement elle l'avait manipulé.

« Tu crois vraiment qu'on a besoin de ça en ce moment ? Perdre des équipements ! Faut-il n'avoir rien dans la tête pour être capable de faire ça ! »

Jules appela son frère Jacques et, sans pitié, mit le haut-parleur. Elle dut recommencer toute l'histoire. Elle avait une voix minuscule et chevrotante. Mais par une expérience de dissociation, tout en parlant dans l'oreillette elle faisait tourner le rubicube à toute vitesse.

« Ça s'est passé hier et tu ne me le dis que maintenant ?! »

Contrairement aux idées reçues, un rubicube de trois par trois n'est pas très difficile à résoudre si on applique une méthode algorithmique qu'on peut apprendre sur YouTube. La méthode dite « tranche par tranche ».

« C'est du sabotage ! On ne peut pas te faire confiance. »

La première étape de la résolution consiste à faire une croix centrale avec la couleur blanche. Ensuite il faut harmoniser les deux carrés du milieu, puis les arêtes sur la tranche intermédiaire. Alors seulement on peut retourner le cube, faire la deuxième couronne, retourner pour la troisième couronne, faire la croix jaune, puis aligner les coins, et enfin les orienter dans le bon sens.

Jules Morichon ne devait pas faire des rubicubes. C'était plutôt le genre à tuer des zombies en tabassant un joystick.

« Tout ça tombe très mal pour les finances du journal, tu le sais ? »

« Oui, je sais... »

Les couleurs du cube exprimaient chacune un aspect de l'existence : l'affection rouge, le dégoût jaune, le désir orange, la colère verte, la peur bleue, le repos blanc. Dans la vie, tout était emmêlé, alors qu'une fois que les faces étaient monochromes Maïa avait l'impression que la vie enfin était compartimentée. Que l'ordre était rétabli.

« C'est pas possible ! On ne va pas pouvoir continuer comme ça avec toi... »

Aucune balle anti-stress n'équivalait le cube multicolore pour son côté pratique et ludique, ni pour cette agréable sensation d'ordre restauré.

« Tu m'écoutes, Maïa ? »

« Oui. »

Jules avait enlevé le haut-parleur.

« Je te propose de se retrouver au bureau lundi, pour faire le point toi et moi. »

Jules aurait pu tout aussi bien parler d'entretien préalable au licenciement.

Ainsi, pensa-t-elle en raccrochant, à bientôt 40 ans, allait-elle redevenir pigiste. Finis, les tickets resto, la mutuelle, la stabilité de l'emploi. La moitié de l'ancienne rédaction de *Science & Vie* était devenue free-lance, ils avaient un groupe WhatsApp où ils parlaient de leurs galères, ça ne faisait pas envie.

Voilà. Le pire était passé.

Mais elle ne se sentait pas mieux. Son visage la démangeait, ses bras la grattaient – comme des petites piqures de stress. Il aurait fallu qu'elle sorte courir, qu'elle se défoule, qu'elle appelle Florence. Mais elle continua à faire tourner son cube. Première couronne, deuxième couronne, troisième couronne. Vert, bleu, rouge, orange, jaune et blanc. Une fois arrivée au bout, elle le défaisait et recommençait.

Les gens se trompaient souvent sur Maïa. À cause de son mètre soixante-quinze, de son visage un peu fermé, de sa silhouette sportive, ils la croyaient forte, et de fait elle l'était. Mais personne ne la voyait triturer un rubicube à toute vitesse pour s'empêcher de pleurer.

Elle savait ce qui lui aurait fait du bien. Faire l'amour. Mais elle n'avait personne avec qui le faire, là maintenant, et elle n'avait pas le courage de se brancher sur ses comptes en ligne. Trop laborieux. Pourtant elle aurait aimé coucher avec un homme.

Maïa avait besoin de faire l'amour régulièrement. Ça lui régulait l'humeur. Ça lui donnait de l'énergie. Toucher, être pénétrée, être touchée, caressée, engloutie, elle adorait ça. Faire connaissance avec un homme, au sens profond, ne l'attirait pas. Elle n'aspirait pas à aider ou être aidée, échanger ses opinions, manger en face de quelqu'un, tout ce dont parlait Florence pour vanter les mérites de la conjugalité – non. Elle voulait juste un homme pour coucher avec. Elle aimait le corps de l'homme. Son désir à lui. Son désir à elle. Se sentir submergée par quelque chose de primaire et de puissant et le désordre qui s'ensuivait. La tension accumulée qui se libérait dans l'acte sexuel. Son hétérosexualité était de l'ordre de la damnation. Elle aimait toucher le torse, la peau, les bras, le sexe d'un homme. C'était aussi simple que ça.

Les sites ou applications de rencontre proposaient toujours deux cases : « Une histoire sérieuse » ou « De nouvelles rencontres ». Elle cochait la seconde. Des coups d'un soir, en somme. Elle ne voulait pas de problèmes. Pour cela, elle avait établi un protocole. Elle s'était inscrite sous un faux prénom. Elle ne donnait jamais son numéro. Elle évitait les hommes qui habitaient dans son quartier (mais c'était facile, car *personne* n'habitait dans son quartier). Les jeunes lui faisaient moins peur. Et surtout, si elle sentait des alertes lui intimant de fuir, elle y était attentive, et elle fuyait.

Nous avons plusieurs types de besoins. Besoins physiques, besoins culturels, besoins sociaux, besoins intellectuels, besoins sexuels. Après avoir travaillé pendant une semaine, après avoir fait du sport, être allée au cinéma, Maïa avait besoin de faire l'amour. Encore plus en cas de désastre comme ce soir-là.

Elle finit donc par ouvrir Meetic sur son téléphone. Elle avait des messages de Joss69, KevinChaud, Kiff_Marcel... Elle n'avait qu'à répondre et ils pourraient prendre un verre, et puis... Mais, non, décidément, elle n'avait pas le courage. Elle était trop fatiguée pour le supporter si ça foirait. Car si quasiment tous se flattaient d'être des bons coups, une fois au lit ils étaient lacaniens sans le savoir : il n'y avait jamais de *rapport* à proprement parler. C'était lui – elle – lui. Ou plutôt lui – lui – lui. Les pires étaient ceux qui s'observaient accomplir leur va-et-vient, incapables de détacher leur regard de leur bite. Elle ne recherchait pas le Kamasutra mais elle aurait aimé rire un peu. Faire l'amour lui donnait de la joie. Sauf que les hommes étaient décontenancés dans ces cas-là. Durant quelques mois, elle avait changé de case et cliqué sur « Une histoire sérieuse ». Résultat, ils baisaient aussi mal, sauf qu'en plus elle devait se taper une série de textos avant style on-fait-connaissance, et une autre ensuite en mode comment-te-dire-adieu. Elle était revenue à « De nouvelles rencontres ». Même si le niveau de baise était décevant au regard de ce qu'il aurait pu être entre un jeune homme érectile et une femme avide, cet égoïsme aurait peut-être été le sien, au fond, si elle avait pu disposer à sa guise du corps de l'homme. Mais c'étaient eux – ou plutôt leur sexe – qui imposaient leur rythme. Certains la baisaient en cinq minutes, d'autres en vingt. Elle s'était faite à ne rien demander de plus, y trouvant un certain repos. Elle prenait l'énergie qu'ils avaient en eux, l'énergie de leur désir. Car elle aimait surtout ce moment où le désir, après tant de laborieuses étapes numériques et sociales, se libérait, où enfin ils s'embrassaient, où ils étaient nus, où ils se touchaient. Où ils faisaient l'amour. C'était ce qu'elle voulait, et elle l'obtenait. Et c'est déjà bien pour une femme aujourd'hui : obtenir ce qu'elle veut.

Elle se lava les dents, se mit en pyjama. Le stress terrible qui la tenait depuis la veille s'était mué en une détente fataliste. Les dés étaient jetés, elle ne pouvait plus rien faire. Après un dernier coup d'œil aux corneilles endormies sur les platanes, elle chercha le livre de poésie acheté à la librairie pour se mettre au lit avec.

Mais le recueil de Guillevic n'était pas dans son sac.

Ni à l'entrée, où elle croyait l'avoir posé.

Ni sur la table basse.

Ni à côté de son PC.

Maïa fouilla partout mais le livre n'était nulle part.

D'abord elle ne parvint pas à le croire.

Elle s'exclama à voix haute : « Bon, là, Maïa, ça devient n'importe quoi ! »

Elle rechercha, en vain.

Au bout d'une demi-heure, elle s'assit. L'appartement était petit et très bien rangé. Elle avait tout passé au peigne fin. Certes, elle était perturbée, son esprit choqué. Mais de là à perdre un livre acheté l'après-midi même... Elle n'avait rien fait entre la librairie et son appartement. Il était *impossible* qu'elle l'ait perdu. Et pourtant...

C'est à cet instant précis, ce soir-là, que Maïa commença à envisager les choses différemment.

Et s'il y avait *autre chose* ? se dit-elle.

Plusieurs fois déjà, Maïa s'était dit que sa disparitionnite n'était peut-être pas due seulement à de la distraction ou à de la malchance. Qu'il y avait peut-être *autre chose*, de plus étrange, d'intentionnel, qui ôtait les objets de sa vie et les engloutissait... Mais elle avait repoussé cette hypothèse irrationnelle.

Irrationnelle, vraiment ?

Elle se rappela les mots de Jules un peu plus tôt : « On ne peut pas te faire confiance. » Maïa savait qu'il avait tort, profondément tort : elle était quelqu'un au contraire en qui on pouvait avoir confiance. Elle était honnête et fidèle, elle était ponctuelle, elle était fiable.

Sauf sur une chose.

L'ordinateur la veille. Puis le livre.

Ses mains les avaient mis à un endroit qu'elle ignorait. Sans qu'elle en ait aucunement conscience.

Une idée étrange se fraya un chemin dans son esprit. Mais, cette fois, elle n'en resterait pas à une intuition. Elle devait en avoir le cœur net.

Il était bientôt minuit ; elle était très agitée.

En face du canapé, il y avait un meuble bas avec deux placards. Maïa ouvrit la porte de droite. Elle fouilla dedans et en sortit un cahier vierge, à la couverture bleue cartonnée. Elle prit un feutre noir. Oui, elle savait ce qu'elle devait faire. Elle devait *étudier* sa disparitionnite. Comme on étudie un phénomène paranormal. Commencer par l'objectiver.

Elle se rassit sur le canapé et écrivit sur la première page : *Liste des choses que j'ai perdues de manière inexplicable.*

En dessous elle inscrivit immédiatement, d'une écriture nerveuse et lisible :

Ordinateur du journal – dans le train
Livre de Guillevic – le lendemain
Jumelles – au parc – octobre

Elle eut un instant de flottement. Elle nota deux événements traumatiques :

Clé de la classe de CM2
Bague de maman

Elle se releva. Dresser cette liste la galvanisait.

Doudou à poils rouges
Pull en laine (pourtant laissé chez Florence)
Parapluie orange (sûre de l'avoir à l'entrée d'un magasin)
Bijou offert par Victoire
Montre au bracelet bleu
Ma paire de gants noirs
Oreillettes de téléphone

Elle avait une bonne mémoire. Au bout d'une heure elle avait rempli quatre pages d'occurrences. Elle avait oublié Jules. L'hébétement l'avait quittée, elle eut très faim, et mangea avec appétit. Ce cahier était le début de sa reconquête. Elle avait l'impression de reprendre un peu de pouvoir. Chaque ligne écrite lui permettrait de circonvenir sa disparitionnite, de lui donner des règles. C'était comme si une autre dimension s'ouvrait à elle. Peut-être que tout s'expliquerait.

S'il y avait *autre chose*, elle découvrirait quoi. La plupart du temps, ce genre d'idées nous survole, on n'en tire aucune conséquence. Mais que se passe-t-il si on considère une idée *jusqu'au bout* ?

CHAPITRE 7

Bastien

Imaginez un médecin qui ne pourrait pas soigner quatre-vingt-dix pour cent de ses malades. Le lundi, je suis ce médecin impuissant. Je reçois les travailleurs dans ma permanence hebdomadaire. Ils souffrent, j'écoute, je compatis. Mais, dans l'immense majorité des cas, je ne pourrai rien faire. Dans chaque entreprise de mon secteur pourtant, mon nom et mon numéro de téléphone sont affichés sur un panneau. L'inspecteur du travail est censé être un recours, un rempart contre l'injustice. À peine assis en face de moi, ils me disent : Dans ma boîte, il se passe des choses, Faut que vous veniez, monsieur l'inspecteur, Faut que vous arrêtiez ça.

Ce matin-là je commençai avec une caissière de Super U. Le patron ne comptait pas leurs heures supplémentaires, elles étaient plus de trente dans le supermarché à se faire voler plusieurs dizaines d'euros par mois, soit presque un mois de salaire au final. Vous vous rendez compte, monsieur l'inspecteur. Bien sûr que je me rendais compte. C'est tellement courant.

Après avoir déversé leurs malheurs, certains laissent couler une larme. Ils ont tellement attendu ce rendez-vous. Ils sont dans une telle détresse. Ils n'en peuvent plus. La caissière ne pleure pas ; elle est plus fière que ça. Elle me regarde.

C'est le moment le plus difficile. Quand les salariés ont fini d'exposer leur plainte et qu'ils me regardent. Dans leurs yeux, je lis de l'espoir, un espoir faible ou colérique, un espoir tendu ou filant. Je hoche la tête doctement. Je leur confirme l'injustice dont ils font l'objet. Je caractérise l'infraction par un article du Code du travail. Puis je conclus :

« Mais je ne viendrai pas. »

Le visage de la caissière s'allonge vers le bas. Elle ne comprend plus rien. Certains sont parfois tentés par la colère. La plupart ont tellement parlé, tellement attendu, qu'ils sont vides. J'ajoute avec douceur, car je suis toujours doux :

« J'ai beaucoup de dossiers. Je ne peux pas venir pour des heures supplémentaires non payées, il me faudrait quelque chose de plus grave. »

La femme dans mon bureau n'a que 30 ans mais en paraît bien plus. Elle me fixe d'un air consterné. Son patron la vole depuis des années, à son échelle c'est une injustice criante, et pourtant je ne viendrai pas l'aider.

« J'ai des situations hélas plus urgentes et plus scandaleuses à gérer, et votre cas n'est pas prioritaire. »

C'est terrible de voir ce corps, ce corps plein d'espoir, combattant, s'affaisser en face de moi. Avant je disais : « Je vais essayer de venir », « Je viendrai dès que je pourrai », tellement cela me mettait mal à l'aise de piétiner leurs espoirs. Mais, débordé par le temps et pris par des urgences, je ne venais jamais. Je les trahissais une seconde fois. Dorénavant je préfère les décevoir sur-le-champ.

En face de moi, les yeux de la caissière sont devenus transparents. La soumission, telle une pieuvre dont elle pensait s'extraire, la ravale dans son jus noir. Je lui explique comment se défendre elle-même. Elle a d'autres moyens. Envoyer une lettre au siège, s'entendre avec des collègues, adhérer ou créer un syndicat. Ce serait un geste fort. Il ne faut pas baisser les bras, madame. La caissière m'écoute en silence. Elle espérait autre chose. Que je vienne, que je la sauve. Mais elle apprécie ma franchise. Les gens sentent, je le crois, ma sincérité.

Les vingt minutes étaient passées. Je la raccompagnai à l'ascenseur. Elle me dit en me serrant la main :

« Bah, vous êtes gentil, ce n'est pas de votre faute. Je vois bien que vous êtes en sous-effectif... »

C'est effarant de constater à quel point la moindre caissière a compris que l'État français était plus faible que son DRH.

J'allai chercher mon rendez-vous suivant, un cas de harcèlement moral manquant de preuves nettes pour que l'on intervienne. Au moins le type repartirait-il en ayant une stratégie à mettre en place.

Les collègues n'abandonnent pas ce métier à cause des insultes qu'ils reçoivent en cas de contrôle musclé, mais à cause du jour du tri. Visiter des entreprises nous donne le pouvoir d'agir. Écouter et ne rien pouvoir faire, c'est autrement plus douloureux. Chacun fait comme il peut pour tenir. Moi, ma manière de décompresser le lundi est d'aller déjeuner dans le quartier des Gratte-Ciel. L'architecture est une alliance réussie de béton soviétique et de design new-yorkais construit dans les années 1930. L'ensemble a plutôt bien vieilli. L'endroit est agréable pour avaler un sandwich.

J'avais enchaîné six rendez-vous sans pouvoir dire une seule fois « Je viendrai ». J'espérais que l'après-midi ce serait mieux. En attendant je mangeai un wrap au saumon en regardant un troupeau d'enfants jouer au toboggan. À peine assis, un enfant se mit à hurler parce qu'un autre l'avait bousculé. La nounou posa son téléphone et le prit dans ses bras.

L'enfant consolé, il repartit jouer. Est-ce qu'elle lui avait dit d'apprendre à se défendre ? C'est affreux d'avoir à dire ça. Est-ce que la caissière allait se lancer dans la création d'un syndicat ? Je l'espérais. Ce n'était pas une caissière ordinaire. Elle avait pris un jour de congé pour venir me voir ; son sens de la justice était plus développé et j'avais remarqué qu'elle s'exprimait bien. Elle serait parfaite pour devenir la représentante du personnel. Sans syndicat dans une entreprise, tout va à vau-l'eau.

C'est ainsi tous les lundis. S'il n'y a pas d'enfants sur la place, je regarde les moineaux. Si les moineaux sont absents, je me contente des pigeons.

Isabelle ne m'avait pas quitté uniquement parce qu'en arrêtant de fumer j'étais devenu insupportable. Elle m'avait quitté parce que je ne voulais pas d'enfant. Je ne voulais pas des complications matérielles qu'une naissance entraîne. Les couches, les tétées, les trajets, les trous dans les vêtements et les robots mixeurs qui se cassent. L'immense majorité du temps, avoir des enfants nous ramène à ce qu'il y a plus pénible dans l'existence : la matérialité. Or je voudrais oublier cette réalité. Me libérer de ce monde. Tuer son patron, faire sauter son entreprise, s'envoler, n'avoir plus besoin de manger, n'avoir plus besoin de sommeil ni de faire les courses.

Jamais nous ne prions à la messe pour nous libérer de ce monde. L'Église veut que ce monde nous l'affrontions, que nous combattions ce qu'il corrode en nous, mais que nous l'aimions. Le Dieu des chrétiens a envoyé son Fils dans le monde. Quelle mauvaise idée, quand on y pense. Moi, si j'étais Dieu, si j'étais père, je n'y enverrais pas mes enfants.

Cette philosophie antinataliste ne convainquait pas Isabelle. Et le débat s'était arrêté là. Elle avait décidé de faire de moi un personnage secondaire. Résultat, aucun enfant ne court vers moi en criant Papa. Seul un moineau s'approcha de mon banc. Mais d'un wrap on ne peut pas tirer de miettes et l'oiseau me quitta, déçu.

En fin d'après-midi, je toquai à la porte de Ludivine. Parmi mes collègues, c'est celle qui s'acharne avec le plus de passion contre le patronat, de cette passion froide, léniniste, qui ne cède que rarement.

Elle se tenait debout derrière son bureau ultra rangé. Je m'éclaircis la gorge :

« Dis-moi, tu m'accompagnerais à Plastirec pour revoir la machine en cause dans l'accident ? »

C'était toujours un effort pour moi de demander de l'aide. Ludivine fit semblant de n'avoir rien entendu d'extraordinaire de ma part.

« Impossible, j'ai des permanences encore. Mais Guilaine pourra sûrement », ajouta-t-elle avec un rictus qui devait être un sourire.

« Je ne veux pas l'embêter. »

« Tu ne l'embêteras pas. »

En effet, Guilaine accepta.

« Tu parles d'un glauque... » dit-elle en entrant.

Nos pas se répercutaient sur la dalle nue. Une ambiance sinistre régnait dans le hangar de Plastirec. La compacteuse était débranchée et entourée de rubalise. Elle me parut toujours aussi monstrueuse. On aurait dit une machine extraterrestre venue déchiqueter l'espèce humaine.

Guilaine avait plus d'ancienneté que moi. Elle avait connu six accidents du travail mortels dans sa carrière, notamment dans les abattoirs bretons et dans le BTP. Je voulais qu'elle m'aide à tout vérifier.

« L'expert m'a parlé d'un mésusage et de cailloux dans la benne. Je voudrais entrer dedans. »

« Brrr… Je comprends pourquoi tu m'as demandé de t'accompagner. »

Malgré mon appréhension, je devais entrer à l'intérieur si je voulais prouver qu'il y avait négligence coupable de l'employeur. La compacteuse ne broyait peut-être pas que du plastique, si les rainures étaient obstruées il fallait alors *débourrer les vérins*… Je montrai à Guilaine le piétinement dont les câbles autour de la carlingue portaient la trace. Elle aussi y vit un marchepied.

« Allez, dis-je. Autant se débarrasser du plus pénible. »

Mais dès que je m'y appuyai pour grimper sur la compacteuse je sentis mon cœur battre plus vite. Une fois en haut, l'entonnoir de déchargement me sembla plus large que dans mon souvenir. L'entrée dans la benne se faisait par cette ouverture carrée.

« Bon, j'y vais… » dis-je à nouveau, mettant ma frontale et essayant de sourire.

« Fais vite. »

La compacteuse était débranchée, je n'avais rien à craindre. Lentement, je basculai le haut de mon corps, puis mes jambes, de l'autre côté de la rambarde et me laissai glisser dans l'entonnoir. Une fois mes pieds au contact de la chambre de presse, je me pliai en deux et rampai à l'intérieur.

« Ça va ? » me cria Guilaine de l'autre côté de la paroi.

« Ça peut aller. »

Ça n'allait pas du tout. Mon cœur s'était mis à accélérer sans raison. Sans doute mon corps devait-il s'accommoder de l'étroitesse. Je suis un peu asthmatique, aussi, je respirais lentement pour ne pas déclencher une crise. À la lumière de ma frontale je vis alors deux plaques de métal, une à droite et une à gauche. Celles qui devaient se rapprocher lors de la mise en route de la machine. Les vérins suivaient des rails creusés dans le métal que je voyais luire. La chambre de presse avait été entièrement nettoyée après le départ de la police, à grande eau. Trois jours plus tard, des flaques restaient par endroits, avec des reflets lugubres.

Je remarquai des copeaux de métal dans les rails. Y regardant de plus près en tendant mon téléphone pour photographier, je vis aussi une sorte de poussière de gravier, comme me l'avait signalé le jeune expert. Je grattai dans ces creux avec mes doigts. J'en sortis de la pierre broyée translucide. Comme du gravier bleu. Mon cœur accéléra encore, ma main me parut chaude, je fus pris de vertige. Un froid hideux me remonta dans le dos. Brièvement – je ne saurais dire combien de temps cela dura –, je me sentis comme terrassé par une lucidité terrible. Ce monde était affreux. J'avais un métier affreux. La lutte était perdue. Cette machine allait me broyer ; elle nous broyait déjà tous. Que Malgoni ait fini sa vie dans cette mâchoire de métal me déprimait plus qu'il n'était possible de le dire. Une tristesse abominable m'était tombée dessus. En même temps, j'étais étrangement bien. Cette noirceur me convenait. Je ne bougeais plus, je voulais rester là, j'étais tétanisé.

C'est la voix de Guilaine qui me sortit de ma torpeur :

« Ho ! Bastien ! Ça fait un quart d'heure que t'es là-dedans ! Qu'est-ce que tu fous ? »

Il me fallut du temps pour déplier mes jambes, me relever et passer la tête dans l'entonnoir. Mon corps tremblait. Guilaine m'aida à me hisser de l'autre côté. J'eus l'impression de revenir dans le monde des vivants.

« Qu'est-ce que tu as trouvé de si intéressant ? »

J'essayai de cacher mon trouble.

« Le fond de la benne, ça ne va pas, dis-je de la voix la plus ferme que je pouvais. Il y a plein de trucs pas conformes. J'ai fait des photos. »

À ce moment-là, l'ouvrier qui travaillait avec Malgoni s'approcha et Guilaine tourna son regard vers lui. C'était un jeune intérimaire de Vénissieux. Pâle, il avait la tronche de celui qui a passé tout le week-end à se poser des questions sur le sens de la vie. Oui, confirma-t-il tout de suite quand Guilaine l'interrogea, Venerio montait sur la benne pour débourrer les vérins. Il prenait un balai et nettoyait en se penchant depuis l'entonnoir, assez souvent. À cause du métal qu'on fiche à l'intérieur.

« C'était fréquent, ce geste ? »

« Tous les jours. Sinon ça marche plus. C'est une machine d'occasion. »

Il poursuivit, nous regardant tous les deux tour à tour :

« Depuis trois jours, j'y pense tout le temps, vous savez. Tout le temps. C'est ma faute, je n'aurais pas dû le laisser seul. »

« C'était un accident, monsieur, dis-je doucement, ça arrive plus souvent qu'on ne pense. Ne vous accablez pas. »

« Rien que pour cet opérateur, me dit Guilaine quand on s'éloigna de la machine, il faudrait un procès, sinon il va s'en vouloir toute sa vie. »

Je suis un des derniers à parler d'« ouvriers ». Même Guilaine dit « opérateurs ». Il n'y a plus de classe ouvrière parce qu'il n'y a plus d'ouvriers conscients de l'être. Il n'y a que des hangars à la sortie des villes où travaillent des intérimaires, des opérateurs, des techniciennes de surface... Et puis il y a ceux qui travaillent avec leur tête.

« Viens, on va interroger le comptable. »

Le type lâcha son patron tout de suite. Ce qu'ils vendaient pour des balles de plastique était constitué de dix pour cent de brisures de métal.

« Et est-ce que l'entreprise a payé la formation obligatoire à la sécurité ? »

« Quelle formation ? »

« La formation quand on fait travailler des salariés sur ce genre de machines. »

Le comptable me regarda avec des yeux ronds. Il fouilla dans ses papiers. Non, pas de formation. Le désastre était complet.

« Quelle bande d'abrutis », je marmonnai.

À quoi ça sert qu'il y ait un Code du travail si personne ne l'applique ?

Guilaine me toucha le bras. Bilal Reghioul, le patron, venait d'entrer dans le bureau. Il avait mis une chemise propre. Il m'attaqua bille en tête :

« Quand est-ce qu'on pourra reprendre le travail ? »

« Pourquoi ? Deux jours chômés c'est trop pour la vie d'un homme ? »

« Et mon business, alors ? »

« Vous parlerez business avec la police ! »

Ça le fit taire d'un coup. Il changea de tactique :

« Vous croyez que je ne l'aimais pas, Venerio ? Il bossait ici depuis presque un an. C'était un type bizarre, mais toujours ponctuel, toujours bien. Vous verrez qu'il n'y aura que moi à son enterrement... »

Guilaine m'invita à aller parler au procureur tout de suite. Elle avait rarement vu un aussi grand nombre de négligences dans un accident mortel.

« Au tribunal, tout de suite ! Qu'on lui cloue le bec, à ce Sinastiez. »

Elle fuma dans la voiture. Ça me dérangeait mais je n'osai rien dire. J'étais content qu'elle soit avec moi. Durant le trajet elle dit tout le mal qu'elle pensait de ce patron merdique, de cette machine glauque, de ce procureur qui était vraiment un con pour fantasmer un crime mafieux dans une affaire pareille. Grâce à elle, je sortis de cette déprime qui m'avait pris dans la chambre de presse. Elle me fit même rire à plusieurs reprises, sentant peut-être que j'en avais besoin. Elle était d'une énergie affolante. Je comprenais mieux pourquoi les employeurs n'en menaient pas large quand ils la voyaient débarquer avec ses quatre-vingts kilos et sa coiffure de samouraï.

Comme on pouvait s'y attendre, l'entretien avec Sinastiez se passa mal.

De son point de vue, notre enquête n'en était pas vraiment une. Plutôt une procédure administrative autour de la véritable enquête, celle qui se menait des armes à la ceinture. La présence de Guilaine lui était parfaitement indifférente. Il ne s'adressa qu'à moi, ne regarda que moi, et, sur un ton professoral, me détailla les liens du patron avec la mafia des ordures de Marseille, la piste du règlement de comptes. Venerio Malgoni devait tremper là-dedans. Ou il savait quelque chose. Sans doute devenait-il gênant, et Reghioul l'avait fait supprimer.

« Sinon, pourquoi le tuer ? Malgoni n'avait pas de casier… Le truc le plus louche qu'on ait trouvé sur lui c'est qu'il allait certains soirs traîner dans les bois de la Feyssine pour des relations homosexuelles... À part ça, pas de passif, pas de famille. Un homme tranquille. »

Les victimes d'accident du travail sont toujours des hommes tranquilles. L'ignorance du procureur en matière de sécurité professionnelle était totale. Pourtant c'était lui qui décidait si les procès-verbaux que nous rédigions devaient déboucher sur une procédure judiciaire.

« Peut-être, continuait-il, heureux d'étaler ses idées, que Malgoni avait découvert des choses et menacé de faire chanter le patron... »

Je finis par le couper. Nous ne voulions pas lui prendre trop de temps. Depuis ma première visite à l'entreprise je n'avais pas eu l'honneur de lui faire part de mes observations et j'avais beaucoup d'éléments à lui communiquer.

Je résumai mon rapport d'une traite, avec une raideur monastique. Tandis que je détaillais les câbles piétinés, le fait que ce soit une machine d'occasion, peut-être non conforme, et l'absence de formation, le mode dégradé de débourrage... le visage de Sinastiez se décomposait. Je portai le coup de grâce :

« La victime pouvait entrer tous les jours dans la chambre de presse et y passer le balai. Bref, à un tel niveau de négligence, ce genre d'accident devait arriver. »

« Comment vous pouvez en être sûr ? »

« Disons que c'est notre métier. »

« Alors, pour vous, c'est un accident, pas un crime ? » dit-il en se renfonçant dans son épais fauteuil de cuir.

« Si vous permettez, dis-je, ce n'est pas un crime, mais un délit. »

Il haussa un sourcil, un moment désarçonné. Ça m'amusait, de lui donner une leçon de droit.

« Un homicide involontaire est un délit, repris-je. Je ferai un PV en ce sens contre Reghioul. »

« Je veux dire, pour vous, il n'y a pas de mobile ? »

« Non. À part de gagner du temps en shuntant la cellule de sécurité, à part d'économiser sur la formation des salariés. À part le plaisir de donner des ordres dangereux et de se faire obéir quand on est un employeur sans scrupule. »

Le magistrat se leva et alla ouvrir une grande fenêtre. Il alluma une cigarette.

« Vous fumez ? » me demanda-t-il en me tendant un paquet de Dunhill.

« J'ai arrêté. »

Il eut un rictus de mépris. Décidément, j'étais venu exprès pour le contrarier.

« Monsieur Fontaine, dit-il d'une voix lente, je suis désolé, mais on ne juge pas le capitalisme. De même qu'on ne juge pas le feu de l'action ou la faute à pas de chance, même si on les accuse souvent dans nos prétoires… »

Il était en train de me signifier qu'il était peu probable qu'on aille jusqu'au procès. Ça me scandalisait qu'il se défausse déjà : mon PV n'était même pas rédigé.

« J'espère qu'on le jugera, ce patron. Parce qu'il est coupable de graves négligences. »

Sinastiez écrasa sa cigarette. Il me répondit d'un ton tendu :

« On le jugera, si ça vous fait plaisir. »

D'une voix distante, souveraine, Guilaine dit :

« Le plaisir n'a rien à voir là-dedans, c'est de droit qu'il s'agit. »

Puis elle ajouta :

« Moi, je veux bien une cigarette. »

Désarçonné, il lui tendit ses Dunhill. Guilaine en prit une, mais ne l'alluma pas. Ce fut notre dernière passe d'armes.

Nous sortîmes. Je sentais que le procureur me détesterait ce soir-là comme je le détestais. Et comme tout dans ce monde est entrelacé, travail et vérité, haine et plaisir, j'en étais absolument ravi.

Dans la voiture, Guilaine riait en répétant mes mots :

« "Ce n'est pas un crime, mais un délit." Comment tu lui as cloué le bec ! J'adore ! »

La journée était finie. Du sens et de la justice étaient revenus dans le chaos, la mort s'expliquait, à défaut de s'accepter.

« Ça m'est venu comme ça », dis-je.

Guilaine répondit d'une autre voix :

« Parfois, ça vient comme ça. »

Et elle m'embrassa. Je ne m'y attendais pas du tout. Depuis le temps qu'on travaillait ensemble, je croyais qu'elle m'était indifférente. Mais à peine m'avait-elle approché que je fus enflammé d'un désir brutal. À moins que ce ne soit l'ombre de la mort qui me rendait si ardent. J'avais oublié combien c'est bon d'être

désiré. Je glissai mes mains sous son chemisier. Sa peau était chaude. Je l'empoignai. Elle me dit d'une voix altérée :
« Attends. Démarre. On va chez toi. »

CHAPITRE 8

Maïa

Touche, embrasse, touche, embrasse. Les baisers rapides, les mains voraces. Elle est nue. Il est nu. Elle plaque ses mains sur ses fesses. Il caresse ses seins. Touche, tend, embrasse, retient. Caresse, empoigne, suce, lèche. Sergueï est dur. Il est bon. Elle a envie de ça. Il a envie de ça. Sauf qu'il y a toujours ce passage délicat, et ce ne sont jamais eux qui en parlent les premiers :

« Tu as un préservatif ? »

Sergueï revient devant son visage avec une érection intéressante :

« Tu ne vas quand même pas me sucer avec une capote ? »

Bon, elle aurait aimé que lui aussi il la caresse entre les jambes, mais ce n'est pas obligatoire. Rien n'est obligatoire, pour lui comme pour elle. Une seule chose importe : leur désir l'un pour l'autre.

Elle lui enfile le préservatif. Il entre très vite en elle. Elle respire fort. Enfin. Son désir à lui, son désir à elle, qui monte encore, la pénétration comme une béance qui s'ouvre et se comble dans un même mouvement. Mais elle n'a le temps de rien. Sergueï se retire, sa démotivation visible.

« Ah putain ! Je ne sens rien du tout avec cette capote. »

Maïa se mord les lèvres. La frustration est brutale.

Inutile de se fâcher. Sergueï est jeune, il est coach sportif, en pleine forme, une bonne alimentation – ça reviendra vite. Le mieux est de papoter un moment. Il faut qu'il pense à autre chose qu'à sa bite. Déjà il se détend, il lui touche les fesses pour reprendre de l'ardeur. Voilà, ça revient. Elle tend la main vers la table de chevet pour reprendre une capote. Et à cet instant précis Sergueï dit cette phrase hallucinante, cette phrase qu'elle ne pensait plus imaginable d'entendre au XXIe siècle, dans la bouche d'un mec de 25 ans :

« Vas-y, on s'en fout ! Fais-moi confiance. »

Elle éclate de rire.

« Tu déconnes, Sergueï ? Je ne te connais pas. »

Il lui a raconté sa vie, pourtant. Ils racontent toujours leur vie. En plus d'être en CDI à Basic-Fit, Sergueï est fier d'être propriétaire d'un studio à Gerland. Il a une mère employée de mairie, en guise de père un message Facebook à Noël. Il aimerait être sculpté partout, cuisses, bras, torse, avoir des tablettes de chocolat sur les abdos. Il a pour projets d'investir dans un deux-pièces à Saint-Priest et d'obtenir une augmentation. Comme beaucoup, il confond l'ambition et la cupidité. Lui n'a pas posé beaucoup de questions. Ça n'a pas d'importance. Mais elle aurait aimé savoir qu'il débandait au contact du latex.

Le jeune homme est allongé sur le dos, soudain captivé par l'abat-jour chinois. Il ne remettra pas de préservatif – elle le sait. Elle doit décider de la suite. Ce ne sont jamais eux qui prennent ce genre de décision. Elle sait ce qu'il faudrait faire. Lui dire de partir. Tu te casses. Désolée. On arrête là. Ce n'est pas négociable, le préservatif. Pas négociable du tout. Mais voilà... Depuis son licenciement, la seule chose qui lui fait vraiment du bien, c'est de baiser. Elle n'a pas envie que Sergueï parte. C'est tellement agréable d'avoir son beau corps nu près d'elle. Elle a envie qu'il la pénètre de nouveau ; qu'elle le saisisse tout entier. C'est hyper frustrant, vraiment. Puis c'est de sa faute aussi... Elle aurait dû mettre le sujet sur la table plus tôt... D'ailleurs, c'est vrai que c'est mieux sans capote. Juste une fois ? Faudrait vraiment que ce soit pas de chance... Et de toute façon, est-ce que Sergueï accepterait de se barrer maintenant ? Il a l'air bon gars comme ça, mais c'est un mec : s'il se sent humilié, faut se méfier. Elle n'a pas envie de se faire insulter ni brutaliser. Il a son adresse. Et de jolies fesses. Maïa a une contraception. Alors, est-ce si grave ? Juste une fois ?

« Avant Sergueï, il y a eu Abdel, Nicolas, et... attends, j'ai oublié... Kevin, très oubliable il faut dire. »

Florence reprit une gorgée de vin pour cacher sa gêne.

« Quatre en trois semaines ? T'as pas chômé, dis donc ! »

Maïa regarda la table basse où traînaient un doudou, une console Wii dont un joystick était plus usé que l'autre, deux verres de vin et l'autotest HIV qu'elle venait d'acheter.

Elle avait tout raconté à Florence. C'était l'amie parfaite dans ce genre de situation. Florence avait envoyé ses deux enfants jouer dans leur chambre, Laurent, son mari, avait disparu dans son bureau. Elles s'étaient installées dans le salon. L'autotest sur la table basse était composé de plusieurs éléments en plastique, dont le révélateur, la pipette et de quoi inciser un doigt. Ce n'était pas la première fois que Maïa s'en servait, mais Florence, elle, découvrait. Sa curiosité de journaliste était en éveil.

« C'est génial, ces autotests. Tu ne trouves pas que ça pourrait faire un article ? Test de grossesse, Covid, HIV… c'est une sacrée avancée. »

« Tu me le piques, ce doigt ? »

Florence incisa.

« Je t'ai fait mal ? »

« Non. »

« Il faut attendre un peu. On trinque à quoi ? À tes conquêtes ? »

« À mes conquêtes », répéta Maïa d'un ton grave.

Florence la regarda avec un mélange de bienveillance et d'inquiétude.

« Parmi tous ces garçons, il n'y en a pas un que tu aurais envie de revoir ? »

Maïa eut un rire sec. Aucun, non. D'ailleurs, elle faisait exprès de ne choisir que des hommes très éloignés d'elle à tout point de vue. Ça posait moins de problèmes.

« Mais une relation, Maïa, ce ne sont pas que des problèmes. »

« Je sais. Mais ce n'est pas pour moi, c'est tout. »

Florence, comme tant d'autres, ne comprenait pas qu'elle puisse ne chercher le sexe que pour le sexe, et non pour l'amour. Son amie n'aurait jamais osé le dire en ces termes parce qu'une femme de son milieu, journaliste, diplômée du supérieur, mère de deux enfants inscrits en école de cirque, vivant en couple avec un architecte végan plaçant son épargne au Crédit coopératif, une femme de ce type craint plus que tout d'apparaître comme réactionnaire. Être réactionnaire, *c'est pas cool*. Et pourtant, dans son for intérieur, Florence considérait la liberté sexuelle de Maïa comme légèrement immature, voire vaguement scandaleuse. Mais, désormais, le scandaleux n'était pas condamné, il était même valorisé – pour réprouver quelque chose, on disait : « C'est malsain. »

Mais Florence ne disait rien. Devant cette détresse que Maïa dissimulait et qui la touchait, elle ne portait aucun jugement :

« T'as raison de te lâcher... si ça te fait du bien. »

« Avec tout ce que je me suis pris dans la tête, j'ai intérêt à avoir une bonne pulsion de vie. »

À ces mots, leurs regards se reportèrent sur le test HIV. Les dix minutes étaient passées. Un seul trait s'était révélé au contact du réactif.

« Tu es négative », conclut Florence.

Maïa poussa un soupir de soulagement bien plus ample qu'elle ne l'aurait cru.

« Comme quoi Sergueï avait raison, je pouvais lui faire confiance ! »

Elles rirent toutes les deux, puis Florence alla regarder ce qu'elle pourrait trouver à manger.

Maïa se resservit du vin, heureuse d'être seule un instant. Elle contempla la ville par les grandes fenêtres du salon. Florence habitait près de la place Guichard, elle avait une vue imprenable sur la tour en verre du quartier de la Part-Dieu. La nuit était tombée, l'édifice était illuminé de l'intérieur par des bureaux où des salariés travaillaient encore – à moins que ce soit juste les femmes de ménage passant l'aspirateur. Difficile de dire, à cette distance on ne voyait aucune silhouette dans les pièces, seulement les néons dans les plafonds suspendus.

Après son licenciement, Maïa avait passé plusieurs jours chez elle, terrée comme un animal blessé. Jacques s'était fait l'exécuteur des basses œuvres et lui avait fait signer son solde de tout compte. Elle avait pu se racheter un bon ordinateur. Ensuite elle avait accompli une série de démarches comme s'inscrire à Pôle emploi, se créer un numéro de Siret, recalculer son budget mensuel… Enfin, elle s'était attelée à formuler des propositions. Elle avait visé large : *Ciel & Espace*, *Salamandre*, *La Recherche*, *Phosphore*...

Les premiers retours étaient négatifs. Soit on lui disait « ton sujet, on nous l'a déjà proposé » – ce dont elle doutait fort, c'était juste un prétexte pour ne pas donner suite –, soit ses idées n'étaient plus *sexy* et manquaient de *relief*. « Tu comprends, maintenant les gens vont à l'image, essaie de nous trouver des sujets sympas à illustrer. » Sur un ton brutal, une rédactrice en chef lui avait même dit que son pitch ne faisait pas rêver. « Vous voulez quoi ? Un article sur les Ovnis ? » « Pourquoi pas, si c'est traité sérieusement. » Les exigences commerciales de Jules était devenues la norme dans toutes les rédactions, surtout pour les pigistes. Il fallait raconter une histoire émouvante, faire des articles *punchy*, *sexy*... Maïa n'avait jamais écrit un article ennuyeux de sa vie, mais elle refusait d'en faire le critère premier du journalisme scientifique.

En regardant les tours de la Part-Dieu, elle se demandait à quoi servait toute cette verticalité. Oui, c'était sans doute punchy, des tours de bureaux, au premier regard, voire carrément phallique, mais peut-être aurait-il été plus sage de construire des crèches et des maisons de retraite.

Elle se disait parfois qu'elle pourrait aussi laisser tomber le journalisme, cette quête de clarté et de vérité, et devenir serveuse en Provence. Les restaurants de Tourtour et de Draguignan cherchaient en permanence du personnel depuis la fin de la crise du Covid.

Elle s'occuperait de son père à plein temps plutôt que de n'y aller qu'une fois par mois ; elle se marierait avec un gars du coin. Elle aurait une existence plus facile qu'à chercher à refourguer des enquêtes sur la fonte du permafrost à des journaux qui voulaient juste vendre du papier.

Florence lui toucha le bras.

« À quoi tu penses ? »

« À rien. »

Elles allèrent dans la cuisine, qui était dans un désordre indescriptible. Maïa remarqua avec envie une étagère où une dizaine de bocaux de toutes sortes étaient alignés : riz, flocons d'avoine, farine, polenta... tous sortis du rayon vrac de Biocoop. Florence et elle vivaient désormais sur deux orbites séparées. Sa collègue conservait son confort, ses amandes bio et le salaire de son mari. Maïa n'avait plus de salaire fixe, plus d'employeur stable, aucun autre revenu. Leur amitié allait être éprouvée, elle le savait. Il était mieux que ça se passe dans ce sens. Florence, face au vide du chômage, n'aurait pas tenu le coup ; elle ne se rendait pas compte à quel point c'était dur.

Florence avait entrepris de peler des pommes de terre pour une purée. Maïa à sa demande ouvrit un placard ; un sachet de poivre en tomba, qui les fit éternuer toutes les deux.

« Même si tu es une femme, dit Maïa en souriant, tu peux ranger une cuisine. Ce n'est pas une honte, non plus. »

« Je ne suis pas ordonnée comme toi. »

Florence jeta une dernière pomme de terre dans la cocotte-minute, attrapa le couvercle et serra avec force.

« Comment ça se passe au journal ? »

Florence s'assit et fit tourner son collier pour le décrocher, sans y parvenir.

« Tu sais, même le boulot idéal, s'il est exécuté avec des imbéciles, devient un enfer. Je crois qu'une grande partie du plaisir dans ce job consistait à travailler avec toi… »

« Tu ne veux pas qu'on fonde un journal toutes les deux ? »

« Tu es sérieuse ? »

« Non. »

Florence se débattit encore un instant avec le fermoir de son collier, puis renonça. Elle leva la tête vers Maïa.

« Un journal papier, c'est trop de frais. Le truc aujourd'hui, c'est de fonder une chaîne YouTube de vulgarisation scientifique. »

« Mais ça ne rapporte rien. »

« Toujours le même problème… »

Elles furent interrompues par le petit dernier qui débarqua dans la cuisine avec son rubicube. Maïa essaya de lui expliquer comment le résoudre – c'était elle qui le lui avait offert –, mais le gosse n'avait pas envie d'apprendre. Il voulait juste que Maïa le fasse, pour l'admirer comme les enfants admirent les adultes. Elle le lui tendit moins d'une minute plus tard. Il était ravi. Laurent, le mari, entra à son tour, embrassa Florence, qui lui demanda de passer les pommes de terre au moulin à légumes. Il s'exécuta en faisant le dos rond, comme pour s'excuser sans savoir précisément de quoi.

Maïa voyait les signes d'agacement entre eux ; les signes de tendresse aussi. Ces ajustements de la vie de famille. Un enfant mettant la table en disant à son frère que demain ce serait à son tour, le mari effleurant le bras de sa femme. Chacun parlant de ses projets pour la semaine à venir. Dans cette cuisine, l'amour semblait une chose simple, accessible. L'amour : trouver la lumière allumée en rentrant chez soi, mettre une deuxième assiette à côté de la sienne, avoir quelqu'un qui vous aide pour décrocher votre collier.

Le lendemain, Maïa reçut un courriel de Victoire qui aurait pu lui permettre de résoudre ses problèmes financiers et professionnels.

> De : victoire.hussard@cern.ch
> Salut ma grande,
> Excuse-moi de ne pas avoir donné de nouvelles, j'ai de graves ennuis avec le cristal scintillateur. Ton chef est vraiment con, so sorry que tu aies perdu ton poste au journal.
> Alors voilà au cas où ça t'intéresse : il te reste jusqu'au 10 janvier pour postuler à la direction du bureau de presse du Cern. Tu dirigerais une équipe de cinq personnes.
> Si tu veux, je peux appuyer ton dossier – j'aurais un service à te demander en échange.

Bien sûr, je comprendrais que tu ne veuilles pas déménager à Genève. Les Suisses sont chiants mais ils payent bien.
Je t'embrasse. Victoire

Maïa cliqua sur le lien. Le Cern cherchait un RESPONSABLE RELATIONS PUBLIQUES / PUBLIC RELATION MANAGER. Il/elle devait parler trois langues, avoir une expérience comme attaché·e de presse ou dans les métiers de la communication et une connaissance en vulgarisation scientifique. L'important était de connaître le Cern, la physique des particules et la communication. Un temps plein payé 4 500 francs suisses.

Elle aurait pu postuler. Maïa parlait français, italien et anglais. Mais une fois qu'elle eut regardé l'ensemble de la fiche de poste elle referma l'onglet de son navigateur sans hésiter. Elle voulait rester journaliste, ce qui était différent des « métiers de la communication ». Lui répugnait surtout l'idée de *manager* une équipe.

Elle se mit à rédiger une réponse polie pour sa tante, mais en relisant son mail plusieurs choses la troublèrent.

Victoire disait avoir de « graves ennuis » avec le cristal scintillateur. Que sa tante avoue avoir des problèmes était rarissime. Il avait dû se passer quelque chose de spécial dans son laboratoire, ou au Cern... Maïa aurait bien voulu savoir quoi. Et puis il y avait cette phrase à laquelle dans un premier temps elle n'avait pas fait attention : « Si tu veux, je peux appuyer ton dossier – j'aurais un service à te demander en échange. » Ça voulait dire : Je te pistonne, et toi tu fais quelque chose pour moi. Pourquoi lui proposer un tel marché ? Ça ne collait pas avec l'image de rigueur qu'elle avait de Victoire. Si sa tante avait un service à lui demander, pourquoi ne pas le faire plus directement ? En famille, on peut se rendre des services.

Maïa relut le courriel. Peut-être qu'elle surinterprétait. Le chômage a une grande force de corrosion individuelle comme collective. D'avoir perdu son travail avait sapé sa confiance en elle plus profondément qu'elle ne l'aurait cru. Elle vivait avec une sensation de vulnérabilité et de culpabilité. Son désœuvrement relatif la portait à analyser de même le moindre signe de fragilité chez les autres. Elle aurait dû appeler Victoire mais elle n'avait pas le temps. Il fallait qu'elle file.

Elle prit son vélo et roula vingt-cinq minutes en direction du nord-ouest. En plein carrefour dans le 9e arrondissement, le GPS lui dit qu'elle était arrivée. Un garagiste à qui elle demanda son chemin la regarda d'un air goguenard :

« Personne ne le trouve jamais, ce bureau des objets trouvés ! »

En fait de bureau, c'était un petit hangar. Une porte en argot se dit une « lourde » : Maïa comprit pourquoi. Quand elle parvint enfin à la pousser, elle se retrouva dans une pièce sans fenêtre. Devant une guérite vitrée, il y avait une sonnette. Elle appuya dessus et attendit. Aucune chaise pour s'asseoir.

Elle était contente d'être là – elle aurait dû venir plus tôt. Tout le monde perd des affaires. Il n'y a rien d'irrationnel dans une telle défaillance puisque les autorités publiques ont inventé ce genre de bureau, et paient même des fonctionnaires pour aider leurs administrés.

Elle appuya de nouveau sur la sonnette.

Derrière le guichet vitré apparut enfin un grand et très très vieil homme. On n'était peut-être pas dans *Fort Boyard*, mais l'employé ressemblait étrangement au père Fouras. La même longue barbe blanche, les mêmes rides marquées et le même regard énigmatique annonciateur de chasse au trésor.

Père Fouras s'assit en soupirant devant son écran qui ronflait :

« C'est pour quoi ? »

Il avait une voix claire, qui le rajeunissait, si tant est que cela fût possible. Maïa commença par l'ordinateur et lui donna le numéro de série. Elle dut répéter plusieurs fois avant qu'il comprenne :

« Ah mais c'est un *maquin-toche* ? »

Le fonctionnaire se pencha sur son écran comme s'il lisait un grimoire. Après un certain temps, il lui dit qu'aucun *maquin-toche* avec ce numéro n'avait été rapporté.

Elle demanda ses jumelles. Elle les avait perdues au parc en observant les oiseaux.

« Vous avez une photo ? »

« Non. Je ne prends pas de photo de mes jumelles », répondit-elle, essayant de ne pas paraître surprise.

« Dommage, commenta Père Fouras d'une voix mystérieuse. Quelle marque ? Quelle taille ? Signe particulier ? »

Père Fouras écouta ses réponses sans rien noter. Il dit ensuite : « Je reviens », comme si cette phrase lui avait demandé une longue méditation. Puis il disparut dans l'entrepôt.

L'absence durait. Elle regarda autour d'elle. Sur les murs décatis, des affichettes réglementaires ; un plan de Lyon ; *Vigipirate alerte attentat* ; *La République se vit à visage découvert* ; *Appelez le 17* ; *Appelez le 18*.

Le temps passait. Au bout de dix minutes Père Fouras revint les mains vides.

« Non, on n'a pas de jumelles comme ça. »

« Je ne peux pas voir celles que vous avez ? Je les reconnaîtrais entre mille. »

Père Fouras eut un imperceptible mouvement de recul, ce qui, à son allure, lui prit quelques secondes :

« Ah non, impossible. Vous comprenez, mademoiselle, c'est bientôt Noël, on voit passer beaucoup de gens qui cherchent à se faire des cadeaux gratuitement... »

Maïa s'enquit ensuite de sa montre perdue six mois plus tôt, sans doute à la piscine toute proche. Elle la demanda humblement, comme si elle était en faute.

« Quelle marque ? Quelle forme, le cadran ? Quelle couleur, les aiguilles ? Quelle couleur, le bracelet ? Où l'avez-vous perdue ? »

Elle s'en souvenait bien, de cette montre au bracelet orange, elle était même étonnée de s'entendre en parler avec tant de flamme, comme si elle parlait d'une personne. Si elle pouvait la remettre à son poignet, ça lui ferait tant plaisir... Car les objets ne sont pas que des objets, choses inertes remplissant une fonction. Nous vivons une part de notre existence avec eux, nous nous y attachons, et quand nous les perdons, nous avons l'impression de perdre également une part de nous.

Père Fouras disparut une deuxième fois dans l'entrepôt. Aucun bruit ne filtrait du dehors ni de l'intérieur du hangar. Au bout de dix minutes, il revint à nouveau les mains vides.

« Autre chose ? »

Le vieux avait un sourire en coin, comme s'il voulait lui signifier, à elle et à tous les distraits de son espèce : Quoi que tu cherches, passé cette porte, abandonne toute espérance.

Elle demanda encore un sac à dos, une écharpe, une flûte à bec.

Chaque fois, Père Fouras partait dans l'entrepôt et y restait très longtemps. Chaque fois il revenait bredouille.

« J'ai aussi perdu mon casque de vélo », dit Maïa, dont la voix commençait à chevroter.

« Quelle couleur ? »

« Rouge brique. »

« Et à l'intérieur du casque ? »

« Il n'y avait rien à l'intérieur du casque... »

« Quelle couleur avait l'intérieur du casque ? » demanda Père Fouras en lissant sa barbe blanche.

« Mais... noir, je crois. »

« Vous croyez ou vous êtes sûre ? »

« J'en suis sûre. »

« Vous n'avez pas une photo ? »
« Non, désolée. »

Évidemment, pas de casque rouge brique fidèle à sa description. Cela faisait plus d'une demi-heure qu'elle était là. Elle aurait aimé s'asseoir, et un peu de sympathie. Qu'on lui donne le casque de vélo d'un autre. Qu'est-ce que ça pouvait leur faire, après tout ?

« D'autres choses ? » dit Père Fouras.
« Non. Je vous remercie. »

C'est dur, c'est vraiment dur, pensa-t-elle. Maïa serrait les poings sur le guidon de son vélo. Elle regrettait de n'avoir pas proposé à Florence de venir avec elle. Elles auraient ri ensemble de Père Fouras, ce vieux schnock, ce cerbère... Alors que là elle venait de vivre une humiliation de plus.

Une fois rentrée chez elle, Maïa chercha son cahier de disparitionnite. Elle le ressortit et se mit à le compléter. Ce n'était pas possible qu'il n'y ait rien pour elle aux objets trouvés ; quelque chose clochait. Sa mémoire était de nouveau pleine de souvenirs de détails et de scènes de disparition. Comme pour répondre aux questions absurdes de Père Fouras, Maïa ajouta sur le cahier tout ce dont elle se rappelait du contexte de chaque scène. Peut-être pourrait-elle ainsi faire ressortir des règles communes à ces phénomènes vécus comme aléatoires. Car rien n'est vraiment le fruit du hasard.

Elle nota :

Ordinateur + appareil photo : dans le train – le soir
Livre Guillevic : dans la rue entre le magasin et chez moi
– le soir
Jumelles : parc – après-midi
Sac à dos de randonnée : arrêt de bus
Montre au bracelet orange : à la piscine ? – l'après-midi
Casque de vélo : laissé sur le vélo – vers 23 h – (volé ? tombé ?)

Elle avait l'impression d'être prise dans un énorme rubicube dont elle devait trouver elle-même l'algorithme.

Ma paire de gants noirs : après le ski, en montagne – soirée
Lunettes de soleil – ? –
Oreillettes de téléphone : après la piscine – soir

Maïa entreprit d'encoder sur Excel l'ensemble de ces données. C'est le principe de l'objectivation – un principe connu en sciences. Établir les faits. Laisser apparaître des occurrences.

Ainsi, à sa grande surprise, elle vit apparaître cinq lois. Cinq lois majoritaires qui semblaient régir sa disparitionnite.

1) Loi du corporel. Ses mains égaraient majoritairement des objets qui avaient touché son corps : boucles d'oreilles, écharpes-gants-bonnets, casque, etc. Exception : l'ordinateur.

2) Loi domestique. Plus de la moitié des objets perdus l'étaient chez elle. Comme le recueil de poésie.

3) Loi des espaces ouverts. Parcs, berges, rues, quais, places publiques étaient plus propices à sa disparitionnite que cafés, bibliothèques, restaurants, bureaux.

4) Loi de l'activité accessoire. L'objet perdu était rarement celui concerné par l'activité principale. Elle n'allait pas oublier son maillot à la piscine, elle allait égarer sa montre.

5) Loi vespérale. Ses mains perdaient plus de choses le soir que le matin.

Maïa resta un instant interdite. Il était tard. Les corneilles avaient repris leur place sur le platane de la butte.

Elle relut les lois. Chacune avait des exceptions mais ça tenait.

Qu'est-ce que ça voulait dire ?

Maïa se leva et fit les cent pas dans son salon.

Contrairement à ce qu'elle pensait, le danger n'était pas *partout* ni *tout le temps*. Ses mains n'agissaient pas seulement par maladresse ou inconscience, sinon elle aurait dû perdre n'importe quel objet toute la journée au même rythme. Or ces cinq lois montraient qu'elle perdait davantage à *certains* moments de la journée et *certains* objets seulement. Même si ça semblait fou, cela signifiait que ses mains *discriminaient*. Peut-être que ses mains avaient des moments particuliers, des buts particuliers.

Trois colonnes. Cinq lois.

Quoi. Quand. Où.

Il lui manquait le comment, mais surtout le pourquoi.

Elle regarda ses mains, de forme carrée, aux ongles courts. Sa paume dessinait un rectangle fort. Ses mains n'étaient pas des *matériaux magiques*.

Maïa se sentait à la limite entre la confusion mentale et la méthode scientifique. Il fallait qu'elle fasse preuve de discernement. Or à qui s'adresser pour y voir clair sinon à la seule personne au courant de son problème ?

Son père lui disait souvent ça. En levant le doigt. « Dans la vie, tout n'est pas forcément logique, et c'est là qu'il faut *discerner*, ma fille. »

CHAPITRE 9

Bastien

Guilaine posa son mug de café sur la table. Elle regarda la pièce et dit avec une moue ironique :

« On voit que tu vis seul. »

Je m'approchai d'elle, la pris par la taille. Ses cheveux étaient humides après la douche, son corps frais comme un citron l'été.

« Viens t'installer, si tu veux. »

Elle éclata de rire. Son corps fut pris de secousses ; elle riait et se dégageait de mes bras.

« Tu es un homme étonnant, Bastien. »

Elle regarda sa montre.

« Allez, faut que je file ! »

C'était la deuxième nuit que nous passions ensemble. Contrairement à la première fois, elle était restée dormir. Depuis trois semaines que nous avions cette aventure, une branche avait poussé dans mon cœur, une branche vers elle. Je me penchai pour l'embrasser. Elle m'esquiva. Ses yeux bruns étaient devenus froids.

« C'est juste pour le plaisir, Bastien. Tu me fais peur », ajouta-t-elle.

« Peur ? »

« Je suis mariée, tu l'as oublié ? »

« J'ai déjà entendu parler de cette coutume », dis-je.

Je ne devais pas gâcher le plaisir mais il fallait tout de même savoir... Je balbutiai en tentant d'être drôle :

« Cependant, on est amenés à se recroiser... »

Elle eut un froncement de sourcils.

« Il n'y a rien entre nous, tu sais. Rien ne change au bureau. »

La petite branche cassa net.

« Mon mari rentre demain de son voyage en Colombie. On en a profité, c'est tout. J'aime bien me laisser un peu aller à la vie... Tu comprends ça ? »

« Je comprends », mentis-je. Je voulais la rassurer, les paumes levées en signe de reddition. J'étais attristé qu'elle ait peur de moi, même un tout petit peu. Avec un effort considérable pour adopter un ton ironique et joyeux, je repris :

« Je vous remercie, madame, pour cette merveilleuse nuit, et je vous souhaite une bonne continuation. »

Guilaine eut un sourire. Ses yeux se réchauffèrent. Elle hésita à m'embrasser, mais elle se retint. En parfait gentleman, je ne bougeai pas d'un pouce. Par contre, j'avais une érection.

Le soir, j'étais chez Henri. Nous jouions aux échecs. Je lui parlais de Guilaine. À voix haute je cherchais à comprendre si elle m'avait jeté pour de bon ou si je devais rester à sa disposition, au cas où. Le positif dans cette affaire, c'est que je pouvais encore plaire aux femmes.

Henri sirotait un verre de blanc. Je le sentais sombre. J'aurais dû le questionner sur cette humeur morose mais je ne savais pas comment m'y prendre. Avec la période des fêtes qui approchait, la bouquinerie ne désemplissait pas ; il était peut-être fatigué. Et puis nous étions amis, après tout : s'il avait un problème, il n'avait qu'à se confier.

« J'aurais pu vraiment tomber amoureux, continuai-je, mais pour ça, il faut être deux. Là, j'ai bien compris qu'elle ne voulait pas. »

« Content de te l'entendre dire. »

Je poussai un pion et dis, toujours en pensant à cette dernière nuit :

« N'empêche, elle a quelque chose de spécial, cette Guilaine... »

Henri dit en se grattant la barbe, comme si c'était une vérité universelle :

« Ce quelque chose, c'est qu'elle a satisfait tes besoins sexuels. »

Je lui lançai un regard surpris. Le sentiment amoureux que j'avais ressenti, même infime, même à sa naissance, cette cristallisation, avait le visage d'un enchantement, d'une petite sorcellerie, ce n'était pas une affaire de mécanique sexuelle.

« J'avais bien compris, merci. Mais je ne suis pas d'accord », dit Henri.

« Alors quoi ? Tu penses que tout est sexuel ? »

Henri prit le temps de pousser sa tour.

« D'après mon expérience, même si ça peut paraître égoïste, je pense qu'on ne tombe amoureux que de gens qui vont satisfaire nos besoins. C'est cet accordement qui nous ensorcelle et qu'on trouve *magique*. Au fond, on pourrait résumer l'énamouration ainsi : tu satisfais mes besoins, donc je t'aime. Et je ne m'occupe pas trop de tes besoins à toi. Du moins dans un premier temps. »

J'essayai de comprendre mais ça m'était difficile. Parce que j'avais un cavalier en mauvaise position et parce que tout de même, l'amour, ce n'est pas se servir de l'autre pour se satisfaire. C'était plus altruiste que ça.

« Il ne s'agit pas de se servir de l'autre comme d'un esclave, reprit Henri. Je dis qu'on aime *naturellement* les gens qui vont satisfaire nos besoins – même les besoins inconscients. »

Soudain je ne pensai plus à Guilaine mais à Isabelle. Ça me fit perdre ma bonne humeur.

« Je te savais athée, mais pas cynique à ce point. »

« C'est du réalisme, dit Henri en me prenant mon cavalier. Si l'autre ne satisfait aucun de tes besoins, tu ne l'aimeras pas. »

« Guilaine aurait donc satisfait mes besoins ? »

« Sexuels, c'est sûr. Et, je présume, un besoin de protection... »

C'était vrai que j'avais été content qu'elle soit là, telle une superwoman, quand j'étais entré dans la compacteuse, et après au tribunal pour affronter Sinastiez. Oui, Guilaine avait quelque chose d'excitant et de protecteur qui m'attirait.

Qui me faisait du bien. Mais je n'allais pas concéder ça à Henri. Je voulais le contredire.

« Isabelle, je ne me servais pas d'elle pour satisfaire quoi que ce soit. Je l'aimais comme elle était. »

J'ajoutai sans y penser :

« Je l'aimais comme un fou. »

Je fixai mon fou sur l'échiquier. Henri, évidemment, l'attaqua, comme il avait décidé de m'attaquer ce jour-là.

« Isabelle aussi répondait à un grand nombre de tes besoins. Besoin de vivre à deux, besoins sexuels, affectifs. Et même narcissiques... »

Je ne comprenais pas ce qu'il voulait dire avec mes besoins *narcissiques*.

« Tu manques de lucidité, Bastien. Tu me dis que tu aimes les femmes spéciales, exceptionnelles : n'est-ce pas une manière de te flatter toi-même d'être aimé en retour par de telles femmes ? »

« Peut-être », lui accordai-je, gêné.

Je souris pour dédramatiser. La conversation prenait un tour désagréable.

« Mais que j'aie aimé très fort Isabelle, ce n'est pas un *besoin* ça, si ? »

« Si, bien entendu. »

« Comment ça ? C'est elle qui profitait de mon sentiment. Si je l'avais aimée moins passionnément, ajoutai-je, ça m'arrangerait bien aujourd'hui ! Je souffrirais moins de la rupture. »

« Ah bon ? Tu crois que ce n'est pas narcissique de se dire qu'on aime très fort quelqu'un ? De se faire des films à ce sujet ? De penser toute la journée à son grand amour ? Tu crois qu'il n'y a pas de la vanité à se croire le-plus-beau-couple-du-monde ? Il y a un bénéfice à ce genre de pensée romantique. On aime se raconter des histoires. »

« Tu veux dire que j'ai une vision trop romantique de l'amour ? »

Henri ne répondit pas tout de suite. Il posa sa pipe sur la table.

« Tu sais, Bastien, l'amour, ce n'est pas de l'enchantement. C'est se servir de l'autre pour satisfaire ses besoins... »

Il leva la main pour ne pas que je l'interrompe.

« ... et accepter que l'autre se serve de vous. Oui, accepter qu'il se serve de toi pour s'accomplir, s'épanouir, être heureux. Ton problème avec Isabelle, c'est que tu as refusé la seconde partie du contrat. Tu n'as pas voulu satisfaire ses besoins à elle. Du coup, pour cacher ton égoïsme, ton seul moyen de la payer en retour, c'était de lui réaffirmer ton grand amour. »

Jamais Henri ne m'avait parlé si durement. J'étais estomaqué. Ton problème avec Isabelle... Comment osait-il ? Certes, je lui avais parlé d'elle des heures entières, mais ce n'était pas une raison.

Il n'attendit pas que j'encaisse le choc. Il ajouta avec une douceur horripilante :

« Pose-toi la question : quels besoins Isabelle satisfaisait en toi ? »

Je croisai les bras sur ma poitrine. Nous avions cessé de jouer.

« Beaucoup, sans doute, dans ta logique cynique. Mais pour être honnête un certain nombre n'étaient pas satisfaits non plus. »

« Pauvre Bastien... Et elle, tu t'es demandé quels étaient les siens ? »

Qu'est-ce que je lui avais fait pour mériter une telle charge ? C'était incroyable.

« Si tu avais eu un ego moins romantique tu ne l'aurais pas aimée comme un fou », poursuivait Henri.

« J'ai un ego romantique ? J'en apprends, des choses, ce soir. »

« Tu n'as pas répondu à ma question, reprit-il sans aucune forme de pitié. Quels sont les besoins d'Isabelle que, toi, tu as satisfaits ? »

Je n'avais pas envie de répondre à son interrogatoire.

« Tu vois... Tu ne sais même plus quelles étaient ses attentes *à elle*. Pas seulement celles que tu satisfaisais naturellement, par les hasards de la vie, comme ta belle gueule, ta tendance monogame ou le fait que tu aies un salaire stable, choses qui sont toujours appréciable pour un conjoint... Mais, elle, en tant qu'individu, de quoi avait-elle besoin ? De soutien ? De reconnaissance ? D'encouragement ? De loisirs... que sais-je ? »

Je fis un effort pour exprimer ma pensée :

« Je ne suis pas d'accord. L'amour, ce n'est pas forcément *win-win*. L'amour dépasse nos simples "besoins". Parfois il s'impose à nous alors que ça ne nous arrange pas... et on s'oublie, on se perd ! Et pour répondre à ta question : une femme a besoin d'être aimée. Je l'aimais. »

Henri ne put retenir un petit rire.

« Tu penses qu'être aimée est le seul besoin qu'a une femme ? Que cela peut suffire pour faire durer une relation ? Tu crois qu'il suffit de dire Je t'aime ? Mais Bastien, il y a d'autres besoins chez l'autre ! L'écoute, l'accompagnement, la fidélité, que sais-je ? Par exemple, Isabelle désirait un enfant, non ? »

Je me levai.

« Je vais rentrer chez moi. »

« Comme tu veux. »

Je marchais à grandes enjambées. Le pont Bonaparte était drapé de décorations de Noël ; j'aurais voulu arracher les guirlandes et les jeter dans l'eau. Je courais presque, comme pour mettre le plus de distance possible entre le raisonnement perfide d'Henri et moi. L'idée que mon amour pour Isabelle puisse n'être que de l'égoïsme me blessait plus que je ne voulais l'admettre. Mais c'était trop tard. Henri avait vu juste. J'avais négligé les besoins d'Isabelle. Je me rappelais ses demandes, elle les avait exprimées maintes fois : l'écouter, passer plus de temps ensemble, et des trucs concrets à la con comme être là pour bouger les meubles – qu'est-ce que ça m'aurait coûté, alors, d'y répondre ? J'en bavais bien plus aujourd'hui. Des larmes de regret me piquaient les yeux.

J'étais arrivé. Je claquai la porte de mon appartement, sortis une bouteille de vodka et bus un verre cul sec.

Un abîme de glace s'ouvrit sous mes pieds. Je me resservis deux verres coup sur coup, prélude à une cuite carabinée, de celles qui marquent dans une vie. Par les pensées noires et le mal de crâne, par cette sensation d'abominable détresse. J'étais seul dans ma cuisine, affreusement malheureux. Je buvais la vodka et j'avais l'impression de voir Isabelle, incarnation de la Justice, digne et belle, me passer une épée à travers le corps. J'avais tout faux, j'avais tout raté, je n'avais pas su aimer. L'enfer, me dis-je, c'est sans doute cela : mesurer la peine qu'on a infligée aux autres et ne plus pouvoir la réparer.

Je m'écroulai sur le canapé, la bouteille dans la main. Je repensai à ce coup de déprime dans la compacteuse. J'y pensai avec nostalgie. J'aurais voulu retourner à Plastirec, appuyer sur le bouton, me faire broyer comme une ordure. Depuis que j'étais entré dans cette machine, elle occupait beaucoup mes pensées. Dès que je buvais, je finissais par penser à elle. Comme si la machine elle-même me disait : À quoi bon vivre dans ce monde ? Libère-t'en et viens mourir ici. Car nous mentons tous, hommes et femmes, nous perpétuons le mensonge de l'amour. Les gens allaient fêter Noël en famille, et je serais à nouveau seul. Isabelle était partie, Guilaine m'avait jeté, Henri était méchant. Le pays où je vivais était fichu, la planète entière était fichue. Autour de nous, la vie ressemblait à la mort et des milliers de salopards s'affrontaient pour sucer les derniers restes de la moelle du monde. Il n'y avait plus de beauté autour de moi, il n'y avait plus d'amour. Il n'y avait que du vide.

La sonnerie du téléphone me fit comme un électrochoc.

« Bonsoir, monsieur Fontaine. »

« Bonsoir, monsieur Sinastiez. »

Je m'étais rassis droit sur mon canapé, comme si le procureur de la République était apparu en personne dans mon salon.

« J'ai reçu ce matin une nouvelle étonnante que je me devais de vous communiquer. »

« Je vous écoute », dis-je à défaut d'autres idées.

« J'attendais pour vous appeler les ultimes vérifications. Car on a une surprise de taille... Nous avons enfin reçu les analyses d'identification ADN du corps extrait de la compacteuse : ce n'est pas celui de Venerio Malgoni. »

« Je vous demande pardon ? »

Je ne comprenais pas. J'étais ivre il faut dire.

« Qu'est-ce que vous ne comprenez pas ? Les analyses sont incontestables : ça ne correspond pas. »

« C'est le corps de qui, alors ? »

Le procureur laissa passer un silence assez long pour aiguiser la lame d'un couteau.

« C'est bien la question, monsieur Fontaine, quand on a affaire à un *crime* de cette espèce », dit-il en insistant sur le mot.

Quand il estima avoir assez savouré sa vengeance, le magistrat reprit :

« Nous ne savons pas qui est la victime. Sans tête, sans dents, sans empreintes digitales, juste un tronc, c'est difficile – et pourtant on a de bons légistes – de reconstituer un portrait-robot et de le croiser avec nos fichiers. »

Parce qu'un procureur n'a jamais peur d'être détesté par son prochain, il ajouta :

« Vous voyez, j'avais raison de sentir le crime crapuleux. Les accidents du travail, c'est trop facile. »

L'humiliation était complète. J'avalai ma salive :

« Mais Venerio Malgoni, il est passé où alors ? »

« Malgoni doit être loin, très loin, avec un truc à se reprocher qu'on ignore encore. J'ai lancé un mandat d'arrêt. Un peu trop tardif. L'affaire devient vraiment épineuse. »

« Vous n'avez plus besoin de mon PV ? » dis-je, comprenant enfin ce qu'il m'arrivait professionnellement.

Sinastiez eut un dernier rire :

« Non, monsieur Fontaine, nous n'avons pas besoin de vous. »

CHAPITRE 10

Maïa

Sauf qu'elle détestait la Provence. Son ciel bleu immuable, sa garrigue aux feuilles ennuyeuses, ses villages aux rues pavées et son soleil à perpétuité. Elle détestait les chênes verts, les sapins stériles et leurs aiguilles idiotes qui tapissaient le sous-bois, et cette odeur de thym qui donne l'impression d'être une saucisse sur un barbecue. Elle détestait la Provence, l'ébahissement des touristes devant les champs de lavande, la faconde de ses commerçants racistes et la sueur sur le cul des cyclistes en bermuda moulant perchés sur leurs vélos ultra légers qui pédalaient jusqu'à un panorama débile qu'ils prenaient en photo avec des téléphones plus intelligents qu'eux. Des panoramas de quoi ? Il n'y a pas de montagnes dans ce coin, la garrigue est la même partout, plate comme une mer sans marée, saturée de chênes et d'oliviers indifférents aux saisons. Elle détestait la Provence, sa terre séchée par la chaleur, ses artisans potiers, ses zones pavillonnaires moches et ses marchés de plein air où des Anglais à la face d'écrevisses s'extasiaient devant un lavoir rénové avec l'aide de la Région PACA. Mais ce que Maïa haïssait plus que tout, quand elle revenait au village de son enfance, c'était que son père soit apostrophé par une bande de pépés lisant la presse régionale et obsédés par leur haine des Arabes et que, après s'être assise avec eux sous les platanes, le serveur la tutoie avec son accent du Midi de merde avant de mettre vingt minutes pour lui apporter son café-crème.

Car il fallait toujours que son père la montre à ses amis comme un trophée, comme pour dire : Vous voyez, j'ai ma fille avec moi.

Elle se sentait dépossédée d'elle-même. Sur la place du village, elle n'avait plus de personnalité, plus de métier ; plus aucune sexualité n'était possible. Même penser était difficile. Une glu mentale l'emprisonnait dès sa descente du TGV. On aurait dit que les oliviers lui enserraient le cerveau dans leurs branches. À Lyon, elle avait des soucis mais elle était indépendante. Chez son père, elle ne parvenait quasiment ni à travailler ni à réfléchir. Il lui fallait dépenser une énergie considérable pour sauver une demi-journée où elle irait envoyer des mails au café du coin. Souvent, elle renonçait. Comme si elle ne pouvait être ici que la fille de son père, la fille de Giorgio di Natale, celui qui tenait un pressing à Salernes, un type sympa, vous savez, il est veuf le pauvre.

Elle aurait tellement voulu que son père ait déménagé. Qu'il soit parti vivre dans une vraie campagne, avec des vaches grasses, des hêtres et des forêts humides. À Noël, dans une vraie campagne, il y a de la neige, en automne du rouge sur les feuilles. Ici, toute l'année ce vert. Les feuilles qui ne tombent pas. L'été qui devient illico canicule. Le ciel provençal, son bleu éternel comme une prison. La vie de son père et la sienne, inchangées. Elle n'avait pas eu d'enfant ; il ne s'était jamais remarié. Elle détestait cette impression de vivre dans un pays où rien ne changerait jamais, sauf en pire, un pays vieillissant où ne régnaient que des souvenirs et des habitudes, des lavoirs repavés et des fontaines, et, par-dessus ce décor, ce qu'elle détestait le plus : cette odeur écœurante, qu'on retrouvait partout, dans chaque boutique, comme pour étouffer toute volonté de différence, cette odeur qu'on est censé trouver plaisante, cette odeur de propre qui la révulsait car c'était une odeur de vieux, une odeur en toc, et qui s'incrustait partout, cette immonde odeur de savon à la lavande.

Et pourtant elle était là. Debout sur un tabouret dans le garage de la maison, son père à ses côtés, qui ne l'écoutait pas, comme d'habitude.
« Je t'avais dit de refuser le compteur Linky. Il est tout neuf et il ne marche pas. »
Elle devait toujours au début de son séjour régler un certain nombre de problèmes pratiques, administratifs ou informatiques. Giorgio di Natale n'avait aucun complexe. Il attendait sa fille, qui venait deux à trois fois par trimestre, dès qu'elle était là il réclamait.

Sa formule favorite c'était « Je voudrais que tu me » : Je-voudrais-que-tu-m'aides pour EDF. Je-voudrais-que-tu-me dises quel manteau acheter. Je-voudrais-que-tu-me télécharges une application sur mon téléphone... Je-voudrais-que-tu-me, encore et encore.

Son père n'était pourtant pas un incapable. Il avait tenu son pressing durant trente-cinq ans. Il était parvenu à élever sa fille après la mort de sa femme. Mais maintenant qu'il était vieux, il préférait se faire aider. Il attendait que sa fille lui rende visite pour revisser un boulon sous la table et constater avec satisfaction que, en effet, elle ne bougeait plus. Ah, c'est mieux. J'aime pas quand c'est bancal.

Au bout de deux jours, il finissait par se calmer. Il n'était plus seul au monde, sa fille était revenue, elle était là pour lui. Car Maïa ne doutait pas que, derrière tous ces problèmes pratiques, ses Je-voudrais-que-tu-me signifiaient avant tout : Je voudrais que tu m'aimes.

Bien sûr qu'elle l'aimait. Elle n'avait que lui. Elle l'aimait énormément.

Son père faisait du café dans sa cuisine, manipulant les trois pièces de la cafetière italienne comme on flatte trois petits animaux domestiques.

« Tu as rendez-vous le 4 janvier avec Enedis », dit Maïa en raccrochant le téléphone fixe.

« Pourquoi c'est Enedis et pas EDF ? »

« Qu'est-ce que j'en sais, papa ? C'est comme ça, c'est tout. »

Elle lui parlait de plus en plus comme à un enfant : C'est comme ça ; On ne fait pas toujours ce qu'on veut ; Sois raisonnable.

Le chuintement de la cafetière monta en puissance. Son père coupa le gaz et ils sortirent dans le jardin. Le soleil brillait évidemment. Des oiseaux voletaient autour de la mangeoire. Maïa s'assit devant la vieille table d'extérieur, celle qu'ils avaient revernie ensemble l'été précédent.

Elle but son café par petites gorgées, regardant les volutes monter vers la charpente de la terrasse. Son père alla puiser une poignée de graines de tournesol dans un sac et les répartit sur la planchette de la mangeoire. C'était là que Maïa avait commencé à distinguer les oiseaux. Les pinsons, les mésanges, les rouges-gorges, les fauvettes...

« Tu ne bois pas ton café, papa ? » demanda-t-elle tout en connaissant la réponse.

« Non, il est trop chaud. »

C'était toujours pareil, il attendrait tellement que tout à l'heure il dirait : Zut, comment ça se fait ? Mon café est froid.

Des mésanges bleues picoraient tour à tour les graines. Elle remarqua aussi un rougequeue noir...

Les allées et venues des volatiles donnaient à Maïa une sensation de paix extraordinaire. Elle resta seule un moment, appréciant chaque cri d'oiseau, chaque gorgée de café. C'était bon d'être ici, de s'abandonner à quelque chose de régressif, de pacifique. De n'être ni jugée ni humiliée, juste aimée.

Elle vit un chaton noir qui traversait la pelouse. Un merle poussa un cri d'alarme et les oiseaux disparurent. Le chaton devait avoir trois mois. Il avait un poitrail blanc de chef d'orchestre. Il tourna autour de la mangeoire, puis, remarquant Maïa, s'assit sur ses pattes arrière et la fixa de ses prunelles jaunes. Maïa lui retourna son regard. Le chaton et elle restèrent ainsi un instant. Enfin, comme s'il avait obtenu quelque chose, le chat repartit. Maïa avait l'impression d'avoir fait connaissance.

Son père revint en tenant dans les mains un vieux fer à repasser, triangulaire et rouillé, avec une courte anse.

« Regarde, ça vient du Creusot. »

Maïa sourit.

« Il est très beau. Tu l'as trouvé où ? »

Son père collectionnait les fers à repasser anciens. Sa passion pressophile était née peu après la fermeture de son pressing. Un ami lui avait offert un fer à braise du XIXe siècle joliment décoré. À partir de là, il s'était mis à acheter de vieux fers dans des brocantes et chez les antiquaires. En fonte, en céramique, à vapeur ou électriques, des lourds et des légers, des fers de tailleurs ou des fers de couturiers du XVIIIe siècle.

Maïa admira sa nouvelle pièce. Elle n'aurait jamais pensé à se moquer. Son père aimait vraiment ces bouts de ferraille – qu'importe où se loge la tendresse.

« On mettait du charbon là, tu vois, et la chaleur passait par ici. »

À force, Maïa s'y connaissait un peu. Non que ce soit esthétique de voir des dizaines de bouts de ferraille, certains pesant cinq kilos, s'accumuler dans sa maison d'enfance, mais elle l'encourageait : il faut bien s'occuper quand on est retraité.

Son père, tout en monologuant, dirigeait sa tasse de café vers ses lèvres avant de la reposer, toujours sans en avoir bu une goutte.

« Tu devrais prendre ce fer chez toi. »

Il voulait toujours qu'elle reparte avec des objets qui lui appartenaient. Si elle l'avait écouté, elle serait rentrée à Lyon avec la moitié de ses affaires. Son père voulait absolument lui donner des choses de lui, mais n'avait jamais fait le déplacement jusqu'à Lyon depuis trois ans qu'elle y était.

« Comme ça tu penserais à moi en le voyant le matin. »

« Mais je pense à toi, papa. Et j'ai déjà six fers chez moi. »

« Six ? Tant que ça ? »

Il semblait contrarié.

« Mais celui-là est beaucoup plus beau, tu viens de le dire. »

« Ce n'était pas pour que tu me le donnes. »

Maïa ne céda pas mais ils continuèrent leur débat un instant, pour le plaisir de se chiffonner. Sur la mangeoire, une mésange picorait sans hâte. Le lendemain ils iraient acheter des oranges pour la confiture. Cela faisait partie du rite. Ils passeraient au centre commercial pour un nouveau manteau. Encore trois jours et ce serait le réveillon. Comme chaque année, comme toujours.

Son père porta sa tasse à ses lèvres et dit :

« Zut alors, mon café est froid. Comment ça se fait ? »

Le lendemain après-midi, encore imprégnée de zestes d'orange, Maïa se rendit au café du village pour voler à la Provence deux heures de travail.

Le serveur était un camarade du lycée, Joël, un piercing au sourcil gauche. Contrairement à beaucoup de Méridionaux, il ne roulait pas des mécaniques dès qu'il parlait à une femme. Elle alla s'asseoir dans l'arrière-salle, au fond. Il lui apporta son café-crème en arborant un air torturé qui semblait vouloir dire : Si tu veux de moi, fais le premier pas. Maïa ne le regarda pas. Elle était stressée, son activité de pigiste ne démarrait pas. De plus, tout allait s'arrêter entre Noël et le jour de l'An. Il fallait qu'elle trouve des commandes avant que les rédacteurs en chef partent en vacances. Déjà le magazine *Sciences naturelles* lui avait dit de rappeler « après les congés », comme si tout le monde en avait... Les congés, quand on est indépendant, ça n'existe pas. Les autres rédactions n'avaient pas répondu.

Surmontant sa répugnance, elle finit par appeler Jules. La prochaine couverture de *Comprendre* était sur l'ouïe : « Révélations sur un sens méconnu ». Elle avait tout de suite pensé à un chercheur, Christian Laleu, qui consacrait sa vie à étudier les chants d'oiseaux. C'était un type extraordinaire, et elle se proposait de l'interviewer.

Maïa faisait preuve d'une persuasion et d'une hypocrisie qu'elle ne se connaissait pas. À l'autre bout du fil, le rédacteur en chef semblait engourdi par une digestion difficile due à un repas excessivement calorique, comme a tendance à en cuisiner la bourgeoisie lyonnaise en cette période.

« Écoute, dit-il d'une voix pâteuse, je sais que tu aimes bien les oiseaux mais… »

« Ce n'est pas un article sur les oiseaux, Jules ! C'est un papier sur Christian Laleu. Un chercheur génial qui a fait des découvertes sur le langage animal. Dans six mois, tout le monde parlera de lui ! »

« OK, OK, répondit Jules, que l'envie de dépasser la concurrence stimulait toujours. Il est où ce type ? »

« En Auvergne, dit Maïa en se préparant à négocier les frais. Un aller-retour en train, un taxi sur trente kilomètres, une nuit d'hôtel. »

« Ibis Budget, Clermont-Ferrand. »

« Entendu. »

« Fais pas un truc trop intello. Essaie de ramener des anecdotes, des trucs croustillants », ajouta Jules pour sceller leur accord.

Elle avait envie de répondre : Connard, tu veux que je te ramène des Bastogne ?

« Ne t'inquiète pas, ce sera un super article. »

Elle raccrocha et sursauta.

Joël était à côté d'elle. Il semblait attiré par ce qu'elle faisait ; c'était rare, les gens en télétravail, dans ce village. À moins qu'il ne soit attiré par elle.

« Tu veux autre chose ? »

« Non merci. »

Mais le serveur restait là, touchant son piercing d'un air idiot. Il avait l'air de tenir un colloque avec lui-même pour décider s'il avait le droit de lui offrir un autre café... Il y eut un moment de gêne. Aussi, quand son téléphone sonna, décrocha-t-elle sans même regarder d'où venait l'appel.

« Maïa ! Est-ce que tu peux me rendre un service ? »

Sur le visage de la jeune femme, Joël vit apparaître un large sourire, sur lequel il se méprit, bien que ce soit aussi un sourire d'amour.

Une tante normale lui aurait d'abord dit bonjour. Mais Victoire ne faisait jamais rien comme les autres.

« Bonjour, Victoire. Je te souhaite un joyeux Noël », répondit Maïa avec malice.

« Hum. Moi aussi, moi aussi, ma chère nièce... Et à ton père aussi. Vous allez bien, tous les deux ? »

Le fait que ce soit Noël, que les gens aient envie de se retrouver et de se témoigner des signes d'affection, constituait à l'évidence pour la physicienne un phénomène sans intérêt.

« Bon. Ici ça ne s'améliore pas. Je patauge dans les emmerdes, reprit-elle d'une voix derrière laquelle on entendait un écho, comme si elle parlait dans un couloir isolé. J'ai besoin de toi. »

Maïa ressentit une chaleur lui passer à travers le corps. Elle répondit sans même y penser :

« Si je peux t'aider, avec joie. »

« For-mi-da-ble. Tu es une fille formidable. J'en étais sûre. »

« De quoi s'agit-il ? »

« Je peux passer chez toi à Lyon pour t'expliquer ? »

« Tu veux passer me voir *chez moi* ? »

« Oui, on sera plus tranquilles. Et j'en profiterai pour découvrir ton appartement. »

C'était si inattendu que Maïa en perdit son sourire. Elle eut même un peu peur. Quel était donc ce service que Victoire voulait lui demander ? Est-ce que ça concernait le Cern ?

« Oui et non. Ça se passe aussi dans ton coin. »

Maïa était plus intriguée que jamais.

« Je ne peux pas t'en parler au téléphone, faut que je t'explique de vive voix. On peut se voir les premiers jours de janvier ? »

« Oui. Je dois aller en Auvergne mais... »

« Je t'appelle quand j'arrive. Passe le bonjour à Giorgio ! »

Victoire avait déjà raccroché. Maïa regarda son téléphone sans savoir si ce qu'elle venait de vivre était une conversation ou une bourrasque.

Quand elle rentra, son père avait allumé la télévision et regardait le Journal de France 3. Il s'était servi un porto et sur sa chemise s'étalait une tache. Maïa le remarqua mais ne dit rien. Jadis, il était toujours tiré à quatre épingles.

Comme elle s'asseyait sur le canapé, un chat bondit hors des coussins.

« Oh ! Il m'a fichu une frousse !... »

C'était le chaton noir qu'elle avait vu dans le jardin.

« Tu le laisses entrer ? »

« Bah, c'est le chat du voisin. Ce saligaud va bientôt le donner à la SPA... alors j'ai pitié. »

Le chaton semblait de nouveau fasciné par Maïa. Il la contemplait, assis sur la moquette, puis, d'un coup, comme s'étant fait une opinion définitive, monta sur ses genoux.

« Ah ben il n'est pas farouche », remarqua son père

Maïa se mit à le caresser. Le chat se mit à ronronner. Et c'est ainsi depuis des milliers d'années.

« Tu ne veux pas l'adopter ? dit-elle. Ça te ferait de la compagnie. »

« Ah non ! Pour avoir des poils partout ! J'en ai trop nettoyé, au pressing, des vêtements avec des poils de chat... De toute manière, je ne saurais pas m'en occuper. Je préfère les animaux de passage... »

Est-ce qu'il préférait aussi les femmes de passage – comme elle-même n'aimait les hommes qui ne faisaient que traverser sa vie ? Elle n'osa pas poser la question.

« Victoire m'a appelée, elle te passe le bonjour. »

« Tiens ? Elle t'appelle, toi ? Que te vaut cet honneur ? »

Maïa lui raconta qu'elle était allée la voir au Cern, et lui décrivit l'encombrement indescriptible de son bureau.

« C'est marrant tout de même », dit Giorgio après un silence.

« Quoi donc ? »

« Comme tu as toujours adoré Victoire... alors que tu l'as vue quoi... ? dix fois dans ta vie. »

Maïa protesta. À une époque, sa tante passait régulièrement. Elle était même venue à son anniversaire.

« Tu sais, sans vouloir te faire de peine, elle venait à cette période parce que nous étions sur sa route – elle était en poste à Marseille. Pas sûr qu'elle aurait fait un détour sans ça. »

Maïa ne dit rien mais, après la mort de sa mère, sa tante avait représenté pour elle un modèle d'adulte fort, celui d'une femme qui menait sa vie de manière libre et indépendante. Le contraire de son père, qui semblait broyé par le chagrin et les lourdeurs d'un commerce.

« Qu'est-ce qu'elle te voulait, ma sœur ? »

« Rien. Me demander un service. »

« Quel genre de service ? »

« Je ne sais pas. Écrire un article, j'imagine, un truc dans le genre. »

« Méfie-toi, tout de même. »

« Pourquoi je devrais me méfier ? »

Il répondit sans la regarder :

« Je l'aime bien, Victoire, mais elle ne pense qu'à elle. »

Maïa trouva cette remarque étrange. Son père devait être un peu jaloux, Maïa demeurant sa petite fille unique et adorée. Peut-être même, pensa-t-elle en se couchant, que ça l'arrangeait qu'elle soit célibataire. Son cœur n'était pris par personne, à part lui, avec sa douce tyrannie quand elle lui rendait visite. Tout pouvait continuer immuablement. Préparer ensemble la bûche pour Noël. La fameuse confiture d'oranges, les dattes farcies, les truffes au chocolat. Autant de rites, autant de protections. Autant de digues contre la tristesse d'un deuil dont on ne se remet jamais entièrement.

Maïa s'était promis d'interroger son père sur sa disparitionnite, mais les jours passaient et elle ne savait pas comment aborder le sujet. Enquêter sur le phénomène à l'endroit même où était née cette malédiction se révélait plus difficile qu'elle ne le pensait.

Enfin, le soir de Noël, elle se força ; le lendemain, elle serait de retour à Lyon.

« Papa, tu sais que je perds des choses. Ça a toujours été le cas ? »

« Toujours. »

Deux verres de Clairette de Die et un reste de buche glacée étaient sur la table. Giorgio reprit une truffe.

« J'ai décidé d'arrêter. »

Il éclata de rire. Ses dents étaient noires de chocolat.

« Arrêter de perdre ? Mais tu ne serais plus ma fille ! »

« Non, je suis sérieuse. Est-ce que tu sais comment ça a commencé ? »

« Tu as toujours été comme ça. Tu as les mains trouées. »

Il fallait procéder avec méthode. Ne rien lâcher, comme dans une interview avec un scientifique.

« Essaie de te souvenir. Je perdais quoi, enfant ? Et à quels moments de la journée ? »

Son père s'essuya la bouche avec une serviette en papier.

« Qu'est-ce que j'en sais, moi ? Tu perdais ta tétine, tes chaussettes, tes doudous, tes casquettes… »

Loi n° 1, loi du corporel.

« Je perdais mes affaires de classe ? »

« Pas dans mon souvenir. Tu as toujours été une élève sérieuse. »

Bien sûr, pensa Maïa. L'école est un espace clos, loi n° 3, où on ne va jamais le soir, loi n° 5.

« Je perdais certains objets plus que d'autres ? Il n'y a pas un événement qui a déclenché tout ça ? »

Elle regretta immédiatement sa dernière question. Il n'y avait qu'un seul événement dans leur famille, il n'y en aurait jamais qu'un – dont on ne parlait pas. Mais c'était un soir particulier, et l'alcool qu'ils avaient bu tous les deux donnait à la conversation une sorte de statut d'extraterritorialité. Elle inspira et dit :

« Maman, elle perdait des choses ? »

« Je ne sais plus trop… mais non. »

Il avait répondu sans broncher. Maïa réalisa qu'il était veuf depuis vingt-sept ans. Quel souvenir garde-t-on de sa femme, après tant d'années ? Elle s'entendit demander :

« Pourquoi tu ne t'es pas remarié, papa ? »

Son père avait les yeux dans le vague. Il répondit avec douceur mais lentement, comme si les mots lui étaient envoyés de très loin par un télégraphiste amateur :

« Longtemps je n'étais pas libre dans ma tête. J'aurais considéré ça... comme de la trahison... Puis le temps a passé. J'étais déjà vieux. J'avais besoin de tendresse. D'abord j'ai cru que personne ne voudrait de moi... Mais non. Des femmes auraient bien voulu de moi... »

Maïa avait rougi. J'avais besoin de tendresse. Elle était extrêmement gênée d'entendre son père dire ça, mais en même temps elle buvait ses paroles.

« Je pourrais te dire que c'était pour toi, pour ne pas remplacer ta mère... Mais au fond, si je ne me suis pas remarié, c'est que je ne voulais pas revivre ça... une seconde fois. Si ma seconde femme devait mourir, tu comprends. Je n'aurais pas supporté. »

Il poussa un soupir, sortit sa pipe, et leurs regards se croisèrent un court instant.

« Mais... Bon, pour te dire... »

Elle se rapprocha, prête à recevoir une dernière confidence.

« ... pourquoi tu perds tes affaires, je n'en sais rien. Que veux-tu ? Tu devrais faire plus attention. »

Sur ces mots, Giorgio se leva. Elle l'entendit descendre dans le garage. Est-ce qu'elle l'avait blessé ?

Au bout de dix minutes peut-être, il revint avec une boîte à chaussures qu'il posa sur la table.

« Tiens, encore un cadeau pour toi. »

Bizarre, la manière dont il disait ça. Avec un sourire mais aussi une certaine nervosité. La boîte était fermée avec une ficelle à rôti. Il venait de préparer le paquet. Sans doute un fer à repasser...

Maïa tendit la main vers la ficelle quand la boîte se mit à bouger. Elle recula instinctivement. Quelque chose cognait contre le couvercle. Un truc vivant.

Soudain, une tête poilue poussa le couvercle en carton. Maïa jeta un cri de surprise. C'était le chaton noir.

Son père s'exclama, tout à fait joyeux à présent :

« Je te présente Pito, le chapiteau. Ou Mallow, le chamallow. C'est toi qui le baptiseras. Il est à toi. »

« Tu l'as acheté au voisin ? »

« Pardi ! Il n'allait pas me le donner gratis. »

Maïa était stupéfaite.

« C'est gentil, dit-elle avec effort, mais à Lyon je n'ai pas de jardin. Vivre en appartement, ce n'est pas idéal pour un chat. »

« Ah non ! Tu as passé la semaine à dire que tu le trouvais beau ! Chaque fois que tu le voyais, tu voulais le caresser... Et puis tu ne vas pas laisser cette pauvre bête partir à la SPA ! »

Maïa sentit son cœur fondre. Pito, oui, ce nom lui allait très bien. Elle le prit et le posa à terre. Il se mit à courir après sa queue. Sa vie à Lyon lui paraissait si loin après cinq jours chez son père. C'était difficile de réfléchir à toutes les conséquences de ce « cadeau ». Et pourtant, elle savait qu'elle devait refuser. Le chat allait lui ajouter des problèmes dans une période déjà difficile. Il faudrait sans cesse passer l'aspirateur. Elle devrait acheter de la litière et des croquettes alors que son budget avait diminué. Sans parler des problèmes de garde au moindre de ses déplacements. C'était vraiment une très mauvaise idée.

« Merci beaucoup, dit-elle, ça me fait très plaisir. »

CHAPITRE 11

Bastien

« Vous aimez ce monde, Bastien ? »

Je décidai d'être franc – après tout, je parlais à un curé.

« Non, mon père, je ne l'aime pas. »

J'avais passé deux heures à cuisiner un bœuf bourguignon. Or, comme chacun sait, il y a du vin rouge dans le bœuf bourguignon. Disons que j'avais pris l'apéritif assez tôt. Le père Queyras était arrivé à 20 heures précises. La conversation se déroulait depuis agréablement, comme si nous étions déjà familiers de ces repas en tête-à-tête. Je ne sais plus pourquoi, tout d'un coup, il me posa cette question.

« Pourquoi vous ne l'aimez pas ? »

Il semblait sincèrement peiné.

« Je suis inspecteur du travail. Beaucoup de salariés me racontent ce qu'ils subissent... Cela ne me donne pas le meilleur point de vue sur la société. »

« Pourtant, vous avez des amis ? »

« Oui, j'en ai quelques-uns. »

« Alors, vous voyez, vous aimez ce monde. »

« Non. J'aime mes amis. »

« L'amour du prochain et l'amour de Dieu, c'est la même chose. »

Je dis, en montrant le plat qui fumait sur la table :

« Et aimer le bœuf bourguignon et aimer le monde, c'est la même chose ? »

« Non, répondit le prêtre avec un sourire. Ça, c'est de la concupiscence. »

Il y avait longtemps que je n'avais pas entendu ce mot. Je n'étais pas sûr de savoir ce qu'il voulait dire.

« Cela veut dire que vous n'avez pas d'*amitié* pour ce bœuf bourguignon. Vous voulez juste vous l'accaparer, le consommer. L'amitié, elle, veut le bien de l'autre. Elle ne veut pas seulement s'en servir. Aimez ce monde, Bastien, et vous verrez, ça ira mieux. »

Et il ajouta, comme se parlant à lui-même :

« Oui... De toute manière, que faire d'autre ? Nous n'avons qu'un seul monde et qu'une seule vie pour aimer. »

Queyras s'exprimait très bien. Mais ça restait pour moi des mots, sans lien avec mon existence.

« Sans vouloir vous contredire, je pensais que ça marchait aussi dans l'autre sens. Que Dieu m'aiderait à me sentir aimé dans les difficultés. Or, j'ai beau être chrétien, l'amour de Dieu reste assez abstrait pour moi. »

Il me regarda comme si j'avais dit quelque chose de particulièrement intelligent. Je me crus obligé de continuer :

« Quand j'ai des difficultés ou des contrariétés, une rupture amoureuse, ou des idées fixes, de la déprime, j'ai beau être chrétien, savoir qu'il y a l'amour, Dieu, eh bien... je ne ressens rien. »

« Ce que vous me décrivez, c'est une absence du Christ dans votre vie ? »

Je bus une nouvelle gorgée du gigondas qu'il avait apporté. Qui parle comme ça ? C'est ridicule, même en étant chrétien. Je tentai alors de lui faire comprendre que boire une bière ou manger du chocolat faisait plus de bien dans l'immédiat que de prier. En tout cas, moi, je ne priais jamais. Le prêtre me regardait derrière ses lunettes de myope. Il essayait de me comprendre. J'avais l'impression depuis le début de la soirée qu'il accordait beaucoup trop d'importance à ma petite personne.

« Vous ne priez pas mais vous allez à la messe ? »

« Oui, presque tous les dimanches. »

« Vous ressentez bien du bénéfice, alors ? »

« Je n'aime pas ce terme, dis-je avec une certaine crispation. Disons que j'en ressens une satisfaction. »

« De quelle sorte ? »

Je cherchai mes mots. J'avais peur de bafouiller à cause de l'ivresse que je sentais monter. J'avais peur aussi qu'il devine la profondeur de mon angoisse.

« C'est peut-être le rite, ou la chaleur humaine qu'on y trouve. Le cadre plaît à mon esprit. La beauté des lieux aussi. L'orgue, l'encens, les habits sacerdotaux... Je me sens en sécurité. Et puis, j'aime entendre ce qui s'y dit : la justice, l'amour du prochain... »

Je rougis. Mais le père Queyras ne se moqua pas. Il n'y avait aucun cynisme en lui. Les curés sont très premier degré. S'ils vous écoutent, ils vous écoutent vraiment ; si le Christ est ressuscité, il est vraiment ressuscité. C'est désarmant.

Quand le prêtre estima m'avoir assez examiné, il me dit avec une grande douceur :

« Vous savez, Bastien, des hommes comme vous, j'en vois un certain nombre. Solitaires, pessimistes, ne ressentant pas l'amour de Dieu pour eux. »

« Je ne dis pas que je suis original. »

« Oh, on a toujours l'impression qu'on l'est, soupira-t-il. Dans son malheur comme dans son bonheur. De même, on croit toujours vivre l'histoire d'amour la plus extraordinaire du monde. »

J'accusai le coup. Il reprit, parlant de manière légère, comme s'il s'adressait à lui-même autant qu'à moi :

« Vous êtes dans le noir. Mais, comme chrétien, vous n'avez pas le droit de désespérer. Quand on est dans un tunnel, il faut continuer à avancer. Revenir en arrière ne servira à rien, comme dirait Kierkegaard. Vous avez la foi ? Alors avancez. Car Dieu vous aime. »

« Dieu m'aime ? »

J'avais une boule dans la gorge.

« Mais il m'aime comment ? »

« Comme vous êtes. Avec votre faiblesse. Avec votre égoïsme. Avec vos addictions. »

Peut-être qu'il servait le même discours à tout le monde, mais il me semblait qu'il était fait pour moi. J'étais ému.

« Je n'ai fait que me plaindre, dis-je en essayant de cacher cette émotion. Comment vous faire passer une fin de soirée plus agréable ? »

« Je passe une soirée agréable. Notre conversation me change de mes réunions avec les paroissiens sur les factures de chauffage... Mais si vous voulez me faire plaisir, parlez-moi encore de votre métier. Vous savez, nous les prêtres, nous n'avons qu'une connaissance très partielle du monde du travail. »

Soulagé qu'il ne s'inquiète plus de sauver mon âme, je lui racontai mes permanences, mes visites de chantiers, les délits les plus courants d'entrave au droit syndical, les accidents, les harcèlements. Nous étions passés au salon. J'étais assis dans le canapé, lui dans le fauteuil. Le prêtre mangeait avec une tranquillité vénielle les papillotes que j'avais mises dans un bol sur la table basse. Je lui parlais de Plastirec, de l'accident qui était devenu un crime. De la grande compacteuse bleue. Je ne lui racontais qu'une partie infime des détails mais cette machine m'obsédait beaucoup et je me sentais comme un amoureux parlant de son amoureuse.

« C'est une drôle d'expérience que d'entrer là-dedans. On s'y sent bien et mal à la fois. Cette histoire de meurtre est tout de même fascinante, non ? C'est une sacrée machine. Et de savoir qu'un homme y est mort, je ne sais pas, ça donne envie d'y mourir, ou d'y assassiner aussi... »

Soudain je m'arrêtai. J'avais trop bu, je ne savais plus ce que je disais.

« Mon problème est que je contracte une sorte de fascination pour ces endroits glauques. J'y pense un peu trop », ajoutai-je pour trouver une excuse à ma volubilité.

Le père Queyras ne fit aucun commentaire. Il avait pris une papillote Révillon dans le bol et en dépliait le papier blanc comme s'il contenait un message divin au lieu d'une citation bateau.

« Vous êtes en contact avec la part sombre de la société, dit-il. Faites attention à voir aussi la lumière. »

« Dans ce genre de lieux, je ne pense pas qu'il y ait beaucoup de lumière. Rien que la zone industrielle, le patron, le hangar... tout est noir. »

« Il y a toujours de la lumière quelque part. Ou une lueur. Ou même le chuchotement d'une lueur. »

« Et c'est à moi de la trouver, c'est cela ? »

« Cela vous semble impossible ? »

« Cela me semble difficile. »

« Pourquoi ? »

« Parce que tout est noir, dis-je avec un accablement soudain. Je me demande à quoi sert notre vie humaine si on peut se faire broyer entre des vérins hydrauliques... Quand je pense à cette machine... Je ne sais pas ce que j'ai depuis quelques semaines. J'ai envie d'aller me glisser dans la benne, tout au fond... »

Je regrettais d'avoir bu, de m'être confié, je parlais avec trop de fièvre.

« Oui, aller au fond, reprit-il en posant son menton sur ses doigts. Nous y sommes. »

Nous y étions, en effet. Comme si tout ce que nous avions dit auparavant, le repas, le bœuf bourguignon, même le vin, n'avait eu pour finalité que de m'amener à cet aveu.

« Il y a une attirance dans le Mal, vous savez. Je me permets de vous mettre en garde. Le diable cherche nos points faibles. Vous, c'est votre misanthropie. Le diable va vous faire croire que, de toute manière, gris, noir ou très noir, c'est pareil. Et puis le Mal agit en négociant, en disant : "Juste une fois... ce n'est pas bien grave..." C'est difficile de résister. »

« Mais peut-on seulement résister ? »

« Il le faut. »

À ce moment-là ma montre émit un léger *bip*. Il était 22 heures précises. À mon grand étonnement, je vis le père Queyras se lever et remettre son manteau. Il allait m'abandonner là, en pleine discussion. J'étais sidéré.

« Pour contrer le Mal, comment faire ? », dis-je, même si je n'étais pas à l'aise avec cette expression.

« Oh... dit-il d'un air las, comme si nous avions déjà eu cette conversation cent fois. Vous devriez fuir. Parfois, le courage dans la tentation, c'est la fuite. »

Il remit son béret. Je l'accompagnai jusqu'à la porte.

« Et si on ne peut pas fuir ? »

« Si vous ne pouvez pas fuir... il faut lutter. Il y a beaucoup de tentations qui nous agitent. L'argent, le sexe, le pouvoir... ou une machine si terrifiante qu'elle en devient attirante par la puissance de mort... Mais l'enjeu n'est pas là. »

« L'enjeu ? »

Je ne comprenais pas.

« Oui, tout cela n'est qu'un paravent, Bastien. Le lieu de la lutte, ce n'est pas l'objet du Mal. L'objet de la lutte, c'est votre cœur. »

Le lendemain était le 24 décembre et j'avais la gueule de bois. Je descendis boire mon café dans un bistrot à l'angle de la rue Victor-Hugo. Leur terrasse extérieure est chauffée l'hiver par une espèce de grille-pain qui accroît le réchauffement climatique et ma mauvaise conscience. Je m'emmitouflai dans mon manteau en me demandant pourquoi tant de gens achètent tant de choses. Quand on sait la souffrance qu'ils ont à travailler...

Je repensai à la conversation avec le père Queyras. Le fait de lui avoir avoué ma fascination pour la compacteuse me laissait libéré et étrangement fataliste. Ce n'était plus si grave. Cette compacteuse n'avait que peu d'importance en soi. L'important, c'était mon état personnel. Mon *cœur*, il avait dit. Et je regardai les passantes.

Il y avait beaucoup de femmes ce matin-là. Des femmes qui sortaient des magasins, des femmes qui tiraient leurs gosses par la main et des femmes qui riaient avec d'autres femmes, des sacs de courses dans les bras. Elles avaient toutes l'air très occupées. Aucune ne se souciait de moi. J'étais un homme seul devant un café froid.

On ne voyait pas leurs formes sous les manteaux. Juste des pieds dans des bottines. Des cheveux dépassant des bonnets. Les jambes de quelques joggeuses aussi, et je pensai que cela faisait longtemps que je n'étais pas allé au parc voir celle qui donnait à manger aux mésanges. Je pourrais le faire demain matin.

Car il y avait forcément de l'amour quelque part dans cette ville. Mais où ? J'aurais dû accepter la proposition d'Henri de réveillonner avec eux. Au lieu de ça, j'avais décliné par texto. Je n'avais pas la force de rejoindre une grande tablée. Les familles heureuses me font peur, leur bonheur est trop ostensible. Je n'avais envie de participer à rien d'autre qu'à la messe de minuit – en l'occurrence, à celle de 22 h 30 à Saint-Martin.

En attendant, il fallait que je passe la meilleure des journées possible. Ne pas trop boire, me préparer un bon repas et regarder un bon film.

Je rentrai chez moi et me préparai une soupe de potimarron et une gratinée de poisson. Si je voulais qu'une femme m'aime, je devais savoir cuisiner. Mon père ne savait pas se faire cuire un œuf : ce n'est plus possible aujourd'hui, c'est trop la honte.

Une fois la cuisine rangée, je n'avais plus que la fin d'après-midi à tenir. Pour me donner du courage, je me remémorai les Noëls pénibles avec les parents d'Isabelle. Sans parler des Noëls dans ma propre famille. Le célibat a du bon. Je pouvais lire un roman sans que personne me dérange. Je pouvais aller à la messe la plus tardive, la plus belle de toutes, sans enfants qui chouinent, sans familles pressées d'aller manger la dinde, avec une belle liturgie, la véritable messe de minuit.

Je décidai de me projeter un film. J'hésitais entre *Skyfall* et *Lady Chatterley*, je choisis *Skyfall*. Mais quand Daniel Craig apparut avec son flingue et son oreillette, je sentis un gouffre de tristesse s'ouvrir sous mon canapé. Si le Christ était né, ce n'était pas pour que je sois seul devant un écran plat. J'allai prendre un anxiolytique dans la salle de bains, relançai le film, ouvris une bouteille de chiroubles et augmentai le son. Daniel Craig échouait aux tests de tir. Lui aussi avait un problème avec l'alcool.

Il faisait nuit noire quand le film s'acheva. Plus qu'une heure à tenir. Je décidai de me faire beau en finissant une bouteille de corbières. Après tout, j'avais rendez-vous avec la naissance du fils de Dieu, ça méritait bien une cravate. Je choisis un nœud papillon. Je pense que j'avais l'air d'un imbécile.

Je me pressai en marchant. Évidemment, je me perdis. L'église s'était cachée je ne sais où. J'arrivai à 22 h 40, pensant n'avoir raté que les premières minutes de la célébration, mais quand je poussai la porte de Saint-Martin la communion était finie. Deux cents personnes se mirent à chanter « Il est né le divin enfant ». Je m'étais trompé dans les horaires. La messe avait commencé à 22 heures et non à 22 h 30.

Horriblement déçu, malheureux comme un enfant privé du seul cadeau qu'il pouvait recevoir, je demeurai un moment dans le froid à regarder les gens sortir. Dans la nuit noire, sous une pluie fine, c'était un spectacle navrant de voir les fidèles se souhaiter un joyeux Noël avec un rayonnement sur le visage. J'étais exclu de la fête. Un désespoir épouvantable me tomba sur les épaules. Les mains qu'on me tendait, celles du père Queyras, celle d'Henri, celle de l'Église, je ne savais pas les prendre. Sur ce parvis où je claquais des dents, je fus pris de colère envers moi-même. Je fus pris de rage. Puisque j'étais stupide, autant aller jusqu'au bout.

Je retournai dans mon immeuble. Je descendis droit au garage souterrain. Je tapai sur le GPS l'adresse de Plastirec.

À ma décharge, c'était la nuit de Noël la plus lugubre qu'on puisse imaginer. Les nuages qui s'accumulaient depuis le début de journée déversaient une pluie glaciale. Mes essuie-glaces s'agitaient furieusement devant mes yeux. J'avais une conduite trop rapide. J'avais dépassé la limite d'alcoolémie légale. Le mieux aurait été que j'aie un accident, mais vingt-cinq minutes plus tard je me garais dans la rue de l'Industrie à Vénissieux.

J'obéissais à une sorte d'attraction intime. Il fallait absolument que j'entre dans l'entreprise.

Je fouillai dans la boîte à gants, en sortis une clé à molette et un tournevis, puis fis le tour du hangar en cherchant un accès quelconque. Je marchais comme un somnambule. On aurait pu me voir. Si quelqu'un avait prévenu la police, cela m'aurait sauvé. Mais personne ne me remarqua. Je trouvai une porte sur l'arrière du local. Elle n'était retenue que par une chaîne rouillée. Il me fallut peu de temps pour la faire sauter.

Mes mains tremblaient. Il me fallait revoir cette machine. Depuis que j'étais entré dedans et y avais vécu ce moment de lucidité horrible, j'avais envie de revenir. Si Guilaine n'avait pas occupé mes pensées les dernières semaines, je serais déjà revenu. À quoi bon avoir espéré avoir une relation avec une femme ?

Je traversai plusieurs pièces envahies de papiers comme après une avalanche. Il devait y avoir eu ici une autre activité, et les bureaux avaient été laissés en plan. Puis je me retrouvai dans un couloir à la moquette mauve que je reconnus immédiatement. Le bureau du comptable. Je pris un escalier en bas duquel je trouvai la porte qui donnait sur le hangar. Je la poussai.

Les éclairages étaient éteints, il faisait sombre et j'étais dans l'illégalité la plus complète.

La compacteuse était là. Elle était la puissance faite machine. Elle était forte. Elle était le contraire d'un enfant qui vient de naître.

Je m'approchai et posai ma main sur le carénage. Réalisant le désir que je sentais en moi, je posai le pied sur les câbles et en deux mouvements je me hissai sur le pont supérieur de la machine.

J'étais debout au-dessus de l'entonnoir noir. Il suffit d'un rien pour quitter ce monde. Je restai immobile. Le tableau de bord était éteint, je n'y touchai pas. Ce que je voulais, c'était entrer dans cette benne, aller *au fond*.

Enjambant la rambarde, je me laissai glisser dans la chambre de presse. À peine entré, je sentis que quelque chose basculait dans mon corps, comme s'il était piégé par son propre centre de gravité. Un immense poids me fut enlevé. Je ne luttais plus contre l'angoisse, je la laissais circuler.

Depuis des semaines, la compacteuse était le centre de mes pensées, vers lequel tout me ramenait. Notamment ce gravier que j'avais trouvé dans les rails. J'allumai mon téléphone pour le retrouver. Le métal était gelé. Je me mis à quatre pattes dans la benne. Mais j'eus un premier vertige et je dus m'asseoir. Quand je repris mes esprits, je m'éclairai de nouveau avec mon téléphone. Le froid était vif mais je ne sentais rien. J'avais trop bu.

Je retrouvai de ce gravier dans une rainure. Des pierres ou du verre, d'un bleu intense. C'était vraiment joli. À nouveau je ressentis ce rayonnement qui me réchauffa les mains.

Je restais là, hébété. Il aurait fallu que je parte, maintenant que j'avais cédé à la tentation. Mais quelque chose me submergeait. Je fis un dernier effort pour reprendre possession de ma volonté. Je devais sortir : et si la machine se déclenchait toute seule ? Mais je restais là, à regarder les copeaux de métal ou de verre dans mes mains. Je ne bougeais pas. Je ne pouvais pas. J'étais pris dans une gangue, comme si des chaînes m'avaient attaché à l'acier. J'étais face à ce que j'étais venu retrouver, la part la plus secrète, le gouffre en moi.

Tous les dimanches matin durant mon enfance, ma mère me battait. Plus rarement mon père. Il arrivait qu'il passe la tête dans le bureau où ma mère officiait. Il disait C'est pour ton bien, puis ressortait, comme si son fils était une chose sale et que le battre faisait partie des tâches domestiques. Ma mère usait d'une branche de noisetier dont les claquements sur ma peau devaient lui procurer le plaisir sadique qu'elle recherchait. Elle faisait auparavant un petit discours sur mon indiscipline ou mes mauvaises notes ; c'était un prétexte et je le savais. Elle aimait me voir pleurer sous les coups. Ma mère me disait de ne pas crier, bien sûr je criais. Mon père me fouettait moins longtemps mais plus fort, il arrivait à me faire saigner. J'étais battu tous les dimanches, sauf si nous avions de la visite : dans ces cas-là, mon supplice était directement reporté au dimanche suivant, preuve qu'ils considéraient cela comme un loisir plus que comme une méthode éducative. Cela a duré de l'âge de 5 ans à l'âge de 13 ans environ. Je me réveillais avec une boule au ventre ; je ne pouvais rien manger. J'entrais dans le bureau et je m'approchais du petit chevalet où il fallait que je pose les mains après avoir baissé mon pantalon. La seule pensée qui me réconfortait était que ça allait se terminer, forcément puisqu'on devait aller à la messe ensuite et qu'après ils ne me toucheraient plus. Je regardais l'horloge. La branche sifflait dans l'air. Ma mère commençait à ma droite puis passait à ma gauche. Cela faisait très mal.

À mon adolescence, ils en revinrent aux gifles. Peut-être était-il moins amusant de fouetter un adolescent qu'un enfant ; un adolescent est plus en recherche de confiance en soi. Ma mère se mit à me dénigrer presque quotidiennement, me reprochant ma laideur et ma stupidité. Ces coups-là portent aussi.

À l'église, mes parents s'asseyaient haut dans la nef. Ils me laissaient aller au fond, rejoindre mes copains de l'école privée. L'un d'entre eux, un rouquin, me prenait par le bras, délicatement. Nous n'en parlions pas, mais il *savait*. Aujourd'hui, cela me semble évident : il était battu, comme moi ; on s'était reconnus dans notre malheur. Je séchais mes larmes. On chuchotait, on agitait nos petites jambes au-dessus du pavement. Quand ça me cuisait trop, on se levait – la seconde partie de la messe se passe debout pour l'essentiel. L'encens me réconfortait. Je savais que c'était fini pour une semaine. Je dormais toute une partie de l'après-midi, roulé en boule dans mon lit, pour me remettre du stress, de l'injustice et de la douleur – c'était sans doute ce que recherchaient mes parents : avoir leur dimanche tranquille. Le prêtre disait de nous aimer les uns les autres.

J'étais plein de haine.

Ils n'avaient aucune honte.

C'est difficile pour moi de me laisser aller à la vie.

CHAPITRE 12

Maïa

Le chat dort. Le chat s'étire. Le chat se passe la patte derrière l'oreille. Le chat miaule. Le chat court après une boule de papier jusqu'à ce qu'elle se coince sous un meuble. Le chat marche sur le clavier de l'ordinateur. Le chat veut capter votre attention. Le chat est vexé d'être posé au sol. Le chat se roule sur le dos. Le chat ronronne. Le chat dort.

Qu'il est bon de vivre auprès d'un autre être vivant. Pito était à la maison quand elle rentrait, il était en train de dormir, il avait fait ou non des bêtises. Il lui transmettait à la fois une tendresse et une compagnie. Maïa n'aurait jamais cru qu'un chat amoindrisse à ce point sa solitude, qu'il demande à jouer, à être caressé, qu'il se vexe, bref, qu'il soit une vraie personne.

« Une vraie personne !... Attention à toi, Maïa, tu vas devenir une célibataire à chat ! » lui dit Florence au téléphone.

Maïa rit aux éclats, surprise par sa gaieté.

C'était bon d'avoir un chat à la maison et une amie à appeler en rentrant. De retrouver son univers, de *reprendre* sa vie, comme on dit, après avoir été coupée d'elle-même, diluée dans la glu savonneuse de la Provence. Même si cette vie était difficile, même si les piges n'arrivaient pas.

Victoire n'avait pas répondu à ses messages. Peut-être que sa tante s'était calmée, qu'elle avait trouvé quelqu'un d'autre pour lui rendre service. Elle n'y pensa plus. Elle passa le réveillon du nouvel an chez Florence. Elle prépara son reportage en Auvergne chez l'ornithologue Christian Laleu pour *Comprendre*. Elle coucha avec un agent immobilier du nom de Karl qui gardait ses chaussettes pendant l'acte.

Le premier jeudi de janvier, le ciel étant bas, gris, sans intérêt, un ciel sans lumière ni soleil, tandis qu'elle courait sur les berges de Saône Maïa perçut le *bip* d'un texto sur son téléphone. Les SMS émettent toujours le même son, programmé selon nos goûts, pourtant il y a des fois où nous les entendons plus fort, comme s'ils sonnaient selon le contexte, de manière impérieuse ou douce à nos oreilles : certains, nous oublions de les consulter, pour d'autres nous ne pouvons pas attendre une minute. Celui-là était de cette dernière catégorie.

Elle s'arrêta et regarda son écran.

> Victoire : Hello ma grande. J'arrive à 15h10 à la gare de la Part-Dieu.

> Maïa : Aujourd'hui ?

Elle n'avait pas de nouvelles depuis dix jours, et voilà qu'elle débarquait. Cette femme était dingue.

> Oui. Donne-moi ton adresse,
> je prendrai un taxi.

Maïa eut un petit moment de stupeur, puis elle fit demi-tour et rentra chez elle.

Elle monta ses quatre étages sans fatigue, rangea son bureau, passa le balai dans son salon. En chantonnant elle prépara du café qu'elle mit dans un thermos, déposa des biscuits secs dans une assiette sur la table basse. D'un placard mural, elle sortit sa chaise pliable qui ne servait que pour les invités. Florence venant rarement chez elle et les hommes avec qui elle baisait ne prenant jamais le temps de s'asseoir, cette chaise était couverte de poussière. Elle la nettoya en souriant. Une fois que tout fut prêt, elle s'allongea sur son lit.

Pito monta aussitôt se rouler en boule à côté d'elle – le maître idéal pour un chat est celui qui passe son temps à dormir ou à lire entre deux fournées généreuses de croquettes. Maïa lui gratta le cou. Ainsi, Victoire allait découvrir son appartement. Ce serait la première fois que quelqu'un de sa famille entrerait dans son deux-pièces. Ni son père ni sa mère évidemment n'étaient jamais venus à Lyon. Tous ces moments qu'elle n'aurait jamais vécus avec sa mère... Sa mère ne l'aurait jamais aidée à déménager. Sa mère ne l'aurait jamais accompagnée devant le lycée pour découvrir les résultats du bac. Elles ne se seraient jamais fait un restaurant en tête-à-tête pour fêter son premier CDI. Ce soutien qu'elle n'aurait jamais reçu... À cet instant, alors qu'il semblait dormir, Pito lança une patte en l'air pour attraper une mouche. Il y réussit, l'avala avec contentement. Maïa le regarda se rendormir. Sur la couette blanche, il ressemblait au point noir du yin dans le cercle du yang.

Elle se leva et referma délicatement la porte. Victoire allait arriver. Étrangement, elle préférait que sa tante ne le voie pas, comme s'il s'agissait d'une pratique vaguement répréhensible d'avoir un chat chez soi, d'une part trop intime d'elle-même qu'elle ne voulait pas exposer.

L'interphone sonna.

Victoire avait toujours l'air d'un champignon, mais d'un champignon essoufflé d'avoir monté quatre étages.

« Bonjour ! Eh ben, c'est haut chez toi... »

Victoire lui fit la bise. Maïa eut soudain envie de se pelotonner contre sa tante. Mais déjà la physicienne s'était écartée pour enlever son manteau. Elle apparut alors en robe d'hiver, collants épais, boucles d'oreilles et collier. Cette tenue aurait pu être élégante, n'eût été un châle mauve jeté sur ses épaules, distendu et troué à plusieurs endroits. Maïa n'eut pas le temps de s'attarder sur cette faute de goût : sa tante s'était approchée de ses étagères et s'était emparée de son rubicube, posé à droite du fer à repasser du Creusot. Maïa sentit ses doigts se crisper. Un cube, c'est personnel, elle n'aimait pas qu'on y touche.

« Quelle invention extraordinaire, tout de même ! Tu sais que si tu le manipulais juste au hasard, le temps depuis la création de l'Univers ne suffirait pas pour le résoudre ? »

Victoire tournait le cube dans tous les sens.

« Rubik n'était qu'un architecte, reprit-elle. Au départ, c'est le mécanisme de rotation sur trois plans qui l'intéressait. Quand il a colorié les six faces, il a eu besoin d'un mois entier pour résoudre le problème. Il a bien cru ne jamais y arriver... Il n'était pas mathématicien. »

« S'il l'avait été, il aurait trouvé la solution plus vite ? »

« Oh non. Les mathématiciens n'ont aucun sens pratique. »

Le cube était maintenant résolu mais sa tante ne le reposait pas pour autant. En quelques manipulations supplémentaires, elle lui donna un aspect inédit : au lieu des six faces monochromes, chacune avait un carré central de couleur distincte, comme une fleur à huit pétales. Maïa n'avait jamais vu cette disposition.

Enfin, Victoire s'assit sur le canapé. Maïa eut l'impression que le champ magnétique de la pièce venait de se stabiliser.

Elle prit place en face, sur la chaise pliable, servit deux tasses de café. Elle allait ouvrir la bouche pour lui demander quel était ce service dont elle lui avait parlé quand sa tante dit :

« Entre nous, franchement, Maïa, tu me considères comme mégalo ? »

La jeune femme réfléchit. Est-ce que manquer de politesse, imposer ses horaires à l'autre, couper la parole sont des signes de mégalomanie ? Sans doute. Mais c'est toujours vexant de s'entendre exposer ses défauts. Elle esquiva :

« Disons que je te trouve particulièrement *investie*. »

Victoire resta un moment les yeux dans le vague, comme si la réponse de Maïa arrivait trop tard, qu'elle suivait déjà une autre pensée. Elle paraissait plus fatiguée encore que la dernière fois.

« C'est fou, commença-t-elle, qu'à ce jour, dans ce monde tellement obsédé par la rentabilité, le Cern n'ait aucune autre utilité, aucun autre but que scientifique. Qu'on n'exige de nous aucun débouché militaire ni économique. Qu'on nous laisse travailler juste pour que nous levions l'ignorance sur un petit bout de savoir... C'est une liberté précieuse, qu'il faut défendre. Un travail considérable, continua Victoire sans regarder sa nièce. Une communauté humaine qui fait des efforts conjoints vers le Savoir, la Science. Pour cela, nous avons construit sous terre des bâtiments de plusieurs centaines de tonnes, remplis d'instruments de pointe. Nos ancêtres bâtissaient des cathédrales ; nos chefs-d'œuvre d'aujourd'hui, ce sont des choses comme l'accélérateur de particules. Mais ce sont des cathédrales englouties. »

Maïa sourit. Avec sa chevelure frisée et son corps massif, sa tante ressemblait à un champignon moussu. Un champignon un peu mégalo, il est vrai.

« Le Cern n'a jamais eu vocation à être *utile* à quoi que ce soit, reprit Victoire. Mais voilà... Il y a entre ses murs tant de matériaux, d'intelligences, tant d'expériences rassemblées, que bien vite les chercheurs ont été à l'origine d'inventions, comme le Web... et, dans mon domaine, dans la médecine. »

« La médecine ? »

La jeune femme n'avait pas envie de forcer la conversation – elle n'était pas en interview, après tout. Elle était en famille. Elle avait le temps. De voir sa tante sur son canapé lui procurait déjà assez de plaisir. Mais le lien entre la médecine et le Cern, elle ne le connaissait pas.

« Oh, tu sais, Marie Curie a bien inventé la radiologie... Il y a eu aussi Georges Charpak. Enfin, le Cern a aidé à l'invention de la tomographie par émission de positons. Il y a un an, on m'a proposé de diriger une expérience avec la TEP. »

Maïa sentit qu'on s'approchait du point sensible, mais elle ne voulut pas l'interrompre. Sa tante était entièrement concentrée sur elle-même, à l'écoute en priorité d'une voix intérieure avec qui elle ne devait pas couper le contact, et qui lui imposait sa propre logique.

« Jack Meryll, un ami, haut placé dans la hiérarchie du Cern, est venu me voir et m'a proposé une expérience. C'est comme ça que ça s'est passé. »

Victoire semblait parler pour elle-même.

« Il faudrait que tu m'expliques mieux la TEP, je ne suis pas sûre de comprendre... »

Sa tante remit son châle mauve hideux sur ses épaules.

« Le principe de la TEP consiste à injecter au patient un sucre marqué par un produit radioactif qui joue un rôle de traceur. On piste la dégradation de ce réactif dans le corps par le biais des rayons gamma qu'il émet. Grâce à un cristal scintillateur, nous pouvons alors *voir* ce qu'il se passe dans ses organes et ainsi remonter la piste des cellules cancéreuses dès leur formation dans les organes. C'est très utile, notamment pour le cancer du sein. J'ai accepté. Si en faisant de la physique des particules on peut aider la recherche contre le cancer... Mégalo ou pas, il fallait y aller. Tu es d'accord ? »

« Bien sûr. »

Victoire soupira de nouveau.

« Les cristaux scintillateurs font une chose étonnante, si on y réfléchit : ils transforment la lumière en *information*. Plus les TEP sont performantes, plus on peut avancer en cancérologie. »

« Les cristaux peuvent soigner le cancer ? »

À ces mots, l'espace d'une seconde, Victoire redevint la physicienne truculente qu'elle connaissait :

« Mais non, enfin ! Réfléchis ! Les cristaux ne soignent pas, ils *détectent*. En médecine comme ailleurs, c'est d'abord l'information qui compte. Mieux on comprend ce qu'il se passe, mieux on peut soigner. »

Maïa sourit. Elle préférait voir sa tante ainsi.

C'était juste qu'elle ne savait pas que Victoire travaillait avec des médecins. Peu de gens le savaient, admit la physicienne. Les usages civils ou médicaux du Cern restaient discrets. Beaucoup de ces expériences n'étaient pas suivies d'effet ; malgré le progrès qu'elles représentaient, elles n'étaient pas exploitées par les industriels, ça aurait coûté trop cher.

« Tout à l'heure, tu disais qu'on t'avait proposé de diriger une recherche. De quoi s'agissait-il au juste ? »

« Oh, à la base, quelque chose de simple. Il existe une technique qui consiste à peindre les cristaux : on appelle ça le *coating*. Le but est qu'ils gardent en eux le maximum de lumière. »

« Peindre les cristaux ? Mais pour quoi faire ? »

Victoire regardait par la fenêtre les corvidés sur les platanes comme s'il s'agissait de x et de y posés dans une équation.

« Avec un bon *coating*, on voit mieux les passages des rayons gamma dans les cristaux. La manœuvre est assez simple à exécuter et peut donner des résultats très intéressants. C'est pour cela que j'ai accepté, aussi, ajouta-t-elle, comme si elle se sentait accusée de quelque chose. Il s'agissait cette fois de cristaux d'orthosilicate de lutécium. »

« Ce sont les mêmes que ceux du MSE ? »

« Non. Je les connaissais moins bien. Si tel avait été le cas... »

Maïa sentit que Victoire était mal à l'aise.

« J'ai très faim, ma puce, tu aurais quelque chose à grignoter ? »

Maïa alla dans la cuisine et revint avec du fromage, des olives, de la tapenade, du pain, deux verres à pied et un côtes-du-rhône. Sa tante mangea sans rien dire, comme un voyageur reprend des forces à mi-chemin de sa destination.

La lumière du jour avait baissé. Une lampe d'appoint éclairait le salon d'une teinte orangée. Victoire s'essuya la bouche, chercha son téléphone. Le tendit à Maïa :

« Regarde. C'était notre équipe de recherche. »

L'écran du smartphone était fêlé. Maïa détailla la photo. Devant une paillasse de laboratoire, sa tante posait à côté d'un jeune homme hispanique et d'une quinquagénaire blonde. Tous trois souriaient. Sur la paillasse, les cristaux translucides formaient un petit muret brillant.

« La femme s'appelle Frida, elle est d'origine tchèque. C'est la chimiste du groupe. Lui, à droite, c'est Bartolomeo, un jeune doctorant vénézuélien… »

En prononçant ce prénom, la physicienne avait eu un rictus de douleur. Comme une aile d'oiseau qui se serait cognée à une vitre.

« J'avais commandé une vingtaine de cristaux d'orthosilicate de lutécium pour notre expérience. La photo a été prise le jour où on les a reçus – on était tellement contents en ouvrant la caisse… »

Victoire prit une tartine de tapenade et poursuivit :

« Quand on reçoit une caisse de cristaux, et avant même de les caractériser, il faut observer chacun à l'œil nu puis avec des instruments, bien sûr. Lors de cette procédure, j'ai remarqué que l'un d'eux était défectueux et je l'ai mis de côté. Ensuite nous avons lancé le protocole de *coating* : nous les avons plongés dans le bain opacifiant. Frida s'était occupée de la formule chimique, elle avait conçu un mélange très dilué d'oxyde de titane et d'ammoniac, que nous avions mis dans une sorte d'aquarium au laboratoire. Chaque cristal devait y rester entre une et deux heures. »

« Ce mélange était dangereux ? »

« Il n'était pas censé l'être. Cependant Jack Meryll nous avait demandé de travailler à l'intérieur du MSE – dans la caverne souterraine. »

« C'est inhabituel, non, pour ce genre d'expérience ? »

« Oui. Mais Jack y tenait. Il nous avait attribué une pièce qu'on a vite appelée le bunker. Moi ça m'arrangeait, puisque je passe mon temps dans la caverne. Un cristal scintillateur est un outil de haute technologie extrêmement cher, je comprends qu'on prenne des précautions. Frida, Bartolomeo et moi, nous descendions par l'ascenseur pour rejoindre la salle du laboratoire. J'y allais moins souvent qu'eux. J'ai beaucoup de recherches à diriger en même temps et l'important était que Bart suive le protocole et mes instructions. L'expérience a duré plusieurs semaines. Après chaque bain, nous faisions repasser un test au cristal pour voir si ses *capacités visuelles* avaient augmenté. Au début tout s'est bien passé. C'était un échec, mais ça se passait normalement. »

« Un échec ? »

« Eh bien, disons que mon hypothèse s'est révélée fausse. Ou que le bain chimique n'était pas le bon. Ou que le temps d'exposition n'était pas optimal... Bref, ce *coating* était un échec. Les cristaux ne gagnaient pas en performance visuelle. »

« Tu devais être déçue, j'imagine. »

Victoire se tourna vers sa nièce et la regarda bien en face, peut-être pour la première fois.

« Déçue ? Mais enfin qu'est-ce que tu vas imaginer ! Un résultat négatif demeure un résultat. Peu importe que chaque recherche ne soit pas fructueuse. La science, ça consiste à passer d'échec en échec avec une foi constante. »

Elle saisit son verre de vin et en but une longue gorgée.

« L'expérience arrivait à sa fin. C'est alors que j'ai fait une erreur... »

Maïa s'était rapprochée de sa tante. La voix de la physicienne résonna avec une gravité particulière.

« Je me suis rappelé le cristal défectueux que j'avais mis de côté. Il avait un dosage légèrement différent, le fabricant avait dû commettre une erreur de manipulation dans le four. Je me suis dit que ça pouvait être intéressant de tester également le bain chimique sur ce cristal. J'ai demandé à Bartolomeo de le plonger dans l'aquarium selon le protocole. Ce jour-là, je m'en souviens, j'étais occupée à autre chose sur le MSE. Mais peu après avoir reçu mes ordres Bart est venu me chercher. Il était tout excité. "Il faut que vous veniez voir ça", m'a-t-il dit. Je suis retournée dans le bunker... Il était tard. Nous étions seuls dans cette pièce un peu sombre, comme tu peux l'imaginer. Bartolomeo m'a montré l'aquarium. Le cristal s'était brisé. C'était la première fois que cela arrivait. Bart avait cru à une erreur de manipulation. Mais d'après ce qu'il m'a raconté, non. Le traitement l'avait juste fait éclater, comme si deux forces contraires s'étaient rencontrées. Une fois sorti du bain blanchâtre et séché, le cristal avait changé de couleur. Il était devenu bleu – et quel bleu... Tiens, regarde. »

Victoire ressortit son téléphone. La photo montrait une paillasse de laboratoire, carrelée de blanc. On y voyait des éclats de verre brisé. Elle zooma dessus. Les éclats, de tailles inégales, avaient une intense couleur bleue. Bien que la photo ne soit pas de grande qualité, cette couleur avait une profondeur particulière.

« C'est beau », dit Maïa presque malgré elle.

Victoire s'était enfoncée dans le canapé.

« Personne n'a compris d'où venait ce bleu... Bartolomeo était fasciné. On a appelé Frida, qui nous a rejoints. Ils ont inspecté les éclats à la loupe. Moi, je m'en souviens, j'étais fatiguée, je ne pensais pas qu'un tel phénomène puisse avoir un réel intérêt, mais Bartolomeo était jeune... il s'enthousiasmait comme un gamin. Et, pour son malheur, il n'a pas arrêté de toucher les éclats. »

Elle ferma un moment les yeux. Elle parlait plus lentement à présent.

« Bartolomeo n'avait rien de spécial pour se protéger. Moi je venais de travailler deux heures sur le champ magnétique du MSE, j'étais vêtue d'une tenue antiradiation. C'est cela sans doute qui m'a préservée. »

« Préservée de quoi ? »

Victoire ne répondit pas, mais leva sur Maïa un regard triste.

« Le lendemain, j'ai eu un coup de fatigue, je suis restée chez moi. Il m'arrive d'avoir une sorte de baby blues une fois qu'une expérience est terminée. C'est quand même beaucoup de travail... On avait prévu d'aller au restaurant tous les trois, mais Frida avait une gastro-entérite et Bartolomeo était injoignable. Je ne me suis pas inquiétée. J'ai laissé passer une journée... Le lendemain, un vigile m'a appelée, il m'a dit que Bart n'était pas sorti du bunker. »

Maïa fronça les sourcils.

« Il était resté tout ce temps dans la caverne ? »

« Oui, sauf que pour y accéder il faut une autorisation. Les entrées sont surveillées et je devais noter les noms pour mon équipe sur la liste du jour. Je déclare toujours des autorisations très larges, mais vingt-quatre heures, c'est impossible, même avec mon niveau de pouvoir. Le centre de contrôle avait appelé le bunker, sans réponse. Ils ont préféré que je me charge du problème, car si le vigile intervenait Bartolomeo ne pourrait pas éviter une privation d'accès. Je suis descendue. J'ai frappé, il n'a pas répondu. La porte était fermée de l'intérieur, mais j'ai pu l'ouvrir avec ma clé. C'est là que je l'ai vu... Bart n'avait pas bougé de la paillasse où il nous avait montré le cristal... »

Victoire parlait avec difficulté, comme si elle revivait une scène douloureuse.

« Il était assis dans la même position que la veille, sur la même table, il regardait ce cristal bleu fixement. J'ai crié : "Qu'est-ce que tu fais encore là ?" Il n'a pas répondu. Il avait les yeux rouges. Je l'ai pris par les épaules et je l'ai secoué. Enfin il s'est aperçu de ma présence. Il m'a dit d'un air perdu : "J'ai besoin de rester près d'eux." J'ai dit : "C'est ce cristal qui te met dans un état pareil ?" Et là, il m'a répondu quelque chose dont je me souviendrai toute ma vie : "Ça me fait du mal mais je ne peux pas m'en empêcher." »

Maïa sentait la peur dans la voix de sa tante, et cette peur se communiquait à elle.

« Je l'ai forcé à se lever. C'était une scène pénible, j'ai regretté l'absence du vigile. Bart ne voulait pas partir. Il était dans un état affreux. Enfin j'ai réussi à lui faire prendre l'ascenseur pour remonter en surface. Je l'ai raccompagné jusque dans sa chambre d'étudiant. Il me regardait d'un air de fou en disant : "Je pourrai revenir demain, vous êtes sûre ?" Après l'avoir couché, j'ai pris ma voiture et je suis allée voir Frida. Je lui ai raconté ce qu'il s'était passé. À ma grande surprise, elle m'a dit qu'elle comprenait Bartolomeo. "Moi aussi, j'ai voulu retourner le voir", m'a-t-elle confié. Au contact de ce cristal bleu, elle avait ressenti une sorte de douleur, comme lorsqu'une soif ne peut être assouvie... »

Victoire poussa un soupir. Maïa se rendit compte qu'elle retenait sa respiration.

« Frida est chimiste. C'est elle qui m'a dit que le cristal bleu était une drogue. Une drogue nouvelle et surpuissante, qui attaque le cerveau et, peut-être, le détruit. »

« Pardon ? »

« Une drogue, oui, répéta Victoire avec un effort visible pour surmonter sa répugnance. Une drogue qui tue ceux qui l'approchent de trop près. »

Maïa regarda la photo sur l'écran cassé du smartphone. Les éclats étaient toujours bleus, mais semblaient dotés à présent d'une aura malfaisante.

« Tu es sûre ? »

« Oh, malheureusement, oui. La suite nous l'a prouvé. Tout est allé très vite, en vérité. J'aurais voulu que Frida m'aide mais elle est rentrée en Allemagne, où elle travaille. Elle disait : "Si je reste là, je vais devenir comme lui ou je vais tuer quelqu'un..." Elle est partie en Forêt-Noire s'isoler. Je n'ai pas trouvé les mots pour la retenir. Je me sentais coupable, je crois. »

Victoire était maintenant ratatinée dans le canapé. Maïa était si choquée qu'elle ne savait que dire. Plusieurs fois elle ouvrit la bouche pour poser une question, mais se tut.

« Bart était resté près du cristal bleu presque un jour entier. Il ne se remettait pas. Il avait mal au ventre, ne mangeait quasiment plus. Il faisait une sorte de crise d'angoisse permanente. Sans cesse il disait : "Je veux du cristal, donnez-m'en rien qu'un petit peu." Il déprimait. Ça avait toujours été un garçon solitaire, il n'avait pas de famille... Je ne savais pas à qui m'adresser... »

« Tu n'as pas demandé de l'aide ? »

« J'aurais dû aller chercher un médecin... Mais je n'ai pas eu le temps. Bart ne voulait pas, il refusait de voir qui que ce soit sauf moi. J'ai pensé que peut-être il avait vécu un truc douloureux dans sa vie. Je ne pouvais croire... Tu comprends, Frida était partie... j'étais toute seule... Si j'avais su, j'aurais pu empêcher ça... »

Victoire devenait confuse.

« Empêcher quoi ? »

« Trois jours plus tard, Bartolomeo s'est suicidé. »

CHAPITRE 13

Bastien

Comment avais-je fini par ressortir de la compacteuse, je ne m'en souvins que plus tard. J'avais entendu du bruit – peut-être un service de nettoyage. J'avais eu peur d'être vu et j'étais parvenu à me traîner jusqu'à ma voiture. Je me revois, tétanisé par le froid, faisant tourner le moteur sans pouvoir bouger. Je me revois sous une douche chaude. Le lendemain, j'étais incapable de sortir du lit. Je restai enfermé chez moi. J'avais l'impression d'avoir avalé une bouteille de fiel. J'étais devenu un ver de terre, un déchet.

Des souvenirs refoulés me remontaient à tout instant. Quelque chose cognait contre la paroi de mon angoisse, avec une force qui me dépassait. J'étais nul, ma vie était une erreur. Je ressassais la cruauté de mes parents à mon égard. Les coups, les mots. Je me rappelai ce soir où, collégien, j'avais surgi dans le salon en m'écriant : Je suis arrivé premier de ma classe au 100 mètres ! Ma mère était en train de nettoyer l'argenterie avec sa cousine. Elle m'avait répondu du tac au tac : Tu seras

toujours premier sur le podium des imbéciles...
J'avais ravalé mes larmes jusque dans ma chambre. Une mère normale aurait répondu autrement, je le savais. Mais il n'y a jamais d'autre mère.

D'avoir survécu à cette enfance était pour moi un miracle. Il ne fallait pas que je pense à eux, jamais – une règle pour moi. Et voilà que je n'y arrivais plus. Je restais dans ma chambre, meurtri comme un chiot qu'on aurait jeté contre un mur. Je n'avais pas faim, je n'avais envie de rien. La seule chose que je pouvais avaler, c'était du riz blanc ; mon seul divertissement, une série américaine où une agente immobilière devenait un zombie se nourrissant de chair humaine en commençant par tuer ses voisins les plus antipathiques.

Ce furent les vacances les plus nulles depuis ma rupture avec Isabelle. L'idée d'être en interaction avec quelqu'un m'était insupportable. Je ne répondais pas aux appels d'Henri, je n'allais pas à la messe, je n'allais pas courir. Ma seule envie, une envie hideuse, obscure, était de retourner voir la compacteuse. J'imaginais la machine broyant ma mère. Ce fantasme macabre me poursuivait jour et nuit, tel un film en streaming qui s'arrête et reprend selon la qualité de la connexion. Je me voyais finalement en train d'entrer dans la benne, de m'y glisser, de m'y endormir pour ne plus en ressortir.

Ce que j'avais fait la nuit de Noël était dément. Retourner là-bas était plus dément encore, pourtant je n'arrivais pas à me défaire de cette idée. L'image de la machine ne me quittait plus. Je voulais être à Plastirec. Monter sur la compacteuse et me recroqueviller dans ses entrailles d'acier, avec dans la main ces graviers qui me donnaient cette impression de chaleur malsaine. J'étais un zombie, moi aussi.

Puis les vacances prirent fin, ce fut lundi et je n'eus pas le choix. Je devais me rendre au bureau pour le *jour du tri*.

« Tu en as une drôle tête... Tu es malade ? » me demanda Guilaine.

« J'ai fait une intoxication alimentaire. »

À la pause, mes collègues se racontèrent des récits gluants de vacances. Éric m'invita chez lui pour une fête de crémaillère ; je dis que je viendrais tout en sachant que je n'irais pas. Guilaine mastiquait son sandwich avec vulgarité. Ludivine, qui a toujours besoin d'être validée par les autres, raconta qu'elle avait visité un chantier où il n'y avait aucun garde-corps. Un manœuvre avait eu le pied écrasé par une poutre. Ça s'était envenimé, le cousin de la victime avait giflé le patron devant elle, il y avait eu un début de baston entre les Portugais et les Africains. Elle avait calmé le jeu et obtenu que le patron ne porte pas plainte.

« Parfois, on se dit que si on n'était pas là, ça péterait de partout », conclut-elle.

« Peut-être qu'il vaudrait mieux que ça pète. Que ça pète, et qu'on en finisse ! »

Ils me regardèrent. Ludivine et Éric, contrairement à moi, sont syndiqués à la CGT.

« Et tu proposes quoi, monsieur Je-sais-tout, pour lancer le mouvement ? »

Je grommelai quelque chose et retournai dans mon bureau. Il ne faudrait pas tisser des liens avec les gens. Après, on se sent obligé de prendre part à leurs conversations, ça ne sert à rien. Rien ne sert à rien. J'aurais dû devenir patron comme mon père, et faire souffrir les autres. Il paraît que ça donne du plaisir.

Guilaine passa la tête dans mon bureau.

« Tu as vu le docteur, Bastien ? »

« Non, pourquoi ? »

« Tu es verdâtre. »

« Ça va passer, ne t'inquiète pas de ça. »

« Tu devrais rentrer chez toi. »

« Je te dis que ça va passer ! »

J'avais presque crié. Guilaine recula. Je me pris la tête dans la main et fermais les yeux un instant. Qu'on me laisse tranquille. Que tous me laissent tranquille.

Lorsque je rouvris les yeux, Guilaine était toujours devant moi. Elle me dit d'un ton sans réplique :

« Bon, tu rentres chez toi tout de suite. Tu m'envoies un arrêt de travail. N'oublie pas que, formellement, je suis toujours ta supérieure. »

Le docteur Karachian a cette particularité de n'avoir pas de cou. Sa tête semble tourner toute seule sur ses épaules, son nez est très court, ses pupilles très grandes. Comme ce jour-là elle revenait visiblement du ski, elle gardait deux auréoles blanches autour des yeux. En somme, elle avait l'air d'un hibou.

Dès que je fus assis sur la table d'auscultation, elle vint se mettre à ma droite et prit ma tension. Elle me dit de tousser et je sentis le cercle froid du stéthoscope sur mon dos. Elle me désigna la balance.

« Quand est-ce que vous vous êtes pesé pour la dernière fois ? »

« Euh... je ne sais plus. Chez vous, sans doute. »

Elle regarda ses fiches. Ma dernière visite remontait à trois ans en arrière.

« Vous avez perdu quatre kilos. Ce n'est pas bon signe. »

Elle se lava les mains, me posa encore deux questions, puis se rassit de l'autre côté de sa table en chêne. Les deux mains sur son bureau, elle me regarda, immobile un instant, tel un grand-duc juché sur sa branche favorite.

« Vous voulez que je sois franche avec vous ? »

« Bien sûr, docteur. »

« Vous vous dites fatigué, sujet à des insomnies, à des palpitations cardiaques, à une perte d'appétit, à des pensées obsessionnelles... Mais, à part votre perte de poids, je ne vois rien à l'examen. »

Elle tourna la tête à droite puis à gauche, comme pour s'assurer qu'aucun autre rapace n'allait venir me manger avant elle.

« Dans ces cas-là, on a deux solutions, reprit-elle. Première solution : je vous envoie chez un cardiologue pour votre cœur, chez un stomatologue pour votre estomac, chez un pneumologue pour vos poumons, afin de nous assurer que vous n'avez rien de pathologique. Ça coûte un max de fric à la Sécu et je suis quasiment sûre que ça ne servira à rien. Rassurez-vous, ajouta-t-elle, on le fera quand même. Je suis professionnelle. Il faut vérifier, peut-être avez-vous un ulcère, on ne sait jamais. Seconde solution : je vous propose un diagnostic plus rapide mais plus désagréable. Ça nous fera gagner du temps. Vous êtes d'accord ? »

« Oui », dis-je en avalant ma salive.

« Vous faites une dépression. »

« Vous voulez dire une dépression nerveuse ? » demandai-je, surpris.

« Je ne parle pas de dépression atmosphérique. »

Karachian est mon médecin depuis quinze ans. Je sais qu'elle n'est pas le genre Bisounours, mais là c'était un peu rude.

« Pourtant j'ai repris du poil de la bête. Je... Enfin, c'est vraiment possible d'être dépressif de manière aussi aiguë ? Ça a commencé à peu près à Noël et c'est assez fracassant depuis... »

« Noël est toujours une période difficile pour les célibataires. »

Je me tus. Ça se voyait donc tant que je dormais tout seul ?

« Et il ne faut pas dire "Je suis dépressif", monsieur Fontaine, il faut dire "Je fais une dépression". C'est une maladie, la dépression nerveuse. Vous avez des pensées suicidaires ? »

« Ça veut dire quoi, avoir des pensées suicidaires ? répondis-je avec hauteur. Méditer sur la vanité du monde ? Avoir conscience de la finitude de l'expérience humaine ? »

« Quand vous regardez votre fenêtre, avez-vous envie de sauter ? »

« Non. C'est plutôt une autre idée qui cogne et tourne en boucle... »

« Quelle idée ? »

Vouloir se glisser dans les entrailles d'une compacteuse, ce n'est pas une *pensée noire* habituelle. Cependant elle attendait que je parle.

« Mais... que... ce serait plus simple que tout s'arrête. Pour arrêter de cogiter. »

Karachian enleva ses lunettes. Sa voix était toujours professorale, bien que légèrement adoucie.

« Monsieur Fontaine, il y a une différence très importante, quoique parfois ténue, entre être fatigué de vivre et avoir envie de mourir. On peut se traîner des décennies en regrettant d'exister. Mais pour mourir il faut se faire violence. Je ne vous le souhaite pas. Alors, si vous avez des pulsions de violence envers vous-même, appelez-moi en urgence. »

Je la sentais inquiète et cela me fit plaisir. Car c'est cela qu'on vient chercher chez le médecin : en plus de l'ordonnance, du diagnostic, des médicaments, l'assurance réconfortante que quelqu'un s'inquiète de vous. Que vous n'êtes pas seul au monde.

« Bon, et maintenant qu'est-ce qu'on fait ? » reprit-elle sur un ton brusque.

« Mais... c'est à vous de me le dire. »

« Vous avez besoin d'un arrêt de travail ? Parfois, quand on est déprimé, s'arrêter de travailler, ça n'aide pas ! Alors dites-moi. »

J'étais triste, car j'aimais mon travail. Mais l'idée d'un autre jour de tri m'était insupportable.

« Je préfère cesser de travailler. »

« Je vous mets un arrêt de quinze jours, dit Karachian. On se revoit juste avant la fin. L'antidépresseur que je vais vous prescrire, du Melitor, aura commencé à agir. »

« L'antidépresseur ? Mais est-ce vraiment... ? »

Karachian balaya mes protestations d'un coup d'aile :

« Pas de ça ! On a dit qu'on allait gagner du temps tous les deux ! »

Une fois qu'elle eut signé l'arrêt de travail et l'ordonnance, je me sentis encore plus déprimé.

« Vous voulez un conseil ? dit-elle en me rendant ma carte Vitale. Je vais vous faire une autre prescription – mais elle est moins conventionnelle. »

« Je suis preneur. »

« Faites du sport une heure par jour minimum, et allez au cinéma deux fois par semaine. »

Chaque fois qu'elle disait quelque chose de gentil, elle le faisait avec son air de rapace.

« Je *veux*, insista-t-elle, que vous considériez cette heure de sport et ces deux séances de cinéma comme un traitement aussi important que l'antidépresseur. Et puis voyez du monde, ne restez pas seul. »

« Je n'ai envie de voir personne. »

« Oui, vous n'avez envie de rien. C'est le principe de la dépression. Alors on se force. Socialiser, c'est bon pour les hormones en jeu dans cette maladie. Même si vous restez dans votre coin, même si personne ne vous parle, être avec des gens déclenche dans le cerveau des phénomènes chimiques qui sont naturellement anxiolytiques. »

« Je vais essayer. »

« Il ne faut pas dire "Je vais essayer", monsieur Fontaine. Il faut dire "Je vais le faire". »

« Je vais le faire », dis-je sagement.

Elle sourit.

Je pensais qu'on avait terminé. Je m'étais levé et avais remis mon manteau. À ce moment-là, elle ajouta, toujours devant son écran d'ordinateur et comme s'il s'agissait d'un détail :

« Il ne faut pas boire avec les médicaments que je vous ai donnés. »

« Ah bon ? Mais je bois comme tout le monde », dis-je d'une voix altérée.

« Comme tout le monde ? Ou un peu plus que tout le monde ? »

« Un peu plus peut-être. »

« L'alcool n'aide pas à se sentir bien dans sa tête. »

« Dans ma situation, je préfère boire que reprendre le tabac, si vous me le permettez. »

Karachian plissa le nez, ce qui le rendit un peu crochu. Au fond, je l'aimais bien, cette femme.

« Hum... Voilà ce que je vous propose : ne buvez qu'en société, ça vous motivera pour voir du monde. »

« C'est d'accord, je vais essayer. »

Karachian me regarda d'un air sévère.

« Je vais le faire. »

CHAPITRE 14

Maïa

C'est étrange, un champignon qui pleure. On dirait moins des pleurs qu'un écoulement naturel. Les yeux se mouillent puis se démouillent avec un kleenex, puis s'humidifient à nouveau comme une source qui sortirait de terre.

Maïa n'avait jamais vu sa tante pleurer. Elle gardait le silence. Quand on a perdu quelqu'un qu'on aime, ça ne sert à rien de dire Ça va aller. Allons allons... Ça ne va pas aller et on ne va nulle part.

« Tu sais, dit Victoire en se mouchant, j'ai profondément honte de ce que je te raconte ce soir. J'ai tellement de remords... Si cette expérience n'avait pas mal tourné, elle aurait contribué à améliorer le diagnostic des cancers. Alors que maintenant je me dis que j'ai tué ce jeune homme. »

« Tu n'avais pas l'intention de nuire. Tout est allé si vite, comme tu l'as dit. Tu ne pouvais pas... »

À l'instant même, un miaulement sonore résonna dans l'appartement. Maïa se sentit rougir jusqu'aux oreilles.

« Tu as un chat ? »

Un miaulement plus énervé confirma l'information.

« C'est toi qu'il appelle ? »

« Oui. Je l'ai enfermé dans la chambre. Je ne voulais pas qu'on soit dérangées… »

« Enfermé ? Le pauvre ! Laisse-le venir ! J'adore les chats. »

Maïa ouvrit la porte de la chambre et Pito fila se cacher près de la box internet d'où il lui lança un regard furieux.

« Il est très beau », dit Victoire.

Maïa se sentit touchée par ce compliment, comme si elle avait une responsabilité dans cette beauté, ou comme si cette beauté rejaillissait sur elle.

Les deux femmes regardèrent le chat replié sous le bureau. Il y eut un silence long et triste, comme une pluie qui empêche de sortir un dimanche après-midi.

« Cela s'est passé il y a six mois. Bartolomeo était vénézuélien, le corps a été rapatrié là-bas. On n'a même pas eu d'enterrement… »

Maïa se mordit la lèvre inférieure. Elle était gênée par quelque chose. Depuis le début, elle n'avait aucune preuve de ce que lui racontait sa tante.

« Peut-être que tu t'accables pour rien. Les suicides, c'est complexe. Bartolomeo était peut-être dépressif, ou surmené… Ce n'est peut-être pas lié à ça. »

À ces mots, pourtant prononcés avec douceur, Victoire se redressa, son châle mauve tomba sur ses hanches. Elle s'écria avec colère :

« "Ce n'est peut-être pas lié à ça" ! C'est exactement le genre de phrase qui nous a tant desservis. Il faut arrêter de se défausser ! Nous avons créé avec Frida une drogue d'une extrême puissance, on doit en assumer les conséquences et arrêter la contamination ! "Ce n'est peut-être pas lié à ça"... Quand ceux qui touchent ce cristal commencent à se sentir mal, et en même temps ne pensent qu'à revenir se coller à cette matière... quand des gens aussi solides et ouverts que Bartolomeo et Frida commencent à se replier sur eux-mêmes, à... se déliter, à perdre l'appétit... quand l'un d'eux finit par se jeter par la fenêtre du sixième étage de sa résidence universitaire alors qu'il a un avenir devant lui, qu'il avait émigré pour se construire cet avenir... il faut arrêter de dire que "ce n'est pas lié à ça" ! »

Aux premiers éclats de voix, Pito s'était enfui dans la cuisine. Maïa se leva et le suivit, un peu vexée. Elle sortit un sachet de croquettes du placard et en versa dans l'écuelle du chat. Elle prit des olives qu'elle mit dans un bol. Elle regarda par la fenêtre. La nuit était complètement tombée maintenant. Une voiture roulait sur les pavés de la rue Saint-Georges. Le lendemain elle devait prendre son train pour l'Auvergne, pour aller voir l'ornithologue, elle aurait le temps de réfléchir à tout ça. Il se pouvait que sa tante exagère. C'était injuste de lui parler sur ce ton.

Au bout d'un moment, elle retourna s'asseoir sur la chaise d'appoint.

« Écoute, dit-elle avec calme, c'est juste que je ne comprends pas comment un cristal peut devenir une drogue. »

« Tu te rappelles que le cristal scintillateur est là pour *capter* la lumière et la transformer en information ? »

« Oui. C'était même l'objet de mon article. »

« On en a beaucoup parlé avec Frida. Son hypothèse est celle d'une inversion. Les cristaux d'orthosilicate de lutécium ont été chargés dans le bain chimique d'une nouvelle puissance. Des rayonnements qui, quand ils se décomposent, ont des effets délétères sur le circuit neurologique. Pour résumer, au lieu de *capter* un message, le cristal que nous avons traité est devenu capable d'en *envoyer* un. »

Maïa cligna des yeux.

« Tu n'en as pas parlé à la police ? »

« Mieux vaut que ni la police ni les médias ne mettent leur nez dans les recherches du Cern. Tu imagines le retentissement d'une telle histoire ? »

« Je peux l'imaginer, oui… »

Dans le silence qui suivit, Pito monta sur le canapé et s'assit en position de sphynx, regardant Victoire de ses yeux jaunes.

« Mon interlocuteur, c'était Jack Meryll, le commanditaire de l'expérience. Mais le Cern comme institution n'est pas au courant de ce qu'il s'est passé. »

« Mais comment c'est possible ? Il y a eu ce suicide… »

« Vois-tu, Maïa, dit la physicienne, j'ai 58 ans. Je connais l'histoire de la physique nucléaire.

C'est cette science qui a inventé la bombe H... La découverte que j'ai faite ne peut rien susciter de bon. Donc ma priorité n'a pas été de publier, d'informer, d'en tirer bénéfice, mais plutôt de nous en débarrasser. D'après Frida, le cristal bleu est une drogue qui n'apporte même pas de plaisir, il ne fait que détruire. Alors, avec l'accord de Meryll, j'ai fait croire que l'expérience n'avait rien donné. J'ai envoyé un rapport de conclusion. Le plus difficile, ce n'était pas cette falsification, ajouta-t-elle en remettant son plaid troué sur les épaules, mais bien de se débarrasser du cristal. »

Maïa était estomaquée. D'apprendre que sa tante avait falsifié un rapport scientifique provoquait chez elle un choc plus marquant encore que le suicide de Bartolomeo. Cela prouvait la gravité de la situation.

« Comment avez-vous fait ? »

« Les éclats du cristal étaient dans une armoire dans le bunker, à cent mètres sous terre. J'ai pensé les mettre en sécurité chez moi, mais tout ce qui entre et sort d'une expérience au Cern est scanné, catalogué, suivi. Il faut faire une "déclaration de déplacement de matériel" ; à plusieurs endroits il y a des portiques de détection. Il n'est pas possible de s'accaparer du matériel à des fins personnelles sans se faire repérer... Il fallait trouver une autre solution pour tromper le service de sécurité. »

« Mais c'est impossible ! »

Victoire ne put s'empêcher de rire de la réaction de Maïa. Il est vrai que le service de sécurité du Cern était connu pour sa tatillonne efficacité.

« C'est pourquoi j'ai appelé Kader. »

« L'ingénieur avec qui tu parlais quand je suis venue ? »

« Oui. Kader est un vieil ami… Avec Frida et Meryll – et toi –, c'est la seule personne au courant. Il a plus d'esprit pratique que moi et il m'aide souvent sur les problèmes concrets. Il s'y connaît… disons, en manœuvres illégales. »

Au nom de Kader, les petites rides autour de la bouche de Victoire s'étaient aplanies, comme si une caresse invisible s'était posée sur sa joue.

« Nous avons réfléchi ensemble. Finalement, il a eu une idée un peu étonnante mais efficace. »

Maïa écoutait avec une pointe d'effroi. Pito s'était endormi, immobile, indifférent à la gravité de ce qui se racontait, simplement heureux d'entendre des voix humaines.

« Kader connaît bien le fonctionnement de la caverne en termes écologiques. En sous-sol, comme il n'y a pas d'eau potable, le personnel boit dans des bouteilles en plastique. Ça en fait beaucoup à recycler, il y a des chariots pour les ramasser. Or ces chariots sont placés sur un monte-charge dédié qui, lui, n'est pas scanné ni surveillé de manière aussi stricte… Bref, Kader a donc décidé en somme de jeter le cristal dans la poubelle plastique. »

« C'était plutôt risqué, non ? »

« On a pris des précautions. Je me suis gantée, j'ai enfilé une combinaison antiradiation, placé les éclats bleus dans une enveloppe très légère mais en plomb, et mis le tout dans une bouteille en plastique qu'on a dotée d'une borne GPS. Kader est le pro du bornage GPS, il adore ça. Ensuite, il a glissé notre bouteille au fond d'un chariot avec des centaines d'autres bouteilles... et avec son téléphone il a pu suivre son trajet... »

« Et ça a marché ? »

Maïa ressentait de nouveau de l'admiration pour sa tante. De fait, elle l'admirait énormément.

« Oui. Le GPS nous a confirmé dès le lendemain matin que la bouteille était remontée. Le chariot avait été ramené sur le site central du Cern, à Meyrin. Il avait été vidé dans une première benne. On était soulagés... Il ne restait plus qu'à aller récupérer la bouteille parmi les autres dans l'entrepôt de nettoyage. Ce genre de manœuvre, c'est dans ses cordes. »

« Il a l'air plein de ressources, ce Kader. »

« Il l'est. »

Victoire tendit la main vers le chat, qui se laissa caresser la tête. Elle sembla y trouver une consolation et reprit :

« Sauf que Kader a mis trois jours à dénicher les clés de l'entrepôt. Et le quatrième matin la borne a cessé d'émettre. »

Pito leva la tête, comme s'il avait compris le problème.

« Les renseignements de Kader étaient faux. Les bouteilles en plastique étaient non pas stockées mais serrées par une compacteuse pour être ensuite vendues en balles, comme des lots.

Tu as déjà vu une compacteuse à plastique, Maïa ? »

Quand Victoire eut fini son explication, Maïa resta un moment stupéfaite.

« Mais alors, le cristal... dit-elle enfin. Il est dans ces balles ? »

« On a eu un débat à ce sujet. Kader pensait que les cristaux étaient partis, pour devenir des polaires ou du plastique recyclé... Moi je n'étais pas d'accord. Je pensais que le cristal bleu était toujours dans la machine. Le cristal est d'une densité intense, il est très lourd. Les éclats avaient dû être réduits à l'état de poussière et être tombés au fond de la machine. Kader et moi avons discuté de la question assez longtemps... Pour savoir, il fallait regarder dans la compacteuse. »

« Il a pu le faire ? »

« Hélas, non. Mais il a pu entrer dans l'entrepôt. Il a vu que la machine était très sécurisée, personne ne l'approchait physiquement. Il a même parlé au personnel. La sécurité est très protocolaire là-bas. Ils ne montaient pas dessus, ils s'approchaient avec des chariots élévateurs... Si le cristal était bien au fond, ou avait infecté la benne, aucun salarié ne pouvait être contaminé. Bref, je commençais à être rassurée. L'important était que personne ne puisse mettre la main sur le cristal, et cet objectif était atteint. J'ai bien demandé à Kader d'essayer d'entrer dans la compacteuse, mais c'était impossible. Je n'ai pas voulu abuser de sa gentillesse. Les vacances d'été approchaient.

Un mois était passé depuis la mort de Bart. J'étais épuisée. »

Pito avait fermé les yeux mais il écoutait toujours, ses oreilles velues pointées vers le haut.

« Sauf que voilà, reprit Victoire avec une voix oppressée, juste avant les congés, Kader m'a appelée. La compacteuse avait quitté le Cern... Elle avait été revendue à une entreprise de Vénissieux. »

« Vénissieux ? »

Ce fut comme si un vent glacé s'engouffrait dans son appartement.

« Ne me demande pas pourquoi elle a été revendue ! Les Suisses, avec leur obsession de la propreté, il faut toujours qu'ils soient le plus au top possible ! Tout ce que je sais, c'est qu'en septembre une entreprise de ta région l'a rachetée. »

« En somme, cette compacteuse où il y a *peut-être* des éclats de cristal bleu est juste à côté de Lyon ? »

« Oui. »

« C'est pour ça que tu es venue me voir ? Tu veux que j'aille espionner cette entreprise ? »

Victoire enleva ses lunettes et dit d'un ton grave :

« Il ne s'agit pas d'aller espionner cette entreprise, Maïa. Il s'agit d'aller récupérer le cristal dans la compacteuse. »

Depuis quelques minutes, Maïa s'attendait bien à ce que sa tante lui demande quelque chose. Mais cambrioler une entreprise ! Aller rechercher une matière toxique au fond d'une compacteuse ! Elle prit son temps pour répondre :

« Pourquoi tu veux faire une chose pareille ? C'est dangereux et sans doute inutile. Kader a probablement raison : le cristal a dès le premier jour été broyé, perdu, ou emballé dans une balle de plastique... La compacteuse n'est plus le problème. »

Victoire la regardait du coin de l'œil. On aurait dit qu'elle se méfiait, et en même temps qu'elle espérait beaucoup d'elle.

« Tu te rappelles le coup de fil que j'ai reçu quand tu es venue me voir le mois dernier ? »

« Oui, vaguement. Tu étais contrariée. »

« C'était Kader qui m'appelait. Il m'a appris ce jour-là qu'un ouvrier était mort dans l'entreprise de Vénissieux... Il l'avait lu dans la presse. Mort broyé. »

« Attends, ce n'est peut-être pas lié... Il peut y avoir toute sorte d'accidents dans une entreprise... » dit Maïa avec une grimace de dégoût.

« Vous êtes tous pareils... dit sa tante, mais sans lever la voix cette fois, plutôt avec une lassitude attristée. On voit bien que vous n'avez pas vu Bartolomeo avant qu'il ne se tue. Eh bien, regarde sur Internet... L'entreprise s'appelle Plastirec... tape son nom. L'accident est désormais classé comme un homicide. Puisque tu es journaliste, regarde, vérifie. Et tu me diras, ensuite ! »

Maïa alla chercher son ordinateur. Pito resta sur le canapé, et Victoire se mit à le caresser. En quelques clics, elle avait trouvé des articles sur le site du *Progrès* et même celui du *Parisien* à propos d'un « horrible accident du travail » puis d'un « mystérieux homicide » à Plastirec. Au fil des pages, elle comprit que ce n'était plus une conversation en famille, mais une affaire sérieuse, impliquant un décès...

Elle prit son temps pour lire. Elle était partagée entre la peur et, toujours, une pointe de doute. Une série de coïncidences ne fait pas preuve. Mais sa tante semblait suivre son raisonnement :

« Je pense que le cristal bleu a deux effets : soit une hyper dépression, celle qui a poussé Bartolomeo à se tuer en quelques jours, soit une hyper agressivité, celle qu'a connue Frida. Elle a dû s'isoler parce qu'elle se sentait agressive à un point incroyable. Elle m'a raconté avoir sorti le fusil de chasse de son chalet et avoir passé une journée entière à se demander sur qui elle allait tirer – heureusement qu'aucun promeneur n'est passé par là... En bonne chimiste, elle a consigné les effets psychiques qu'elle a ressentis. »

Maïa restait stupéfaite. Dans quelle affaire sa tante était-elle embarquée ?

« Kader est bien décidé à s'introduire dans l'entreprise, à récupérer les restes de cristal au fond de la compacteuse. Depuis le début, je suis persuadée qu'ils y sont toujours. Il faut éviter qu'il y ait d'autres victimes... Il faut agir vite. Je suis venue te demander d'aider Kader. »

Maïa reposa son ordinateur. Elle croisa les bras sur sa poitrine. Elle avait du mal à respirer. Les détails sur un « tronc » ressorti de la machine lui restaient en tête.

« Tu veux que je l'aide à cambrioler cette entreprise ? »

« Oui. »

Elle se leva, fit quelques pas dans son salon. Elle se sentait oppressée. Ce que lui demandait sa tante était grave, illégal et dangereux.

« Maïa, je t'en supplie, dit Victoire, qui devinait le dilemme dont elle était la proie, cette situation est abominable pour moi. Mon doctorant s'est suicidé. Un type est déjà mort broyé dans cette compacteuse. L'ouvrier qui l'a tué doit être contaminé. Il faut agir vite, sinon la contamination va se poursuivre, j'en suis sûre. »

« Il n'y a pas d'autre solution ? »

« Je ne crois pas. Je n'en vois pas. »

Maïa hésita puis demanda :

« Pourquoi ce n'est pas toi qui vas avec Kader ? »

« Il ne veut pas. Or, moi, je ne veux pas qu'il y aille seul. Depuis des semaines je cherche quelqu'un de confiance, mais je ne connais que des gens du Cern, je ne veux pas qu'ils soient au courant… Sans compter que si on me prenait, ça mettrait en danger ma carrière. »

Maïa se rappela soudain la mise en garde de son père : « Elle ne pense qu'à elle. » Quitte à dissimuler des preuves. Quitte à mettre en danger sa propre nièce.

« Ne t'inquiète pas, poursuivit sa tante. Tu seras avec Kader. Il a du bon matériel, de l'expérience et une mallette antiradiation qu'il a réussi à dérober au Cern pour y placer les cristaux. Il a des combinaisons, tout est prêt. C'est lui qui entrera dans la machine. C'est lui qui prendra tous les risques. »

« Et pourquoi Kader le fait-il, ce cambriolage ? »

« Parce qu'il s'en veut de ce qu'il s'est passé au Cern. Il dit que c'est à cause de lui si le cristal se retrouve en mille morceaux à Vénissieux alors qu'il devrait être en notre possession. De toute manière, il est à deux doigts de la retraite, il s'en fiche. C'est un homme particulier, tu verras. »

Maïa faisait les cent pas dans son salon sans répondre.

« Tu seras parfaite, j'en suis sûre. J'ai confiance en toi, en ta discrétion, en ta débrouillardise... »

« Ah, s'il te plaît, arrête ! »

Sa tante ne se rendait pas compte de ce qu'elle lui demandait. Si elle était arrêtée par les flics ? Si elle était contaminée ? Le risque était important. Malgré cela, depuis le début de leur conversation, autre chose la tenaillait. Sa curiosité était excitée, une curiosité d'enfant, de scientifique ou de journaliste. Enfin, elle se sentait bouleversée par la demande de sa tante. Pour une fois qu'on avait besoin d'elle ! Pour une fois qu'elle pouvait vraiment être utile... Elle regarda Victoire, qui s'était tue. Elle voulait dire oui, mais ça allait trop vite.

« Laisse-moi une semaine pour réfléchir. En ce moment j'ai... j'ai du travail. »

« Mais tu es à ton compte maintenant, non ? Tu fais comme tu veux, non ? »

« Et alors ? Je pars en reportage en Auvergne demain, on m'a commandé un article. »

Victoire ne s'attendait visiblement pas à ça. « Ah, d'accord… Fais comme tu peux. Mais le temps presse. J'ai tellement peur qu'à cause de mon expérience d'autres souffrent… »

Maïa regarda sa tante. Elle la sentait pétrie de culpabilité. La physicienne ne devait penser qu'à ça, cette invention, ses conséquences sur les autres, l'urgence de récupérer le cristal avant qu'il fasse d'autres victimes… Son père se trompait. Victoire n'était pas une égoïste. C'était une femme qui avait besoin d'aide. Elle se sentit honteuse. À quoi bon aimer si on ne peut pas aider ceux qui nous aiment ?

« C'est d'accord, Victoire, je vais le faire. »

CHAPITRE 15

Bastien

C'est une des règles de base : ne jamais arriver le premier. Le premier qui arrive à une fête, c'est un loser.

J'avais attendu 22 heures pour débarquer à la pendaison de crémaillère d'Éric. Il n'était pas question pour moi de faire un quelconque effort. J'étais venu pour boire, puisque selon les prescriptions de Karachian je ne devais m'enivrer qu'en société. Éventuellement danser. J'aime bien danser. On n'est pas obligé de parler et on peut toucher des mains, des hanches de femme, ce qui me sortirait un instant des affres de la dépression.

Il y avait déjà du monde. Après avoir salué Éric, je m'approchai du bar pour voir quel genre de public était là. C'est ma méthode pour évaluer la moyenne d'âge des invités : le buffet en donne toujours une idée assez précise. Chez les étudiants, on ne trouve que de la bière et des chips ; à 30 ans apparaissent du vin, des quiches et du cidre ; à 40, on voit arriver les jus de fruits bio et la salade de quinoa.

J'estimai ici qu'on était dans les 35 ans. J'étais sans doute un des plus âgés, constatation qui ne me remonta pas le moral.

Je saisis une bouteille de sancerre et rompis mon abstinence. Le premier verre me fit un bien considérable. L'alcool, quelle puissance tout de même ! Il supprime la tristesse quand on est triste. Il amplifie la joie quand on est gai. Il annihile la fatigue. Il donne du délassement, il console des peines… C'est formidable, l'alcool. On n'a jamais inventé mieux.

Mariette, la copine d'Éric, vint me saluer. Je ne l'avais vue que deux fois auparavant, je ne me rappelais pas qu'elle était aussi jolie.

« Ça me fait plaisir de te voir », me dit-elle avec un sourire splendide.

Elle avait une jolie frimousse, des taches de rousseur sur un visage clair, comme des grains de blé tombés sur un chemin en bordure d'un champ, des cheveux bouclés aux reflets roux. Son absence totale de poitrine renforçait son allure juvénile, et comme elle n'était pas très grande on avait l'impression qu'elle avait 20 ans et qu'elle revenait des vendanges. Sous le charme, je bafouillai quelque chose.

« Il paraît que ce n'est pas la forme ? »

« Oh, rien de grave. »

« Tu te reposes, au moins ? »

« Oui. Je crois que je ne me suis jamais autant reposé de ma vie. »

« Tant mieux. »

Elle m'adressa un autre sourire cosmique.

« Amuse-toi ce soir. Change-toi les idées. »

Je la vis partir au milieu de ses invités, sa tête au niveau de leurs épaules, telle une renarde se faufilant dans une forêt.

Je grignotai un TUC bacon, planqué dans un coin du buffet. Le sancerre était mon seul ami pour le moment. Je gardais les yeux sur Mariette, qui avait rejoint un groupe près d'une fenêtre. Sur son visage, les émotions se dessinaient les unes après les autres : l'attention, la gaieté, l'approbation. C'était beau comme une bande dessinée. Soudain mon sexe se déplia dans mon pantalon. Le message était assez limpide : j'avais envie de coucher avec Mariette.

Voilà pourquoi je n'aime pas trop fréquenter ce genre de fête. Tu me dis bonjour, je te réponds, on échange deux mots, et soudain j'ai envie de coucher avec toi. Il n'était pas question que je drague la copine de mon collègue. Je mis mon pull autour de ma taille, laissant pendre les manches devant. Puis je repris du sancerre, ne sachant pas trop quoi faire de la tension que je sentais dans mon slip. Je devais détourner mon attention, tout de suite.

La porte de l'appartement n'arrêtait pas de claquer, il y avait bien trente à quarante personnes dans ces quatre pièces. Alors je me mis à faire ce que font les mecs dans ce genre de cas : je scannai le cheptel. L'expression est un peu craignos, mais j'étais seul avec mon sancerre, je n'allais pas me gêner. Je déambulai dans l'appartement en faisant mine de regarder l'ameublement. J'établis un quartet de tête. Ma numéro 1 avait un pull-over avec une tête de chien, ma numéro 2 était blonde, ma numéro 3 détenait une poitrine à la Lara Croft, la quatrième portait un pantalon serré sur de très belles jambes. Je revins au bar et jetai mon dévolu sur un viognier. Je bandais toujours.

Mon atout, me dis-je en touchant la bouteille de viognier, c'était que j'étais célibataire sans enfants. Dans ma tranche d'âge, ce n'est plus si courant. Il fallait juste que ces quatre filles le sachent. Il fallait que je parle avec elles. Ou que je danse avec.

Je regardai Lara-Croft et Belles-Jambes. Mais je ne fis rien.

Déjà, la musique était trop forte. Et puis les hommes autour de moi me paraissaient tous en meilleure santé, prêts à affronter le monde, pleins de certitudes et d'humour. Je me sentais comme un ado pétrifié dans un coin. La réalité m'apparut dans toute sa cruauté : qu'avais-je à proposer à une femme – à part mon désir ?

C'est alors que, par extraordinaire, Pull-Over se rapprocha du buffet et me demanda un verre du viognier que je venais d'ouvrir. De plus près je vis qu'elle devait avoir mon âge. Cela me la rendit plus proche, capable de comprendre mes failles. Elle était en conversation avec un rouquin sur la différence entre George W. Bush, Ron DeSantis et Donald Trump – elle ne se rappelait plus lequel était *born again*.

« C'était George Bush », dis-je en faisant un effort surhumain pour attirer l'attention sur moi.

Pull-Over me regarda en plissant les yeux, comme s'il lui fallait pour me comprendre lire des sous-titres particulièrement petits.

Elle me répondit d'une voix un peu traînante :

« Ça veut dire quoi déjà, *"born again"* ? »

J'expliquai à la fille que c'était une pratique de chrétien évangélique.

« Croire en Dieu, c'est débile, non ? »

« Je ne sais pas, je... »

« Moi je fais du yoga. Ça me permet d'être reliée à moi-même, et en même temps je n'impose rien à personne. »

Je me tus. Si je disais que j'étais catholique, je savais ce qui allait se passer : à la phrase d'après j'allais devoir justifier l'Inquisition, le scepticisme de Jean-Paul II sur le préservatif et le génocide amérindien.

Pull-Over s'éloigna du buffet avec le mec roux en parlant de salutations au Soleil. Je repris un verre de blanc. Musclez-vous le périnée, les filles, est-ce que ça développe en vous le sens de la justice ? Et qui, dans cent ans, aura le courage de tenir des soupes populaires ? Mais je gardai mes réflexions pour moi. Au moins, je ne bandais plus.

La bouteille de viognier était vide. Il me sembla que l'axe du buffet avait basculé de trente pour cent vers la droite.

« Ça roule, Bastien ? »

Éric s'approchait, une bouteille de bière à la main.

« Ouais, dis-je avec une voix haut perchée, ça me fait plaisir de voir du monde. Très sympa, la soirée ! »

Deux mensonges d'affilée.

Éric ne répondit pas. Il se posa près de moi. Nous restâmes côte à côte, silencieux. C'est bien, les copains.

« Y a plein de filles super ici ce soir... » finit-il par dire.

« J'ai vu. »

« Si tu veux, je demande à Mariette pour savoir qui est *open*. »

« Nan nan, c'est bon. Je suis un grand garçon... »

J'attendais qu'il insiste, ce qu'il aurait sans doute fait, quand une espèce d'intermittent du spectacle tapa l'incruste. Le genre qui n'a pas toutes ses heures. Je les laissai parler.

L'alcool me libérait de mon obsession pour la compacteuse. Depuis que j'étais là, je n'y pensais plus. Ni à elle, ni à mes parents. J'aurais voulu danser au lieu de parler. Pourquoi toujours des mots ? Dans un coin, près d'une étagère, je vis Belles-Jambes, entourée de filles inaccessibles et de garçons pleins de qualités. Je me réfugiai dans la cuisine, où je sortis une bière du frigo.

Les gens autour de moi me semblaient si heureux. J'avais envie d'amour mais j'avais peur des femmes. Enfin, non, me dis-je en cherchant un verre propre. Je n'ai pas peur des femmes, j'ai peur de recommencer sur un malentendu, peur de blesser. Il me faudrait, me dis-je dans un éclair de lucidité, il me faudrait une femme comme moi, une femme *abîmée*. Je tenais dans la main un verre de vin rouge que je ne me rappelais pas m'être servi.

« Bastien, ne reste pas planté là ! Viens, je te présente à des copines. »

Mariette avait eu pitié de moi. Elle me prit par le bras et m'amena directement vers le domaine de Belles-Jambes :

« Les filles, je vous présente Bastien, un collègue d'Éric. »

Les trois femmes me firent un salut de la tête. La conversation tournait autour de la maternité. Une grande châtain avec un tee-shirt arc-en-ciel disait qu'il fallait arrêter le couplet Les-enfants-ce-n'est-que-du-bonheur, c'était aussi pas mal d'emmerdes et surtout beaucoup moins de liberté…

« Et très peu de sommeil », ajouta une autre.

« Ce diktat selon lequel on doit forcément s'éclater à être maman, c'est vraiment gonflant et tyrannique. »

Belles-Jambes fronça les sourcils, puis, telle une souveraine qui veut mettre en valeur un vassal, elle m'adressa la parole :

« Et toi, Bastien, t'as des enfants ? »

« Non. »

« Pourquoi ? »

Pris de court, je fus sincère :

« Je ne sais pas. Les gens s'abonnent au télépéage parce qu'ils trouvent que c'est trop fatigant de baisser la vitre, et après ils font des enfants. Je ne comprends pas. »

Une des filles éclata de rire.

« Ça n'a rien à voir ! » dit Belles-Jambes.

Elle tint alors le discours inverse de celui de ses copines. Et pas en mode je-plaisante. Elle était le genre femme à principes. J'eus droit à une leçon Être-parent-c'est-formidable, voire T'es-un-mec-la-ramène-pas-là-dessus. Je profitai du lancement de la soirée dansante pour m'esquiver. Au passage, j'attrapai une bouteille de vodka sur le bar. Grosse erreur.

« Oh, Bastien ! Réveille-toi ! »

J'ouvris les yeux péniblement. J'étais dans mon lit. Ma chemise de la veille collée contre ma poitrine. Au-dessus de moi une fille brune, à la peau pâle et aux cheveux courts, seulement vêtue d'un tee-shirt et d'une culotte, me regardait sans sympathie particulière.

« Tu émerges ? dit-elle. J'ai pas trouvé ta cafetière. Elle est où ? »

Chaque phrase qu'elle prononçait me lacérait le crâne.

« Je prendrais bien un café avant de partir, alors elle est où ta cafetière ? »

J'articulai péniblement :

« Dans le placard blanc... Dans le salon. »

Elle sortit.

Je m'assis sur mon lit. Une poutre me tomba sur le crâne : la gueule de bois. J'en avais une de carabinée. Une bouteille d'eau fit office de premiers secours.

Je tentai de remettre de l'ordre dans mon esprit.

Une fille inconnue était chez moi. Je ne me rappelais pas être rentré avec elle. Est-ce qu'il s'était passé quelque chose ?

Un peu anxieux, je fis le tour du matelas et soulevai les draps pour voir si j'apercevais une capote. Mais rien ne me signalait une activité sexuelle quelconque, en tout cas protégée.

Je pris une douche, enfilai un caleçon, un pantalon et une chemise propre. Je cherchai à me souvenir de la fin de soirée, mais après la vodka, rien. Quelque chose de bruyant. J'avais dansé. Le souvenir heureux de traverser la ville à pied. Seul ou avec cette brune ? Avec elle sans doute. Mais après ?

Dans ma cuisine, j'entendis la cafetière en marche.

La fille pianotait sur son téléphone. Elle était pieds nus. C'était une assez jolie fille, bien plus jeune que moi.

« Tu veux du café ? Sers-toi », me dit-elle sans lever la tête de son écran.

Je m'exécutai comme si c'était moi qui étais invité chez elle et non l'inverse. Je bus le contenu d'une grande tasse et je sentis le café emporter des millions de neurones morts la veille au soir. Je fouillai dans un placard pour trouver des biscottes. La fille ne faisait toujours pas attention à moi. J'aurais pu lui demander son prénom, mais si on avait couché ensemble, ça faisait vraiment rustre. À défaut de meilleure idée, je lui demandai l'heure. Ma voix était caverneuse.

« 11 heures. Et t'inquiète pas, on n'a pas couché », répondit-elle.

Je dus avoir l'air bête, car elle ajouta :

« Je t'ai demandé de m'héberger pour la nuit. On n'a même pas dormi ensemble. »

Elle me montra quelque chose derrière moi. Sur le canapé du salon un drap et une couverture rouge que moi seul pouvais avoir sortis.

« Je n'ai pas été désagréable, j'espère », dis-je, soulagé et déçu en même temps.

Qu'une aussi jolie fille ait dormi sur mon canapé sans que je lui saute dessus durant la nuit, je ne savais pas si c'était une bonne ou une mauvaise nouvelle. Elle avait les yeux verts et je décidai que c'était une bonne nouvelle. J'étais un parfait gentleman. Les filles se sentaient en sécurité avec moi. C'était la classe.

« T'étais bourré comme un coing, Mariette m'a demandé de te raccompagner. Je t'ai enlevé tes chaussures. Tu as ronflé grave. »

Ce n'était pas la classe du tout.

« Désolé que tu aies dû faire la nounou d'un mec bourré. »

« Bah, ça m'arrangeait de squatter chez toi. J'habite à Tassin, je prends le bus de Perrache. Ça m'arrangeait carrément, même. »

Elle regarda sa montre et ajouta :

« Je dois filer. J'ai un bus dans dix minutes. »

Je restai à l'observer, mon mug à la main. Elle m'avait raccompagné chez moi, m'avait aidé à me coucher. C'était touchant qu'elle ait fait ça pour moi... Je m'attendris :

« Si tu veux repasser dans un autre contexte... »

Elle se débattait avec son écharpe. Quand elle eut fini de l'ajuster autour de son cou, elle regarda de nouveau sa montre, comme pour évaluer très précisément le temps qu'il lui restait pour se débarrasser de moi sans rater son bus.

« T'es mignon dans ton genre. Mais j'ai déjà un copain *et* une copine. Donc c'est pas contre toi ou contre ton alcoolisme, mais j'ai pas un moment de rab, coco. »

Je dus faire une drôle de tête parce qu'elle ajouta :

« Mais tu sais, faut pas t'en vouloir. On fait ce qu'on peut dans la vie. »

Quand elle fut partie, je pris mon Melitor et je me recouchai. Je regardai pendant une heure le cadavre d'un moustique au plafond, comme un astérisque sur une page blanche. C'était Isabelle, un jour d'été, qui l'avait tué. Je m'aperçus alors que je n'avais plus vraiment de chagrin. Mon obsession isabellienne s'était comme dissoute. Mon esprit se vautrait dans une nouvelle idée fixe, la compacteuse.

Aller là-bas, pensai-je, et disparaître. Enfouir mon corps dans la masse d'acier… Je m'appuyai les mains sur les yeux pour cesser d'y penser. Le Melitor m'avait rendu un peu d'appétit et un début de sommeil, mais j'étais toujours pris par la fascination de cette machine.

Mon téléphone sonna, c'était Henri. Je lui racontai ma mésaventure avec la brune.

« Je me sens nul en ce moment, si tu savais… »

« Bah… Personne n'a violé personne, et toi aussi tu lui as rendu un service, à cette fille. C'était juste une fête. Tu as bien fait d'y aller. »

« Mais tout cela est un peu humiliant, non ? »

« Quoi ? D'avoir une jeune femme en culotte chez toi ? »

Il rit. Je l'entendis se tourner vers sa femme et dire : « Bastien a eu une femme en culotte dans sa cuisine et il se plaint. » « Qu'il vienne manger », proposa Catherine au loin.

« Ça te tente ? » reprit-il dans le combiné.

« Rien qu'à l'idée de manger, j'ai des nausées... Au fait, je crois que je ne tiens pas l'alcool. »

Henri éclata de rire.

« Tu le découvres ? »

Sa réaction me blessa sans que je comprenne vraiment pourquoi. Je me sentais humilié tout le temps et à tout propos.

« Tu ne sais absolument pas boire, Bastien », dit-il avant de s'interrompre pour à nouveau s'adresser à sa femme.

Cela me vexa qu'il ne soit pas concentré sur notre conversation. Il était en famille, il avait son dimanche... Je hais les familles. Je hais tout le monde.

« Écoute, j'ai trop mal au crâne, je ne vais pas trop pouvoir parler. »

« Bon, dommage. »

Je le sentis sur le point de me dire un truc gentil.

« Je te rappelle quand ça va mieux », dis-je.

Et je raccrochai.

C'était une drôle de période. La neige ne venait pas, ou sous une forme d'odeur lointaine. L'air était gris, tout me semblait en attente.

Je ne rappelai pas Henri. Ni Guilaine, qui avait laissé un message. Par obéissance à Karachian, je faisais une heure de footing chaque matin. Je croyais être parti avant 7 heures mais j'arrivais au parc à 9 heures. Le métro ne va pas si lentement. Que se passait-il ? J'avais des absences.

J'allais près du cèdre. J'espérais revoir la fille aux mésanges. Il me semblait que j'aurais été capable de lui adresser la parole maintenant que j'avais du temps devant moi. Mais elle ne revint pas. Ou j'arrivais trop tard. Ou elle était occupée ailleurs, peut-être à donner à manger à d'autres oiseaux. Étrangement, cela me faisait toujours un peu de peine, comme si nous avions rendez-vous. Un matin, une mésange me frôla. Elle semblait la chercher elle aussi.

Contre toute attente, mon travail ne me manquait pas. Je ne pensais plus aux salariés. Une manière de moins souffrir est d'être moins à l'écoute du monde. J'avais cessé d'écouter les informations. Parfois je voyais les journaux dans les cafés, mais je ne les lisais pas. Il me semblait que l'actualité était un catalogue de défaites, qu'individus et nations avaient cédé à la violence. Que même le sens de cette violence était faussé. On trouvait des excuses aux agresseurs, on disait aux agressés de se taire. On rabaissait les humiliés. Reprendre le travail me semblait insurmontable. Je n'y arriverai pas, me disais-je. Je n'y arriverai jamais. Une pensée typique de la dépression.

J'avais institué certains rites. Après mon footing, je mangeais dans un bistrot de l'autre côté du Rhône, toujours le même steak-frites insipide. Je revenais faire une sieste. Les heures suivantes, mon obsession de la compacteuse devenait dévorante. Pour ne pas me précipiter dans ma voiture, direction Plastirec, je sortais à pied faire un tour en ville.

Je consommais. Je dépensais même beaucoup d'argent. C'était une expérience nouvelle pour moi. Pendant des années, je n'avais acheté que le strict nécessaire : des chemises et des caleçons. J'entrais dans les magasins, et je m'achetai en quelques jours un manteau, des gants, un petit meuble de salle de bains, un tableau et des ustensiles de cuisine. Je m'achetai même des chaussures de randonnée, alors que je n'en aurais sans doute jamais l'usage. Je comprenais l'excitation qui s'empare des gens durant cette période de soldes. Une sorte d'éjaculation consumériste qui me laissait écœuré après une montée de sérotonine. Aimer ce monde, c'est peut-être le consommer.

En fin de journée, parfois encore chargé de sacs de courses, je pris l'habitude d'aller assister à une messe dans une chapelle du 7ᵉ arrondissement. J'étais, avec le prêtre, le seul homme de l'assemblée. Les sœurs entonnaient des chants pathétiques d'une voix suraiguë. Elles chantaient faux mais elles y mettaient tant de cœur que ça me donnait envie de pleurer. Il y avait là une trentaine de vieilles dames privées de mariage, héritières de Vatican II. Elles, elles aimaient ce monde, elles voulaient aider leur prochain. Elles avaient passé leur vie à faire de l'aide aux devoirs, à trier des vêtements pour les SDF, à se rendre à la préfecture pour des sans-papiers ou à visiter des malades, et elles étaient considérées comme rien. Il semblait que cela ne leur fît même pas de peine. Comme si elles n'avaient aucun orgueil, aucune puissance, aucun projet autre que d'aimer le Christ, « lumière intérieure », ainsi qu'elles le chantaient. Je m'asseyais toujours au dernier rang. La religieuse à mes côtés me regardait avec un sourire qui était la bonté même, puis elle me tendait un livre de messe. Je me sentais indigne de tout.

Il faisait nuit noire quand je quittais la chapelle. Je rentrais me cuisiner une soupe. Enfin, presque systématiquement, je ressortais pour aller au cinéma. Quand je m'asseyais dans la salle, je savais que j'allais fuir mes pensées. Mon attention était captée par ce qu'il se passait à l'écran. Tom Cruise sautait à moto d'une montagne. Une femme était soupçonnée d'avoir tué son mari. Des Ouzbeks à cheval parcouraient la steppe. Je ne pensais plus ni à aller à Plastirec, ni à ma nullité ontologique depuis mon engendrement par des parents sadiques. Même une scène de pêche à la truite sur un lac slovène, quand elle est projetée sur grand écran, devient si imposante qu'on ne peut mentalement s'en échapper. Le docteur Karachian avait raison et je la remerciais intérieurement : le cinéma en salle représente un antidépresseur magnifique. Je la sentais sur mon épaule, comme Hedwige, la chouette d'Harry Potter, me guidant dans ce combat contre ce qu'elle avait appelé une « dépression nerveuse » et que j'appelais la « tentation ».

Car, malgré cette routine, la plupart de mes pensées revenaient à la compacteuse. En montant l'escalier, en coupant des légumes, mon obsession me dévorait. Aller là-bas. Me coucher dans l'acier bleu. Revivre ça. Rien qu'une fois. Je me voyais gratter le fond de la machine, telle une bête dans un terrier.

Dans mon lit, le soir, je me laissais aller. Je ne luttais plus. Je m'imaginais dans la chambre de presse, avec force détails. Ce qui excitait le plus mon esprit, c'était ce gravier bleu dans les rainures. Rien ne me paraissait plus désirable. Je regrettais amèrement de ne pas en avoir prélevé, pour en avoir près de moi, à la maison, comme un précipité de la compacteuse. J'étais trop dans le brouillard ce jour-là. Je devais y retourner.

Puis je chassais cette idée. Cette machine, c'était le mal absolu. Il ne fallait pas y penser.

Cinq minutes après, j'échafaudais des scénarios qui me permettraient de revenir à Plastirec. J'étais comme Robinson cherchant un prétexte pour retourner se vautrer dans sa souille. Tel un amoureux ou un fou, je refusais d'être détourné de mon idée fixe. C'était mon affaire à moi, c'était *ma* machine. Je m'isolais dans un face-à-face mental avec elle.

Enfin, je m'endormais d'un premier sommeil assez lourd. Je me réveillais dans la nuit, je restais à regarder le plafond – entrer par la porte piétonne, parcourir ces pièces encombrées, trouver le couloir, descendre, ouvrir la porte... Je luttais. Je sentais que je luttais. Mais la défaite était certaine. Il est moins coûteux de céder à la tentation que d'y résister.

CHAPITRE 16

Maïa

Il était prévu un reportage et une interview. Dans le TER pour Clermont-Ferrand, Maïa essayait de réviser ses questions. Christian Laleu était un ornithologue qui avait étudié le langage des oiseaux et leur syrinx, des sujets qui d'ordinaire la passionnaient. Mais ce jour-là le train de son esprit prenait des rails parallèles, et revenait sur la visite de Victoire. C'était incroyable, tout de même. Ainsi, ce crime dans cette compacteuse serait lié à une matière toxique inventée par sa tante... La veille elle avait entré les coordonnées de Kader Derwiche dans son téléphone. Incapable de se concentrer, elle regardait à travers la vitre. Ce n'aurait pas été raisonnable de le contacter maintenant ; elle lui ferait signe après son travail. Elle avait enfin une commande de pige, même si c'était pour Jules, et il fallait qu'elle s'applique à bien l'écrire. On était jeudi. Lundi seulement, ou même après, elle écrirait à ce Derwiche.

Après Vichy, la neige apparut. La couche était plus épaisse encore sur les champs. Elle regardait les routes qui dessinaient des croisements sombres dans le paysage comme un problème de géométrie non résolu. Elle fit une photo qu'elle envoya par WhatsApp à Florence. Elle n'eut pas de réponse. Son amie devait être à la conférence de rédaction.

Maïa avait mal dormi. Il lui semblait que sa vie s'était compliquée ces derniers temps. Comme une succession de traits nouveaux dans un tableau déjà confus. Sa disparitionnite, son licenciement, l'arrivée de Pito... et puis Victoire et son cristal bleu. Qu'est-ce qui était vraiment bon ou mauvais pour elle dans ces nouveaux traits ? Elle ne savait plus lequel était au premier plan, lequel avait moins d'importance. Quand elle ferait un texto à Kader, qu'écrirait-elle ? « Bonjour, c'est Maïa » ? Et qu'est-ce que ça voulait dire, exactement, cambrioler une entreprise qui avait été le théâtre d'un crime ?

Cela faisait tellement longtemps qu'elle n'avait pas fait équipe avec quelqu'un... Elle partait toujours seule en reportage. L'unique fois où elle avait été accompagnée – par Florence et un confrère –, c'était pour la conférence mondiale sur le boson de Higgs, en 2012. Il y a plus de dix ans, pensa-t-elle avec mélancolie. Sans doute, si elle n'avait pas eu sa tante au Cern, *Science & Vie* ne l'aurait pas envoyée sur ce dossier. Elle était bien trop jeune à l'époque. Désormais, quand on tapait « boson de Higgs » sur un moteur de recherche, certains articles étaient signés de sa main. Elle avait participé à quelque chose d'historique. Et elle le devait en partie à Victoire.

Son téléphone vibra. Florence répondait à sa photo de neige par un émoji sourire. L'appareil en main, sans presque l'avoir décidé, elle commença à écrire ce texto qui occupait ses pensées. Juste en mode brouillon. « Bonjour Kader, c'est Maïa di Natale. Victoire m'a donné votre numéro. » Elle hésita, puis ajouta : « Je suis à Lyon. » Elle effaça tout et rangea le téléphone.

Elle devait se maîtriser.

Mais le téléphone était dans sa poche comme un petit démon. Cinq minutes plus tard, elle le ressortit. Il y a toujours une raison de ressortir son téléphone – ne serait-ce que pour regarder la météo sur Clermont-Ferrand... Une fois en main, c'est trop tard.

> Maïa : Bonjour Kader. C'est Maïa di Natale.
> Victoire m'a donné votre numéro.

Le train eut une petite secousse. Elle appuya sur Envoyer.

Presque aussitôt, le téléphone vibra plusieurs fois de suite :

> Kader : Bonjour.
> Suis ravi j'attendais de vos nouvelles
> On peut se rencontrer quand?

Maïa regarda autour d'elle comme si elle faisait quelque chose d'illégal. Elle hésita avant de répondre.

Lundi?

Elle aurait préféré avoir plus de temps pour écrire son article, mais c'était jouable.

Avant pas possible?
C'est mieux de faire ça vite

Dimanche soir alors, vers 18h.

Où?

McDo rue Edouard Herriot?

La réponse se fit davantage attendre, comme si une vérification était en cours.

Non je ne peux pas me garer.

McDo Manufacture des Tabacs?

Ça me va.
À dimanche. Ravi
Bye.

Une fois installée à l'hôtel, elle chaussa ses baskets. Il faisait froid, il faisait nuit mais il fallait absolument qu'elle coure, qu'elle pense à autre chose qu'à Victoire, à ce mystérieux Kader et au cristal bleu. Quelque chose cognait, une menace, une angoisse, une nouveauté. Et elle ne savait pas si elle avait pris une mauvaise ou une bonne décision.

Pour courir dans une ville inconnue sans s'embarrasser du GPS, Maïa avait une méthode amusante : elle se plaçait sur une grande artère, si possible un boulevard avec des arbres et un revêtement en terre battue, et attendait qu'un joggeur passe. Ce soir-là, le premier fut le bon. Un homme grand, avec un bonnet, un vrai sportif d'allure, une bonne foulée.

Maïa lui emboîta le pas à distance. Il longea le boulevard puis sortit du centre-ville. Au bout de dix minutes, il l'avait guidée vers les grilles d'un jardin public après une courbe de niveau parfaite. Elle accéléra et allait le dépasser quand l'homme se retourna et lui coupa net le chemin.

« Vous me suiviez ? » dit-il d'une voix calme mais pleine d'autorité.

Ils étaient tous deux devant le portique du parc. Maïa, essoufflée, répondit le plus innocemment possible :

« Pas du tout. Simplement je pense qu'on a le même circuit... »

Le type fronça les sourcils. Il avait les cheveux coupés presque à ras.

« Je cours tous les jours et c'est la première fois que je vous vois. »

« Mais... c'est que j'ai été absente longtemps... Je... je viens de revenir à Clermont. Mais un circuit, on ne l'oublie pas ! »

« Vraiment ? »

Il ne la draguait pas. Il n'avait pas peur. Quelque chose clochait. Ce type devait être flic. Oui, il avait un tee-shirt avec un logo bleu-blanc-rouge. D'ailleurs, il n'y a que les militaires ou les flics pour courir si tard, en hiver, les cheveux rasés, et parler sur ce ton.

« Oui, j'en suis sûre », reprit-elle.

L'homme la scanna de son regard. Maïa ne réagit pas. Son père, comme tout immigré, lui avait légué une méfiance éprouvée envers la police. Ne pas faire durer l'entretien, répondre même aux questions stupides, ne jamais contredire : les trois règles à suivre. Surtout avant de préparer un cambriolage.

L'homme fixait maintenant ses chaussures.

« Vous avez des baskets usées », dit-il comme si elle avait commis une infraction de troisième classe.

« Oui. C'est qu'elles ont bien six mois. »

« Ce n'est pas bien. Il faut les changer. »

« Je voulais le faire. »

Il avait mis ses mains derrière le dos, les deux jambes bien tendues, dans une attitude de contrôle routier.

« Vous les avez achetées où ? »

« À Decathlon. »

« Quel Decathlon ? »

« Lyon Part-Dieu. »

« Vous habitez à Lyon », dit l'homme.

Ce n'était pas une question.

« Je viens de revenir. »

« Vous venez de revenir. »

Le flic hocha la tête comme s'il avait une oreillette.

« Vous habitez où ? »

« Pour l'instant, je suis à l'Hôtel du Centre, près de la cathédrale. »

« Reçu. »

Il regarda encore ses vêtements, puis, estimant sans doute que Maïa était sans conteste une menteuse mais pas une terroriste, il libéra le chemin :

« Suivez le balisage vert. Si vous le faites trois fois ça fera six kilomètres. »

« Merci », dit-elle, trahissant finalement son ignorance.

Elle fila sans se retourner.

Le lendemain matin à 8 h 45, un taxi la laissa au lieu-dit Saint-Bonnet. Quand le véhicule disparut, elle eut une légère appréhension. Les ruelles étaient encore sombres, de la brume montait des champs. Le hameau était désert. Une vieille église, un lavoir, un monument aux morts, tous trois rassemblés dans le même sommeil des civilisations mortes. Ses pas résonnaient sur les pavés. Elle sonna à l'adresse indiquée, une maison en pierre volcanique. Il n'y eut aucune réponse.

Elle regarda mieux et, sous la boîte aux lettres, cette inscription lui rendit le sourire :

CH. LALEU
Centre ornithologique international

Elle sonna une seconde fois. Des pas sur un parquet. Une porte qui s'ouvre.

« Bonjour, mademoiselle. Entrez vous mettre au chaud. »

Christian Laleu correspondait bien à l'image du savant fou mettant des années à se faire reconnaître par la profession. Il avait un pantalon en velours et des sourcils en broussaille. Maïa n'était pas là depuis un quart d'heure qu'elle avait couvert dix pages de notes de son carnet.

« Au début je ne m'intéressais qu'aux oiseaux d'ici, maintenant j'ai des bandes audio de leurs chants qu'on m'envoie du monde entier. Il y a une telle diversité. En Équateur, certains oiseaux forment des duo... »

« Comme à l'Opéra ? »

« Oui. L'un répond à l'autre, ou les deux chantent en même temps. C'est le troglodyte maculé. »

« Diriez-vous alors que les oiseaux sont des artistes ? »

Ils s'étaient installés dans sa cuisine. Elle avait dû pousser le sucrier et une pile de livres pour pouvoir écrire.

« Cela fait longtemps que je le dis... Il a fallu que les ordinateurs le prouvent pour que je devienne enfin crédible. »

« Les ordinateurs ? » reprit-elle sans pouvoir dissimuler un sourire.

« L'analyse numérique. Venez, je vous montre mon labo. »

« Attendez. J'aimerais bien qu'on parle un peu de vous auparavant... »

L'interview dura une vingtaine de minutes. Le smartphone était posé entre eux deux pour servir d'enregistreur. Cet outil est le contraire d'un oiseau, pensa Maïa. Il est muet, monochrome et froid. Et pourtant, il lui avait permis de prendre contact avec Kader Derwiche.

« Venez. On va au labo », dit Laleu, la sortant de sa distraction.

Elle le suivit dans les couloirs de sa maison. Les murs étaient tapissés d'ouvrages ornithologiques, de dessins naturalistes, d'aquarelles, d'encyclopédies... Elle se dit un instant qu'elle aurait été bien, là, dans une autre vie, à lire un de ces ouvrages au coin du feu, avec cet homme qui lui aurait tenu compagnie comme un grand-père, qui lui aurait transmis sa passion des oiseaux. Souvent elle se projetait ainsi dans un rapport familial avec les personnes qu'elle rencontrait en reportage : est-ce qu'il/elle aurait pu être son grand-père, sa mère, sa sœur ? Elle n'était jamais autant à l'aise que quand cette projection fonctionnait. Christian Laleu était le grand-père idéal.

« Attention à la tête. »

Ils descendirent un escalier et entrèrent dans une cave. Le plafond était voûté et le sol parcouru d'un grand nombre de fils électriques, tels des serpents endormis au milieu de la pièce. Trois écrans d'ordinateur, des claviers empoussiérés. La pièce était sombre, l'équipement numérique déjà dépassé. Elle eut l'impression comique de pénétrer dans la salle de contrôle d'un vieux *James Bond*.

« On est bien installé, hein ? dit Laleu, tout fier. J'étais justement en train de classer des bandes audio que m'a envoyées un chercheur polynésien. Il a enregistré le chant d'un lori nonette. »

« Vous avez beaucoup d'enregistrements ? »

« Oh là là... Des milliers. »

« Combien exactement ? »

Combien – quand – qui – où... *exactement*. C'était ça son métier.

Laleu consulta ses fichiers un moment, fit des additions. Le centre possédait 18 124 enregistrements. Lui-même fut étonné du nombre.

« Vous m'avez dit que votre article portait sur l'ouïe humaine. »

« Exact. »

Christian Laleu prit un air taquin :

« Alors on va faire une expérience, tous les deux. »

Il bougea la souris. L'écran sortit de l'état de veille et laissa apparaître un logiciel de montage sonore.

« Je vais vous faire écouter le chant de l'alouette. »

Maïa s'était rapprochée du chercheur, pleinement concentrée maintenant.

« L'alouette est un oiseau assez commun à la campagne. Au printemps, le mâle monte au-dessus des champs à la rencontre du soleil. Il peut chanter quasiment sans arrêt un quart d'heure, une demi-heure parfois, en changeant ses motifs ou en les répétant. Je vais vous passer le chant à vitesse normale. »

Laleu appuya sur une touche du clavier. Le chant de l'alouette retentit par des haut-parleurs posés sur le bureau. Il s'agissait d'un chant aigu, fort, plein d'accélérations, peu mélodieux mais très dynamique.

« C'est très joli. Il y a beaucoup de trilles », dit-elle, sentant qu'elle devait faire un commentaire.

« Oui... Il est très en colère. »

« En colère ? Mais... vous comprenez ce que cette alouette *dit* ? »

« En quelque sorte. Vous savez, mon travail consiste à enregistrer des chants d'oiseaux, à les écouter et les analyser comparativement. Comme tout langage, si on le compare à d'autres, on trouve des régularités et des différences qui le rendent signifiant, dans les syllabes, le rythme. Surtout que l'alouette apprend à chanter... Elle va imiter l'accent de son père, par souci de bien faire. Du coup, on peut déceler des dialectes locaux. »

« Mais alors, elle dit *quoi* ? »

« "Je suis une alouette, pas un merle. J'appartiens à cette forêt de pins de cette vallée d'Auvergne. Je m'appelle Robert ou Jacques. Femelle, si tu me cherches je suis là ! Sinon, les autres mâles, écartez-vous ! Je suis très très en colère, n'approchez pas de mon territoire." »

Maïa resta silencieuse un instant.

« Comment pouvez-vous savoir que cette alouette-là est *très* en colère et pas seulement *un peu* en colère ? »

Laleu sembla ravi de cette remarque.

« La colère est rendue par la rapidité. Moins il y a de silences, plus l'individu est en colère. Or, là, il y a très peu de silences. »

« C'est vrai que les trilles m'ont semblé très rapides. Aucun pianiste ne pourrait jouer aussi vite. »

« Ils sont plus rapides encore que vous ne le croyez ! Maintenant on va ralentir quatre fois la bande. Vous allez voir, c'est stupéfiant. »

Après une manipulation, le chant repassa dans la pièce plus lentement. Cela ressemblait davantage au chant d'un merle, avec de longues tenues mélancoliques entrecoupées d'étranges cris proches de ceux des singes. Soudain des trilles extrêmement rapides sortirent des haut-parleurs...

« Vous entendez ? dit Laleu en lui touchant le bras de sa grosse main. Même ralenti quatre fois, il y a des motifs que nous ne pouvons pas distinguer. Mais attendez. Maintenant je vais mettre la bande huit fois moins vite... »

Le chant de l'alouette retentit une troisième fois dans la cave. Maïa eut un sentiment de malaise. Cela ne ressemblait plus du tout à un chant d'oiseau. On aurait dit une chanson poussée par un homme à travers un aquarium. Ou l'écho d'une plainte. Mais encore une fois, au cœur de ce barrissement aquatique, survint un trille très rapide.

« Vous entendez ? s'écria Laleu en posant à nouveau sa paume sur le poignet de Maïa. Même ralenti huit fois, c'est toujours un trille pour notre oreille ! »

Maïa, sans rien dire, se dégagea de cette main. Laleu était tellement passionné qu'il n'avait rien remarqué.

« Notre ouïe est plus *lente* que la voix de l'alouette. Il est impossible pour nous, sauf au ralenti, d'entendre tous les sons qu'elle chante.

Elle émet quatre cents sons à la seconde. Nous, on peut à peine en distinguer quarante. »

Maïa notait tout sur son carnet. Laleu se recula et resta rêveusement devant son logiciel. Enfin, il dit :

« J'ai besoin d'une cigarette. On remonte ? »

Il fuma en parlant de ses années de recherche, seul, dans les bois, avec ses enregistreurs. Maïa l'écoutait maintenant juste pour le plaisir. Il avait dans les yeux une lueur qu'elle reconnaissait pour l'avoir vue dans les yeux de sa tante : la joie de celui qui cherche sans fin à éclaircir le monde, même sur un tout petit bout de terrain.

« L'alouette va plus vite que nous. Elle a une température corporelle de 43 degrés, elle ne vit que quelques années. Son cœur bat plus vite. Son monde va plus vite. Tout chez elle est à la fois plus rapide et plus ralenti. »

Maïa, soudain, pensa à Jules. Elle se força à demander :

« Vous n'avez pas, dans toute votre vie d'observateur, une anecdote particulière ? »

Heureusement Laleu était, comme Victoire, obsédé par une voix intérieure plus forte et plus audible que les questions qu'on lui posait. Il continua :

« Vous savez, mademoiselle, nous, les hommes, nous n'usons que d'une infime partie des possibilités de la nature. Nous ne savons pas ce que c'est que d'habiter dans un arbre, de monter dans les airs avec des plumes, nous ne savons pas ce que c'est de déchirer un animal chaud entre nos dents. Parce que nous sommes des êtres humains. Nous vivons le jour. Nous vivons à une certaine allure. Les animaux sont à la fois plus lents et plus rapides. Pour eux, votre jardin, c'est un continent. Pour eux, entre le matin et le soir, c'est toute une adolescence. Nous habitons le même monde mais nous ne partageons pas le même temps. »

Maïa aimait son métier pour cela. Pour ces conversations non enregistrées après le temps du reportage. Elle n'aurait pas d'anecdote croustillante. Ce type n'était pas Indiana Jones, c'était un scientifique et un poète. Et c'était très bien ainsi.

« Votre taxi est à quelle heure ? » demanda soudain Laleu.

« Dans une heure. »

« Mince ! Je dois partir... »

Il avait l'air catastrophé de laisser la « demoiselle », comme il disait, dans ce trou qu'était Saint-Bonnet :

« Il n'y a même pas un café pour vous mettre au chaud. »

« Ne vous inquiétez pas, je vais en profiter pour me promener. Vous savez où j'aurais des chances de voir des faucons crécerelles dans le coin ? »

« Vous faites un article sur eux ? »

« Non, mais j'aimerais bien voir ce qu'on appelle un vol du Saint-Esprit. C'est bien les faucons crécerelles qui font ça ? »

« Oui. C'est même assez courant quand ils chassent. »

Laleu lui indiqua un GR qui passait devant le lavoir et remontait à travers champs.

Ils allaient se séparer quand le chercheur s'exclama :

« Excusez-moi, mais vous allez marcher avec ces chaussures ? »

Maïa regarda ses pieds. Elle portait ses bottines en cuir fourrées, solides et chaudes.

« C'est qu'il y a de la boue en cette saison. Vous allez vous salir. »

Qu'est-ce qu'ils avaient, tous, à lui faire des commentaires sur ses chaussures ?

« Je peux mettre des baskets, j'en ai dans la valise. »

Pendant qu'elle se changeait, Laleu resta dans son dos, comme pour vérifier.

« Oui, dit-il, c'est mieux. Vous serez mieux. »

Maïa se demandait pourquoi les hommes s'inquiétaient autant d'elle, d'une manière aussi saugrenue. Le mâle *Homo sapiens* a parfois un langage difficile à décrypter.

Avoir bien travaillé, n'avoir plus rien à faire. Avoir une heure à soi sur un chemin de terre. Les arbres nus, les herbes mouillées. Ce n'était pas la meilleure saison pour marcher mais elle se sentait bien. Ses yeux semblaient boire le paysage comme après une longue soif. Elle était si rarement hors de Lyon ou de la Provence...

Une odeur agricole, d'humus et de bouse de vache, lui remplissait les narines et la comblait d'une joie simple. C'était là une *vraie* campagne, grasse, humide.

Maïa dépassa un talus, prit entre deux pâturages. Étrangement, on n'entendait ni cris ni chants d'oiseaux. De la brume s'échappait d'un volcan lointain. Elle marcha le long du sentier, suivant le fil barbelé maintenu tendu par des poteaux en bois brut, comme de vieux amis qui auraient pris leur distance.

Elle entra dans un bois. Ici il n'avait pas neigé mais les mousses dégoulinaient d'humidité. Un moment elle crut avoir perdu ses gants, mais elle les retrouva dans sa poche intérieure. Elle songea à l'expérience qu'elle venait de faire avec Laleu et se dit que ses mains émettaient peut-être des sortes de trilles. Si elle avait pu les enregistrer et passer le film au ralenti, elle aurait vu des gestes qu'à son niveau de conscience elle était incapable de percevoir. Peut-être que ses mains et elle n'avaient pas la même *temporalité* dans ce monde...

Elle sourit à cette pensée. Ses mains à cet instant restaient fourrées au chaud dans son manteau. Le soleil faisait fondre le gel à certains endroits, mais à d'autres l'ombre avait laissé des morceaux blancs intouchés, comme un sujet de conversation qu'il ne faut pas aborder.

Maïa regarda son téléphone. Kader n'avait pas relancé la conversation. Où était-il en ce moment ? À Genève ? À Vénissieux, en train de faire des repérages ? Elle regarda derrière elle et vit le hameau de Saint-Bonnet, avec ses cheminées qui fumaient dans le ciel. Elle pouvait encore renoncer. Au fond, rien ne l'obligeait à être fidèle à sa parole. Elle pouvait dire à Victoire qu'elle n'irait pas au rendez-vous. Personne ne l'obligeait à rien. Elle était libre. Elle pouvait ne pas redescendre de cette colline, laisser le taxi l'attendre, laisser sa valise dans la cour de Laleu, marcher droit dans cette forêt et disparaître... Disparaître. La tentation était forte. Mais après, que se passerait-il ? À quoi bon être libre si on n'est utile à personne ?

Un oiseau traversa son champ de vision. Gros comme un merle, il était de couleur verte et jaune et poussa un cri tel un rire glouton, avant de retomber en vol plané sur un pin. C'étaient les caractères d'un pic vert. Elle enjamba un tronc d'arbre pour le poursuivre dans l'épaisseur du bois. Ses baskets s'enfonçaient dans les feuilles mortes. De la boue la fit glisser légèrement. Perçant le silence mouillé, un tambourinage creux et grave retentit. Maïa s'approcha d'un grand pin. Une ombre s'envola et alla se poser sur un tronc. Elle sourit. Toc-toc-toc-toc. Elle avait raison, c'était un pic vert. Elle resta à écouter son tambourinage dynamique, rythmé, qui dans le silence résonnait comme un message. Toc-toc-toc-toc, faisait le pic. Quelque chose cogne contre une paroi.

CHAPITRE 17

Bastien

La fille aux mésanges n'était pas là. Déçu, j'allai prendre un café à la brasserie du parc. J'étais l'unique client et je lançai des petits cailloux dans le lac, emmitouflé dans mon manteau. Un couple de colverts s'éloigna sans me regarder, le canard derrière sa cane. On était vendredi. Le lundi je devais reprendre le travail. Je n'en avais pas du tout envie. Je n'avais envie de rien, hormis d'une seule chose, à laquelle je m'efforçais de ne pas penser.

« Vous voulez autre chose, monsieur ? »

« Non merci. »

Le serveur resta à côté de moi, les yeux fixés sur le lac. Des fumées de condensation s'échappaient de la surface.

« C'est beau à cette heure-ci, dit-il. On dirait des petites cheminées qui sortent de l'eau. Après, la lumière change, ce n'est plus pareil. »

Ces quelques mots me firent du bien. Depuis la fête chez Éric, je n'avais parlé à personne. J'allais répondre au serveur, mais mon téléphone sonna à ce moment-là. La table en fer-blanc amplifia la vibration de manière désagréable. Je regardai l'écran et sentis sur mon corps comme un écrasement supplémentaire. Je décrochai.

« Monsieur Fontaine ? »

« Monsieur le procureur. »

Le serveur était parti ; je me sentis encore plus vulnérable.

« Vous faites quoi, là ? »

« Mais, je travaille... »

« Vous êtes sûr ?... Nous avons quelques questions à vous poser. Vous pouvez venir au tribunal maintenant ? »

« Vous voulez que je vienne au tribunal maintenant ? »

« C'est cela même, dit-il avec une pointe d'agacement. Je vous attends. »

Cette manière cavalière de me convoquer était si inhabituelle que je m'inquiétai. Pourquoi m'avait-il dit Vous êtes sûr ? Avait-il appelé au bureau avant, où on lui aurait dit que j'étais en arrêt de travail ? Je regardai à droite et à gauche. Une dame avec un chien venait de s'asseoir à la terrasse. Un joggeur en tenue orange faisait des étirements. Étaient-ils de la police ?

Voilà que je devenais paranoïaque.

Je me levai et sortis du parc. J'avais l'impression de marcher sur du coton. Dans une vitrine, je vérifiai mon allure. J'étais mal rasé. Je frottai mes chaussures au paillasson d'un opticien. J'aurais peut-être dû carrément m'acheter une chemise neuve. Plus je me rapprochais du tribunal, plus la peur montait en moi. Sinastiez avait dû savoir, pour ma visite dans la compacteuse la nuit de Noël. Sinon, pourquoi me convoquer ? Il voulait me confondre, m'accuser, me mettre en garde à vue... J'avais été stupide. Les locaux de Plastirec devaient être sous vidéosurveillance. Après tout, Venerio Malgoni était encore recherché. C'était une scène de crime. Je le voyais déjà me montrer la bande vidéo en ricanant, puis sortir les menottes. J'irais en prison à Corbas le soir même... Que dire pour ma défense, sinon que j'étais irrésistiblement attiré par cette machine ? Non, non, il me fallait nier.

Les contrôles Vigipirate me rendirent encore plus nerveux. Le vigile regarda à l'intérieur de mon sac de manière particulièrement tatillonne. J'avançai entre les portiques, j'étais sûr que j'allais biper.

Mais je ne bipai pas.

Une secrétaire me conduisit devant le bureau du procureur.

Je devais nier, nier absolument.

Le cœur battant, je frappai à une haute porte en bois sombre. Une voix sèche me dit d'entrer.

La pièce était surchauffée. Deux lampes éclairaient un fatras de documents étalés sur un immense bureau. Sinastiez me serra la main. Il était rasé de si près qu'il semblait s'être procuré sa tondeuse dans un pays totalitaire. Le magistrat n'était pas seul : un policier en uniforme était assis en face de lui. J'avalai ma salive. Je reconnus celui qui m'avait tendu la main pour me faire sortir de la machine, le soir du crime, en me disant Pas de zèle.

« Je vous présente Luc Rosset, l'OPJ en charge de l'enquête. »

L'officier de police judiciaire m'écrasa les doigts dans sa poigne. Ce flic avait une masse musculaire trois fois supérieure à la mienne.

« Merci d'être venu si vite. Vous allez nous aider, reprit Sinastiez d'un ton qui n'admettait pas de refus. Nous menons une réflexion à propos de Venerio Malgoni. Après l'analyse de la scène de crime, nous cherchons, à défaut d'avoir plus d'éléments, à mieux comprendre qui est cet individu. Cela pourrait nous aider dans nos recherches. »

Avec raideur, je m'assis dans le fauteuil à la droite de Rosset. Il régnait dans l'air cette odeur bien particulière de tabac froid, de sueur et de renfermé, fruit de longues ruminations mentales. Deux tasses à café vides, ainsi qu'un cendrier plein, étaient posées à côté de papiers annotés.

L'officier de police prit la parole. Il avait une voix franche, sympathique. Ce ne serait pas si mal d'être arrêté par lui.

« On se demandait comment un simple ouvrier pouvait devenir un assassin. Ce Malgoni paraît un type sans histoire. S'il a assassiné son petit copain, l'enquête part sur une autre voie que si c'est un crime mafieux. »

« Son petit copain ? » répétai-je en m'étranglant un peu.

Mais tout le monde avait l'air de se foutre de l'orientation sexuelle de Malgoni.

Sinastiez écrasa sa cigarette.

À ce stade, les hypothèses étaient au nombre de deux : le magistrat penchait toujours pour un crime mafieux ; le policier soutenait la thèse du crime dit « passionnel ».

Le crime mafieux manquait de mobile clair. Rien ne prouvait que Malgoni ait reçu de l'argent pour exécuter quelqu'un, vu que son compte en banque était celui d'un smicard. Son ordinateur était sans intérêt et la perquisition n'avait révélé aucune trace d'activité illégale autre que l'usage du cannabis. Bilal Reghioul, son patron, avait passé quinze jours en détention, mais il n'avait rien révélé.

Rosset, lui, penchait pour des histoires de couple, de jalousie. Là aussi, le mobile était tout de même difficile à trouver. Peut-être que la victime avait menacé Malgoni de révéler son homosexualité... Mais Malgoni n'était pas marié et on ne lui connaissait pas de famille.

Les deux hommes réfléchissaient à voix haute, je les sentais tous deux habitués à cet exercice. Si je n'avais pas été aussi tendu, j'aurais trouvé intéressant de les écouter. J'appris ainsi que Bilal Reghioul avait l'habitude de laisser son opérateur seul après la fermeture : Malgoni disait qu'il nettoyait la machine.

« Monsieur Fontaine, j'ai besoin de vos lumières », dit Sinastiez.

Le procureur me posa alors une série de questions, mais ce n'était pas l'interrogatoire que je redoutais. J'eus droit à des questions générales sur les rapports entre les ouvriers et leur patron, sur les grilles des salaires, sur les loisirs des uns et des autres, et même sur leurs fréquentations. Comme beaucoup d'hommes de droite, il m'assimilait à un sociologue, ce que ma tenue vestimentaire et mon rasage aléatoire pouvaient laisser croire.

Je fis le maximum pour me montrer aimable. Je parlai des conditions de travail des intérimaires, des horaires, de la fatigue, de la dangerosité... J'essayais de répondre de manière claire, en usant de la langue des dominants. Je plaçai même un subjonctif.

Cela eut l'air de marcher. Ils reprirent leurs analyses en semblant m'oublier. Dix minutes passèrent. Je regardai les mains du flic, assez larges pour faire le tour d'un ballon de rugby. Je me demandais si j'allais pouvoir partir quand Sinastiez me demanda :

« Vous ne la trouvez pas étrange, votre compacteuse ? »

Ma main se crispa sur mon genou.

« Étrange ? En quel sens ? »

« C'est moi qui vous pose la question. »

Rosset se tourna vers moi.

« Vous êtes bien entré dedans, non, finalement ? »

Je répondis avec le plus d'aplomb possible, en m'adressant d'abord à lui :

« Oui, j'ai vérifié le fond de la machine, avec ma collègue, quelques jours plus tard. Mais je n'ai rien trouvé d'extraordinaire. Des graviers à l'intérieur, des signes de négligence. Je ne vois pas en quoi, continuai-je en regardant à présent Sinastiez, elle serait *étrange*. Les machines sur lesquelles travaillent les ouvriers sont certes impressionnantes pour nous qui sommes dans des bureaux. Par leur taille, leur bruit, leur puissance, on a tendance à les trouver exceptionnelles... Mais pour des types comme Malgoni ou Reghioul, elles sont ordinaires. Ils se servent d'une grue, d'une tractopelle ou d'une compacteuse hydraulique comme vous du Code pénal et moi du Code du travail. Pour eux, c'est la routine. »

Sinastiez ouvrit son paquet de Dunhill et alluma une cigarette. Les effluves de tabac me chatouillèrent le nez. Si j'allais en prison, je reprendrais la clope.

Le silence durait. Enfin le procureur lâcha, un peu à regret :

« C'est intéressant, ce que vous dites. »

Je mis mes deux mains sur mes cuisses comme pour me lever.

« Restez encore un peu avec nous, monsieur Fontaine. Il paraît que vous êtes en arrêt de travail ces derniers temps. »

J'en eus le souffle coupé. Je retombai sur le fauteuil. Le procureur me regarda dans les yeux, content de son effet.

« On a autre chose à vous dire. Récemment, après les congés de fin d'année, Bilal Reghioul a noté une entrée par effraction dans son entreprise. »

J'eus soudain l'impression d'étouffer. Mes mains, que j'avais cachées sous mon manteau posé sur mes genoux, tremblaient légèrement.

« Nous avons des raisons de penser, dit Rosset, que Malgoni se planque encore à Plastirec. »

« Malgoni ? Là-bas ? »

Je me souvins du bruit que j'avais entendu la nuit. J'avais cru que c'était la femme de ménage.

« Mais pourquoi ne pas aller l'arrêter, dans ce cas ? »

Rosset coula un regard entendu à Sinastiez, ce qui me mit très mal à l'aise. Est-ce qu'ils me disaient la vérité ?

« On a fouillé, discrètement. On n'a rien trouvé. »

« Je ne comprends pas. Vous pensez qu'il y est ou qu'il n'y est pas ? »

Le procureur et Rosset se regardèrent à nouveau sans me répondre.

« Il doit passer, dit enfin Sinastiez. Mon hypothèse est que Reghioul le couvre, soit de son plein gré, soit parce qu'il le fait chanter. Dans mon hypothèse mafieuse, ça tient. »

« On voulait vous prévenir, reprit le policier. Faites attention si vous devez retourner là-bas : il est peut-être sur les lieux. »

« Je ne pensais pas retourner là-bas. »

« Vous ne comptiez pas y repasser ? » demanda Sinastiez d'un ton perfide.

Mais ce type a toujours un ton perfide. J'avais l'impression que les deux hommes cherchaient un aveu de ma part.

« Non, dis-je, je ne comptais pas y repasser. »

À nouveau, je pensai que c'était terminé. Mais je n'osai pas bouger.

« Je me suis demandé, monsieur Fontaine, pourquoi vous aviez mis tant de zèle, avec votre collègue, à vouloir me prouver que c'était un accident ? »

« Je n'ai pas mis du zèle, monsieur le procureur. J'ai relevé des négligences énormes sur cette machine. Les faits concordaient avec l'hypothèse si évidente d'un accident du travail mortel. Je n'ai fait que mon travail. »

Je me sentais de plus en plus tendu. Sinastiez avait l'air de s'en rendre compte. Il me fixait sans discontinuer.

« Je vous repose la question, monsieur Fontaine : vous ne la trouvez pas un peu étrange, cette compacteuse ? »

Mon cœur battait très fort mais je tins bon.

« J'avoue que non. Et je suis un peu surpris par toutes ces questions, monsieur le procureur. Que croyez-vous ? Que je cherche à couvrir Malgoni ? »

Rosset eut un rire très bref. Sinastiez le fusilla du regard.

« Je ne sais pas. Je vous ai trouvé bien impliqué... »

« Un homme est mort... » commençai-je.

« Un autre l'a tué, coupa Rosset en se levant – et je compris alors que lui aussi en avait marre. Et pour l'instant, putain, on patauge ! »

CHAPITRE 18

Maïa

Kader Derwiche était un homme d'une cinquantaine d'années, à la barbe frisée, aux cheveux gris sel, et portant chapeau. Il se dirigea d'un pas nonchalant vers le journal *Comprendre* que Maïa avait laissé sur la table en signe de reconnaissance. Le quinquagénaire avait quelque chose de raffiné et de négligé à la fois. Il était vêtu d'une chemise élégamment coupée, d'un pantalon de velours usé, sa barbe était garnie de petites boucles qui se chevauchaient les unes les autres. Elle l'aurait plutôt imaginé comédien ou capitaine qu'ingénieur.

Maïa buvait un thé pour se réchauffer. Dehors la pluie tombait à seaux, comme rarement pour un mois de janvier. Il avait suffi de cinq minutes pour qu'elle se sente contaminée par la tristesse des lieux – attendre quelqu'un dans un McDo un dimanche soir de pluie étant une démonstration redoutable de la nullité morale du capitalisme.

Dès qu'il pénétra dans la salle, tout changea. Son allure détonnait parmi ces aplats monochromes. Un enfant dans sa poussette tourna sa tête vers lui et resta fasciné.

L'ingénieur posa son soda et s'assit.

« Alors c'est vous, Maïa... Votre tante m'a dit beaucoup de bien de toute votre personne. »

Jusque-là, ils n'avaient communiqué que par textos. Maïa fut surprise : Kader avait une voix extraordinairement rauque et basse ; les mots semblaient creuser une galerie sous terre avant d'atteindre la surface. Ce timbre lui procura immédiatement un plaisir magnétique.

« Je suis ravi de rencontrer cette fameuse nièce. »

Il lui fit un grand sourire. Maïa fut presque déçue de ne pas y apercevoir une dent en or.

« Vous connaissez Victoire depuis longtemps ? » demanda-t-elle.

« Je l'aime beaucoup, Victoire. Même quand elle fait des bêtises. »

« Vous travaillez au Cern avec elle ? »

« Et vous, vous écrivez pour ce journal, c'est cela ? »

« Oui. »

« Il est bien, ce journal scientifique ? »

Il avait une manière ironique d'appuyer sur le mot « scientifique ». Mais c'était peut-être juste sa façon de parler.

« Oui, on essaie. Enfin, ils essaient », se reprit-elle.

« Le journalisme... c'est convenable comme condition ? Pas trop... salissant ? »

« Salissant ? Non, c'est un métier intéressant. Enfin, si on le fait bien. »

« C'est toujours mieux de faire les choses bien. »

« Sans doute. »

« Nous sommes dimanche soir. »

« Oui... »

Parler avec Kader donnait l'impression de monter un escalier auquel il manquait des marches.

« Il nous faudrait trois jours. Vous pouvez me consacrer ce temps-là ? À moi et à notre affaire. »

Elle ne pensait pas qu'il irait si droit au but.

« Pourquoi trois jours ? »

Au lieu de répondre, Kader leva un index, l'appuya sur ses sourcils et fit quelques mouvements de droite à gauche comme pour régler une fréquence radio à l'intérieur de sa tête.

« Vous pouvez me rejoindre demain ? Et rester au moins deux jours, sinon trois, sans donner de nouvelles à personne ? »

Elle fronça les sourcils. Elle n'aimait pas ce genre de conversation où votre interlocuteur ne prend pas en compte vos propos.

« Pourquoi trois jours ? » répéta-t-elle.

« Vous connaissiez Bartolomeo ? »

Ce type aurait été un enfer à interviewer : il répondait à une question par une autre question.

« Non. Je ne connais que Victoire, au Cern. »

« Vous avez déjà vu le cristal ? »

« Non. »

« Vous savez conduire ? »

« Oui. Mais je n'ai pas de voiture. »

« Vous sauriez conduire un petit camion ? »

« Je pense. »

« Vous avez un casier judiciaire ? »

« Non. »

« Vous êtes déjà entrée par effraction dans une entreprise ? »

« Non ! »

« Vous avez déjà pris de la drogue ? »

« Non. »

« Même pas de cigarettes ? »

« Non. Ou très rarement. »

« Pas de dépendances ? »

« Un peu au sport, sans doute. »

« Alors vous sauriez courir vite ? »

« Je peux. »

« Victoire vous a expliqué l'histoire du cristal... mais vous ne l'avez jamais vu, c'est bien ça ? »

« C'est bien ça. »

« Bien. Très bien. »

Son interrogatoire terminé, Derwiche but à la paille une gorgée de soda avec un plaisir ostensible. On aurait dit un pirate venant de réussir un abordage particulièrement lucratif.

Maïa aussi avait envie de poser des questions. Par dizaines. Quel était son lien avec Victoire ? Qu'allaient-ils faire pendant trois jours ? Devait-elle apporter des outils ou une tenue particulière ?

« Vous l'avez vu, vous, ce cristal ? » finit-elle par demander.

Le visage de Kader devint sombre. Il passa une main sur sa barbe comme pour faire taire des voix contradictoires.

« Oui. J'ai pris le temps de le regarder avant de le mettre dans le chariot des déchets plastiques. »

« À quoi ça ressemble ? »

Il répondit une octave encore plus basse, comme si les mots venaient d'une galerie souterraine plus profonde :

« C'est très *bleu*. Très beau. Impressionnant. Ça marque les sens... Oui, ça m'a beaucoup impressionné... Pourtant, ce ne sont que des éclats. On pourrait prendre ça pour du bris de verre mais... »

Un équipier McDo passa près d'eux à ce moment-là et il se tut. L'enfant dans sa poussette avait toujours les yeux fixés sur lui.

« Mais je n'aurais pas dû le regarder », reprit Kader.

Il se gratta la gorge, but une gorgée de soda et ajouta :

« C'est très précieux que vous n'ayez aucun comportement addictif ni aucune autre faiblesse de ce genre. »

Elle pensa à sa disparitionnite. Mais ce n'était ni le lieu ni le moment de faire de telles confidences. Elle avait l'impression que Kader malgré son flegme lui accordait une grande importance, mais elle ne savait pas en quoi. Elle décida de jouer cartes sur table.

« Mais, moi, je vous sers à quoi dans cette affaire ? »

« Vous n'avez pas compris ? »

« Ma tante m'a dit que vous aviez besoin d'aide pour récupérer le cristal bleu, mais je ne vois pas en quoi je suis tellement indispensable.

Vous êtes sans doute, dit-elle en cherchant ses mots, plus... aguerri que moi dans ce genre d'opération. Pourquoi embarquer avec vous une amatrice – une femme qui plus est ? »

Kader eut un rire bref, comme si le fait qu'elle lui rappelle être une femme était une information particulièrement saugrenue. Il posa ses deux mains à plat sur la table et dit d'un ton assertif :

« Vous avez soif. »

C'était le cas. Il avait raison. Elle avait soif. Interloquée, elle but une gorgée de son thé.

Kader remua sa paille dans son soda. Les glaçons s'entrechoquèrent dans le carton comme autant de chiots enfermés dans un espace clos. Puis il appuya les deux coudes sur la table, réunit ses doigts en pont et posa sa tête dessus.

« Si Victoire vous a demandé ce service un peu particulier, dit-il de sa voix de lave chaude, ce n'est pas pour des raisons logistiques. Je n'ai pas besoin de vous pour mettre la main sur les grammes perdus du cristal. Ça, j'aurais pu le faire tout seul. C'est dans mes cordes, en effet, ce genre d'opération. Mais je ne *veux* pas le faire seul... Vous ne devinez pas pourquoi ? »

« Non. »

« Je vous ai donné des indices, pourtant... »

Maïa se figea.

« Vous avez touché le cristal ! dit-elle avec effroi. Vous êtes contaminé, vous aussi ? »

Kader regarda à droite et à gauche, mais à part l'enfant en poussette personne ne faisait attention à eux dans le fast-food.

« Vous n'avez rien à craindre. Je ne les ai pas pris dans ma main. J'aurais bien voulu mais je me suis maîtrisé. Je ne les ai vus qu'une fois. Je ne suis pas malade – disons que… je préfère ne pas être seul avec cette substance. »

« Pourquoi, si vous ne vous considérez pas comme malade ? »

« Parce que, répondit-il à voix basse, chacun a tendance à faire la même chose quand il croise le cristal : le garder pour soi, rester collé dessus jusqu'à se retrouver dans un état déliquescent… C'est ainsi que Bartolomeo est mort et que Frida est tombée malade. »

« Frida, c'est la collègue allemande qui travaille avec Victoire ? »

« Elle vit en Allemagne mais elle est tchèque. »

Kader échangea un sourire avec le bambin dans sa poussette, ce qui lui fit pousser un cri de plaisir.

« Donc, pour répondre à votre question : c'est très simple, vous êtes là pour me surveiller. »

Maïa ne s'attendait pas à ça.

« Vous surveiller ? Mais comment ? »

« En me rappelant à ma mission. En m'empêchant de rester bloqué dessus. En téléphonant à Victoire si j'ai un comportement déraisonnable. Si j'allais chercher le cristal tout seul, reprit Kader en se lissant de nouveau la barbe, allez savoir ce qu'il pourrait se passer… »

Maïa voyait mieux à quel type d'homme elle avait affaire. Un ingénieur débrouillard, avec un côté adolescent, inventif, mais légèrement *borderline*. Par bien des aspects, elle était son exact contraire.

« Je suis là pour vous empêcher de mettre la main sur le cristal ? »

« Exactement. Vous garderez la mallette dans laquelle je l'aurai placé en sortant de la compacteuse. Vous représentez dans cette affaire la seule personne fiable, au jugement non altéré par la fascination pour ce matériau. Vous acceptez votre rôle de garde du corps ? »

« Oui. »

Un silence suivit. La pluie tapait contre la vitre. La salle du McDo s'était remplie, mais, paradoxalement, cela leur conférait une plus grande intimité.

« Mais il y a un problème. »

« Lequel ? »

« Vous ne voyez pas ? »

« Non. »

Pour la première fois, c'était elle qui déstabilisait Kader.

« Je fais du footing, pas de la boxe. Je ne serai pas en mesure de vous plaquer au sol si vous devenez violent. »

Kader sourit en touchant le bord de son chapeau.

« Ne vous inquiétez pas. Vous serez là, ça me suffit. La plupart des bêtises qu'on fait peuvent être évitées si quelqu'un est là pour nous voir agir... »

Maïa le regarda avec amitié. Elle ne s'attendait pas du tout à ce genre d'homme, mais elle sentait qu'elle pourrait faire équipe avec lui.

« Donc, si je comprends bien, je ne pourrai jamais le voir, moi, ce cristal ? »

« Non ! s'écria-t-il. Jamais ! Vous en aviez envie ? »

« Pas du tout. C'était pour mettre les choses au clair. »

Elle ressentait un bref regret, vite effacé. L'important était de mettre le cristal hors d'état de nuire.

« Et pourquoi nous faut-il trois jours ? »

« Vous ne lâchez pas l'affaire, vous ! »

« C'est mon métier. »

« Vous pouvez vous libérer pour demain 6 heures ? »

L'article sur Laleu était fini et validé, elle était libre.

« Oui. »

« Formidable. Alors je vous explique. »

Kader se pencha vers elle et répondit enfin à sa question :

« À 6 heures, demain, on se retrouve à la station Gare de Vénissieux. Je vous prends dans le van et on va se mettre en planque devant Plastirec. On surveille l'entreprise toute la journée : le but est d'être sûrs qu'à la nuit tombée tout le monde soit parti. C'est une exigence de Victoire, cette sécurité. Vers 21 heures seulement, on pénètre dans l'entreprise et je récupère le matériau au fond de la machine. Il n'y a pas de risque – ou c'est moi qui les prendrai... Je vous expliquerai tout, on aura le temps. Le deuxième jour, vous vous réveillerez à Genève dans un lieu qu'il vaut mieux que vous ignoriez pour le moment. Le troisième au plus tard, les cristaux seront rentrés au Cern et vous à Lyon. »

« Pourquoi les cacher au Cern ? Pourquoi... je ne sais pas... ne pas les jeter dans le lac Léman ? »

Kader ouvrit des yeux si grands qu'elle ne put s'empêcher de sourire. Il avait l'air d'un poisson frit.

« Dans le lac ! Il y a des centaines de baigneurs, de plongeurs, et une immense biodiversité dans le lac Léman... »

« Alors pourquoi ne pas les enterrer dans la montagne ? »

« Dans la montagne ? Non plus. On ignore les effets de cette substance sur l'environnement ! Même dans des décennies ! Écoutez, reprit l'ingénieur, de toute façon, c'est une consigne de Victoire. Elle s'en est tellement voulu que le cristal lui échappe... Sa priorité est que ce matériau ne sorte plus du campus où il a été découvert. Je connais une cachette dans l'ancien accélérateur de particules. C'est là que je les mettrai. Rien n'aurait jamais dû sortir du Cern. »

C'est une exigence de Victoire... une consigne de Victoire... Maïa comprit qu'elle s'était trompée dans son analyse. Sa tante ne s'en remettait pas à Derwiche comme on s'en remet à un exécuteur des basses œuvres pour achever un travail ; elle dirigeait l'opération.

« Est-ce que je dois m'équiper d'une manière particulière ? »

« Éteignez votre téléphone et sortez-en la carte SIM. Prenez une lampe frontale, des baskets, de l'argent liquide. Venez surtout avec votre patience. »

Sur ces mots, Kader Derwiche se gratta la barbe, puis, ne trouvant rien à ajouter, lui fit un sourire et sortit du McDo. Maïa le regarda s'éloigner sur le cours Albert-Thomas, sous une pluie battante, sans parapluie.

CHAPITRE 19

Bastien

Aucun battement de cœur sur le bitume, aucun être vivant sur les trottoirs. Des voitures immobiles sur des parkings. Des haies, des clôtures, des bâtiments plats. Des carrefours où des trente-huit tonnes suivaient des panneaux *Z.A.C.-ouest*, *Pôle logistique sud*. Rien ici à part le travail. Des bâtiments pour le travail. Des rues pour le travail. De l'architecture pour le travail. Un travail sans odeur, sans histoire, presque sans bruit. Rien d'impressionnant à contempler. Rien de révoltant. Il est fini le temps des vastes usines d'où le soir sortaient des flots d'ouvriers en salopette bleue. Les entreprises sont de taille moyenne, maillons anonymes de sociétés prises dans la chaîne du stress et de la productivité. Il n'y a plus de grandes luttes, seulement des petits chefs. À peine un combi Volkswagen garé plus loin détonnait-il par son côté rétro. Mais juste à cent mètres derrière moi il y avait cette entreprise, ce hangar, et dans ce hangar cette compacteuse, ma compacteuse. Car même dans les endroits les plus laids, les êtres humains ressentent des émotions. Ils vibrent, ils tuent, ils haïssent, ils projettent, ils désirent. Ils ne peuvent pas seulement travailler. Peu importe le cadre, c'est à l'intérieur que ça se passe. À l'intérieur de mon cœur que j'essayais de calmer, ayant reconnu les signes de l'addiction la plus furieuse. À l'intérieur de cette compacteuse où je désirais avec une force proche de la folie pénétrer, gratter le fond et m'endormir à jamais.

Le plus dur avait été de ne pas répondre aux appels de Guilaine. Elle avait fait annuler mes permanences, elle s'inquiétait : Qu'est-ce que tu fais ? Rappelle-moi. Je n'avais pas répondu.

Je n'avais rien avalé le matin. J'avais revêtu mon costume le plus sévère et pris ma voiture personnelle. J'étais venu là. J'avais un plan. Je voulais entrer dans Plastirec puis, comme je connaissais bien les lieux, me laisser enfermer dans un coin. Je comptais me cacher dans les bureaux désaffectés que j'avais traversés à Noël. Une fois les salariés partis, une fois seul...

Mais j'étais venu trop tôt. Il me fallait attendre. Je restais les mains sur le volant dans une immobilité de pierre.

Je n'allais pas bien du tout. J'en avais conscience, mais je ne pouvais rien faire. La lutte était terminée. J'avais cédé à la tentation. À défaut de Dieu, j'aurais voulu l'aide du diable. Qu'il m'envoie des consignes claires, qu'il me dise quand sortir de ma Saxo, que dire, comment procéder. Mais j'étais seul à devoir décider.

Je ne sais combien de temps je restai ainsi. À un moment donné, je remis ma cravate en place, puis je redémarrai et allai me garer un peu plus près. Enfin je sortis de la voiture, les jambes raides. Je regardai l'heure. Il était midi.

Deux opérateurs étaient au travail, deux jeunes hommes maigres – le cannabis ne fait pas grossir – que je ne connaissais pas s'activaient autour de la machine. Je n'avais jamais vu la compacteuse fonctionner auparavant. Un sifflement aigu accompagnait un bruit caractéristique d'écrasement de plastique. C'était affreux, c'était extraordinaire. À l'instant même, je décidai de changer de plan. Il me fallait entrer dans la machine. Tout de suite.

Je m'approchai d'un pas décidé des deux ouvriers. L'avantage d'avoir 40 ans, d'être blanc et de porter une cravate, c'est que lorsqu'on marche les sourcils froncés vers deux jeunes de Vénissieux ils pensent vite que le problème, c'est eux.

« Bonjour. Vous êtes nouveaux ici ? » demandai-je d'une voix cassante.

« Oui », répondit l'un.

Ils semblaient sidérés par mon apparition.

« Votre employeur est là ? »

Je fis deux pas de plus et touchai le carénage, n'y tenant plus. Le bruit d'écrasement avait cessé mais le moteur grondait encore. L'un des deux ouvriers me regarda avec des yeux effrayés. Je posai mon front sur la machine.

Je soufflai. Mais ça ne me suffisait pas. Il fallait que j'entre. Que j'aille gratter le fond de la benne.

La compacteuse siffla soudain d'une façon différente. Un lourd panneau se leva et une balle de plastique tomba lourdement. Un Fenwick était prêt pour la recueillir. L'opérateur, tout en le manœuvrant, me lançait des regards perplexes.

« Je ne suis pas de la police, dis-je, je suis inspecteur du travail. Vous pouvez prévenir votre patron de ma venue ? »

Soudain Bilal Reghioul se tenait derrière moi. Je ne l'avais pas vu arriver. Son ventre était moins proéminent – la prison non plus ne fait pas grossir. Il avait toujours les mains sales.

« Ils vous ont relâché finalement ? » demandai-je brutalement.

Je le sentais marqué par sa détention.

« Qu'est-ce que vous voulez, encore ? »

J'avais préparé ma réponse :

« Les commandités qui ont réalisé l'expertise ont besoin de photographies supplémentaires pour compléter leur analyse et finaliser leur compte rendu. »

En sus de la cravate, l'utilisation de mots de plus de trois syllabes aide à asseoir une autorité.

« Ils font chier ! On a du boulot par-dessus la tête aujourd'hui. »

« Vous pourriez couper cinq minutes le courant ? Il s'agit juste de quelques photos de l'intérieur. »

« Si vous croyez que ça se branche et se débranche comme un sèche-cheveux ! Une fois sur deux, maintenant, dès qu'on touche au tableau de bord ça déclenche l'alarme. »

Je levai les épaules et tendis les paumes en l'air, comme pour dire : Que voulez-vous ? Moi aussi je travaille. Reghioul, de sa démarche traînante, prit en main ce qui devait être le planning et dit d'un ton que je trouvai vulgaire :

« Impossible. On est en retard. Revenez demain. »

« Je vous conseille de prendre sur vous, sinon je pourrais noter votre refus comme une obstruction. »

« Putain ! Vous me cassez les couilles ! »

J'avais gagné.

Reghioul envoya ses salariés fumer une cigarette ; ils ne se le firent pas dire deux fois. Puis il manipula plusieurs boutons, vérifia quelque chose sur un écran de contrôle et abaissa une manette. Le bruit de soufflerie s'arrêta. La manœuvre, contrairement à ce qu'il avait dit, avait pris assez peu de temps.

« Vous voyez ce bouton rouge ? Il est déréglé. Il déclenche l'alarme, et après... »

Mais je ne l'écoutais pas. Je me hissai sur la compacteuse et en deux mouvements je surplombais l'entonnoir.

« Faites gaffe, quand même ! »

« Vous l'avez débranchée, non ? »

« Oui, mais elle est encore chaude. Vous devriez attendre cinq minutes. »

Je ne répondis même pas.

Je me glissai dans la chambre de presse. Et poussai un soupir. Enfin ! Je rampai comme je pus : c'était plus étroit que dans mon souvenir.

Je parvins à me mettre dos aux vérins, les bras autour de mes genoux. Au début, hormis une légère oppression, je ne sentis rien de spécial. Je cherchai le gravier bleu dans les rainures et en trouvai une petite quantité rassemblée à un endroit. Les vérins qui étaient passés dessus, comme les roues d'un train, l'avaient réparti à gauche et à droite dans un renfoncement de la carlingue où il s'était entassé. Je le pris dans mes mains. Une onde chaude se répandit en moi en même temps qu'un puissant plaisir. J'eus l'impression de recevoir une décharge de douleur, mais une douleur exquise, comme un étirement qui vous fait à la fois du mal et du bien. À cette douleur succéda un bien-être horrible, mêlé à une sensation d'étouffement. Comme j'avais attendu ce moment ! J'avais du mal à respirer. Un voile me tomba sur les yeux.

Je restai immobile je ne sais combien de temps. Reghioul cria alors quelque chose derrière la paroi. Je devais ressortir, vite ! Je voulus fourrer du gravier dans ma poche mais je m'aperçus que mes mains tremblaient. Je ne trouvais pas mon téléphone. Je ne voyais plus rien. Je me collai au sol.

« Sortez de là ! » cria Reghioul.

Il avait rouvert le clapet, pour que je passe du côté des balles compressées. Je rampai.

« Vous allez vous faire mal ! C'est pas fait pour rentrer à l'intérieur comme vous faites... »

Heureusement, je trouvai une repartie :

« Ah ! Je suis bien content de vous l'entendre dire ! »

Je me mis debout péniblement. Mes mains tremblaient encore. Reghioul me lança un regard mauvais. J'époussetai ma cravate et mes genoux pour ne pas avoir à croiser son regard.

« Venerio aussi il n'arrêtait pas de vouloir se fourrer dans la machine, lança-t-il. J'aurais dû l'en faire sortir par la peau du cul. »

Les deux jeunes étaient revenus, la machine se mit à souffler de nouveau, évoquant le chant d'une sirène. J'étais déçu, sous le coup de la panique, de n'avoir pas pu dérober du gravier mais j'y retournerais le soir, pensai-je. D'ici quelques heures, quand je serais seul...

Reghioul me toucha le bras, comme s'il m'avait parlé plusieurs fois sans que je l'entende.

« Un café, monsieur l'inspecteur, ça vous dit ? »

Il m'entraîna vers son bureau, une pièce vitrée qui donnait sur le hangar, comme chez les garagistes. Une horloge sur un mur marquait midi quarante. Cela me fit un choc. J'étais resté plus longtemps que je ne pensais dans la compacteuse.

Tandis que Reghioul préparait le café, je feuilletai sur la table une revue spécialisée en recyclage industriel de la marque Pressifer. Elle présentait tout un tas de machines pour broyer, compacter, écraser, compiler. On aurait dit un catalogue de jouets géants où chaque boîte de Lego valait des dizaines de milliers d'euros. Je tournais les pages lentement, essayant de me calmer après le déferlement de sensations que je venais de subir.

« Chez Pressifer, ils font de sacrées machines, me dit Reghioul en me tendant mon gobelet. J'aimerais acheter une broyeuse-déchiqueteuse, mais bon, je n'ai plus vraiment les moyens d'investir... »

Il semblait soucieux, et étrangement amical. Je lui demandai quelle machine lui plaisait le plus. Il me la montra. Mais je ne parvenais pas à penser à autre chose qu'à la mienne.

Reghioul regarda à travers la vitre les deux ouvriers. Je ne me sentais pas à l'aise. J'avais faim. Je m'assis et pris deux morceaux de sucre que je fis fondre dans mon café avec un bâtonnet en bois. Chaque geste me coûtait beaucoup.

« Je le voyais de ma chaise, reprit alors Reghioul d'une voix changée. Je le voyais d'ici, Venerio. Il aimait aller débourrer les vérins. Il trouvait un prétexte, chaque jour. Plusieurs fois par jour. On aurait dit qu'il n'attendait que ça. Pareil que vous. Pour l'en ressortir, il fallait gueuler... »

« C'était peut-être pour lui une façon de prendre une pause », dis-je sans relever la comparaison.

Reghioul était toujours devant la vitre, moi assis sur une chaise en plastique, un peu de dos. Je lui lançai un coup d'œil. J'avais peur de ce qu'il pouvait dire.

« Tirer au flanc, ce n'était pas le style de Venerio ; il était bosseur. Pas comme ces deux imbéciles que vous venez de voir... »

« Les deux jeunes ? Ils sont là depuis quand ? » demandai-je, heureux de changer de sujet.

« Deux semaines. »

« Ils sont au courant ? »

« Bien sûr. Tout le monde est au courant. Je suis maudit dans le quartier, ajouta-t-il en baissant la voix. Ouais, comme s'il y avait une malédiction dans cette compacteuse... »

« Je dois aller voir le comptable. Une formalité concernant les factures des machines. Pas la peine de m'accompagner. »

Reghioul s'assit à son bureau en face de moi. Je n'étais pas parvenu à me lever. Je mis mes mains dans les poches de mon manteau, pour éviter qu'il les voie trembler.

« Je ne devrais peut-être pas vous le dire... mais je crois que j'ai vu Venerio. »

« Ici ? »

Je me rappelai la mise en garde de Sinastiez.

« Il faut le dire à la police. »

« Je n'aime pas ça, parler à la police. Et puis ce n'est peut-être pas lui. »

« Qu'est-ce que vous avez vu ? »

« Ben, j'ai vu quelqu'un s'approcher de la machine alors que je fermais le hangar. Mais bon, ce n'était peut-être qu'un gars du coin qui traînait. Je ne sais pas... Je m'étais endormi au bureau ; quand je suis parti, il était 22 heures, j'ai vu quelqu'un sortir de derrière la machine... »

« Sa silhouette ressemblait à celle de Venerio ou pas ? »

Reghioul ouvrit et referma la bouche plusieurs fois, et dans ce bureau vitré on aurait dit un poisson dans un aquarium.

« Il paraît que les criminels reviennent toujours sur les lieux du crime... » dis-je.

« Vous y croyez, vous, à cette histoire de crime ? Franchement, Venerio, je ne le vois pas tuer quelqu'un. Il est bizarre, mais pas méchant. En tout cas, quand je l'ai embauché, c'était un mec carré. Toujours volontaire pour faire des heures sup' ou pour raccompagner un jeune qui n'avait pas le permis. Pas un mauvais gars. Puis ça a changé. À la fin, il devenait bizarre. Mais moi je l'ai fréquenté pendant quatre ans, je ne peux pas croire qu'il ait assassiné quelqu'un. Les flics, ils se trompent, ils se trompent tous... »

« Mais le tronc qu'on a récupéré dans la machine ? »

« Bah, peut-être que ce type était venu... pour mourir avec lui. Ou pour l'en empêcher. »

« Dites-le aux flics, si c'est votre opinion. »

« Arrêtez de me dire d'aller parler aux flics ! s'écria soudain Reghioul. Les flics, ils me les brisent, ils ne comprennent rien ! Vous êtes aussi con qu'eux ou quoi ? »

Ce type était plus intelligent que je ne le pensais. Il m'emmerdait avec ses confidences. Il m'empêchait d'accéder à la compacteuse.

« Faut pas me prendre pour un imbécile, hein... En prison, on réfléchit. Je vois bien ce qu'il se passe de bizarre ici. Venerio, j'ai compris maintenant... Il est devenu à moitié dingue. Et vous, c'est pareil ! Je vois bien... »

« Vous voyez quoi ? »

Je sentis que je tremblais plus fort.

« Cette machine est arrivée il y a six mois et depuis tout va à vau-l'eau. Moi, je vais vous dire ! s'écria Reghioul, mettant les deux poings sur la table. Il n'y a pas que moi qui suis louche dans cette histoire… Et cette machine, dès que je peux, je la revends ! Cette compacteuse, elle n'est pas normale, elle va vous rendre fou. »

« Mais de quoi vous parlez ? »

J'avais élevé la voix.

« Vous savez très bien de quoi je parle… »

« Je suis venu inspecter votre entreprise ! » criai-je.

« Vous feriez mieux de partir ! »

« Je n'avais pas l'intention de rester ! »

Je claquai la porte. Reghioul resta à son bureau, les opérateurs ne me regardaient pas. En courant presque, je montai vers l'étage du comptable. Personne ne me suivait. Ma vue se troubla. Je tanguais sur mes jambes comme si j'avais bu. À l'étage, le comptable n'était pas là – je savais qu'il ne travaillait pas tous les jours. Je parcourus le couloir à la recherche de l'enfilade de bureaux désaffectés que j'avais traversée à Noël.

Je poussai une première porte qui me résista. Une autre s'ouvrit, j'entrai et je fus arrêté par une avalanche de papiers. J'avais trouvé ! Je passai plusieurs pièces, cherchant un refuge sûr au milieu de ce capharnaüm. Formulaires, bloc-notes, factures, devis, colonnes de chiffres, papiers de toutes formes, post-it, cahiers, pochettes plastiques… l'inondation blanchâtre s'étendait de pièce en pièce. Je marchais sur ces papiers comme sur une substance médullaire. Enfin, dans un coin d'une pièce plus sombre, je me laissai tomber sur un amoncellement de factures anciennes. Personne ne viendrait me chercher jusque-là.

À cet instant, j'aurais pu laisser tomber, rappeler Guilaine, elle serait venue à mon secours. Henri aussi, je le savais. Mais il m'était impossible d'arrêter la mécanique du désastre.

Je fermai les yeux. Dans le lointain, des motos accéléraient sur l'autoroute. Plusieurs fois j'entendis des frôlements, des bruits étranges, comme une mastication d'insecte. Jamais je n'avais atteint un tel état de déréliction. Autour de moi, il n'y avait que des papiers.

Toutes ces pièces où avaient travaillé ces gens.

Tous ces classeurs patiemment élaborés.

Tous ces courriers, ces « Madame, Monsieur », ces « Par la présente… », ces « Ci-joint le devis ». Des déchets.

Tout ce travail pour rien.

Ma propre personne n'avait pas plus de valeur que ces vieux papiers jetés au sol. Si je mourais ce soir-là, il ne resterait de moi que des cartons de déménagement remplis de biens de consommation. Je n'avais pas planté d'arbres. Je n'avais pas fondé de famille. Je n'avais pas réussi à aimer véritablement. Hors de la compacteuse, je ne valais rien.

CHAPITRE 20

Maïa

L'aube montait. Le ciel était souligné d'un trait rougeâtre mais le soleil n'était pas encore levé sur les immeubles de Vénissieux. Maïa faisait les cent pas au terminus du métro. À la gare se croisaient la D, les lignes SNCF, de nombreux bus et deux tramways. Elle remarqua beaucoup de femmes voilées sortant des autocars et prenant le métro vers le centre-ville ; elles avaient la démarche lente des gens arrachés au sommeil et qui vont se réveiller dans l'effort. Des hommes en tenue de BTP attendaient immobiles dans le froid, parfois avec des seaux et des outils, qu'un véhicule utilitaire s'arrête et les fasse monter à son bord. Maïa replaça la lanière de son sac à dos sur son épaule. Elle était nerveuse. Un appel de phares l'éblouit à cet instant. Elle plissa les yeux et distingua le visage de Kader derrière le pare-brise d'un combi Volkswagen. Elle ouvrit la portière et monta. Le siège émit un grincement et une forte odeur de bois et de sel l'assaillit, comme si elle venait de grimper sur un bateau. Kader s'excusa : la circulation était plus dense à cette heure qu'il n'avait envisagée. Puis il démarra. Maïa sentit dans son corps un mouvement de bascule, comme si on larguait les amarres.

« Je n'avais pas compris que vous seriez en camping-car », dit-elle après avoir réussi, non sans mal, à accrocher sa ceinture.

« On dit un van, s'il vous plaît », rectifia Kader de sa belle voix grave.

Ils n'échangèrent plus un mot le reste du trajet. La nuit était en train de laisser place à la journée, une journée bien particulière. Elle devait faire équipe avec lui, récupérer le cristal, partir à Genève ensuite. Maïa ne savait même pas si elle verrait sa tante là-bas. Elle savait peu de choses sur l'opération en tant que telle. Mais elle avait confiance.

Après un pont routier, le van emprunta un bout de périphérique puis pénétra dans une zone industrielle. La nuit était abîmée de feux de signalisation, de phares, de publicités dont l'éclairage devenait peu à peu inutile. Kader se gara rue de l'Industrie, une rue à double sens qui desservait des entreprises et des bureaux. Le trajet n'avait pas duré plus de quinze minutes.

L'ingénieur coupa le contact. Avec une souplesse insoupçonnée, il ouvrit la portière et sauta sur le bitume. Maïa sortit à son tour. Elle respira l'air frais et y décela l'odeur caractéristique d'œuf pourri provenant de la raffinerie de Feyzin. Kader la fit remonter dans le van par la portière coulissante et referma derrière eux.

Un plafonnier s'alluma dans l'habitacle. Elle vit un rideau de douche, un coin cuisine, un lavabo, un coin salon, un lit collé contre le plafond, avec un ingénieux système de manivelle et des rails pour le descendre. On se serait cru dans une cabine de bateau. La carrosserie avait été doublée par endroits par du jonc de mer. Une poubelle à pédale était vissée au sol, ornée sur son couvercle d'un improbable crapaud sculpté en bois.

« Asseyez-vous là, je dois faire quelques manœuvres », dit Kader.

Elle prit place sur une banquette recouverte d'un tissu arc-en-ciel et le regarda. Il avait tout à fait l'air d'un capitaine, à présent. Il ouvrit une table qui, une fois dépliée, tripla de longueur, y posa des feuilles blanches et deux paires de jumelles. Il se mit à genoux et alluma un radiateur électrique. Enfin il s'approcha du coin cuisine où il entreprit de faire du café.

Maïa fut attirée par les paires de jumelles. La première était des Bushnell 10 × 32. Gros agrandissement, large ouverture. Du beau matériel, qu'elle aurait aimé posséder. L'autre paire était plus lourde, avec un écran, deux œilletons et des boutons sur le dessus. Du matériel très cher, sans aucun doute.

La cafetière siffla sur la cuisinière. Maïa se demanda où pouvait être la bouteille de gaz qui l'alimentait. Pour rendre tout aussi optimal dans son van, Kader avait dû faire un rubicube à sa manière... ou plutôt un Tetris, pensa-t-elle. L'odeur du café remplissait tout l'habitacle. Elle sourit.

Soudain, elle se rendit compte qu'elle était très heureuse d'être là, avec cet inconnu, dans ce camion de hippie, un jour d'hiver au fond d'une banlieue glauque. Jamais elle ne s'était sentie aussi libérée de son anxiété comme de sa solitude.

« Vous savez vous servir de jumelles ? » demanda Kader.

« J'ai l'habitude d'observer les oiseaux. »

« Parfait. Pour celles-ci, je vous laisse faire... Quant aux autres, ce sont des jumelles à vision nocturne. Elles ont un très bon zoom, qui nous servira même en journée. »

Il lui en expliqua le fonctionnement. Puis il désigna la vitre latérale du van :

« Vous voyez ce hangar ? La compacteuse est dedans. »

Maïa s'approcha. Plastirec n'avait rien de différent des autres entreprises implantées sur la ZAC. Une porte pour l'entrée piétonne, deux autres à enroulement pour décharger les camions. Quelques pneus entassés, des gros tuyaux et des cagettes. En hauteur, quelques fenêtres signalant un étage de bureaux, peut-être inutilisé. Le local était bordé de grillages et fermé par un portail automatique. La façade affichait une phrase publicitaire illisible à cette heure matinale. Cinq places dans le parking. Un arbuste rachitique dans un pot. C'était tout.

Kader dit de sa voix profonde :

« On va prendre des tours de garde, par tranche d'une heure. Chaque fois qu'on voit entrer quelqu'un, on note son signalement. Idem quand il ressort. Il faut que ce soir nous soyons sûrs que tous ceux qui sont entrés sont bien ressortis. Alors seulement on ira chercher le cristal. »

Maïa saisit les jumelles à vision nocturne. Elle put alors lire le slogan sur la façade : *Une tonne de plastique recyclé fait économiser 700 kg de pétrole brut*. L'entreprise était fermée ; il n'y avait rien d'intéressant à regarder, rien qui frise le mystère, rien qui frôle la beauté.

« La journée sera longue. Vous avez des toilettes sèches. J'ai préparé le petit déjeuner et deux repas. On peut écouter la radio, si vous voulez. La seule chose que je vous demande, c'est de ne pas allumer votre portable, ni aucune lumière. Des questions ? »

Maïa s'attacha les cheveux avec un élastique, fronça les sourcils d'un air concentré.

« Personne ne peut nous voir ? » demanda-t-elle.

« La vitre par laquelle nous regardons est teintée. »

« Ce soir, comment ferons-nous pour entrer ? »

« J'ai fait des repérages : il y a une porte à l'arrière qu'on peut crocheter. »

« Vous êtes déjà entré ? »

« Oui, un soir. »

« À quelle heure m'avez-vous dit que l'entreprise ouvrait ? »

« À 7 h 30. On a encore un peu de temps. Il faut que je vous montre quelque chose. »

Kader se leva et tendit les mains vers un des nombreux placards au-dessus de sa tête. Il en sortit une mallette noire qu'il déposa délicatement sur la table. Elle ressemblait à un gros attaché-case en cuir, ou à un énorme coffret à bijoux.

« C'est une mallette antiradiation, elle est doublée de plomb. J'ai réussi à me la... procurer au Cern. On ne fait pas mieux en matière de sécurité chimique. »

La mallette avait une serrure sur la tranche, ainsi qu'un code à cinq chiffres.

« Ouvrez-la : il faut que vous vous habituiez à la prendre en main. »

Maïa la saisit et appuya sur les deux cliquets latéraux. La mallette s'ouvrit avec un bruit élégant et imperceptible. L'intérieur était tapissé d'une mousse compacte. Au centre il y avait une sorte de renfoncement cubique. Vide.

« C'est ici que vous allez mettre les éclats du cristal ? »

« Exactement. Je vous explique comment ça va se passer... Je serai équipé d'une combinaison antiradiation. On ignore quelles sont les ondes qu'émet exactement le cristal bleu, mais il a une légère radioactivité qui permet de le retrouver dans la compacteuse avec un compteur Geiger. Une fois que j'aurai récupéré les éclats, je les placerai là. Vous, vous resterez à faire le guet. Je ressors de la machine, je vous donne la mallette. »

Kader lui confia une clé de la même taille qu'une clé ordinaire, mais dont la facture ressortait d'un travail plus précis et hautement technologique.

« Écoutez-moi bien, Maïa. »

Maïa le regarda en face. C'était la première fois qu'il l'appelait par son prénom.

« Une fois que je vous aurai donné cette mallette, vous la fermerez à double tour. Vous aurez aujourd'hui décidé d'un code à cinq chiffres, qui doublera la sécurité de la serrure. Même si on vous vole la clé, sans le code, personne ne pourra ouvrir. Tout le temps de notre opération, la mallette devra rester avec vous. D'accord ? »

« D'accord. »

Elle la referma. Le même bruit élégant s'en échappa. Puis, sur les instructions de l'ingénieur, Maïa prit une feuille, traça trois colonnes. En haut de la première elle marqua *Heure d'arrivée*, de la deuxième *Heure de sortie*, de la troisième *Qui* : homme/femme, taille, signes reconnaissables... Maïa dessina une quatrième colonne et inscrivit les mots *Total inside*. C'était plus simple que *Nombre de personnes présentes dans l'entreprise*.

« Kader... »

« Oui ? »

« Quand vous serez dans la compacteuse, ce sera donc la deuxième fois que vous serez en contact avec le cristal ? »

« Oui. »

« Comment vous vous sentez à cette idée ? »

Kader regardait par la vitre. Elle crut qu'il n'allait pas répondre.

« J'ai de l'appréhension, dit-il enfin, mais pas de la peur. »

Un camion passa dans l'avenue.

« Je me demande, reprit Maïa, pourquoi Victoire ne m'a pas dit que je devrais vous protéger de vous-même ? »

Deux voitures passèrent encore. Kader avait l'air plongé dans ses pensées. Le regard toujours tourné vers Plastirec, il dit de sa voix grave, où Maïa perçut une modulation particulière, comme le regret encore vif d'un bonheur ancien :

« Victoire parle beaucoup. Victoire vous explique toujours tout... Mais sur les choses les plus importantes, elle ne dit jamais rien. »

Les deux tasses à café étaient vides. Devant la vitre teintée, Kader ne lâchait pas les jumelles. Il avait pris le premier tour de garde.

À 7 h 15 arriva une Laguna. Un petit homme mal rasé en sortit. Trapu, basané, en surpoids. Il ouvrit le portail avec une télécommande qui avait l'air de mal fonctionner et se gara dans le parking.

Total inside : 1.

À 7 h 25, un jeune homme entra par la porte piétonne. Un bus était passé dans la rue quelques minutes auparavant. Arabe, blouson marron, cheveux très courts.

Total inside : 2.

À 7 h 29, un autre jeune, plus âgé et plus petit que le précédent, gara sa Clio à côté de la Laguna. Écharpe rouge et bleu siglée OL.

Total inside : 3.

Le chiffre n'avait pas bougé quand Maïa relaya Kader à 8 heures.

Le soleil s'était levé. Il y avait un pilier téléphonique dans la rue et son ombre passait à travers le portail automatique, en oblique par rapport aux barreaux. Maïa s'ennuyait mais ne relâchait pas sa vigilance. À 9 h 12, l'arrivée d'un trente-huit tonnes déclencha l'ouverture de la porte à enroulement. Le transporteur avait une casquette jaune. Il disparut dans le hangar, ressortit avec l'homme-Laguna. À 9 h 51 le camion et son conducteur étaient repartis.

Le *Total inside*, passé à 4, revint à 3.

Kader lui remit les jumelles peu avant 10 heures :

« Je vais m'allonger un peu. »

« Entendu. »

Depuis qu'ils avaient commencé la garde, ils parlaient avec concision, comme si dans cet habitacle minuscule ils devaient faire attention à ne pas ajouter des mots qui auraient pris trop de place. De l'autoradio sortait à bas volume une musique arménienne. Bientôt Maïa entendit l'ingénieur ronfler, mais elle conserva la même station. Il était agréable de percevoir une voix humaine dont la langue lui était incompréhensible.

Comme il ne se passait rien à Plastirec, elle tourna son regard vers l'intérieur du van. On sentait que Kader avait pensé à chaque nécessité d'un voyage au long cours. Les aménagements en bois épousaient la moindre courbe du camion. Dans un coin, elle vit un ukulélé. Près de la douche, deux photos punaisées. La première montrait le van au bord d'une crique bleu azur ; la seconde devant une montagne enneigée. Chaque fois, le camion était seul sur l'image. Kader n'avait donc personne avec lui pour le prendre en photo.

Maïa bâilla et reporta son regard vers l'extérieur. Deux corneilles s'étaient posées sur le toit de Plastirec. Grâce à l'agrandissement des jumelles, elle put voir leurs yeux ronds et noirs ; ils paraissaient empreints d'une fureur presque humaine. La voiture jaune de la Poste passa. Maïa regarda la factrice remplir les boîtes, sa portière laissée ouverte. Puis elle aperçut une autre voiture, stationnée cent mètres plus loin. Une Citroën Saxo grise qui ne payait pas de mine, comme aurait dit son père. Elle régla les jumelles pour regarder mieux. Soudain son cœur se mit à battre plus vite.

Il y avait une silhouette à l'intérieur. Une tête dépassait du siège conducteur. Quelqu'un était assis dans cette voiture et n'en bougeait pas.

Kader ronflait toujours. Elle hésita à le réveiller, ça n'en valait sans doute pas la peine, ce n'était qu'une voiture, il n'y avait rien d'inquiétant. À part ce type dedans.

Il n'était pas là depuis longtemps, dix minutes maximum. Il allait forcément sortir. Il devait téléphoner.

Mais il ne sortait pas.

Elle entendit l'ingénieur s'étirer.

« Tout va bien ? »

« Oui... »

Sa voix l'avait trahie.

« Maïa, qu'est-ce qu'il se passe ? »

Kader reposa les jumelles.

« Je n'aime pas ça. »

« Peut-être qu'il téléphone. »

« Je ne crois pas. Il ne bouge ni la tête ni les mains. »

Kader lui tendit le boîtier à vision nocturne. Le zoom grossissait douze fois avec une stabilité impressionnante. Elle observa le siège conducteur. Elle vit une main posée sur le volant, immobile. Des cheveux dépasser de l'appui-tête. Maïa répéta deux fois son observation, comme pour vérifier ses sources.

« Il est arrivé quand ? »

« Vers 10 heures. Je ne l'ai pas vu passer. J'ai tourné la tête un instant et la voiture était là. »

Maïa se sentait fautive. Elle releva le numéro de la plaque et l'inscrivit sur la feuille, en marge des quatre colonnes, preuve qu'elle ne savait pas comment traiter ce phénomène.

À 11 heures, l'homme n'était toujours pas sorti de la Saxo. Kader touillait son troisième café de la matinée.

« Peut-être qu'il a rendez-vous à côté mais qu'il est très en avance. »

À côté de Plastirec, il y avait un sous-traitant en matériel électronique, ainsi qu'un grossiste en textile technique. L'homme pouvait avoir rendez-vous là-bas.

« En avance d'au moins quarante minutes ?... C'est beaucoup, non ? Maintenant on a les GPS pour se guider. »

« Si ça se trouve, il téléphone vraiment... Il a mis le haut-parleur, dit-elle, laissant aller son imagination. Sa femme vient de lui annoncer qu'elle le quitte et il ne peut pas répondre, il est tétanisé... »

Kader partit d'un grand rire. Cela fit l'effet d'une dépressurisation dans l'habitacle. Ce rire ouvrit comme une seconde tranche dans la journée, plus familière, plus douce.

« Vous avez peut-être raison. Je deviens parano. Le type fait bien ce qu'il veut, on s'en fout. »

Elle avait sommeil mais elle décida de manger d'abord. En goûtant au repas que Kader avait préparé, l'appétit lui vint. C'était du poisson et une espèce de ratatouille relevés avec une épice qu'elle ne reconnaissait pas.

« Vous aimez ? J'ai mis de la cannelle dans les légumes. »

« Oui. C'est très bon. »

Il ressemblait un peu à son père quand il la regardait comme ça.

Elle se servit un café au thermos et entreprit de monter sur le lit pour faire la sieste. Mais à ce moment précis Kader poussa un petit cri :

« Ah, quand même !... »

La Saxo redémarrait.

Maïa colla quasiment son nez à la vitre pour la voir passer.

Mais la voiture ne parvint jamais jusqu'à leur niveau. Elle se gara à une cinquantaine de mètres, plus proche de Plastirec que la première fois.

« Qu'est-ce que c'est que ce manège ? »

Ils étaient épaule contre épaule, chacun avec une paire de jumelles. Elle sentait que Kader était comme elle, hyper concentré sur cette Saxo.

Après un temps court, le conducteur sortit.

C'était un homme blanc relativement grand. Il avait la démarche un peu raide, sans doute due aux heures resté immobile dans sa voiture. Il portait un manteau bleu marine assez bien coupé, et qui n'allait pas avec l'idée que Maïa se faisait du propriétaire d'une vieille Saxo. Ses cheveux étaient châtains et très légèrement bouclés, peut-être un peu longs. Il aurait besoin d'aller chez le coiffeur, se dit-elle de manière assez incongrue. Plus il approchait, plus elle avait un sentiment de déjà-vu. Avec les jumelles, elle pourrait détailler son visage.

Il avait des traits réguliers, la quarantaine, quelque chose de doux mais aussi de tendu. Mais, oui, son visage lui rappelait quelque chose. Elle fouilla dans sa mémoire. Cet air de fragilité et d'intelligence mêlées... Où l'avait-elle déjà croisé ? Quand l'homme passa à vingt mètres d'eux, après une rafale de vent il remit en place sa cravate, et il mit dans ce geste une délicatesse presque féminine. Alors elle se souvint. Elle l'avait vu au Père Pénard, il lisait dans le coin poésie. Cet horrible jour où elle avait perdu l'ordinateur. Il avait replacé ses cheveux avec le même geste.

« Mais je le connais ! » s'écria-t-elle.

L'inconnu se dirigea sans hésiter vers l'entrée piétonne.

Total inside : 4.

Maintenant, l'ombre du pilier – le pilier qui se tenait à l'angle sud-ouest du hangar – coupait en deux parties égales le portail. Les corneilles sur le toit s'étaient envolées, le jour avait baissé. L'homme n'était pas ressorti.

Kader avait posé à Maïa des dizaines de questions. Mais elle ne pouvait rien dire de plus. Elle l'avait juste vu lire de la poésie, en centre-ville, dans une librairie. Elle n'avait aucune idée de qui il était, de quel était son métier. Ce pouvait être un informaticien, un comptable, un associé, un fournisseur à qui le patron devait de l'argent, un flic en civil... N'importe qui pouvait entrer dans une librairie.

« Tant qu'il se barre à la fin de la journée, tout me va », dit Kader.

Les ingénieurs n'aiment pas les imprévus. Cet homme dont la fonction n'était pas claire, qui était demeuré deux heures dans sa voiture avant d'entrer dans Plastirec, le contrariait.

Le reste de l'après-midi se passa sans autre événement notable. À 16 heures, la feuille annonçait toujours *Total inside : 4*. Il fallait que ce chiffre redescende à 0 d'ici 17 heures, heure de fermeture officielle de l'entreprise.

À 16 h 43, la porte à enroulement fut rabaissée. Le jeune ouvrier au blouson marron sortit, suivi bientôt de son collègue avec l'écharpe de l'OL. Ils partirent ensemble dans la Clio.

Total inside : 2.

Pour cacher sa nervosité, Kader suçait un bâton de réglisse. Ce devait être un ancien fumeur.

« Ils doivent bosser ensemble sur un dossier », dit Maïa quand sa montre afficha 18 heures.

Kader ne répondit pas. Telle une marée, la nuit avait recouvert l'ensemble de l'avenue, seuls se devinaient la Laguna et la Saxo, comme deux rochers affleurant au-dessus de l'eau. Le temps était passé vite, finalement, à ne rien faire dans ce camion. Elle regarda Kader. Ils avaient vécu cette journée ensemble. Peut-être qu'elle n'avait plus seulement une tante au Cern, peut-être qu'elle y avait désormais un oncle. Un oncle nerveux, mais touchant.

« Je peux vous relayer, Kader. »

« Non, c'est bon, je ne suis pas fatigué. »

Comme il parlait, l'homme trapu à la Laguna sortit, le téléphone contre l'oreille. Il était seul. Il referma à clé la porte d'entrée piétonne, pénétra dans sa voiture et alluma ses phares. Avec le boîtier à vision nocturne, Maïa vit son visage éclairé par l'écran. Il avait un air préoccupé. Était-il soucieux comme le sont souvent les patrons ou pour une autre raison ? Enfin, il démarra. La Laguna franchit le rail du portail. Mais au lieu de continuer sa route elle stoppa. Tous phares allumés, la voiture éclaira crûment de son faisceau la vitre teintée derrière laquelle ils se tenaient.

« Ne bougez pas », chuchota Kader.

Maïa retint son souffle. La Laguna avait des phares puissants. Il lui semblait que le conducteur les regardait dans les yeux. Cela dura une dizaine de secondes qui lui parurent interminables. Mais le type attendait simplement que le portail automatique soit correctement rentré sur ses rails. Alors la voiture glissa sur la droite et disparut dans la nuit.

Maïa reprit la feuille sur la table.

Total inside : 1.

Il était 19 heures. Kader regarda la Saxo toujours garée à cinquante mètres, la feuille, le portail de Plastirec, puis à nouveau la Saxo, puis explosa :

« Mais qu'est-ce qu'il fout là-dedans, bon Dieu ? »

À 22 heures, Kader sortit d'un placard une combinaison blanche, un masque, des gants, et commença à s'en vêtir.

« Qu'est-ce que vous faites ? »

« Je me prépare. Vous devriez faire pareil. »

Il était clairement en colère, mais une colère qui s'adressait à lui-même.

Cela faisait trois heures qu'ils attendaient que l'homme sorte. Plusieurs fois elle avait proposé de rentrer à Lyon, mais Kader avait voulu attendre encore une heure, puis une heure de plus. Ce type allait forcément sortir. Mais l'inconnu était toujours dans Plastirec.

« Kader, en début de journée vous m'avez dit que nous n'entrerions dans l'entreprise que si elle était entièrement vide… »

« J'ai changé d'avis. Il faut y aller. Et sans traîner. »

« Pourquoi ? »

« Parce que. »

L'ingénieur remonta la fermeture éclair de sa combinaison. Avec son masque à gaz sous le menton, il lui faisait presque peur.

« Je ne suis pas d'accord, dit Maïa d'un ton ferme. On ne prend pas le risque de se compromettre. N'oubliez pas que je suis responsable de cette opération autant que vous. »

Kader se calma soudain. Le ton formel qu'elle avait employé lui était désagréable. Il s'assit. Elle le sentait toujours en colère, mais aussi un peu honteux.

« C'est le cristal qui vous attire ? » demanda-t-elle doucement.

« Non ! Qu'allez-vous penser ! »

« Alors qu'est-ce qu'il se passe ? »

Il se gratta la barbe, se mordit la lèvre.

« Voilà... C'est ennuyeux... je ne voulais pas vous le dire... mais il se peut que d'autres que nous au Cern veuillent récupérer le cristal bleu. Pour être franc, je crains que ce type soit là pour nous devancer. »

Maïa ne s'attendait pas à ça. Sa voix dérailla légèrement :

« Je croyais que personne n'était au courant au Cern ! Que Victoire avait gardé cette affaire secrète ! »

Kader leva les bras en l'air en signe d'impuissance.

« Frida a peut-être parlé à des collègues... Meryll était au courant. Tout le monde n'a pas l'éthique de Victoire ! Certains pourraient vouloir récupérer le cristal à des fins différentes. C'est une drogue, après tout, et c'est aussi une pierre précieuse. Le phénomène est scientifiquement intéressant. Il se peut que certains veuillent le reproduire... »

Elle reçut ça comme une trahison. Victoire et Kader lui avaient menti, même par omission. Elle était furieuse.

« Alors, si ça se trouve, ce type est en train de ramasser les éclats dans la compacteuse ? »

« C'est possible », dit Kader.

« Je ne le vois pas du tout faire ça... »

« Parce qu'il lit de la poésie ? À mon tour de trouver ça un peu court ! On ne peut pas prendre le risque de revenir demain soir et que la compacteuse ait été nettoyée ! »

« On ne peut pas prendre le risque de se faire arrêter par la police ! »

Elle avait presque crié et se tut, étonnée par sa colère. Kader allait répondre quand, brisant le silence de la nuit avec une fureur presque insupportable, une sirène retentit.

CHAPITRE 21

Bastien

Le froid me réveilla.

Plusieurs heures étaient passées ; sans montre ni téléphone, j'ignorais combien exactement. Mon plan avait réussi, j'avais réussi à me faire enfermer dans l'entreprise. Ni Reghioul ni personne n'était venu me déloger. Je me levai péniblement. Mon cœur cognait contre ma poitrine. J'étais épuisé, moralement j'étais à bout. Mais j'y étais presque. Toutes ces dernières semaines avaient tendu vers ce moment précis. Je retraversai lentement les pièces que j'avais parcourues plus tôt. À tâtons, je trouvai le couloir du comptable, l'escalier. Je descendis marche après marche. Il ne restait plus qu'une porte entre la compacteuse et moi. Je la poussai.

Le hangar était baigné d'une clarté lunaire. Au-dessus de moi, les poutres de métal de la charpente ressemblaient à des os calcinés. Je marchai droit vers la compacteuse, comme si une corde me tirait à elle. Mon front me brûlait. Mes oreilles sifflaient. Je me voyais déjà entrer dedans et me recroqueviller dans le fond, le gravier bleu dans la main, m'endormir. Quitter ce monde.

Mais avant que je puisse l'atteindre la peur me tomba dessus. Par un bruit sec que mes oreilles perçurent avant ma conscience. Il y avait quelqu'un dans mon dos. Je fis volte-face.

L'apparition d'un fantôme ne m'aurait pas sidéré davantage.

Un homme se tenait devant moi, pointant un revolver dans ma direction.

Je reculai de deux pas vers la compacteuse, comme si elle pouvait me protéger.

Le type me braquait, les yeux fixes. Il était vêtu d'un jean sans couleur et d'une polaire grise. Ses vêtements paraissaient avoir été roulés dans la poussière.

Je mis mes deux mains devant moi, en signe d'apaisement.

« Qui êtes-vous ? » demanda-t-il d'une voix sèche.

Pour lui aussi, manifestement, j'étais une mauvaise surprise.

Au lieu de répondre à sa question, de me mettre à courir ou de crier, la première pensée qui me vint ce fut : Putain ! Pourquoi j'ai laissé mon téléphone dans la voiture ?

« Vous êtes seul ? » cria-t-il.

C'est alors seulement que je le reconnus. Venerio Malgoni.

26 ans, brun, un menton un peu de travers. J'avais vu sa photo d'identité dans le

procès-verbal de l'accident. Il m'avait semblé plutôt beau garçon. À présent, il semblait vieilli de dix ans.

J'eus l'impression de prendre une gifle à pleine volée. Sinastiez et Rosset m'avaient dit : « Faites attention si vous devez retourner là-bas. » Reghioul : « Je crois que j'ai vu Venerio traîner ici. » J'avais été sourd à leurs avertissements. Je n'avais pensé qu'à mon obsession. Maintenant j'étais braqué par un assassin. Pas n'importe lequel. Ici même il avait tué un homme dans des conditions atroces.

« Vous êtes... Malgoni ? »

« Quoi ! Comment tu sais qui je suis ? »

Il s'avança. Il avait le teint pâle et serrait les dents comme s'il souffrait d'acouphènes. Son front était barré de rides profondes, ses épaules voûtées comme des ailes brisées, ses joues étaient striées de coupures rouges.

« Tu es seul ? »

« Oui, je vous jure ! »

Je tombai par terre. Sans que j'aie eu le temps de le voir venir, Malgoni s'était mis à me rouer de coups. Je ne comprenais rien. On aurait dit qu'il me frappait pour se vider d'une agressivité qui le dépassait. Je me roulai en boule et criai :

« Je ne suis pas flic ! Je suis inspecteur du travail ! Je ne suis pas armé. Laissez-moi partir. »

Il me semblait que tant que je lui adresserais la parole Malgoni ne me tuerait pas.

« J'ai ma voiture dehors ! Prenez-la, partez avec. »

Je jetai les clés de la Saxo au sol. À mon grand soulagement, il les prit. Je reniflai. Du sang entra dans ma bouche, je le recrachai.

« Prenez ma voiture ! Je ne dirai rien. Je peux vous donner de l'argent, si vous voulez. »

Sans répondre, Malgoni entreprit de m'attacher les mains et les pieds avec une ficelle bleue. Il mit le pistolet sous son aisselle. À cet instant précis, j'aurais pu lui faire une prise. J'étais sonné mais il me restait de la force. Pourtant je ne fis rien. Même sous son aisselle, cette arme me terrorisait. J'espérais qu'il m'attachait pour ensuite s'enfuir avec ma voiture – s'il voulait me tuer, pourquoi m'attacher ? D'ailleurs il s'écarta de moi, comme rassuré.

Je fus alors témoin d'une scène affreuse, dont je me rappellerai longtemps.

Malgoni s'avança vers la compacteuse. Dans une sorte de spasme, il toucha la machine. Mais il ne la touchait pas comme moi. Ses doigts parcouraient le carénage comme on touche une peau, reconnaissant chaque raie de l'acier, chaque anfractuosité. Un rictus de jouissance déformait son visage. Cela dura un certain temps. Puis il grimpa dessus dans un mouvement qui dénotait une longue habitude. Je vis son corps maigre et gris monter dans l'entonnoir, se pencher, sa tête entrer à l'intérieur. Il disparut même une vingtaine de secondes dans la benne. Je me contorsionnai pour me lever mais mes jambes étaient liées. Et, malgré moi, je ne pouvais détacher mon regard de la compacteuse. C'était un spectacle à vous glacer le sang que ce jeune homme décharné, comme vidé de sa substance, tournant autour de ce monstre métallique. Je me rappelai les mots de Reghioul : Il est devenu à moitié dingue, et vous, c'est pareil.

Comme je m'étais trompé ! Je m'étais trompé sur toute la ligne. Reghioul voulait m'aider. Ce qui m'arrivait depuis des semaines, ce n'était ni une dépression ni une obsession. J'étais soumis à la même attraction que Malgoni. Le problème venait de cette compacteuse. Nous étions dépendants de quelque chose en elle, dans son acier, ou dans sa benne. Quelque chose qui détruisait le cerveau. À force de travailler tous les jours avec, Malgoni avait franchi d'autres étapes. Il avait basculé dans la folie. Je me jurai que, si je survivais, je fuirais le plus loin possible de cette machine.

Mais comment m'échapper ? Même si je parvenais, en sautillant, à aller jusqu'à la porte, et quand bien même elle serait ouverte, Malgoni aurait largement le temps de me tirer dessus. La seule solution était de le convaincre de me laisser partir.

« Écoutez, je comprends ce que vous vivez, je crois que je vis la même chose… »

Mes mots n'eurent pas l'effet espéré.

« Ta gueule ! T'es qui pour parler ? Tu connais rien à ce qui se passe ici ! T'es personne, tu comprends ? Ferme-la ! »

Cet homme était possédé. Rien ne pourrait le ramener à la raison. Je le vis se pencher vers le tableau de bord et appuyer sur le bouton d'alimentation. La soufflerie se mit en marche, suivie d'un vrombissement. Malgoni me regarda.

Ses yeux étaient si terribles que je crus m'évanouir de terreur. Comme sa première victime, il allait me broyer dans la machine.

Déjà il était sur moi :

« Allez, debout ! Tu vas entrer dedans. »

« Jamais ! »

Ah, comme j'aimais ce monde, à cet instant ! Comme j'avais envie de vivre !

Malgoni me tira par les jambes. Je me débattais si bien qu'il brandit son arme :

« Tu te laisses faire ou je te tue. »

« Non ! »

Qu'avais-je à perdre, désormais ? Autant mourir d'une balle dans la tête.

« C'est ce que vous avez fait à l'autre ? dis-je. Pourquoi ? »

« J'ai rien fait ! C'est lui qui était jaloux d'elle et qui a voulu voir ! »

« Lui qui ? »

« Je l'aimais. C'est pas moi qui l'ait tué ! C'est elle ! Elle a besoin de proies. Viens ! »

Avec la force que confère la peur, je lui donnai un coup avec mes deux jambes. Malgoni abattit aussitôt la crosse de son revolver sur mon crâne. Un voile noir tomba sur mes yeux.

Mon évanouissement fut de courte durée. Je sentis qu'on me soulevait, la tête en bas. J'aperçus le tableau de commande de la compacteuse. La terreur me donna la force de réagir. Je remuai de tous côtés, comme un poisson qui veut échapper aux mains du pêcheur. Malgoni me criait dessus, m'ordonnait de me taire, d'obéir. Il disait : « Ce n'est pas moi, c'est elle ! C'est elle qui commande ! »

En m'agitant, j'atteignis le bouton rouge sur la machine. Un hurlement de sirène retentit dans le hangar. Mais la compacteuse ne s'arrêta pas.

CHAPITRE 22

Maïa

La sirène résonnait à travers la zone industrielle et ses loopings sonores provoquaient chez qui l'entendait un immédiat sentiment de panique. Maïa et Kader se précipitèrent contre la vitre du van.

Le rideau métallique remontait. Une silhouette se glissa dessous. Maïa retint son souffle.

Ce n'était pas l'homme à la Saxo. C'était quelqu'un de plus petit. Il n'avait ni manteau ni cravate. Maïa sentit ses poumons se bloquer. Tout dans cette silhouette inconnue lui sembla hostile.

Le type avait l'air fébrile. Il marchait vers le portail automatique en lançant des regards derrière lui, comme s'il laissait quelque chose à quoi il tenait particulièrement et qu'il ne quittait qu'à regret. Sa démarche était heurtée. Elle remarqua une forme noire au bout de son bras.

« Il est armé, dit Kader au même moment. Baissez-vous ! »

Elle se plaqua au sol. Kader s'écarta de la vitre et se cala contre la cloison de douche.

« Il est passé », dit-il peu après.

Maïa se releva. Elle eut le temps de voir la Saxo faire une embardée, puis disparaître. Elle resta hébétée. Elle n'avait pas eu le temps d'avoir peur, encore moins de comprendre.

« C'est qui ce type ? Vous pensez qu'il a pu prendre le cristal ? »

Kader ne répondit pas. Il saisit le compteur Geiger et ce que Maïa reconnut comme étant un Oxybox, la boîte de sécurité contre les fuites de gaz dans l'accélérateur de particules.

« Pourquoi on ne l'a pas vu entrer ? » demanda-t-elle encore.

Kader ouvrit la porte du camion. Après plus de seize heures d'enfermement, l'air extérieur pénétrant dans ses poumons la dégrisa. Ce n'était plus le moment de poser des questions. C'était le moment d'agir.

Maïa enfila des gants noirs, serra ses lacets, s'empara de la mallette. Kader lui rappela les consignes. Elle devait le suivre, faire exactement ce qu'il lui dirait.

Ils descendirent et se cachèrent derrière le camion. Kader était méconnaissable dans sa combinaison blanche.

« Maïa, j'ai 58 ans, dit-il enfin. J'ai vu beaucoup de choses pas très jolies dans ma vie. Mais vous, vous êtes jeune, vous pouvez encore m'attendre ici si vous voulez. »

« Pas question. Je viens avec vous. »

« Alors courons. Maintenant ! »

Kader escalada le portail avec une souplesse étonnante. Maïa le suivit. Elle pensa : Je suis le garde du corps. Elle n'avait pas peur. Il lui semblait au contraire qu'elle avait une force considérable, une force qu'elle n'avait jamais remarquée jusque-là et qu'elle sentait palpiter intensément en elle.

Kader disparut le premier sous la porte à enroulement. Maïa se courba et à son tour se faufila dans le hangar.

Six mois auparavant, pour *Comprendre*, Maïa avait écrit un article sur le fonctionnement de l'œil humain. Celui-ci n'a besoin que de treize millisecondes pour capter une information. Mais il ne suffit pas que l'œil *capte* les données dans son champ de vision, il faut que le cerveau les traite en les comparant avec d'anciennes images mémorisées, et en activant certains filtres perceptifs. Si l'œil est rapide, la conscience, elle, peut mettre de longues secondes à recevoir le résultat de cette analyse.

Maïa resta figée.

C'était une scène à la fois horrible et incongrue.

Il y avait cette machine. Plus grosse qu'elle ne l'avait imaginé. Elle était faite d'une benne rectangulaire basse, en métal, avec un entonnoir central surélevé. Et près de la compacteuse, au sol, face contre terre, il y avait un homme. Ses membres étaient dans une position inhabituelle, les deux jambes écartées mais les mains liées. L'homme à la Saxo.

« Vite ! »

Ils traversèrent la dalle en courant. Maïa haletait en se mettant à genoux près de lui.

« Vous croyez qu'il est encore vivant ? »

Ensemble, ils le placèrent en position latérale de sécurité. Kader délia ses poignets avec un couteau. Elle lui prit la main. Celle-ci était glacée, mais encore souple au toucher.

« Si vous m'entendez, serrez-moi la main », dit-elle, se rappelant les bases du secourisme.

Mais le blessé ne réagit pas.

C'était bien l'homme à la Saxo, l'homme de la librairie. Son beau manteau était sale et déchiré. Son visage couvert d'hématomes, de sang et de coupures. Ses sourcils étaient inclinés sur le côté, comme en signe de reddition. Il avait les yeux fermés.

« Qu'est-ce qu'on fait ? »

« Bon Dieu ! Ça nous arrange pas... »

Ils avaient le cristal à récupérer, ils ne pouvaient pas perdre de temps avec cet homme.

« On ne va pas le laisser là ! »

Kader prit la mallette vide et fit un pas en arrière. Elle sentait qu'il était pris dans un dilemme.

« Occupez-vous de lui, moi je vais ramasser les cristaux. S'ils sont encore au fond... »

L'ingénieur s'approcha du tableau de bord de la compacteuse. Il trouva le moyen de l'éteindre et de faire cesser la sirène. Maïa comprit qu'il avait dû étudier le mécanisme de ces engins. Une minute plus tard, en toute sécurité, Kader grimpait sur la carlingue et disparut dans la chambre de presse.

Maïa se sentit très seule dans ce hangar immense. Elle n'était plus sûre de pouvoir jouer son rôle de garde du corps. Elle n'était plus sûre de rien. Elle se pencha vers le blessé : « Si vous m'entendez, serrez-moi la main. » Mais l'homme restait immobile sur le flanc. Peut-être était-il juste évanoui – elle n'arrivait pas à voir si sa cage thoracique se soulevait. Ses doigts lui paraissaient de plus en plus froids. « Si vous m'entendez, serrez-moi la main », répétait-elle comme une prière.

Il lui sembla alors sentir une secousse, très faible.

Elle se pencha encore vers lui. Il avait du sang sur le cuir chevelu, elle écarta une mèche de cheveux et lui chuchota encore :

« Si vous m'entendez, serrez-moi la main deux fois. »

Elle sentit un doigt qui se courbait très légèrement. Une fois. Deux fois. Une mésange qui se serait posée sur sa main n'aurait pas été plus légère.

« Il est vivant ! » s'écria-t-elle.

Elle en ressentit une joie qui l'étonna.

Elle tourna les yeux vers la compacteuse. Kader était toujours dedans. Elle se leva, s'approcha de la machine et cria de nouveau avec force :

« Il est vivant ! »

« Et moi j'ai trouvé le cristal », répondit une voix étouffée, aussi profonde qu'une tombe.

CHAPITRE 23

Bastien

Je me réveillai sous l'effet de la douleur. Un vérin appuyait sur mon crâne, il allait concasser mes os. Il fallait que j'arrive à sortir ! Je bandai mes muscles, je poussai un cri.

Deux mains se posèrent sur ma poitrine. Une voix que je ne connaissais pas, très grave, très bienveillante, me dit :

« Holà, mon petit monsieur ! Faut pas vous agiter comme ça ! Tout va bien. Vous êtes en sécurité. Tout va bien. »

J'ouvris les yeux. Un Arabe barbu me regardait d'un air inquiet. Je ne compris pas tout de suite ce que mon corps éprouvait. C'était la chaleur. La chaleur du lit. La chaleur de l'air. Après des heures dans le froid, j'étais entouré de chaleur. Ce que j'avais pris pour un vérin était une compresse de désinfectant que l'homme voulait apposer sur mon crâne.

« Calmez-vous. C'est fini », répétait-il de sa voix rocailleuse.

Mon corps se détendit, comprenant qu'il était soigné et non plus agressé, battu, assassiné, ni prisonnier d'une presse hydraulique. J'avais envie de pleurer, de remercier. Mais j'avais mal partout : aux poignets, que j'avais tailladés pour tenter de me libérer ; aux genoux, qui avaient cogné contre la paroi de la compacteuse tandis que je parvenais à me hisser *in extremis* dehors ; au visage, au crâne, partout où Malgoni m'avait frappé.

« Vous avez beaucoup de plaies mais aucune de grave. Votre rythme cardiaque est encore trop élevé. »

J'étais bouleversé qu'on me prenne en charge. Merci, tellement merci...

L'Arabe s'adressa à quelqu'un derrière lui :

« On a ramené un type drôlement poli ! Il n'arrête pas de remercier ! »

J'entendis un rire féminin. J'avais oublié l'existence des femmes. Ce monde était un monde avec des femmes ; c'était merveilleux.

L'homme me passa un mouchoir. Les larmes coulaient d'elles-mêmes.

« Où est Malgoni ? » dis-je en tremblant.

J'avais une voix éraillée comme si j'avais longtemps crié.

« Je crois bien qu'il est parti avec votre voiture », répondit l'ambulancier.

« Il a voulu me tuer. »

« Oui oui. Vous allez nous raconter. »

Il avait dit ça comme pour me passer un caprice.

Je regardai mieux autour de moi. Je pensais me trouver dans un camion de pompiers ou dans une ambulance, mais j'étais dans un van de globe-trotter. Même si mon œil gauche était à moitié fermé par un coquard, je reconnus ce genre de véhicule : Henri en avait eu un semblable. Quant à l'homme qui me soignait, il n'était pas du tout habillé comme un infirmier. Il ressemblait à Vitalis dans *Sans famille* ; on se demandait si un petit singe ne se cachait pas sous sa chemise. Quand il jeta les compresses dans une poubelle surmontée d'un crapaud, je compris que quelque chose clochait.

« Vous n'êtes pas pompier ? »

« Vous êtes observateur. »

Son ton était teinté d'une ironie qui me déstabilisa. Je le regardai de nouveau ; il devait avoir plus de cinquante ans.

« Vous êtes de la police ? »

« Manquerait plus que ça ! »

Je voulais lui demander Mais vous êtes qui alors ? mais je ne dis rien. Il avait pris mon poignet et cherchait mon pouls.

« Votre rythme cardiaque est toujours plus rapide que mon camion. »

« J'aimerais rentrer chez moi. »

Cela le fit sourire.

« Vous n'étiez pas prévu au programme, mon petit monsieur. On va devoir vous garder un petit peu... Si vous pouvez vous lever, on va vous donner à manger. »

Je ne comprenais pas qui étaient ces gens. Mais j'étais sorti de la compacteuse. Malgoni avait fui. J'étais soigné. J'étais vivant. Le van roulait. Nous nous éloignions de Plastirec. C'étaient des bonnes nouvelles mais je n'arrivais pas à en *conclure* quoi que ce soit. Sans doute est-ce ce qu'on appelle l'état de choc. J'étais dans le présent perpétuel.

« Il ne nous suit pas ? »

« Qui ? »

« Malgoni. »

« Mais non, mais non, tout va bien. Venez manger un morceau. »

Le type m'aida à me déplacer du lit à une banquette en disant : Doucement, doucement, faites attention... Prenez appui là, et d'autres paroles rassurantes qui me bouleversaient après les actes dont j'avais été victime.

Une odeur délicieuse emplit le van. J'eus droit à du lait chaud sucré avec de la cannelle, qui glissa dans mon estomac comme une caresse. D'un mini frigo, l'homme sortait maintenant un plat qu'il fit réchauffer au micro-ondes. Je buvais mon lait sucré en espérant qu'il me reparle, car sa voix grave me faisait l'effet d'une consolation, mais il restait silencieux. Derrière un rideau, j'aperçus la chevelure brune de la femme qui avait ri et qui conduisait. Qui c'était, elle ?

« Comment vous vous appelez ? » me demanda l'Arabe.

« Bastien. Bastien Fontaine. »

« Et vous êtes... ? »

« Inspecteur du travail. »

« Ah ! » fit une voix claire.

Il se tourna vers la conductrice, écarta le rideau et, comme si cette information avait été longtemps attendue, annonça :

« Inspecteur du travail ! »

Il se retourna vers moi.

« Je peux vous demander ce que vous faisiez cette nuit dans cette entreprise ? »

J'avais eu le temps l'après-midi d'établir une version crédible. J'étais venu pour recontrôler Plastirec. J'avais demandé au patron de me donner tous les contrats de travail depuis un an et je m'étais enfermé dans un bureau pour vérifier tranquillement ses papiers. Mais, comme j'étais sous antidépresseur, je m'étais endormi. Quand je m'étais réveillé, l'entreprise était fermée. C'était en traversant le hangar pour ressortir que j'étais tombé sur Malgoni qui avait voulu me tuer.

« Malgoni, c'est bien celui qui a tué un type dans la compacteuse en décembre ? »

« Comment vous savez ça ? »

Le type sourit. Ce devait être des détectives privés. Quelqu'un avait mis des privés sur l'affaire. Il avait vraiment un look de détective.

« Vous avez dit tout à l'heure que vous étiez sous antidépresseur... »

Je ne m'attendais pas à cette remarque.

« J'ai dit ça ? »

« Oui. »

« Ça ne va pas fort, c'est vrai. »

« Pensées suicidaires ? »

« J'imagine que tous les dépressifs en ont. »

« C'était la première fois que vous vous retrouviez au fond de cette compacteuse, n'est-ce pas ? »

« Non. J'ai dû y descendre pour prendre des photos de l'accident. »

Le détective eut un mouvement de recul.

« Vous voulez dire que vous êtes déjà entré dans la compacteuse auparavant ? »

« Oui. »

« Combien de fois ? »

« Je ne sais pas. Trois ou quatre, peut-être. »

« Trois ou quatre fois ! » s'exclama-t-il en ouvrant grands les yeux.

« Euh, trois » je corrigeai.

« Combien de temps chaque fois ? »

« Je ne sais plus. Dix minutes, un quart d'heure... »

L'homme me regardait d'un air affolé. J'étais déjà épuisé de parler. Je demandai :

« Dites, vous me déposerez bien à une gare ? »

Il me considéra comme si j'étais un débile mental. Puis il dit, de manière assez absurde vu que j'étais enfermé dans ce camion qui roulait sur une nationale :

« Surtout, vous ne bougez pas d'ici. »

Il rejoignit le siège passager et tira le rideau de séparation. Cinq minutes plus tard, le camion s'arrêta. Cela me réveilla. Il y eut des claquements de porte, l'homme prit le volant. La femme s'assit en face de moi.

Elle avait peut-être 35 ans, peut-être plus, les cheveux très noirs, les yeux très bruns. Son allure avait quelque chose de propre, quelque chose de très civilisé. C'était agréable de poser mon regard sur elle. C'était même très agréable.

Elle était entrée avec une mallette noire, de proportions inhabituelles, presque cubique, qui devait enfermer un instrument de musique ou peut-être des bijoux – mes deux sauveteurs seraient alors non pas détectives privés, mais des cambrioleurs... Elle posa cette mallette sur la table dépliée entre nous.

« Vous vous sentez mieux ? » s'enquit-elle d'une voix empreinte d'un léger accent du Midi.

« Oui. J'aimerais bien voir un médecin, tout de même. »

« Je ne suis pas médecin, hélas. »

« Vous êtes détective privé ? »

Elle eut un sourire qui la rajeunit d'un coup. Elle toucha la mallette, comme pour s'assurer qu'elle n'avait pas bougé, sortit un carnet de notes à spirale.

« Vous pouvez répondre à quelques questions ? »

Je lui demandai si c'était important que je réponde tout de suite : après ce que j'avais vécu dans ce hangar, j'avais terriblement sommeil. La femme me regarda droit dans les yeux et avec une finesse insoupçonnée, en reprenant exactement mes mots, répondit :

« Oui, c'est terriblement important, après ce que vous avez vécu dans ce hangar, que vous répondiez tout de suite. »

Pourquoi j'étais resté deux heures sans bouger dans ma voiture ? Qu'est-ce que je venais faire dans l'entreprise ? Quand étais-je entré pour la première fois dans la compacteuse ? Quels étaient les symptômes de ma dépression ? Que savais-je sur Malgoni ? Quel poste occupait-il précisément ? Malgoni était-il amené à entrer dans la compacteuse ? Qui d'autre pouvait être en contact avec cette machine ? Étais-je sûr que personne d'autre n'était entré dedans ?

J'essayais de répondre le mieux possible. Elle m'écoutait d'un air concentré, comme si j'étais un hiéroglyphe particulièrement difficile à déchiffrer. Son visage me disait vaguement quelque chose. Et ses questions m'intriguaient : elle devait savoir ce qu'il m'arrivait – et qui était aussi arrivé à Malgoni.

« Vous savez ce qu'il se passe avec cette machine ? » demandai-je.

Elle murmura quelques mots que je ne saisis pas. Régulièrement, elle serrait la poignée de la mallette noire. Elle relut ses notes.

J'avais de plus en plus de mal à rester éveillé. Je regardai sa main. « Si vous m'entendez, serrez-moi la main. » J'avais pensé : Je vous entends, je veux vous rejoindre. Je regardai cette main fine et sportive à la fois. J'eus envie de la toucher de nouveau.

Soudain elle se pencha au-dessus de la table et approcha son visage du mien. Ses yeux étaient profonds et noirs comme une nuit d'été. Je sentis son odeur, un mélange de caramel et de verveine que je m'étonnai de parvenir à définir si vite.

« Je dois avoir une tête affreuse. »

« Vous êtes très beau », dit-elle en se rasseyant.

Elle m'avait fait ce compliment sans ironie, comme si elle constatait un fait.

« Comment vous vous appelez ? Moi c'est Bastien. »

Elle sourit sans répondre.

« Vous m'avez sauvé la vie. »

Elle eut alors une autre sorte de sourire, très fin, très triste.

« Je n'en suis pas si sûre. »

À cet instant, sans l'avoir décidé, je posai ma main sur la sienne. Elle eut un tremblement, je crus qu'elle allait la retirer, mais, après avoir de nouveau jeté un œil sur sa mallette, elle la laissa sous mes doigts. Je la remerciai encore. Elle ne dit rien. Je soupirai, comme pour faire sortir de moi tout le mal qu'on m'avait fait – le mal récent, le mal passé. Quel bonheur de pouvoir sentir une peau chaude sous la mienne... Il me sembla qu'une bulle nous avait entourés tous les deux. Alors que tout bougeait autour de nous, que le van grinçait, que le moteur vrombissait, cette bulle nous protégeait. C'était un moment sans paroles, sans peur, sans questions, et qui aurait pu durer longtemps si je n'avais pas rompu le silence :

« Il me semble vous avoir déjà vue quelque part. »

La bulle éclata comme une bulle de savon.

La fille me montra le lit.

« Je vous laisse dormir. Merci pour vos réponses. »

J'étais sûr de l'avoir vue quelque part. Mais j'étais tellement paumé... Peut-être était-ce un peu plus tôt, dans le hangar.

Je m'allongeai sur le lit tandis qu'elle repassait sur le siège avant. Je l'entendis parler avec l'homme. Il disait : Non, non. Mais qu'est-ce qu'on va faire ? Ils parlaient de victoires. Je fermai les yeux.

Je restai deux heures dans ce camion. Plus tard, j'eus le temps de reconstituer ces deux heures, de les revivre mentalement dans les moindres détails – je n'aurais bientôt plus que cela à faire : y repenser sans cesse. Le type qui m'avait soigné. La jeune femme brune qui m'avait posé des questions. Sa main palpitante sous la mienne. Mais quand je fus réveillé par une lampe torche qui m'éblouit, ces deux heures s'évanouirent comme un rêve, comme si elles n'avaient jamais existé et que la violence dont elles m'avaient extrait recommençait.

Le froid, tout d'abord. J'étais toujours dans le van, mais l'air était devenu glacial. Je fus secoué par une main épaisse. Je poussai un cri de douleur.

« On se lève, Fontaine ! On descend et on met les mains sur la tête. »

Cette voix ne m'était pas tout à fait inconnue.

« Allez, on sort ! »

Soudain, je me rappelai une sirène de police, un bruit de freins, un claquement de portière. Tout cela me parvint après coup, comme en différé. Le camion avait stoppé en catastrophe. La porte latérale s'était ouverte. Cette lampe torche m'avait sorti de mon sommeil.

Je me protégeai pour cacher mon visage. Très près de ma tête, une arme, une silhouette en uniforme.

Il y eut un ordre donné. Je fus attrapé, propulsé dehors, dans le froid, dans la nuit. J'avais mal dans tout mon corps. Je sentis qu'on me retenait par-derrière. J'avais failli tomber.

« Allons, monsieur Fontaine, restez avec nous. »

Luc Rosset se tenait devant moi. Il faisait nuit noire et pourtant, avec sa carrure de rugbyman, on aurait dit qu'il me faisait de l'ombre.

Mon premier réflexe fut de croire qu'ils étaient venus m'aider.

« Malgoni a voulu me tuer », balbutiai-je.

« On parlera de tout ça au commissariat, dit Rosset. Vous avez droit à un avocat. »

« Un avocat ! Mais de quoi vous parlez ? »

À ma grande surprise, un policier me passa des menottes.

« Mais j'ai été agressé ! » protestai-je de manière pathétique.

Je pris enfin conscience de la scène autour de moi.

Nous étions sur une départementale. Le van avait freiné au milieu de la chaussée. Trois voitures de police l'entouraient, bloquant toute la circulation. La lumière bleue des gyrophares clignotait autour de moi. L'Arabe qui m'avait soigné, donné à manger et à boire, avait les mains sur le capot d'un véhicule ; deux policiers le fouillaient sans ménagement. Moi aussi, on me fouilla, mais plus doucement vu la tronche que je devais avoir. Le vieux gueulait à l'adresse des flics, sans que sa voix caverneuse ne dénote autre chose que de la colère :

« C'est mon camion, bande de sauvages ! Prenez-en soin. »

Rosset m'accompagna jusqu'à une voiture de police et ouvrit la portière arrière.

« Pas de chance, hein ? Trente kilomètres de plus et vous passiez en Suisse... »

Il referma la portière, me laissant abasourdi.

Quelques secondes après, l'Arabe me rejoignit sur la banquette, avec des menottes et une sorte de griffure sur le visage.

« Ça va ? Ils ne vous ont pas... ? »

« On se tait, messieurs ! » dit un flic à l'avant, visiblement chargé de nous surveiller.

Je regardai par la vitre. Il y avait quelque chose qui m'échappait – en plus de ne pas comprendre pourquoi les flics arrivaient seulement *maintenant* pour me sauver, alors que je n'étais plus kidnappé mais en sécurité, et en plus d'avoir des menottes. Je ne voyais plus la femme. Les flics avaient des lampes torches pour fouiller le van ; ils avaient l'air de chercher quelque chose. Je regardai au-delà des voitures mais je ne vis que l'ombre de champs noirs, là-haut, le profil d'une montagne. La femme brune n'était nulle part. Le policier qui nous gardait à cet instant prit un appel radio, et j'en profitai pour me pencher vers mon compagnon :

« Mais où est la fille ? »

L'Arabe regardait ses pieds. Le spectacle de la fouille de son camion devait lui être particulièrement pénible.

« Quelle fille ? » chuchota-t-il.

« Mais la femme qui était avec nous. Votre collègue ? »

Il me regarda fixement et dit en détachant les mots :

« Il n'y a jamais eu de femme avec nous. »

Je compris et me tus.

Nous attendîmes encore une heure sur cette banquette arrière. J'avais mal partout. Je ne pensais pas à moi, ni à ce que m'avait dit Rosset, ni même à la compacteuse ou à Malgoni. Je pensais à elle. L'idée qu'elle puisse nous rejoindre, menottes aux poignets, dans la voiture me faisait de la peine. Tant mieux si elle s'était échappée. Mais, paradoxalement, j'aurais aussi voulu qu'elle soit à mes côtés. Je craignais qu'on m'interroge à son sujet. Heureusement, personne ne nous posa de questions sur elle. Personne ne semblait la chercher. Le vieux ne semblait pas s'en soucier. Il ne regardait pas par la vitre. Quand nous partîmes, toutes sirènes hurlantes, vers le commissariat, elle n'était pas avec nous. Personne ne l'avait arrêtée. Elle avait disparu.

LIVRE 2
Le cristal bleu

Protestez, protestez contre l'extinction de la lumière !

                Mircea CĂRTĂRESCU, *Solénoïde*

CHAPITRE 24

Bastien

Au village, tout le monde appelle ce gîte la Maison du Pendu. Un certain Hector Ledoux, instituteur et botaniste, y a passé l'essentiel de sa vie avant de se pendre dans la grange en 1997. La maisonnette est restée inoccupée, puis l'épicière du village a pris la suite, faisant même des travaux d'isolation. Elle s'est pendue dans le salon en 2008. Maintenant c'est mon tour d'habiter dans cette maison.

La propriétaire est au courant de sa réputation macabre. Mais comme elle a racheté la bâtisse sans discuter le prix, ravivant dans le village l'aigreur envers les travailleurs frontaliers, elle laisse dire. C'est une ancienne pharmacienne, elle était tombée amoureuse du coin, me raconta-t-elle lors de mon arrivée avec Henri. Elle parlait beaucoup, un sourire béat sur le visage, des masques africains et des livres de Christian Bobin sur ses étagères. Elle n'en finissait pas de vouloir bien nous accueillir, Vous serez très bien ici pour vous reposer, le Bugey est splendide en toute saison et les gens tellement authentiques... J'aurais préféré une boîte à clé.

Depuis que j'étais sorti du commissariat, toute conversation qui durait me mettait dans un état de nerfs insupportable. J'écoutais cette poufiasse et j'avais envie de l'étrangler, ou de me cacher sous une couette.

J'avais envie d'être seul. J'avais peur des autres. J'avais beaucoup de colère en moi. J'avais envie de tendresse. Tout cela en vrac. Mais c'était sans doute normal après avoir subi une tentative de meurtre. C'était tout de même moi la victime dans l'affaire, avais-je dit au commissariat. J'avais vécu une agression abominable. Malgoni m'avait menacé d'une arme, battu, attaché, assommé et jeté dans une compacteuse en marche. J'avais réussi à m'en sortir par miracle, ou plutôt par l'énergie que donne la terreur. J'avais vu la mort de près. Alors allez-y mollo.

Rosset avait rétorqué :

« Si vous cherchez à nous apitoyer, désolé, on ne donne pas trop là-dedans. »

J'avais appris avec sidération que j'étais suspect dans l'affaire. Désormais la police pensait que j'étais de mèche avec Malgoni. Selon ce scénario hallucinant, j'aurais couvert le premier crime en décembre. Mais les analyses ADN nous avaient confondus, Malgoni était en cavale et notre accord avait mal tourné.

« Mais de quel accord vous parlez ? »

D'après eux, j'avais donné de l'argent à Malgoni pour tuer quelqu'un. L'ouvrier en voulait davantage ; ce soir-là on avait parlé et la conversation s'était envenimée...

« Vous voulez dire que je serais venu exprès pour voir Malgoni ? »

Je ferais mieux d'avouer tout de suite. Le fait qu'il reparte avec ma voiture m'accablait. J'étais son complice depuis le début.

« Vous plaisantez ? »

« On en a l'air ? »

Durant cet interrogatoire, j'avais eu l'impression d'être une seconde fois pris en otage. On voulait ma peau de nouveau. Je disais comme la première fois : S'il vous plaît, laissez-moi partir...

« Reprenons. Qu'est-ce que vous faisiez là-bas hier soir ? »

« Mais je vous l'ai dit, j'étais venu prendre des photos... Reghioul et moi on a eu des mots... J'ai eu un coup de fatigue, je me suis endormi. »

J'avais beau leur parler de ma dépression, Rosset et l'autre flic n'en démordaient pas :

« Vous vous êtes rendu là-bas pour parler à Malgoni et ça s'est mal passé... »

« Mais pourquoi j'aurais voulu *parler* à Malgoni ? »

« Il vous faisait chanter, il voulait plus d'argent que ça... Avouez, ce sera plus simple. »

Frank Sinastiez lui-même s'était déplacé. De son air sinistre et distant, il me confirma que je pouvais être accusé de complicité d'assassinat, de dissimulation de preuves... À l'écouter, j'en avais pour quinze ans en taule.

« Je suis désolé de la tournure des événements », ajouta-t-il sur un ton qui montrait qu'il n'était pas du tout désolé.

« Depuis le début vous voulez nous convaincre que le crime commis par Malgoni était un accident, avait repris Rosset. Vous êtes même venu jusque dans le bureau du procureur pour imposer votre raisonnement... »

« C'est mon métier de voir des accidents partout. On se tue beaucoup au travail en France. »

« Vous avez demandé à Malgoni de vous débarrasser de quelqu'un, et lui, il l'a fait pour vous. »

« Tué qui ? J'aurais commandité un crime ?! Mais vous perdez la raison ! Je suis fonctionnaire de première catégorie. »

Rosset avait ri. Ils étaient trois face à moi désormais, et chaque rire appuyait sur mes nerfs comme un ongle enfoncé dans une brûlure.

« Il n'y a pas de chantage, pas d'argent, pas de crime. »

« Prouvez-le. »

« Non. À vous de le prouver, au lieu de m'accuser sans raison ! »

Je redécouvris alors l'immense progrès social que représente un avocat.

Me Léa Guiercq, envoyée par Guilaine, arriva assez vite. Je lui racontai tout.

« Ils sont perdus, dans cette affaire, ils bluffent, m'avait-elle dit après un long silence. Tenez bon. »

L'avocate avait une voix très haut perchée qui donnait à chacun de ses mots un effet d'affûtage, comme un fil coupant net le beurre.

Le beurre, c'était moi. Alourdi de fatigue et dégoulinant de peur.

« Venerio Malgoni est toujours en fuite ? »

« Oui. Il aurait laissé votre voiture près de la gare de Valence. »

« Je peux la récupérer ? »

« Non. Elle est confisquée pour les besoins de l'enquête. »

« C'est une machination ou quoi ? »

Nous étions dans un bureau à l'écart dans le commissariat. Me Guiercq avait enlevé ses lunettes et ajouté :

« Quand on est accusé à tort, monsieur Fontaine, on devient vite parano. Restez calme. Suivez mes conseils. Je vais essayer de requalifier toutes ces accusations en une entrée par effraction. »

« Mais je ne suis pas entré par effraction. Ce n'est qu'ensuite que je me suis endormi. Je voulais repartir chez moi quand Malgoni m'a braqué. »

« Très bien. Vous comprenez qu'il est tout de même inhabituel qu'un inspecteur du travail pique un somme dans les locaux d'une entreprise... »

Pas un instant je ne confiai mon attirance pour la compacteuse. Guiercq m'avait dit de répondre aux questions des policiers par « Je ne sais pas ». De m'en tenir aux faits. De répéter que j'étais traité pour dépression – ce qui fit bien rire Rosset. Mais elle avait raison. Les flics n'avaient aucune preuve, je n'avais pas de casier. L'avocate m'évita la préventive.

Quand j'étais enfin ressorti du commissariat, Guilaine m'avait conduit à l'hôpital. Les examens n'avaient rien révélé de sévère, mais en me voyant en caleçon je m'étais fait peur. Des taches bleues, jaunes, rouges, noires émaillaient l'ensemble de mon corps. Guilaine m'avait raccompagné chez moi. Henri avait pris la suite.

Dès les premières nuits je fis des cauchemars. J'étais de nouveau dans la compacteuse, les vérins appuyaient contre ma tempe. Je me réveillais trempé de sueur. J'avais peur que Malgoni, toujours en cavale, me retrouve et finisse le travail. Je tremblais de froid. Le docteur Karachian m'avait envoyé une nouvelle ordonnance d'anxiolytiques. Henri faisait le ménage et m'apportait des plats préparés par sa femme. Je gardais les fenêtres fermées. Je n'allais pas bien du tout.

Le quatrième jour, Henri était arrivé avec un poulet rôti et un air déterminé.

« J'ai parlé avec Catherine. On a réservé un gîte pas très loin pour toi. Il faut que tu te mettes au vert, tu vas devenir fou si tu restes enfermé comme ça. »

J'étais content qu'ils décident pour moi. Néanmoins je ne pouvais pas partir trop loin de Lyon, car Sinastiez m'avait dit de rester « à disposition de l'enquête ».

Quatre jours plus tard, j'étais dans le Bugey, dans l'Ain, sur un plateau montagneux. Il y avait peu de neige, si bien qu'il restait des gîtes disponibles pour les non-skieurs. Henri m'avait conduit au village d'Arent. Il avait donné la réplique à la poufiasse et passé la première nuit avec moi. Le lendemain on avait fait les courses ensemble à Hauteville-Lompnes, puis il m'avait laissé avec le congélateur plein.

Sur airbnb, la maison s'appelle officiellement « Le Pied-à-terre du Botaniste », avec chambre à l'étage, poêle à granulés, grande cuisine, télévision et jardin *privatif*. L'ensemble du gîte est décoré de manière chichiteuse, avec des meubles d'occasion poncés et repeints, des sculptures en bois flotté et des lampes de chevet Maisons du Monde. La cuisine est ouverte sur un salon où trônent un immense canapé violet et une télévision dont l'image se coupe dans le sens de la largeur les jours de pluie. Sur un meuble bas, des dépliants touristiques invitent à faire du ski. Les murs sont couverts d'un lambris blanc. La chambre à l'étage est pourvue d'un balcon qui dans une autre vie m'aurait permis de fumer.

Les premiers jours je ne fis que dormir. Je pensais moins à Malgoni, il ne pourrait pas me trouver là : mon système nerveux abaissa son niveau d'alerte. Je devins bientôt capable de sortir dans le jardin, une couverture sur les genoux, pour lire un peu, aux heures où le soleil tapait sur la façade.

C'est ainsi qu'un gamin blond en sweat orange à capuche m'aborda quelques jours après mon arrivée, et m'apprit pour la Maison du Pendu. Il était marrant, ce gosse ; je devais l'intriguer avec ma tronche de boxeur. Cela me fit rire d'apprendre où j'étais tombé.

Mais en rentrant dans le salon je me dis que ça pourrait aussi finir comme ça. Une poutre, une corde et basta. Mon suicide résoudrait bien des problèmes. Il supprimerait mes cauchemars. Il m'éviterait les angoisses et les questions sur mon avenir, tant professionnel que judiciaire. Il compliquerait l'enquête. Il emmerderait Sinastiez. En plus, c'était facile. Il y avait de la corde partout, dans la moindre cour de ferme. Il y avait la grange, des poutres, il y avait des forêts profondes. Ça pourrait finir comme ça. Sans compter que ce troisième suicide ferait de cette maison un mythe absolu, il entrerait dans la légende locale...

Oui, ça aurait pu finir comme ça. Mais quelque chose me retient.

Je pense à elle.

Je pense à elle dès le matin, quand, oisif et sans repères, dolent, je me réveille avec une sensation d'inutilité à la limite du supportable. Quand je vais à la salle de bains et que je me regarde dans la glace, j'entends alors ce qu'elle m'avait dit dans le camion : « Vous êtes très beau. »

Je pense à elle en descendant au rez-de-chaussée, en remettant machinalement des granulés dans le poêle, en faisant chauffer de l'eau dans la bouilloire électrique.

Je pense à elle en marchant – le matin, sans manger, je pars me promener pour me débarrasser de mes cauchemars. Je longe l'exploitation agricole voisine et son capharnaüm. Les vaches étaient enfermées à l'étable mais il me semblait sentir leur chaleur, celle d'une famille dont j'aurais été exclu. Après la ferme je prends un sentier qui mène à un marais où, selon un panneau touristique, on pouvait observer une espèce rare de plantes carnivores. Sauf que nous étions fin janvier. Il n'y a pas de fleurs, les arbres sont décharnés, la terre est sombre et froide, les teintes végétales semblent en noir et blanc. Et je marche dans ce marais bichromatique, où des bancs de brume flottaient çà et là, formant un écran sur lequel je voyais son visage.

Je n'avais parlé d'elle à personne, suivant les consignes de Kader : « Il n'y a jamais eu de femme avec nous. » Je voulais la protéger de la police. Je voulais la retrouver.

Mon avocate m'avait appris que ce Kader travaillait au Cern et j'avais pensé que ça me donnerait une piste. Sur Internet, je trouvai deux occurrences de « K. Derwiche, ingénieur » ainsi qu'une liste des scientifiques avec qui il avait travaillé à Genève. Je fis des recherches sur ces équipes, dans l'espoir d'y retrouver son visage et son nom. En vain.

Ma promenade me faisait ensuite longer la route départementale. Je traversais une courte zone pavillonnaire, puis redescendais au village.

Arent est situé au creux d'une petite vallée, ou plutôt d'une dépression, comme il y en a beaucoup sur ce plateau de moyenne montagne. Pour faire pousser du blé, les agriculteurs ont repoussé la forêt à l'est et à l'ouest jusqu'à des sommets raisonnables qui cachent des falaises. Ces champs sont devenus des pâturages, ils forment un écrin de couleur claire au milieu de la chevelure forestière. Quand il pleut, le village donne l'impression de s'être couché là, dans l'herbe ruisselante, comme une bête endormie. Arent est traversé par la route départementale qui va à Hauteville-Lompnes et par celle qui mène à Ambérieu-en-Bugey : elles tracent une croix. À une des extrémités, on trouve mon gîte et un élevage de vaches dont le lait part dans une fruitière pour faire du comté ; à l'autre bout, un transformateur électrique et le cimetière ; au « centre », une épicerie, l'église, un musée rural, un bar-hôtel-restaurant et une trentaine de maisons. La plupart sont pourvues d'une sorte d'abri pour stocker le bois : le matin, des vieux viennent en remplir un cageot pour nourrir le foyer.

Arent sent le feu de bois, la terre mouillée, la bouse, le gasoil des vieilles bagnoles et Arent sent l'ennui. Mais dans ce lieu particulièrement simple et lisible, avec ses deux rues et sa place centrale, je dormais mieux. Je pensais moins à Malgoni. Je ne pensais plus à la compacteuse.

Je pensais à elle.

Je ne faisais pas qu'y penser, je la voyais nettement en face de moi. Ses yeux noirs. Ses cheveux lisses ramenés en arrière. Toutes les questions qu'elle m'avait posées. Qu'est-ce qui m'arrive, je me demandais. Qu'est-ce qui est arrivé à ma vie.

J'essayais de reconstituer notre conversation. « Vous m'avez sauvé la vie », j'avais dit. Elle avait répondu quelque chose comme « Je n'en suis pas si sûre ». Pourquoi ? Elle savait quelque chose que j'ignorais sur la compacteuse.

Je pensais à elle comme à une énigme autant qu'à une femme.

Je parvenais au lavoir, à l'église toujours fermée, à la fontaine et au monument aux morts. Je faisais parfois une prière sous le lavoir : je demandais à Dieu de me faire passer, rien qu'aujourd'hui, une bonne journée. Mais la tension mentale que me demandait la récitation du Notre Père m'épuisait. Je poussais la porte de l'épicerie, j'achetais une baguette et des légumes. La saison était celle des pommes de terre, des choux et des poireaux ; ça m'allait d'avoir peu de choix. Je rentrais, je me faisais un café. Je prenais un grand couteau pour préparer le repas.

Je m'en veux tellement d'avoir été tabassé sans réagir. J'aurais dû rendre les coups, me défendre, essayer de contrer Malgoni. Est-ce que je pourrais jamais rendre les coups ? Tous les coups que j'ai pris dans ma vie.

Battu.

Perdu entre deux temps.

Revenir à des gestes simples : marcher-cuisiner-lire.

La radio sur une station FM locale, je coupe les légumes avec le couteau et je les fais revenir dans une poêle. Je repense à cet instant où ma main s'était posée sur la sienne. Quand elle souriait, tout son corps souriait, elle rajeunissait. Sa voix demeurait plus claire dans mon souvenir que son visage. J'aurais pu la reconnaître à sa voix.

« Si vous m'entendez, serrez-moi la main... Si vous m'entendez. »

J'aurais voulu parler d'elle à Kader Derwiche. Mais il était en prison pour entrée par effraction et cambriolage, selon les aveux qu'il avait faits à la police. J'avais cependant du mal à croire qu'elle puisse, elle, être une cambrioleuse. Peut-être ne faisait-elle que donner un coup de main à ce type. Mais, dans ce cas, quelle était leur relation ?

Quel âge pouvait-elle avoir ?

Qui était-elle ?

Comment s'appelait-elle ?

Comment la retrouver ?

Parfois un chat passait devant ma fenêtre et me sortait de mes pensées. Je lui ouvrais. C'était toujours le même chat de gouttière. Il s'était habitué à moi. Il venait boire du lait en fin de matinée. Il me regarde, je le regarde, et c'est un moment d'amitié.

Mon repas était prêt vers 11 heures. Le temps de lire un peu, de ranger, je me mettais à table.

Après le déjeuner, s'il faisait soleil, je prenais le café dehors, ma couverture sur les genoux. Le gamin en sweat n'était pas revenu. Avec lui, j'aurais pu avoir une conversation, je sentais : j'avais envie d'enfance, d'une vulnérabilité dont on ne se moque pas. Je faisais la sieste ou bien je lisais un peu. Plus rarement, je ressortais marcher. J'appelais Henri tous les après-midis. Il me demandait comment allait le moral ; il n'était pas facile de lui faire une réponse claire.

J'avais moins peur que Malgoni vienne me tuer la nuit. Mais la violence était là, enfouie en moi, telle une force invisible qui n'attendait qu'une occasion pour s'exprimer. Toucher un grand couteau. Saisir une corde. Comme ce village, j'étais traversé par deux routes, deux directions opposées. L'envie de mourir et l'envie de vivre. Moralement, je menais un combat, mais j'ignorais quelle en serait l'issue. Mourir, se débarrasser de soi, se débarrasser du monde. La tentation était toujours là... mais comme amortie par mon immense fatigue qui m'empêchait de rien entreprendre.

Perdu. Convalescent.

Le soleil se couchait déjà. Je sors du congélateur un plat préparé, je le mets au four traditionnel, car la soufflerie du micro-ondes me rappelait celle de la compacteuse.

Ensuite, je me rends au bar. Tous les soirs où il est ouvert. Je commande une pinte de bière. Pas plus, pas moins. Je n'étais pas censé boire avec tous les médicaments que je prenais, mais je n'allais pas me priver de ce recours.

Le bar avait gardé un zinc traditionnel, et une glace derrière, comme dans *Lucky Luke*. Il y avait aussi une étagère remplie de bouteilles et de bibelots, de cartes postales. J'y voyais toujours les mêmes personnes : le patron taiseux, un poivrot sympathique, trois femmes qui buvaient du Picon et des agriculteurs qui respiraient la santé que c'en était écœurant. Je reste le nez dans ma bière ou dans mon téléphone. Pourtant j'appréciais d'avoir de la compagnie. Mais j'étais incapable de donner le change par une quelconque conversation.

Je pensais à elle.

Je me demandais pourquoi je lui avais dit « Je vous ai déjà vue quelque part ». C'était ridicule d'avoir dit un truc pareil. Mais cette sensation me revenait : son visage me rappelait quelque chose. Ma mémoire cherchait, c'était important, ce serait une piste pour la retrouver... Mais, dans l'état psychique où j'étais, j'étais incapable de me souvenir.

Je finis ma bière et je rentre. Je regarde à la télévision des fictions historiques du service public ou des retransmissions de concours d'athlétisme, puis je me mets au lit.

En fermant les yeux, je pensais à elle.

C'était une pensée obsédante mais douce. Une énigme qui engendrait d'autres énigmes. J'entendais le vent dans les branches. Un grand duc hululait. La fatigue m'emmenait dans des images hypnagogiques de prés verts, de marais et de rêves fugaces. Cette pensée était passion, quête, confusion pure, revanche, chaos, et peur taillée sur mesure, et dans le lit je cherchais sa main pour la toucher, si vous m'entendez, disait-elle. Si vous m'entendez.

CHAPITRE 25

Maïa

Maïa tendit l'oreille. Elle avait cru entendre un bruit de pas. Mais ce n'était que le velux qui se soulevait à cause du mistral. Il fallait qu'elle se calme, elle était trop nerveuse. Son père était au jardin, il n'y avait aucune raison qu'il monte.

Elle remit son masque sur le nez. Le grenier était encombré au-delà de ce qu'elle avait imaginé. Elle se concentra sur son objectif : soulever deux bonbonnes de verre gainées d'osier afin d'atteindre une malle en dessous. Pour parvenir à s'en approcher, Maïa avait dû déplacer une vingtaine de planches de bois pourries et le cadre de son lit d'enfant, que son père n'avait pas eu le cœur de jeter.

Le plus difficile fut de pousser les deux bonbonnes en faisant le moins de bruit possible. Elle épousseta la malle, un modèle de voyage du début du XXe siècle, parcourue de lanières en cuir. Elle devait faire un mètre de long sur soixante centimètres de large et lui arrivait à mi-cuisse. Elle se retourna et regarda la mallette antiradiation. Son aspect propre et net semblait incongru dans ce grenier.

Surtout ne pas la perdre. Elle se répétait cette phrase comme un mantra depuis dix jours. Depuis qu'elle avait sauté du van. Surtout ne pas la perdre. Que sa disparitionnite ne s'abatte pas sur cet objet-là. Un gros objet, pour les gens ordinaires, un objet imperdable. Mais Maïa ne se sentait à l'abri de rien.

En s'abîmant les ongles, elle réussit à ouvrir la malle. Elle était vide.

Maïa étouffait un peu sous son masque. Elle fit une petite pause, replaça une mèche de cheveux derrière ses oreilles. Puis elle saisit la mallette et la déposa à l'intérieur. Pour plus de sécurité encore, elle alla chercher un tas de vieux journaux pour la dissimuler aux regards, et referma la malle. Enfin, elle remit en place les deux bonbonnes de verre, le cadre de lit d'enfant et la vingtaine de planches de bois pourries.

Sa lampe frontale révélait des nuées de poussière soulevées par son activité. Elles allaient retomber et ce grenier redeviendrait celui d'une maison ordinaire chez un homme sans histoire. Personne ne pouvait savoir ce qu'il contenait. Son père ne viendrait pas fouiller ici. Sauf à verser dans l'irrationnel le plus complet, la mallette ne pouvait pas disparaître toute seule.

Maïa vérifia pour la centième fois dans la poche de son jean que la clé s'y trouvait toujours – elle la rapporterait à Lyon. Pour l'heure, après dix jours de réflexion, elle avait trouvé une cache pour la mallette, et c'était le plus important. Elle descendit l'échelle, referma la trappe et alla se doucher.

Oui, pour la première fois depuis dix jours, elle allait dormir en paix.

Tout s'était passé si vite.

Kader conduisait. Elle vit du bleu dans le rétroviseur. Un gyrophare.

Elle n'eut pas le temps d'en voir davantage. Kader cria :

« La police ! Quand je freine, vous sautez ! »

L'ingénieur ajouta :

« Le cristal, Maïa ! Il faut que... »

Mais elle avait déjà attrapé la mallette.

Le van freina brusquement juste après une côte qui la protégeait du regard de leurs poursuivants. Elle ouvrit la portière et sauta.

Elle se précipita dans le fossé. Quelques secondes plus tard, trois voitures de police filaient au-dessus de sa tête, toutes sirènes hurlantes. Maïa eut peur de se faire arrêter. Elle les laissa passer et se releva. Serrant la mallette contre sa poitrine, elle se mit à courir dans le champ devant elle. Mais c'était de la terre, lourde, mouillée, ses pieds dérapèrent. Elle tomba sur les mains.

Il était 3 heures du matin. Le silence lui parut immense après la promiscuité dans le van.

Maïa se releva. Elle devait garder la tête froide. Terminer la mission. Elle avait les cristaux. Kader, à quelques centaines de mètres, allait finir au commissariat, mais il ne dirait rien, elle le savait.

Toute sa vie elle se souviendrait de cette nuit. De la pluie fine et glaciale qui lui glissait le long du cou. De la masse montagneuse inconnue qui s'étalait sur sa gauche.

Elle trouva un chemin forestier, puis une autre route. Où était-elle ? En Savoie ? En Haute-Savoie ? Elle ne voulait pas remettre la carte SIM dans son téléphone : si son Samsung bornait dans les parages, cela pourrait servir de preuve contre elle. Maintenant que la police était entrée dans l'équation, il lui fallait penser à tout, et toute seule.

Ses pieds glacés lui faisaient mal. Son pantalon était mouillé. Elle avait froid et elle avait peur. Mais, par-dessous tout, elle pensait : Surtout ne pas la perdre.

Elle marcha le restant de la nuit. Alors qu'elle passait dans un hameau, un chien aboya, qui la fit sursauter. Pas âme qui vive. Dans sa main droite, la mallette pesait de plus en plus lourd.

Il fallait qu'elle aille à Genève, qu'elle la donne à Victoire.

Il fallait qu'elle reprenne une vie normale.

Comment en était-elle arrivée à se mettre dans une situation pareille ?

À 6 heures du matin, elle atteignit la gare de Seyssel-Corbonod. Il y avait deux quais, l'un en direction de Lyon, l'autre de Genève. Le pire était derrière elle, pensa-t-elle, et puis le train serait chauffé... Elle irait attendre Victoire près du Cern, elle connaissait le trajet. Elle se voyait déjà à Genève-Cornavin, prendre le tramway : c'était en bas, dans le grand hall... Mais elle se figea.

La douane !

Comment avait-elle pu oublier la douane ?

Tous les voyageurs venant de France passaient devant. Jusque-là elle avait eu le privilège de ne jamais se faire arrêter. Mais ses vêtements maculés de boue et cette mallette aux dimensions inhabituelles attireraient les regards. Avez-vous quelque chose à déclarer ? Vous êtes sûre ? Et ça ? Pouvez-vous l'ouvrir ?

Maïa acheta donc un billet pour Lyon, en espèces.

Deux heures plus tard, elle était chez elle. Vingt-huit heures à peine après en être partie. Pito lui fit la fête. Elle le prit dans ses bras. À part le chat, il lui semblait que tout était différent : son espace, sa sécurité, elle-même, peut-être. Elle se déshabilla, resta sous la douche pendant vingt minutes, puis remit la carte SIM dans son téléphone.

« Maïa ! Enfin ! s'écria Victoire. Je me faisais un sang d'encre ! Comment ça s'est passé ? Tu as le cristal ? Pourquoi Kader n'a pas appelé en passant la frontière ? »

C'était si bon d'entendre une voix familière qu'elle eut envie de pleurer.

« J'ai le cristal, dit-elle. Pour ça, pas de problème... »

Maïa parla une dizaine de minutes. Elle caressait Pito de sa main libre. La mallette était sur sa table basse et Maïa voulait s'en débarrasser au plus vite. Elle laissa sa tante assimiler ces informations et ajouta :

« Ça m'arrangerait que tu viennes la chercher, toi, en voiture – j'avoue que j'ai peur de prendre le train... »

« Je ne vais pas venir », répondit Victoire d'une voix claire.

« Pardon ? »

« Je ne vais pas venir. Ça ne sert à rien de prendre plus de risques. Tant que Kader n'est pas sorti du commissariat, tu gardes la mallette. »

« Tu veux que je la garde chez moi ? »

Maïa était abasourdie.

« Chez toi ou dans n'importe quel endroit sûr. C'est l'affaire de quelques jours ou quelques semaines. Sans Kader, je ne saurai pas quoi en faire. C'est même dangereux. Toi, tu es une fille fiable. Je te demande de la garder. »

Elle aurait pu dire non. Un non clair et net, eu égard à la nuit qu'elle venait de vivre. Dire à sa tante : Ça suffit, j'ai eu trop peur ; je ne veux plus rien avoir à faire avec ces cristaux. Viens les chercher tout de suite. Mais le seul argument qui lui venait était indicible – Je perds tout, Victoire, c'est dangereux de me confier quoi que ce soit. Sa tante aurait ri. Elle lui aurait dit de faire plus attention.

Maïa se contenta de murmurer, d'une voix tremblante :

« Tu sais, je ne me sens pas tranquille avec cette mallette. »

Pour elle, cette phrase était un aveu d'une importance considérable. Cela voulait dire qu'elle ne se sentait pas bien du tout. Qu'elle avait besoin de soutien. Florence l'aurait peut-être senti, mais Victoire ne s'en rendit pas compte. Elle se méprit :

« Tu ne vas pas l'ouvrir, hein ? »

« Non, je… »

« Mets la clé et la mallette dans deux endroits différents, coupa sa tante. Ce ne sera pas long : Kader a l'habitude, il a un passif avec la police, il saura gérer. »

« Un passif ? »

« Oui, quelques erreurs de jeunesse... Je te raconterai. »

Si Kader avait un casier, il risquait de passer du commissariat à la maison d'arrêt. Or il y avait cet homme, l'inspecteur du travail qui avait été en contact avec le cristal sans le savoir...

« Il faut qu'on le prévienne de ce qui lui arrive, non ? »

« Tu plaisantes ? Tu ne dis rien à personne. Rien ! »

« Mais il est contaminé, c'est clair. »

« Le but de votre mission était de retirer les restes de cristal de la compacteuse. Si tu as la mallette, ça veut dire qu'il n'y aura plus de problème désormais. »

Victoire parlait à présent d'une voix lointaine et mécanique.

« Et cet homme, alors ? »

« Ce sera sans doute la dernière victime... Ah ! J'aurais préféré que les choses se passent autrement. »

Maïa trouva cette dernière remarque déplacée. Elle aussi, elle aurait préféré que les choses se passent autrement.

Elle raccrocha et regarda la mallette. Pito voulut monter dessus ; elle le chassa et la mit dans un placard du salon. Mais elle n'était pas tranquille : chaque fois qu'elle passait près de ce placard, elle se sentait en danger. Il fallait trouver une meilleure solution.

La semaine qui suivit, elle rechercha quelques piges, mais elle n'arrivait pas à se concentrer. Elle avait peur que la police vienne l'arrêter. Elle n'avait même pas envie de faire l'amour. Elle vérifiait tous les jours que la mallette était dans le placard. Elle dormait mal.

Le dimanche d'après, son père, comme souvent, lui demanda si elle pensait lui rendre visite.

« Je peux venir demain et rester travailler chez toi une semaine », répondit-elle alors.

À Draguignan, il faisait beau, comme toujours. Mais pour la première fois, elle apprécia la météo. Elle laissa la mallette à la consigne de la gare, revint la chercher trois jours plus tard discrètement, pour la cacher dans le grenier.

Le soir tombait, à présent. Elle se sentait un peu triste, sans savoir si c'était la fatigue, le stress ou l'idée que Kader était en détention à Corbas qui la travaillait, ou autre chose encore. Elle fit le tour du jardin. Des pinsons venaient picorer des graines, des étourneaux les faisaient fuir. Son père avait fini de nettoyer ses fers à repasser. La moitié de sa collection était étalée sur la table.

« Alors, ces fers, ils brillent ? »

« Ils brillent, mais ce n'est pas de l'or. Aide-moi à les ranger. »

Quand elle était arrivée, la maison lui avait semblé différente que lors de ses séjours habituels. Il y régnait un désordre masculin, des boîtes de médicaments et des verres vides traînant ici ou là, des cendriers pleins sur la terrasse. Comme elle avait débarqué quasiment au débotté, elle avait surpris Giorgio dans une intimité plus profonde.

Perdue. Anxieuse.

Mais heureuse d'avoir un père pour l'accueillir. Un père avec qui manger et parler. Elle avait bien fait de venir. Elle allait enfin pouvoir se reposer de ses émotions.

« Ce soir, je veux bien manger à tes horaires de vieux. »

C'était bon de faire des choses sans importance. Réchauffer une soupe. Mettre la table. Il y avait juste cette tristesse fine qui ne la quittait pas.

Maintenant, la table était débarrassée. Son père restait assis, le tablier autour des reins, il préparait des artichauts pour le lendemain. Maïa lui tournait le dos. Elle récurait les feux de la gazinière dont la crasse devait être incrustée depuis son dernier passage. La nuit était tombée. D'agréables petits bruits domestiques, d'éponge qui gratte et d'épluche-légumes qui frotte, remplissaient ce silence sans l'abîmer.

« Tu n'as toujours pas de petit copain ? » demanda soudain Giorgio.

Elle fit volte-face, surprise.

« Pourquoi tu me demandes un truc pareil ? »

« Eh bien quoi ? Toi, tu as le droit de demander et pas moi ? »

Il disait vrai : à Noël, c'était elle qui l'avait questionné.

« Non. »

Elle se retourna pour continuer à gratter la plaque.

« Pourquoi ? Ça t'inquiète ? »

« Je ne voudrais pas que tu sois malheureuse, c'est tout. »

« Je ne suis pas malheureuse. J'ai un bon travail, j'ai des copines, il y a Pito... »

« Arrête, s'il te plaît. Ça n'a rien à voir... »

Maïa pensa au lit d'enfant dans le grenier : peut-être ne l'avait-il gardé que par nostalgie.

« Je suis désolée de ne pas te donner le plaisir d'être grand-père. »

« De quoi tu parles ? Tu pourrais juste me donner un gendre. Ou, ajouta-t-il d'un ton égal, une belle-fille... »

Elle se retourna d'un coup. Son père était là, tout sourires, avec son artichaut et la cocotte-minute, à lui parler d'homosexualité.

« Vous les jeunes, vous pensez tout savoir à notre place, hein... »

« Ce n'est pas ça, mais... »

Elle se retourna derechef et se remit à gratter la plaque.

La voix de son père s'éleva dans la cuisine :

« J'y pense souvent, tu sais. Je me dis : Pourquoi elle ne ramène jamais personne ? Pourquoi elle ne me parle jamais de personne ?... Peut-être qu'elle est plutôt attirée par les femmes et qu'elle n'ose pas le dire. Alors je voulais te dire... Aime qui tu veux. Ramène qui tu veux... Ça me ferait deux filles à aimer au lieu d'une... »

Maïa se mordit les lèvres.

« C'est gentil, papa, mais j'aime les hommes. Seulement je n'ai personne, c'est tout. »

« Ne fais pas comme moi, Maïa, ne reste pas seule. »

Il ne prononçait presque jamais son prénom.

« Je ne fais pas exprès. »

« Tu es sûre ? »

Elle ne dit rien. Les yeux lui piquaient.

« Tu sais, dit son père avec un soupir, si on veut être aimé, il faut que l'autre le sache. »

Une fois dans sa chambre, Maïa resta un moment assise, les mains entre les genoux. Elle sentait monter un gros chagrin d'enfant. Elle attendit que les larmes viennent, mais, comme souvent, elle fut incapable de pleurer.

Elle sortit la clé de la mallette et la tourna dans ses mains, comme pour trouver une solution à son malaise.

Son esprit associa la clé à la mallette, à Kader, au camion, à l'homme blessé.

L'homme à la Saxo.

Elle ne l'avait pas oublié. Elle ressentait de la pitié pour lui. Une sorte d'attendrissement.

Comment allait-il ? Où était-il ?

Savait-il seulement ce qui lui arrivait ?

Fatiguée. Tellement fatiguée.

Elle enfila le large tee-shirt qui lui servait de pyjama et se glissa dans son lit, les yeux humides.

Fermer les yeux. Arrêter de penser à lui.

Parmi toutes les choses que lui avait ordonnées Victoire, ne pas reprendre contact avec lui était le plus difficile. Il était inspecteur du travail, elle aurait pu facilement trouver un moyen de le joindre... Et le prévenir. Mais sa tante ne voulait pas. Elle avait été formelle : le cristal devait demeurer un secret. Et puis, que dire ? La croirait-il seulement ?

Le vent frappa contre le volet. Elle se retourna dans son lit.

Pourquoi ne pouvait-elle ni pleurer ni dormir ? Pourquoi fallait-il qu'elle pense à cet homme ? Il allait être en manque de cristal et s'enfoncer dans une « dépression » de plus en plus aiguë. Ç'aurait été plus simple qu'ils ne l'embarquent pas dans le van, qu'il ne se réveille pas... Elle avait voulu aider sa tante, et maintenant elle devait mentir – par omission mais mentir quand même – à un homme en danger de mort. Kader n'était pas là pour la conseiller. Elle n'avait personne à qui se confier. Personne de vraiment proche. Son père avait raison : pourquoi était-elle toujours célibataire ? À quel moment pourrait-elle se reposer sur quelqu'un ? Elle repensa à ce moment où Bastien lui avait pris la main dans le van ; il avait juste posé ses doigts sur les siens. Ça l'avait remuée, ce contact. Depuis combien de temps un homme ne lui avait-il pas touché la main ? Elle ne se souvenait plus. C'est ça le pire, songea-t-elle en s'endormant : ne pas s'en rappeler.

CHAPITRE 26

Bastien

Ce matin, en redescendant vers Arent, j'ai trouvé un chat mort sur la départementale. Couché sur le côté, les yeux encore ouverts, un jeune chat au pelage clair. Sur le cadavre, il n'y avait pas de sang ni de choc apparent. On aurait pu croire qu'il se prélassait. Une voiture passa comme je le regardais, puis une deuxième, qui faillit l'écrabouiller. Je m'agenouillai et soulevai l'animal. Son pelage me sembla encore chaud. J'eus envie de lui dire quelque chose, mais, par peur du ridicule, je ne dis rien. Je le déposai sous le porche d'une maison fermée et redescendis au village.

En fin de matinée à Arent, une fois partis les véhicules utilitaires, il ne restait que les retraités. Ils grattent la terre, poncent et repeignent leurs volets ; ils bougent leurs vieux tracteurs, vidangent des bidons, utilisent toutes sortes d'outils qui percent, coupent, scient et ils se rendent visite les uns aux autres. Certains, quand je les croise, me font un geste de la tête comme pour signifier : Nous savons que tu existes. Leur chien les suit la tête basse.

Je pensai en traversant ce paisible village que j'avais déplacé le chat pour rendre ce monde moins obscène.

Mais je pouvais aussi m'en extraire.

La pensée du suicide m'occupait de plus en plus les derniers jours. J'étais obsédé par les poutres. Mon esprit cherchait la meilleure poutre où me pendre. Chaque fois que j'en voyais une, j'évaluais la distance au sol, la présence ou pas de voisinage, le type de corde qu'il me faudrait. Dans l'exploitation laitière voisine, il y en avait une grosse, qui semblait oubliée : il me suffirait de faire une dizaine de pas pour la saisir. À défaut de poutre, la forêt est pleine d'arbres dont les branches me lançaient ce défi macabre sans cesse répété. L'un d'eux, un hêtre, me plaisait particulièrement. Un arbre, une corde : voilà tout ce qu'il me fallait.

L'après-midi je m'étais calmé. J'étais assis dans le jardin, ma couverture de grand-père sur les genoux, attendant que mon café infuse, quand le blondinet qui m'avait raconté la légende de la Maison du Pendu passa la tête au-dessus du portail :

« Vous n'avez pas vu un chat, monsieur ? Une petite chatte blanche. »

Le gosse avait le même sweat orange que la première fois. Un vêtement plutôt léger malgré la pluie, et je m'étonnai que ses parents le laissent sortir ainsi. Sa voix me parut très enfantine – ou c'était le ton qu'il employait, proche de la supplique. Il avait une face ronde de pré-ado, des cheveux blonds en brosse, une rougeur sur son œil droit. Le genre qui n'irait pas en terminale générale, ai-je eu le temps de penser. Je pris une inspiration.

« Tu es tout seul pour la chercher ? »

« Ben oui, c'est mon chat. »

J'avais à peine commencé à raconter que des larmes jaillirent de ses yeux. Il se mit à courir dans la direction indiquée. J'hésitai, puis je le suivis : ce serait moins dur pour lui d'être avec un adulte. Finalement, comme pris de crainte, lui-même m'attendit sur la route, essoufflé, mais soulagé, si on peut dire, que je sois venu.

Le cadavre était toujours là. Raide mais intègre. Le gamin pleurait sans retenue. Je ne pensais pas qu'on pouvait autant pleurer pour un chat. Il l'aimait tant, sa petite chatte, elle était si jeune, monsieur… Et pourquoi elle est venue ici, avec cette putain de route, ces putains de voitures ? C'est ma faute, je n'aurais jamais dû la laisser sortir…

Accroupi à côté de lui sous le porche, je ne disais rien. Il était grand, je ne pouvais tout de même pas le prendre dans mes bras. Mais je crois que cela lui faisait du bien qu'on l'écoute.

« Tu devrais prévenir tes parents, ils t'aideront. Vous l'enterrerez. »

Il renifla comme si j'avais dit quelque chose d'encore plus triste.

« Tu veux aller au bar ? Je t'offre un Coca si tu veux. »

C'était ridicule : on ne se console pas de la mort d'un animal avec un Coca.

Une voiture passa, ralentit. Le garçon restait prostré. J'aperçus un sac plastique sur le bord de la route, j'allai le ramasser.

« Mets-le dedans, tu l'enterreras ensuite. »

Une tendresse insoupçonnée me poussait vers lui. Il avait toujours le cadavre sur les genoux. Il reniflait. Je ne voyais plus que son nez rougi sous sa capuche.

« Il pleut, tu devrais rentrer. »

« Non, j'ai pas envie. De toute manière, personne ne m'attend chez moi. »

« Allons, ne dis pas ça... »

« Pourquoi, s'écria le gosse avec une rage soudaine, si c'est vrai ? »

Je finis par partir, le laissant à sa solitude, mais je me retournai plusieurs fois en descendant la route : le gamin était toujours recroquevillé, presque en boule. Il me fit penser à moi dans ma chambre, prostré et en larmes après avoir été battu. J'aurais voulu lui dire que l'enfance un jour se termine.

Je me retrouvai à errer dans le village. Les habitants devaient se dire en me voyant tourner en rond sous la pluie : Ce pauvre gars qui vient de la ville, il a pas l'air bien, il va finir par se pendre... J'avais besoin d'un verre. Je poussai la porte du bar, mais il n'y avait personne pour me servir. Un torchon était posé sur le zinc, comme un mot d'excuse pour la clientèle. Mes yeux furent attirés par une statuette de la Vierge sur l'étagère des alcools. Voilà ce dont j'aurais eu besoin : aller à la messe. Me recueillir. Prier pour le gamin – mais comment s'appelait-il ? Je l'ignorais.

Il pleuvait vraiment à présent, et je ne voulais pas marcher dans une flaque. Je rentrai chez moi en regardant où je mettais les pieds. C'est seulement en arrivant devant le gîte que je vis la voiture de police.

Je savais qu'ils avaient mon adresse, mais cela me fit un choc.

Rosset avait ouvert mon portail et faisait les cent pas dans le jardin *privatif*. On aurait dit que la pluie lui tombait dessus sans le toucher. Il me lança un bonjour enthousiaste et me tendit la main.

« Je passais dans le coin... je me suis dit que j'allais venir voir comment vous vous remettiez. »

« Ne dites pas n'importe quoi. Personne ne passe dans le coin. »

Cependant la pluie redoublait. J'ouvris la maison, Rosset entra sur mes talons. Il n'avait sans doute pas le droit d'être à l'intérieur sans mandat ou quelque chose dans le genre ; j'aurais dû appeler mon avocate. Mais à la place je mis le café à réchauffer dans la cafetière.

« Pourquoi vous vous énervez ? dit le flic. Dans une autre vie, on aurait peut-être été amis, tous les deux. »

Le café prêt, je m'assis sur le canapé avec ma tasse. Je pensais à ce gamin qui pleurait son chat crevé sur la route.

« Il n'y a jamais d'autre vie », dis-je.

« Malgoni est mort », dit Rosset.

Je faillis recracher mon café.

« Vous êtes sûr ? »

« On l'a retrouvé pendu dans le parc de Parilly, pas très loin de Vénissieux. D'abord on l'a pris pour un SDF. Il était méconnaissable, il nous a fallu deux jours pour l'identifier. »

« Vous êtes sûr que c'est lui ? » insistai-je.

« Oui. Ce sont les mêmes empreintes à Plastirec, chez lui, sur le volant de votre voiture... tout concorde. »

Je sentis un souffle d'air me parcourir, comme un poumon dont j'aurais oublié l'existence.

« Vous ne pouvez pas savoir à quel point ça me soulage... »

Rosset me regarda dans les yeux.

« Parce qu'il ne pourra plus vous demander du fric ? »

« Sincèrement, Rosset ! Vous me croyez vraiment capable de faire assassiner quelqu'un par un ouvrier transformé en tueur à gages ? »

L'officier de police s'était approché de la fenêtre. Il en inspectait les battants comme s'il voulait relever mes empreintes.

« Mon sentiment personnel sur cette affaire n'a pas d'importance », dit-il.

« Vous êtes tellement obsédé par l'idée que je suis coupable de quelque chose que vous n'avez pas *vraiment* écouté mon témoignage. »

« Allons bon ! »

« Rappelez-vous ce que Malgoni m'a dit ce soir-là... Comme il me braquait, je lui ai demandé qui il avait tué. Il m'a répondu : "Je l'aimais." »

« En effet, je me rappelle... Mais est-ce qu'il faut vous croire ? »

Je me pris la tête dans les mains. J'aurais eu besoin d'une bière, pas d'un café.

« Peut-être que je ne raconte pas que des mensonges. Il n'y a que moi qui aie pu interroger Malgoni, non ? Il m'a dit : "Je l'ai pas tué, c'est la machine, je l'aimais." Ce n'est pas vous qui souteniez l'hypothèse qu'il aurait tué son ami ? »

« Le crime passionnel, oui. »

« Il n'y a pas de *crime passionnel*, m'écriai-je, de plus en plus nerveux, il n'y a que des hommes qui tuent des femmes. De même, il n'y a pas de *malheureux accident* mais des négligences coupables de la part de l'employeur. »

Rosset sourit.

« On voit que votre travail vous manque, inspecteur. »

« Je reprends dans quinze jours. »

« Si vous êtes toujours libre. »

« Comment ça ? »

« Il va y avoir la perquisition, après quoi Sinastiez décidera si vous êtes mis, ou pas, en examen. »

Le bruit de la pluie était comme un supplice chinois. Tout cela ne finirait donc jamais...

« Ne vous chagrinez pas, reprit le flic. La perquisition sera propre, je m'y engage. Si vous n'avez rien à vous reprocher – pas de transfert d'argent, pas d'armes –, elle vous dédouanera plus qu'autre chose. »

« Je l'espère. »

Je frissonnai soudain. Malgoni était mort. Il s'était pendu à un arbre à Parilly. Pour la première fois, je le comprenais. Il avait lutté contre l'idée du suicide, il avait perdu.

« Au fond, on ne devrait jamais se réjouir de la mort d'un homme », dis-je après un silence.

« J'oubliais que vous êtes chrétien. »

« Je vous emmerde. »

Rosset rit.

Je pensais qu'il s'en irait, maintenant, mais il ne partait pas. Il était là dans le canapé mauve, tel Cro-Magnon ayant pris possession des lieux. À côté de lui, il me semblait que j'étais d'une espèce plus faible et bientôt disparue. Je me resservis un café.

« Sinon… Kader Derwiche, il ne vous a rien dit sur son travail au Cern ? »

« Non. C'est vous qui m'avez appris son nom. J'étais en sang et j'avais la tête comme une pastèque – d'ailleurs, depuis j'ai toujours des acouphènes… »

« Vous ignoriez qu'il travaillait au Cern ? » coupa Rosset, que mon numéro d'auto-apitoiement laissait complètement indifférent.

« On en a déjà parlé, non ? Je l'ai pris pour un pompier, un médecin, un détective privé, un cambrioleur… »

Rosset saisit de ses grosses mains un dépliant pour la station de ski d'Hauteville-Lompnes et le roula en forme de longue-vue. Il regarda le salon avec, puis moi. Je me sentis visé comme par une arme.

« Un ingénieur qui gagne 6 000 francs suisses… d'après vous, il s'amuserait à faire des cambriolages ? »

« J'imagine que si vous l'avez coffré, c'est qu'il avait déjà un casier… »

« De vieux trucs d'héroïnomane à Marseille en 1995... Cela n'a rien avoir avec la cambriole... »

« Je croyais qu'il avait avoué. »

« Oh oui ! Des aveux très clairs : Kader Derwiche affirme qu'il voulait cambrioler Plastirec, qu'il se planquait dans son van, qu'il a vu un homme armé sortir, a entendu vos cris, et qu'il a renoncé à son méfait pour vous soigner. Mais vous savez, les aveux... continua Rosset en regardant par la fenêtre avec sa longue-vue. Certains collègues en font une panacée, moi je m'en méfie. Avec un peu d'astuce, on peut faire avouer n'importe quoi à n'importe qui... Inversement, un prévenu peut avouer tout ce qui l'arrange... »

Il reposa enfin le prospectus. J'aurais vraiment voulu qu'il parte.

« Reparlez-moi de cette machine. »

« Franchement, dis-je en me levant comme un ressort, je préfère éviter d'y repenser... Et d'ailleurs je ne comprends pas dans quel cadre se déroule cet entretien. Je devrais peut-être appeler mon avocate. »

« Faites pas chier, Fontaine ! Ce Derwiche vient du Cern, cette compacteuse aussi... »

Je marquai ma surprise.

« Vous ne le saviez pas ? » s'étonna Rosset.

« Comment aurais-je pu le savoir ? »

« C'est dans le rapport de l'organisme qui a contrôlé la machine après l'accident. »

« Comment avez-vous pu le lire, ce rapport ? C'est l'inspection du travail qui l'a. »

« Mais vous nous l'avez donné, avec tout le reste ! »

Je m'en souvenais à présent. Peu après ma visite au tribunal avec Guilaine, j'avais transféré à Sinastiez des documents que j'avais demandés pour appuyer ma thèse de l'accident du travail mortel. Il y avait dedans l'historique de la machine. Contrairement à moi, qui avais été déchargé du PV, l'officier les avait ouverts et lus de près.

« Reghioul l'a achetée au Cern il y a six mois, je crois. Derwiche vient du Cern. Alors je me pose des questions. »

« Quelles questions ? »

Rosset reprit le prospectus et le serra entre ses doigts jusqu'à en faire une boule. Il aurait pu me foutre des baffes qu'il l'aurait fait avec la même sérénité.

« Fontaine... vous avez le sens du devoir, vous êtes fonctionnaire... vous devez nous aider. »

« Je n'ai fait que ça, il me semble ! Maintenant on m'accuse. »

« Quelqu'un sait quelque chose et ne le dit pas. Ce patron, Venerio Malgoni, vous, Kader Derwiche, peut-être tous les quatre : vous savez quelque chose et vous ne le dites pas... »

Il me cuisinait mais il fallait que je tienne. L'œil toujours attiré par la boule de papier compacté qu'était devenu le dépliant, je dis :

« Seul Malgoni aurait pu vous renseigner. Mais il est mort, et bientôt enterré. »

« Oh non, pas bientôt ! J'ai fait suspendre la mise en bière pour analyses complémentaires.

On va garder son corps le temps qu'il faudra – c'est moi qui décide quand on l'enterrera. »

« Mais la famille... »

« Il n'y a pas de famille. Il avait fait le vide autour de lui. »

« Il n'y a pas en France une obligation légale d'enterrer un cadavre tant de jours après sa mort ? »

« Pas dans ce genre d'affaire. Et puisque vous vous taisez tous, je vais essayer de le faire parler *post mortem*. »

Je trouvai ce pouvoir dont il était investi particulièrement obscène.

À cet instant, Rosset regarda sa montre. Il sembla contrarié de l'information qu'il y trouva.

« Bon. Je vous laisse. »

Je le raccompagnai à sa voiture. La propriétaire nous regardait de sa fenêtre.

« Si vous revenez, dis-je, prenez une voiture banalisée : le monde est petit par ici. »

« Je vous le promets. »

Sur ces mots, il démarra. Un autre voisin observait la scène. Pour ne pas éveiller les soupçons, je lui fis un signe de la main, comme à un ami.

La nuit suivante, je me vis en rêve sous la forme d'un chat blanc. J'étais dans les bras de la femme du camion. Je ne pouvais ni bouger ni parler. Elle me soulevait et me déposait sur un trottoir. J'étais le chat blanc et je lui disais intérieurement : Parle-moi. Pourquoi tu ne parles pas ? Dis-moi quelque chose. Mais elle me regardait tristement, sans prononcer un mot. Il n'y avait rien à dire si j'étais déjà mort.

CHAPITRE 27

Maïa

C'était une clé courte et cylindrique, plutôt lourde pour sa taille, avec des creux et des bosses qui accrochaient la lumière ; son métal était torsadé d'une manière particulière. Sans cette clé, on ne pouvait pas ouvrir la mallette. Ce que ferait Victoire un jour. Quand, Maïa l'ignorait, mais elle savait que sa tante manipulerait le cristal bleu une dernière fois pour le mettre hors d'état de nuire – une opération qu'elle mènerait avec Kader, quand il serait sorti de prison. Le rôle de Maïa consisterait alors à leur rendre la mallette, avec son code et sa clé.

La mallette était dans le grenier.

Le code de sécurité était dans sa tête.

Restait la clé. Elle ne l'avait pas perdue en allant chez son père, elle ne devait pas la perdre en rentrant à Lyon. Sa disparitionnite pouvait frapper à tout moment, il fallait qu'elle fasse très attention. Vraiment très attention, se répétait-elle en frottant ses yeux encore alourdis de sommeil.

« On y va, ma puce ? »

Dans la voiture, elle garda une main sur la poche de son jean. La clé devait rester là, bien au chaud contre sa cuisse.

« J'espère que tu auras beau temps aussi à Lyon. »

Son père l'émouvait toujours quand elle le quittait. Sur le quai de la gare, elle le prit dans ses bras. S'il fut étonné, il ne le montra pas autrement qu'en lui tapotant la joue de sa main rêche.

Elle monta dans le TGV, un direct Draguignan-Lyon. Plus cher mais plus sûr. Temps de trajet : trois heures quatorze.

Elle s'assit à sa place, côté fenêtre. La clé était toujours là.

Plus que trois heures.

Maïa lut la presse qu'elle avait achetée au kiosque. Le calme régnait dans la voiture. À peine son voisin pouvait-il remarquer que, chaque fois qu'elle tournait une page, elle effleurait le haut de sa cuisse droite d'un geste rapide.

Plus que deux heures.

Maïa essaya de visualiser mentalement chacun de ses futurs gestes à son arrivée à Lyon. Sortir du TGV, prendre le métro B. Changer à Saxe-Gambetta, prendre la ligne D. Sortir du métro à Saint-Jean, marcher jusque chez elle. Faire le code, monter les quatre étages. Ouvrir la porte. Ne pas toucher Pito, aller directement dans la cuisine. Ouvrir le placard au-dessus de la plaque de cuisson. Prendre le flacon de cumin et y placer la clé.

Elle avait vérifié avec un flacon standard chez son père, c'était la bonne taille.

Son scénario était clair dans sa tête. Il devait se passer le minimum de temps entre le moment où elle franchirait la porte de son deux-pièces et celui où elle glisserait la clé dans le flacon à épice.

Le ciel se couvrit de nuages après Valence.

Plus qu'une heure.

Maïa répondit à des e-mails le reste du trajet.

À Lyon Part-Dieu, elle sortit de la gare, descendit dans la bouche du métro. La clé était toujours dans sa poche.

Plus qu'une demi-heure.

Elle changea à Saxe-Gambetta. Les pots de confiture donnés par son père s'entrechoquaient dans son sac à dos, rendant un son de clavecin désaccordé. Il y avait du monde, c'était un samedi de soldes. Le quai du métro D était bondé. Un homme la frôla. Maïa toucha la poche de son jean. La clé était toujours là.

Plus que vingt minutes.

Elle descendit de la rame et emprunta l'immense escalator de la station Saint-Jean. Une foule de touristes encombrait la place.

Elle arriva dans la rue Saint-Georges.

Plus que dix minutes.

Devant son immeuble, elle tapa le code.

Plus que cinq minutes.

Elle ouvrit la seconde porte de l'immeuble et commença à monter les quatre étages.

Elle avait du mal à respirer et s'arrêta au deuxième, visualisant de nouveau son scénario : aller dans la cuisine, ouvrir le placard, saisir le cumin, dévisser le bouchon, sortir la clé de sa poche, la glisser dans le flacon, revisser le flacon, le reposer, refermer le placard.

Plus qu'une minute.

Elle était sur le palier du quatrième étage. Elle chercha son trousseau dans la poche de son manteau, celui qui contenait les clés de l'appartement. Il n'y était pas. Dans l'autre poche, peut-être. Ne pas s'énerver.

Elle le trouva. Tout va bien. Calme-toi.

Plus que trente secondes.

Les pieds sur le paillasson, elle sentit son sang se glacer.

La porte était légèrement entrouverte.

Elle recula d'un pas. La serrure avait été forcée.

Elle s'approcha en tremblant et tendit l'oreille. Aucun bruit. Florence lui avait dit par texto qu'elle était passée la veille nourrir Pito. Si elle avait été cambriolée, ce ne pouvait être que dans la soirée, la nuit, ou, pire, au matin. Et Pito, alors ?

À cette pensée, Maïa poussa la porte et entra.

Le chat vint se frotter à ses chevilles en poussant des miaulements longs et rauques.

« Tu es là ! Ça va ? »

Elle se courba pour le caresser mais, le poil hérissé, il s'enfuit aussitôt. Elle le suivit du regard et découvrit le désastre.

L'appartement avait été entièrement retourné.

Les portes des placards et des meubles étaient ouvertes. Ses papiers, ses objets, ses livres étaient répandus au sol. Les bocaux dans la cuisine avaient été vidés de leur contenu. Ses draps rangés en pile, dépliés et jetés les uns sur les autres par terre. Ses coussins ouverts au cutter : de la mousse blanche s'était déversée partout dans sa chambre. Rien, absolument rien, de sa vie n'avait pu échapper aux cambrioleurs.

Pito miaulait toujours. Maïa tentait de le prendre dans ses bras, mais il restait très agité. Ses petites dents blanches semblaient vouloir se venger d'une offense.

Elle chercha ses croquettes dans la cuisine avant de s'apercevoir qu'elles étaient sur le carrelage, déversées en une masse pyramidale. En regardant de plus près, elle remarqua que, contrairement à ce qu'elle avait pensé à première vue, le désordre n'était pas total : les monticules de riz, de semoule, de fusilli et de café suivaient une ligne droite... Pour obtenir cet agencement, on avait dû se mettre à genoux et soigneusement vider les bocaux un par un.

Maïa se rendit dans la salle de bains. On avait fouillé l'armoire à pharmacie, mais ses bijoux étaient toujours là, y compris le collier en or de sa mère.

Alors son intelligence se mit en route, comme pour contrecarrer la peur. Maïa réfléchit.

Des cambrioleurs normaux auraient pris ses bijoux. Des cambrioleurs normaux n'auraient pas aligné le contenu de bocaux alimentaires sur le sol de la cuisine.

Son chat n'avait été ni frappé, ni martyrisé. Pito ne miaulait peut-être si fort que pour lui signifier son mécontentement après une semaine de solitude... C'est lui qui avait dû répandre partout la mousse des oreillers.

Personne n'avait voulu lui faire peur. Ses visiteurs avaient certes retourné son appartement, mais ils l'avaient fouillé avec un soin... Maïa cherchait comment décrire ça... avec un soin maniaque.

Oui, malgré le chaos apparent, leur manière de procéder était anormalement méthodique. Comme si les gens qui avaient fait ça n'aimaient pas le désordre.

Et soudain elle comprit.

« Putain ! C'est les Suisses ! » s'exclama-t-elle.

Cette fouille intégrale, ordonnée, radicale, était l'œuvre de Suisses – elle en aurait mis sa main à couper.

Maïa ne ressentait plus ni peur ni détresse, mais une sorte de rebond intellectuel, et aussi de la colère.

Ses visiteurs étaient des gens du Cern, évidemment. La fouille avait été précise, obsessionnelle. Ils ne voulaient pas lui faire peur, ni la voler. Ils cherchaient la mallette et sa clé. Mais alors...

Victoire était aux États-Unis, à un colloque sur l'antisymétrie. Il était 5 heures du matin à Berkeley. La physicienne devait dormir dans un lit *king size* dans un hôtel dont on ne pouvait ouvrir les fenêtres.

Maïa prit des photos de son intérieur et les lui envoya par WhatsApp.

> Maïa : Est-ce que quelqu'un est au courant au Cern que je suis ta nièce?
> On a fouillé chez moi. Regarde.

À sa grande surprise, elle entendit en retour un *ding* de réception d'un message.

> Victoire : Oui je ne m'en cache pas, pourquoi?
> Mon Dieu, tu as été cambriolée?

Victoire était joignable, c'était inespéré.

> Ce n'est pas un cambriolage.
> Ils cherchaient quelque chose de précis.
> Sinon pourquoi ne pas voler mes bijoux?

Elle fit encore des photos des monticules de riz, de blé et de grains de poivre, et aussi des papiers au sol. Les images passèrent du statut Envoyé au statut Lu, puis « Victoire est en train d'écrire… » s'afficha.

> Je suis tellement désolée
> pour tout ça! Ils n'ont rien trouvé?

> Non. Mais qui est au courant chez vous?…
> Qui peut chercher ce que tu m'as confié?

De nouveau sa tante était « en train d'écrire », mais ça prenait beaucoup de temps, comme si la physicienne avait effacé sa réponse et recommencé.

> Ecoute, là je suis aux Etats-Unis.
> Je rentre dans deux jours. Je t'appelle.

> Quelqu'un sait au Cern.
> On s'en est pris à moi et je ne vais pas
> me laisser faire.

Elle crut un moment que Victoire ne répondrait plus, mais trois messages apparurent presque coup sur coup :

> Je comprends que tu sois en colère.
> Je vais m'en occuper.
> Là il faut que j'y aille,
> j'ai une importante communication
> à faire au colloque.

Puis elle se déconnecta sans dire au revoir.

Maïa se leva et fit les cent pas dans son appartement. Elle relut le fil de la conversation. À aucun moment Victoire ne mettait en doute ce qu'elle lui disait. Qu'elle puisse être cambriolée était donc pour sa tante une éventualité qu'elle avait envisagée. Décidément, son égoïsme n'était plus à démontrer. « J'ai une importante communication à faire au colloque ! » Son père avait raison depuis le début : Victoire ne pensait qu'à elle.

« Je vais m'en occuper »... Qu'allait faire sa tante ? Si elle regardait les choses sans complaisance, la physicienne avait échoué dans son expérience de *coating*, échoué à protéger Bartolomeo, échoué à sortir le cristal bleu de la caverne du MSE... À cause d'elle, Kader était en détention préventive. Son avocat allait sans doute le faire sortir, mais un jour il subirait une condamnation pour cambriolage... Non, décidément, elle ne devait plus se laisser guider par les consignes de Victoire.

Elle prit son rubicube. L'idée que ses « visiteurs » aient pu le toucher la dégoûtait.

Elle n'allait plus se laisser faire. Jusque-là elle avait été bien gentille, elle n'avait désobéi en rien. Mais on s'en prenait à elle. Elle devait réagir.

Elle se leva, prit dans son sac son carnet de notes, celui qui ne la quittait jamais.

Elle devait mettre de l'ordre dans ses pensées.

Si c'étaient des gens du Cern qui étaient entrés chez elle, cela signifiait trois choses :

1) Contrairement à ce que lui avait dit Victoire, quelqu'un à Genève était au courant de l'existence du cristal bleu.

2) Cette personne connaissait assez bien sa tante pour savoir qu'elle avait une nièce à Lyon.

3) Cette personne portait au cristal bleu un intérêt assez fort pour être capable de venir fouiller chez elle afin de le retrouver.

Or, se dit-elle, l'objet du plus grand intérêt humain sur Terre, c'est l'argent. Sa tante avait beau lui avoir fait un discours irénique sur la dimension non économique des recherches en physique fondamentale, une conclusion s'imposait : on voulait faire de l'argent avec le cristal bleu. Kader le lui avait bien dit : c'est une drogue, c'est une pierre précieuse... Tout le monde n'avait pas l'éthique de Victoire...

Dans le désordre de la cuisine, elle parvint à se faire un thé. Mais il y avait pire : cette « équipe suisse » avait attendu que les éclats toxiques soient sortis de Plastirec avant de chercher à récupérer la mallette chez Maïa, identifiée comme complice. Ils étaient bien informés.

Elle s'assit à son bureau et se rendit sur le site web du Cern. Dans le moteur de recherche interne, elle tapa « cristaux scintillateurs ». Le résultat comportait une douzaine de communiqués de presse et d'actualités. Elle lut l'un des premiers :

> L'apport du CERN à la médecine est en plein développement, notamment par l'usage des cristaux scintillateurs. De nombreux laboratoires travaillent à les développer et à développer des cristaux secondaires pour faire avancer la question du diagnostic. C'est un sujet en lien avec les problématiques sociétales et, conséquemment, le conseil du CERN a placé la recherche sur les cristaux scintillateurs parmi les objectifs subprioritaires décennaux.

Quel charabia... pensa-t-elle. Un bon journaliste aurait écrit : « Depuis des années, le CERN investit beaucoup de temps et d'argent dans les cristaux. »

Elle tomba sur une autre page confirmant cette information. Les cristaux étaient désignés « objectif décennal de recherche dans le cadre du développement du futur FCC et, à ce titre, le CERN recevait des financements supplémentaires... ».

Maïa fit tourner une mèche de cheveux entre ses doigts.

Tout cela recoupait et ordonnait les propos de Victoire, mais sous un aspect différent. Ses recherches n'étaient pas aussi originales que Maïa l'avait cru. Elles étaient enracinées dans une continuité. Les cristaux scintillateurs concentraient sur eux beaucoup d'attention, de financements, et des enjeux peut-être plus importants que ce que lui avait dit sa tante.

Derrière elle, Pito jouait avec les moutons blancs sortis de ses oreilles.

Elle continua à lire. Dans un autre communiqué de presse, elle découvrit une information d'apparence anodine :

> Pendant longtemps le CERN et le domaine médical ont eu des échanges au cas par cas, qui dépendaient surtout de l'enthousiasme d'individus particuliers, ce qui donnait des résultats inégaux...

Pour qui connaissait Victoire Hussard, cela lui correspondait si bien...

Elle approcha ses yeux de l'écran.

> Le CERN sera désormais plus attentif à favoriser le transfert de technologie. Pour cela, et afin que nos partenaires puissent avoir un interlocuteur unique, le CERN désigne à partir d'aujourd'hui Jack Meryll comme coordinateur des recherches sur les cristaux.

Victoire lui avait parlé de ce type. Jack Meryll... Oui, c'est ça. Elle avait noté son nom sur son carnet. Il était à l'origine de son expérience sur le *coating*... C'était lui qui avait poussé Victoire vers cette recherche.

L'organigramme du Cern était facile à trouver sur le site, et Jack Meryll y était assez haut placé. Elle dénicha son CV sur le Net. Il était né en Grande-Bretagne, avait été *senior physicist*, n'avait pas publié beaucoup d'articles scientifiques. Il était devenu responsable des finances et du transfert de technologies au Cern. En plus de ce poste-clé sur les cristaux, il était désormais *fundraiser*.

Le communiqué datait de deux mois. Après le suicide de Bartolomeo... Est-ce qu'à ce moment-là Victoire s'était confiée à Meryll ? Maïa se rappelait qu'elle avait falsifié un rapport de recherche, ce qui ressemblait très peu à sa manière de procéder. Était-ce Meryll qui lui avait demandé de le faire ?

Elle s'allongea sur le canapé, les yeux fermés pour ne pas voir le désordre. Pito vint se blottir contre elle. Il fallait qu'elle comprenne, qu'elle trie toutes ces informations. Mais elle s'endormit.

Elle se réveilla en sursaut ; son cœur battait vite. Elle se sentait en danger. Observée. Menacée. Elle regarda son téléphone : elle n'avait dormi que quelques minutes. La porte était toujours entrouverte, mais rien n'avait bougé. Il lui semblait pourtant avoir échappé à une menace.

Bon sang ! La clé !

Elle palpa son jean. La clé était toujours là. Elle la sortit de sa poche avec une frayeur rétrospective. Son plan ne tenait plus. Il lui fallait une nouvelle cachette, hors de son appartement.

Un quart d'heure plus tard, Maïa garait son vélo à la gare. Les bureaux de la consigne SNCF étaient à côté de celui des objets trouvés. Elle déposa la clé dans un bac qu'un guichetier lui tendit.

« C'est tout ? »

« Oui. »

L'homme ouvrit un tiroir et en sortit un sachet plastique. Délicatement, il saisit la clé et la glissa dedans, puis il referma le sachet avec un scotch spécial. Enfin il lui donna un ticket blanc, avec un numéro et un QR code.

« Si vous perdez le ticket, on pourra toujours vous rendre vos effets, mais ce sera facturé 20 euros. »

« Cela coûte combien par jour de vous la laisser ? »

« 10 euros le premier jour, 4,50 les suivants. »

Une fois sur le parvis de la gare, Maïa resta immobile un instant, le ticket de consigne dans les mains. Ce parvis était un des endroits les plus laids de la ville. Punks, clochards et faux pétitionneurs y traînaient en nombre le long des palissades de pharaoniques travaux d'agrandissement.

Elle déchira en deux le ticket et jeta les morceaux dans une poubelle grise à côté d'elle. Puis, à grands pas, elle s'éloigna. Elle ne vit pas un homme de petite taille, sans doute un SDF, fouiller dans la poubelle derrière elle.

CHAPITRE 28

Bastien

J'ai piqué la Madone au bar. Sans préméditation.

Peut-être à cause de la neige tombée ce jour-là, le patron avait l'air contrarié et beaucoup d'habitués n'étaient pas encore arrivés. Il m'avait servi ma bière puis était sorti. J'étais accoudé au zinc et, en levant les yeux, j'ai croisé son regard. Marie mère de Dieu, Porte du Ciel, Salut des Infirmes, Marie dans une robe bleue en plastique, entre une bouteille de cognac et une de Suze, devant une carte postale du Touquet.

En deux secondes j'étais derrière le bar, une de plus et la Vierge était dans ma poche. Comme si Arsène Lupin s'était emparé de mon corps.

D'autres clients entrèrent juste après, le patron revint pour les servir. Il ne s'aperçut de rien. Ma main tremblait, mon cœur battait à toute allure. J'écoutai attentivement la conversation, elle tournait autour de la neige et du chasse-neige, du nombre de centimètres tombés, et aussi de la beauté. Tu as vu sur le plateau, ce matin, c'était beau.

« Une deuxième, s'il vous plaît. »

Il n'était plus rare désormais que je prenne deux pintes. Marie conçue sans péché, Étoile du matin, je commençais à craquer de tous les côtés.

Ce soir-là, il me fallait l'aide de Marie, car je voulais absolument me rappeler où j'avais déjà vu cette femme. Il me semblait que si je ne m'en souvenais pas ce soir, je ne m'en souviendrais plus jamais.

Cette fille brune, le teint un peu mat, où l'avais-je déjà vue ?

Il me fallait revenir en pensée dans le camion. Quand je lui avais parlé et que mon cerveau avait eu cette nette impression de la reconnaître.

Dans le brouhaha du bar maintenant animé, je m'imaginai sur la banquette du van en train de rouler, à lui prendre la main. Mais j'avais fait renaître tant de fois cet instant qu'il ne m'évoquait plus la même magie. Même mon impression de déjà-vu devenait factice, répétitive.

Je relâchai la tension. Mon verre était de nouveau vide. La détresse me prit. Reine du ciel, Siège de la Sagesse… J'allais échouer. Cette pensée m'était insupportable. Je touchai la statuette dans mon veston. Repris une bière. De la brune, pour mettre la chance de mon côté.

Le souvenir n'était pas dans le camion où cela s'était passé, le souvenir était en moi. Il me fallait le laisser remonter, sans forcer. Il naviguait sous ma conscience, je l'avais décroché mais je ne savais pas où il était. Comme un pêcheur surveillant une ligne sans pouvoir sonder les profondeurs de l'océan. Mon esprit sentait qu'il se passait quelque chose dessous, mais je ne pouvais que rester vigilant et disponible, pour qu'il remonte des eaux du passé.

À nouveau je fermai les yeux. Une chose vivante, brillante, vint glisser à la surface, mais sans apparaître. Cette chose était un lieu, une image, un événement. Son prénom même, avec un peu de chance ? J'expirai lentement, essayant de m'abandonner. De le voir remonter.

Mais non, le souvenir restait englouti. Que je fouille dans ma mémoire volontairement ou que je laisse mon esprit divaguer, cela ne donnait aucun résultat.

Je sortis du bar après une quatrième bière. Le ciel était blanc comme une barbe à papa saveur citron. La lune passant dans cette épaisseur sucrée rendait une lumière diaphane presque extraterrestre. Je marchai dans les rues enneigées, j'étais ivre. Marie, pardonne-moi mais c'est un bon jour pour mourir.

Mes pas m'amenèrent devant l'exploitation laitière. Dans le capharnaüm devant le bâtiment, à moitié caché par une couche de neige, je pris la corde enroulée sur elle-même. C'était *le* soir ou jamais.

Seulement voilà : au gîte la propriétaire – peut-être par crainte de la malédiction de la Maison du Pendu – avait fait en sorte qu'on ne puisse accrocher nulle part une corde. Nouvel échec.

Je m'affalai sur mon lit. Demain, j'irai voir mon arbre, me dis-je. Auprès de mon arbre, je mourrai heureux.

Je m'endormis très vite.

Le lendemain, mon téléphone me réveilla. Je le fis tomber deux fois avant d'arriver à décrocher. C'était Guilaine.

« Je serai là à midi, c'est bon pour toi ? »

« Bon pour quoi ? »

« Ben, pour tes valises. Je te ramène à Lyon. Le gîte est loué à des skieurs, tu te rappelles ? Henri t'avait prévenu, non ? »

Les idées suicidaires, j'avais l'habitude. Les trous de mémoire, moins.

« Je croyais que c'était demain. Ou plus tard. On n'avait pas dit plus tard ? »

« Mais non ! Je t'ai dit par texto... C'est aujourd'hui. »

« Oui, oui, je serai prêt », je marmonnai.

En raccrochant, je me rappelai la visite de la propriétaire venue me dire que, si je n'y voyais pas d'inconvénient, ça l'arrangerait que je parte afin qu'elle puisse recevoir une famille de skieurs. Les familles m'emmerdent. J'avais appelé Henri ensuite. J'avais dit quoi ? Il avait décidé pour moi. Il s'était arrangé avec Guilaine, qui venait me chercher. Je devais donner une impression lamentable à mes proches pour qu'ils décident à ma place.

Je consultai ma montre. Il était déjà 11 heures.

En faisant ma valise, j'étais soulagé : le combat était terminé. Je saisis la corde que j'avais laissée au pied du canapé et, à défaut de pouvoir la rapporter à la ferme, la dissimulai derrière le mur du gîte.

Ce serait bien de reprendre le boulot. J'avais besoin de me sentir utile. C'était même un besoin *vital*.

Guilaine gara sa voiture à un mètre de la corde. Avec son manteau rouge, sur cette neige fraîche, elle ressemblait au Père Noël.

« Allez, je te ramène à la civilisation ! »

J'essayai de sourire. J'avais toujours la statuette de la Vierge dans ma poche. Cela me semblait dingue d'avoir pu la voler, la veille. Mais j'étais content. Ça me ferait un souvenir d'Arent.

« Ça me fait bizarre de partir. »

« En tout cas, tu as une meilleure tête. »

Guilaine conduisait prudemment, mais j'eus l'impression qu'elle parlait plus prudemment encore :

« Tu as l'intention de retourner voir le médecin ? »

« Oui. Pourquoi ? »

« Écoute, Bastien... j'ai une mauvaise nouvelle... »

Elle m'apprit que j'étais suspendu de mes fonctions pour un temps indéterminé. Elle avait reçu un appel de la direction régionale : ils avaient été contactés par Rosset pour l'enquête et ils avaient peur que ça s'ébruite.

« Mais la perquisition n'a rien donné, protestai-je. L'avocate est plutôt optimiste. »

« Je te crois, Bastien, ce n'est pas moi qu'il faut convaincre. La direction ne veut plus que tu travailles dans la section. En tout cas pour le moment. »

« Mais ça veut dire quoi ? Une mise à pied ? »

« Justement, non : le mieux est que tu demandes un arrêt de travail longue durée. J'ai plaidé ta cause, crois-moi… »

J'étais abasourdi.

« J'ai obtenu que tu gardes ton salaire. C'est le mieux que je puisse faire. Estime-toi heureux. »

« Arrête-toi. »

« Pardon ? »

« Arrête-toi, je te dis ! »

Guilaine se gara en catastrophe. Je claquai la portière et m'éloignai, tapant des pieds dans la neige. Quelle déception ! Moi qui comptais sur mon travail pour me sauver. Quelle amère déception ! Moi qui pensais que les choses s'arrangeaient… Je marchais sur le bas-côté, pris de rage. J'avais été naïf : les choses ne s'arrangent jamais.

Guilaine fumait une cigarette à côté de la voiture. J'aurais tellement voulu être seul. Mais je pris sur moi. Je revins. L'odeur du tabac m'irrita encore plus.

« Ramène-moi à Arent. »

« Bastien… »

« Ramène-moi à Arent ! Je ne vois pas ce que j'irais faire à Lyon si je ne peux pas bosser. »

« Je suis vraiment désolée. »

« Je m'en fous que tu sois désolée, pour l'instant je veux rentrer. »

« Mais tu as rendu le gîte ! »

« Il y a un hôtel. »

À l'hôtel, le patron ne fit aucun commentaire. Guilaine était tellement navrée qu'elle m'aida à porter les valises jusque dans la chambre.

« Tu es sûr que tu veux vraiment rester ici ? Passe au moins le week-end à Lyon puis tu verras… »

« Oui, j'ai quelque chose d'important à faire. »

« Allons bon ! »

J'aurais voulu qu'elle parte. Mais elle enleva son manteau, me donna des nouvelles d'Éric et de Ludivine. Je marmonnai de plates excuses pour les soucis que je lui occasionnais, elle répondit Mais non tu penses… Enfin elle décampa. Je me rendis compte après coup qu'elle aurait peut-être bien fait l'amour avec moi, là, dans cette chambre d'hôtel, puisque j'étais libre, puisqu'elle était là. Mais tout ce qui concernait les vivants ne me concernait plus.

En me penchant derrière le muret du gîte, je récupérai la corde. Puis, avec la statuette de la Madone, un couteau, la corde dans un sac à dos, de bonnes chaussures, je me mis en route. Je ne laissai aucune lettre. La seule personne à qui j'aurais voulu parler, je ne connaissais pas son prénom et j'avais oublié son visage.

Il me fallut moins d'une heure pour atteindre le hêtre. La neige embellissait la forêt. Le paysage était figé dans une mélancolie baudelairienne. J'avais les pieds trempés. Je posai mon sac au pied du hêtre que j'avais repéré. Sortis la corde.

Je suis chrétien, je ne suis pas censé me tuer. Mais peut-être que Dieu avait oublié mon visage.

Le pire pour moi, c'était ça : oublier le visage de cette femme.

Sans hésiter, j'attachai la corde à une branche. Le rond que je formai avec un nœud coulant devint un ovale. Il était un peu bas, je recommençai. Mes gants me gênaient dans la manœuvre. Je préparai le remblai pour m'y hisser, plaçai dessus une branche solide mais facile à dégager du pied. Quand tout fut prêt je me posai contre une souche en face, comme dans la tradition slave qui veut qu'avant de partir pour un long voyage on s'assoie un moment.

Cela finirait donc là. La forêt autour de moi, noble et immobile... J'observai le noir des feuilles mortes et le blanc de la neige, le combat entre les deux, leur coexistence infinitésimale.

Je me levai. Nerveusement, je me mordis la lèvre jusqu'au sang. C'est normal, me dis-je pour me calmer. Tu vas mourir, c'est normal de perdre son sang-froid. Je sortis la Vierge de ma poche et l'embrassai. J'étais glacé.

Je mis un pied sur la branche qui servait de tabouret. Mes jambes tremblaient. Mon cœur se mit à cogner furieusement. Je passai la corde autour de mon cou. Je reniflai, cherchai un mouchoir. Je me dis : C'est marrant, tu vas te pendre mais tu veux quand même avoir le nez propre. Je me mouchai, et alors je sentis une très forte odeur de fumée. Une fumée de bois, que je n'avais jusque-là pas remarquée. Je regardai autour de moi. Qui faisait du feu ici ?

De la fumée passait entre les troncs. C'était beau, avec cette lumière sur la neige.

Je ne voulais pas que quelqu'un puisse me voir, ni me sauver.

Je retirai la corde de mon cou. Fis quelques pas en direction de la fumée. La combe devint plus raide et je trébuchai. Je perçus alors une autre odeur, la mienne, l'odeur de la peur. La même que lorsque Malgoni me braquait. La nausée m'envahit.

Quand je me relevai, je m'aperçus que je m'étais éloigné du hêtre, que remonter serait un effort presque impossible dans l'état où j'étais. La corde restait pendue à l'arbre, moi je ne pouvais que me laisser descendre.

Plus j'avançais et plus l'odeur de fumée devenait forte. Un ruisseau coulait au fond de la combe. Je vis alors une silhouette qui m'observait. Je reconnus le gamin dont le chat avait été écrasé. Il était debout à côté d'une sorte de tipi fait de branches mortes. M'avançant encore, je découvris un feu entre des pierres. Une casserole était suspendue à un arbre. Un tronc coupé servait de chaise.

Je m'approchai en essayant de sourire pour ne pas l'effrayer : ce garçon était le seul être humain que je pouvais supporter de voir à cet instant précis. Il me sourit en retour.

« Venez voir », me dit-il.

Et, passant devant moi, il m'emmena derrière un sapin. Une pierre plate était posée au milieu d'un tas de terre retournée. Sur la pierre, une inscription : *Lola*.

« Vous voyez, monsieur, j'ai enterré la chatte. »

« Sous la pierre ? »

Ma voix était rauque.

« Oui. J'ai creusé un trou puis j'ai refermé et puis j'ai mis cette pierre. »

« Ça a dû te prendre du temps avec ce froid. »

Le gamin me fit face. Son regard était fier. L'air était chargé de fumée de bois et mes yeux me piquaient.

« Ne m'appelle pas "monsieur", je m'appelle Bastien. »

« Moi Lucas. Vous avez quel âge ? »

Je ne crois pas aux anges. Je crois à ma lâcheté. Mais Lucas m'avait sauvé la vie.

« Moi j'ai 13 ans 3/4, dit-il sans attendre ma réponse. Mon anniversaire c'est en mars alors j'aurai 14 ans ça me fera plus qu'un an de différence avec mon frère, parce qu'avec mon frère on a deux ans ou un an de décalage ça dépend du moment de l'année. »

Ce gosse était consolé de la mort de son chat. Combien de temps pour être consolé de l'oubli d'un visage ?

« Comment vous m'avez repéré ? »

« À cause du feu. »

« Oui j'ai hésité mais il fait froid et j'ai des chamallows que je me suis achetés, vous allez voir c'est trop bon. »

Le garçon soufflait sur les braises. Il m'avait pris la main avec une confiance qui me bouleversa, y glissant un chamallow. Il y avait des planches autour du feu pour s'asseoir. J'étais frigorifié et pris place pour me réchauffer.

« Tu es sûr que ça ne te dérange pas que je sois là ? C'est ton endroit à toi, non ? »

« Oui, c'est mon endroit rien qu'à moi. Ma tanière. »

Il me montra une boîte en fer où il entreposait des biscuits. Une statuette africaine en bois récupérée dans un vide-greniers faisait office de totem. Je sus alors ce que je devais faire. Je sortis la Madone de ma poche et la lui offris.

« Waouh ! Trop cool la Marie. Merci, ça fera un totem de plus. »

Il la plaça dans le renfoncement d'un tronc d'arbre. À côté, profitant d'une branche pour faire appui, il avait calé une assiette qui servait de mangeoire.

« Tu nourris les oiseaux ? »

« Oui, regardez. Ça marche d'enfer en ce moment, ils ont faim. »

Il posa sur l'assiette une poignée de cacahuètes. À peine avait-il reculé d'un mètre qu'un gros oiseau, beige avec une plume bleue, rappliquait.

« C'était quoi ? Un pigeon ? »

« Non, un geai. Il se sert toujours en premier, après les autres viennent. Moi je préfère les passereaux. »

Cet enfant aimait être seul. Il s'achetait lui-même ses chamallows. Nous nous étions trouvés dans ce village parce que ses parents ne l'aimaient pas. Je mordis dans le sucre mou et chaud.

« Dites... vous restez encore longtemps avec nous ? »

J'allais répondre quand une mésange atterrit sur la mangeoire. Alors je me rappelai. La fille du camion, c'était la fille aux mésanges. Le souvenir était revenu à la surface, clair, entier, brillant.

Je regardai autour de moi comme si je venais de me réveiller d'un long rêve. Je regardai la mangeoire. Maintenant, toute la scène m'apparaissait, cette fille, sa silhouette, que je voyais au parc de la Tête d'Or avant qu'elle ne parte courir... Je savais désormais où la trouver.

« Non, mon petit, je rentre demain. »

CHAPITRE 29

Victoire Hussard

Lumières et fauteuils rouges, ambiance feutrée, musique lounge : le bar du *rooftop* de l'Hôtel Métropole ressemblait à un lupanar. Accoudée à la balustrade, Victoire Hussard regardait le panorama sur la ville. On distinguait la cathédrale, le pont du Mont-Blanc et ses drapeaux, les lumières du bâtiment des Nations unies... Rien à dire, la vue était splendide. Genève était embellie par la nuit ; les villas du littoral aux prix exorbitants étaient devenues une guirlande de lumières dessinant les contours du lac Léman. Le jet d'eau historique montait jusqu'au ciel. Éclairé à sa base par un énorme spot blanc, il ressemblait à un rayon de lune cherchant à rejoindre son brillant satellite et retombant chaque fois, vaincu par la gravité, dans le lac. De même, les scientifiques cherchant à remonter jusqu'à la création du Big Bang sont condamnés à retomber dans la platitude des vices de notre société.

L'homme qu'elle attendait était en retard et ça la contrariait. Mais tant de choses la contrariaient depuis des semaines... Elle s'assit à une table à droite d'une famille qatarie. À leurs pieds, des sacs de boutiques de luxe dont le logo, Chanel, Cartier, Vuitton, s'affichait en lettres d'or ou – plus chic encore – ne s'affichait pas.

Victoire se sentait comme un champignon arraché à sa forêt. Elle regarda la carte des boissons. Le Spritz valait 23 francs suisses. Elle en commanda un. Il arriva et elle en but presque le tiers à la première gorgée. Pas mal. Mais le Spritz aurait toujours meilleur goût en Vénétie. À Padoue, par exemple, après la *passeggiata*. Tout était plus beau en Italie. Elle y pensait sans cesse ces derniers temps. Elle pourrait demander un poste à l'université de Vérone ou de Bologne. Arrêter la recherche, juste transmettre : moins de responsabilités, moins d'emmerdements.

Victoire regarda sa montre et soupira. Elle croqua une cacahuète : elle avait un goût d'évasion fiscale.

À 21 h 15, un homme portant lunettes s'assit en face d'elle.

« T'es chiant, Jack ! Pourquoi se retrouver dans un endroit aussi *bling* ? »

« *Good to see you, dear*. Je vois que tu es en forme », répondit-il avec un accent anglais.

Jack Meryll portait une chemise blanche, une veste et une cravate bleu marine. Malgré ce costume sévère et sans nul doute très onéreux, son visage rond lui donnait quelque chose d'enfantin.

Le serveur déposa devant lui un grand verre de vin. Meryll le saisit, le fit tourner, le huma et le reposa sans boire.

« Où sont les cristaux, Victoire ? »

« Je les ai détruits. »

« *Really ?* Je crois plutôt que tu les as récupérés. Il faut que tu les rapportes au Cern. »

« Il n'en est pas question. »

Victoire glissa une main dans sa chevelure frisée. Sa main disparut entièrement, comme si elle y cherchait un revolver ou une dague.

« Tu ne les auras jamais. »

« Pourquoi ? »

« Tu sais très bien pourquoi… »

« Eh bien j'aimerais le réentendre de ta bouche. Parce que si c'est tout ce que tu avais à me dire, tu ne serais pas venue ce soir, *would you ?* »

« Je suis venue ici parce que tu t'en es pris à ma nièce ! J'étais hors de moi quand j'ai vu les photos qu'elle m'a envoyées de son appartement ! »

« On n'a fait aucun mal à ta nièce, *don't worry*. On cherchait juste la mallette que tu nous as empruntée… Ta nièce n'était pas en danger, et ne l'a jamais été. »

« Comment le saurait-elle après ce que vous avez osé faire ? Et qu'est-ce que je suis censée lui dire ? »

« *What did you say ?* »

« Mais, que j'allais m'en occuper, que j'allais enquêter en interne pour savoir si son hypothèse était juste. Parce qu'elle est maligne : tu crois qu'elle n'a pas deviné d'où venait le coup ? »

Victoire fit signe au serveur, qui s'approcha, et commanda un deuxième Spritz.

« Ne bois pas trop, on a à parler. »

« Je t'emmerde. »

Jack Meryll se tourna à son tour vers le serveur et lui demanda avec une affabilité appuyée quelque chose à grignoter.

« Comme d'habitude, monsieur Meryll ? »

« Oui, comme d'habitude. »

« Parce que tu as tes habitudes ici ? » s'étonna Victoire une fois le serveur reparti.

« En quoi ça te gêne ? »

« Quand je t'ai connu il y a vingt ans, tu étais un étudiant aux tennis troués, qui mangeait des pâtes et du pudding devant son ordinateur sans lâcher ses recherches... Quand on devait parler, c'était à la machine à café. Tu étais plus fin à tous les points de vue. Tu étais un des rares Anglais à avoir la volonté d'apprendre le français. Je crois même que tu écoutais Renaud et Barbara. C'est bien cela, non ? »

« *Yes, exactly.* »

« Tu as répété cette histoire tellement souvent dans tes interviews que personne ne peut l'ignorer... Il est vrai que tu adores donner des interviews, que ce soit pour le journal du Cern ou pour la télévision suisse ou allemande. Chaque fois que tu souris, je vois tes dents qui rayent le parquet... »

« *My goodness*, Victoire... Si tu arrêtais de m'insulter, on pourrait parler entre gens de bonne compagnie. »

« Es-tu seulement de bonne compagnie ? Depuis que tu as pris ce poste de *fundraiser*, tu ne parles plus que d'argent. Tu as perdu ta passion scientifique. »

« Tu n'as pas le droit de me dire que je n'ai plus de passion scientifique, répondit Meryll en faisant tourner son verre dans sa main. Il faut bien que l'argent rentre pour que les chercheurs puissent travailler et qu'ils aient le matériel nécessaire à leurs expériences... Pour ta passion scientifique, j'ai sacrifié la mienne. Crois-moi, je préférerais être à ta place, dans un labo, plutôt que de me coltiner des dossiers de subventions et des tournées de collecte auprès des banques privées. C'est un sacerdoce. »

À ce moment-là, le serveur apporta un plateau d'une dizaine de bouchées apéritives si joliment présentées qu'on aurait dit des bijoux. En moins d'une minute, Victoire en avait mangé la moitié.

« Ton sacerdoce te donne certains avantages : c'est sacrément bon, ces merdouilles. »

Jack Meryll but enfin sa première gorgée de vin et détourna son regard du côté du lac. Puis de la salle. Les Qataris étaient partis. Un groupe de femmes entra et poussa des cris d'admiration devant la vue. Le *rooftop* de l'Hotel Métropole était un endroit hautement instagrammable.

« Oui, je n'en ai pas honte, dit Meryll, j'ai mes habitudes ici. Je viens toutes les semaines, je me mets dans un coin, je travaille même parfois. Et tu sais, ce n'est pas seulement parce que la vue est superbe. J'aime aussi regarder la clientèle. On y voit de tout : des touristes fortunés, des cadres dirigeants, des héritiers. Une population cosmopolite réunie pour le plaisir de payer très cher ce qu'elle consomme... Le monde ne se résume pas à la physique nucléaire, Victoire. Il est bon de sortir du Cern de temps en temps. »

« Tu aimes surtout dépenser ton fric. »

« Je dépense mon fric, c'est vrai, admit Meryll, toujours placide. Je ne vois pas de mal à être bien payé. Toi aussi tu fais partie des riches. »

« Oui, reconnut Victoire en croisant les bras sur sa poitrine. J'ai un bon salaire. Je suis mieux payée que la plupart des chercheurs et plus que mes parents n'auraient pu imaginer. J'ai un poste dans une des institutions scientifiques les plus renommées du monde. Sauf que le but, Jack, ce n'est ni cette richesse ni cette renommée. »

« Je suis d'accord avec toi. »

« Vraiment ? Alors dis-le à tes amis. »

« Ce ne sont pas mes amis. »

« Oui, tu as raison, ce ne sont pas tes amis. Ce sont des banquiers qui n'auraient jamais dû mettre le nez dans nos affaires. Des gens que tu traînes partout avec toi, à qui tu fais visiter l'accélérateur en dehors du protocole et dont tu embauches les neveux par complaisance. Mais cela ne prouve pas que tu es leur ami, juste qu'ils attendent encore plus de toi en retour. Comme d'un larbin. »

« Tu me diras quand j'aurai le droit d'exposer mon point de vue, *my dear*. »

« De mon cristal bleu, tes amis veulent faire une pierre précieuse. Et s'ils apprennent que c'est possible, pourquoi pas une drogue ? Ça devrait te faire froid dans le dos… Alors oui, j'ai détruit mes cristaux, et tu devrais m'en féliciter. Je ne travaille pas pour l'industrie du luxe. »

Meryll sourit comme si son interlocutrice avait enfin fait une erreur.

« Ce n'est pas *ton* cristal, Victoire. Nous avancerions plus dans cette affaire si tu abandonnais ce ton de cheffe de meute. Tu travailles dans le cadre du Cern, et cette recherche elle-même est prise dans un plan décennal. Tu as des comptes à rendre à l'institution. Par exemple, tu dois remettre le matériel, et non chercher à le faire disparaître. »

« Sans blague ! Et tu vas les rendre au Cern, toi ? »

« La question ne se pose pas. »

« Je te la pose tout de même, dit Victoire d'une voix vibrante de colère. Parce que, dans ce cas, pourquoi m'as-tu demandé de falsifier mon rapport ? Pourquoi insistes-tu tant pour récupérer les cristaux ? Est-ce pour les garder ou pour les montrer à tes amis ? Les photos ne leur suffisent pas ? »

« Nous pourrions lancer une recherche de grande ampleur, Victoire, à partir de ta découverte. Pourquoi t'y opposer ? »

« Je ne veux pas d'argent privé pour ce genre de recherche. »

Meryll but une nouvelle gorgée de vin.

« Même si cette recherche était menée sous ta direction ? »

« Non. Je ne veux pas que le cristal fasse d'autres victimes. Je voudrais que tout cela n'ait jamais eu lieu. »

Et partir en Italie pour ne plus voir ta face de bébé chauve, pensa Victoire en finissant son deuxième Spritz. Mais, pour une fois, elle le garda pour elle.

« Mais ça a bien eu lieu, dit le *fundraiser* d'un ton doucereux. Il s'est passé quelque chose d'exceptionnel : tu as inventé une pierre précieuse d'un bleu intense. Cela intéresse des industriels... Tu as une opportunité immense face à toi. Tu peux mener une recherche formidable sur ce *topic*. Ceux que tu appelles mes "amis" donneraient beaucoup d'argent pour que tu reproduises cette recherche. »

« Combien ? »

« Presque 1 million d'euros. »

« Ça me semble beaucoup. »

« Ce serait la moitié que ce serait déjà une belle somme, non ? Ça dépend de notre implication. »

« Et de la leur ! Je ne serai pas libre : ils regarderont par-dessus mon épaule, ils voudront que j'en produise des quantités importantes. »

« Tu sauras te défendre, *won't you ?* »

« Je refuse, Jack. »

« Il faudra bien que tu acceptes. Parce que sinon d'autres le feront. »

« Tu oublies que c'est moi la spécialiste des cristaux scintillateurs. Si tu veux former des doctorants, il te faudra des années... »

Meryll enleva ses lunettes et essuya les verres lentement.

« Victoire, tout ne se passe pas au Cern. D'autres universités, d'autres laboratoires dans le monde ont senti le filon comme nous ; nous sommes en concurrence avec eux. C'est celui qui aura investi le plus rapidement qui gagnera cette course. »

« La science vit de l'émulation, pas de la concurrence. »

Jack Meryll se pencha au-dessus de la table.

« Voilà ce que je te propose : tu prends la tête de cette nouvelle recherche avec Frida. Vous reproduisez l'expérience de *coating* jusqu'à ce qu'on aboutisse à cette pierre bleue. On publie. Ensuite, on ferme le ban. Ils feront ce qu'ils voudront. On s'en lave les mains. »

« Je n'accepterai jamais. Frida non plus. Elle a failli y passer pour avoir touché le cristal... J'ai une totale confiance en elle. »

« Alors nous reproduirons l'expérience sans vous. »

« Vous échouerez. Vous n'avez pas la moitié des connaissances nécessaires ! »

« Eh bien, dit Meryll en élevant la voix pour la première fois, on recommencera *again and again* jusqu'à ce qu'on réussisse. Ce n'est pas toi qui dis que la science c'est aller d'échec en échec avec un espoir constant ? Qu'est-ce que tu crois ? Moi aussi je lis tes interviews ! »

Victoire se tassa un peu dans le fauteuil.

« Grand bien te fasse. Vous allez vous planter. »

« Personne n'a intérêt à cet échec. C'est ça que tu ne comprends pas. »

« Ce que je ne comprends pas, Jack, c'est ton acharnement à vouloir mettre sur la paillasse un produit toxique. Notre devoir est d'arrêter ça tout de suite et non de permettre à l'industrie du luxe de venir piocher dans nos découvertes. »

« Personne ne pioche, Victoire. Mais nous avons besoin de financement pour boucler le budget. Est-ce ma faute si nos financeurs publics sont plus difficiles à convaincre ? »

« Mais c'est ton métier de les convaincre, justement ! Ce poste de *fundraiser* était d'abord dédié aux États membres. Ils se sont engagés, ils doivent verser leur part... »

« Les pays membres ne *doivent* rien, coupa Meryll. Vous les scientifiques, vous pensez que tout peut s'expliquer par des équations ! Alors que pour rassembler les sommes considérables dont nous avons besoin je dois jouer sur le rêve, l'ambition, la distinction... Car les États aussi ont des intérêts à défendre. Demande-toi pourquoi ces pays donnent des millions d'euros... Pour l'amour de la science, vraiment ? Les temps ont changé. Les politiciens veulent un retour sur investissement. On ne peut pas se permettre de passer à côté du potentiel immense que représente ce cristal bleu que tu as découvert. Et ce, malgré les dangers que cela comporte. »

Victoire était maintenant enfoncée dans le fauteuil, devant son verre de Spritz vide.

« Écoute, reprit Meryll, je te propose un deal : tu me rends les cristaux, je les mets en sécurité, et toi tu deviens la patronne de cette nouvelle recherche. On signe une charte de confidentialité excluant tout contrôle de leur part. Tout ce qu'ils veulent, c'est que la pierre soit bleue. De ce bleu intense et si fascinant. »

Victoire commanda un troisième Spritz. Elle attendit qu'il soit arrivé sur la table pour répondre.

« Mais si ce bleu était lié à ce pouvoir chimique destructeur ? Tu y as pensé ? »

« Oui, j'y ai pensé. »

Il y eut un silence partagé.

« Ce serait une piste de recherche assez passionnante... » reprit Meryll.

« Mais plus longue alors : il faudrait séparer les deux effets. »

« Tu prendras le temps que tu voudras. Tu auras tous les postes que tu veux, financés en propre. »

« Tous les postes que je veux, vraiment ? »

Victoire s'était penchée au-dessus de la table, rapprochant son visage de son interlocuteur.

« Oui, tout. »

« On reproduit le cristal bleu, on publie la procédure, on arrête. »

« Tu as compris. Dans six mois, ce sera derrière toi. »

Victoire se rapprocha encore de Meryll, qui avait également tendu son visage vers elle.

« Tu sais quoi, Jack ? *Fuck you.* »

À ce moment-là, un groupe de Japonaises entra sur le *rooftop* en poussant des gloussements hystériques en guise d'émerveillement.

Meryll but une longue gorgée de vin. En reposant son verre, sa main tremblait légèrement.

« Alors je vais devoir faire autrement, dit-il. Je ne vois pas pourquoi je dirais non à une banque qui nous propose une telle somme. »

« Si *tu ne vois pas pourquoi*, je ne devrais même pas t'écouter. Tu me fais honte. Tu ne penses qu'à l'argent. »

« Mais regarde autour de toi, Victoire ! s'écria Meryll, sortant enfin de ses gonds. Ce monde ne tourne que grâce à l'argent. Pourquoi es-tu si fière qu'on atteigne un milliard de collisions de particules par seconde et tu fais la moue dès qu'on parle des 4 milliards d'euros qu'il a fallu pour obtenir un tel résultat ? Regarde vraiment autour de toi, répéta-t-il en écartant ses bras. *Open your eyes !* La moindre montre exposée en vitrine vaut 50 000 euros. Le sac à main de cette jeune femme, ces bijoux, ce Spritz que tu bois, c'est de l'argent. Regarde ces gens. L'argent leur donne la force, la joie, l'argent est leur vie. C'est ça, la réalité. Et le Cern, dans cette gabegie, porte cette idée vieille de soixante-dix ans de comprendre les premiers instants après le Big Bang. Tu crois que ça intéresse le public ? *Don't be silly*. Tu crois que creuser un collisionneur de hadrons peut exciter autant que l'argent ? Je suis désolé de te l'apprendre, mais non ! »

« Et alors ? Que cherches-tu à me prouver ? Que nous devons nous aligner sur l'immoralité générale ? »

« Je cherche à te dire que ta découverte peut nous rapporter du crédit, de l'intérêt, de la considération, de l'argent. Et que pour notre vieux Cern, ce serait plus de liberté. »

« Quand on se vend aux banquiers, c'est toujours pour plus de liberté. »

Victoire regarda autour d'elle avec un air affligé.

« Je crois qu'on s'est tout dit, Jack. Je vais rentrer chez moi. »

L'Anglais eut un geste pour la retenir.

« Victoire, attends. Si tu ne me donnes pas les cristaux, ils vont les chercher par eux-mêmes. Je ne réponds pas alors de qui ils mettront sur le coup, ni des méthodes qu'ils vont utiliser. Elles risquent d'être désagréables. »

« C'est une menace ? »

« Non. Je te préviens, c'est tout. Si tu veux les rendre, c'est maintenant et c'est à moi. Je suis l'homme en qui tu peux avoir confiance et qui pourra assurer leur protection. Dis-moi juste où ils sont. »

« Tu vas me poser la question cent fois ? Ce sera non cent fois. »

« Frida, toi et moi, nous devons travailler ensemble. »

« C'est toi qui as intérêt à ce qu'on travaille ensemble, pas nous. »

« Appelle ta nièce : elle doit rapporter les cristaux au Cern. »

« Laisse ma nièce tranquille, dit Victoire d'une voix blanche. S'il lui arrive quoi que ce soit… »

« Victoire, tu es tellement toutes griffes dehors… Je ne suis pas sûr que tu aies bien compris… »

« Compris quoi ? »

Meryll enleva ses lunettes et passa la main sur son crâne chauve :

« Maintenant que la banque est au courant que ce cristal bleu existe, maintenant qu'ils ont fait le lien avec leurs propres intérêts, je crains de ne plus pouvoir retenir leur curiosité, et qu'elle prenne des formes, disons... plus offensives. »

« Plus offensives ? C'est-à-dire ? »

« Je ne sais pas... »

« Ils pourraient être violents ? »

« C'est à craindre. »

Victoire posa les deux mains sur la table. Elle plissa les yeux et dit :

« Voilà le deal que je te propose : moi je supprime les cristaux, toi tu calmes ces connards. »

« Tu ne les connais pas, soupira Meryll. Ce ne sont pas des gens à qui on dit : "Pardon, je me suis trompé, oubliez tout." »

« Eh bien, conclut Victoire en sortant, c'est à toi de faire rentrer le monstre dans la boîte. »

CHAPITRE 30

Maïa

L'immeuble haussmannien typique : six étages, un entresol dédié jadis à un commerce, une belle balustrade en fer forgé au deuxième et des chambres de bonne au dernier.

Maïa attendait depuis dix minutes sur la place Carnot quand une vieille dame à cabas de retour du marché s'arrêta pour sortir ses clés. Maïa franchit derrière elle la porte de l'immeuble. Elle fit un sourire à la vieille, qui, sans se méfier, lui ouvrit la seconde porte, celle qu'on ne pouvait passer qu'avec un badge. La jeune femme prit l'escalier. Au premier étage, elle s'arrêta et écouta. L'ascenseur qui monte ; qui s'arrête ; un bruit de clé qu'on manipule ; une porte qui s'ouvre, se referme. La minuterie qui s'éteint. Alors, à pas lents, comme si elle craignait de réveiller quelqu'un, elle redescendit au rez-de-chaussée et parcourut des yeux les boîtes aux lettres avant de s'arrêter sur l'une d'elles :

> B. FONTAINE
> 4ᵉ étage

Bastien Fontaine, inspecteur, section 2 unité de contrôle 5 de la DDETS du Rhône.

Avant de venir jusqu'à chez lui, Maïa avait fait des recherches sur le site web de la direction départementale de l'emploi mais n'avait trouvé qu'un numéro en 08. Elle avait donc tenté de joindre le service de renseignements. Le guichet téléphonique était surchargé ; quand elle avait enfin réussi à avoir un interlocuteur au bout du fil, elle s'était présentée comme une employée d'une agence immobilière de Vénissieux qui subissait du harcèlement moral.

Apprentissage accéléré en matière de mensonge. Depuis qu'elle avait sauté du camion de Kader, Maïa se révélait plutôt douée dans l'élaboration de ces petites fictions utiles et bien tournées qui leurrent nos interlocuteurs et nous permettent d'obtenir d'eux ce qu'on souhaite, que ce soit une information, du temps ou de la confiance. Ainsi, un sourire avait suffi, et le bon timing, pour faire croire à la vieille dame au cabas qu'elle habitait dans l'immeuble. Les mensonges sont des microfictions, il suffit que d'autres y croient. L'employé du service de renseignements de la DDETS aussi l'avait crue.

« J'aimerais en parler à l'inspecteur de mon secteur. C'est bien M. Fontaine ? »

« Sur votre secteur, oui. »

« Je peux l'avoir au téléphone ? »

« Nous ne pouvons pas vous donner son numéro. Envoyez un mail au service, qui transmettra. Ou prenez rendez-vous avec lui. »

« Je veux bien prendre rendez-vous. »

« Bien. Ce sera le 23 mars. À quel nom ? »

Presque deux mois d'attente ! Si Fontaine était entré trois fois dans la compacteuse, comme il l'avait dit, dans deux mois il serait mort.

« Madame ? Vous le prenez, ce rendez-vous, ou pas ? »

« Non, je vais réfléchir. »

Bastien Fontaine n'était pas présent sur les réseaux sociaux. Ne participait à aucune vie associative qui aurait laissé des traces sur le Net. Sur pagesjaunes.fr, Maïa avait trouvé cette adresse, sans téléphone. Ce n'était peut-être qu'un homonyme, mais c'était sa dernière chance.

Elle avait beaucoup réfléchi avant de venir. Ça lui coûtait de désobéir à sa tante. Mais cet homme n'était pour rien dans ce qui lui était arrivé et il avait le droit de savoir que sa dépression était liée à cette intoxication. Elle n'était pas obligée de lui donner des détails, néanmoins elle ne pouvait le passer par pertes et profits. Informé de la nature de son mal, Fontaine renoncerait peut-être au suicide. Il faut toujours avoir la bonne information pour faire les bons choix. Elle voulait lui dire. C'était pour elle de l'ordre du devoir moral.

L'escalier en pierre portait des traces fossiles de coquillages. Maïa compta vingt-trois marches pour le premier étage. Quatre-vingt-douze en tout. Au quatrième, elle s'arrêta. Le nom de Bastien Fontaine était de nouveau inscrit sous la sonnette. Elle colla l'oreille contre la porte. Au standing de l'immeuble, elle sentait que derrière cette porte il y avait un appartement de trois ou quatre pièces, avec, elle en était à peu près sûre, une grande cuisine, un vrai salon, des cadres aux murs, une machine à expresso, une chambre avec un lit double, des fenêtres donnant sur la place. Le genre d'appartement qu'avec son salaire de pigiste elle ne pourrait jamais se payer.

Elle tendit le doigt vers la sonnette, puis s'arrêta.

Pourquoi son cœur battait-il si vite ? Avait-elle peur ? Au pire, si au dernier moment elle voulait renoncer à lui dire la vérité, elle trouverait un prétexte. Qu'elle était venue pour s'enquérir de sa santé – ce qui était vrai, d'une certaine manière.

Maïa sonna. Le *dring* ne s'arrêtait qu'en levant le doigt de la sonnette. Elle retint sa respiration. La cage d'escalier était parfaitement silencieuse. Aucun bruit.

Au bout de trente secondes, elle sonna de nouveau, moins longtemps. Le brouhaha de la ville lui parvenait confusément, mais aucun son ne filtrait de l'intérieur de l'appartement. Peut-être n'était-ce pas le bon Bastien Fontaine – ou alors c'était bien lui mais, comme Bartolomeo, il s'était déjà suicidé...

Maïa appuya une troisième fois sur la sonnette. La déception qu'elle ressentait était plus forte qu'elle n'aurait pensé. Elle ne savait que faire. À ce moment-là, un bruit résonna dans l'escalier. Comme quelqu'un qui s'empêche d'éternuer. Elle se pencha contre la rambarde et aperçut à l'étage du dessous un homme en train de descendre. Il avait l'air de petite taille, si tant est qu'elle pût en juger d'en haut, et s'agrippait à la rambarde comme un vieillard.

Ça ne servait à rien de rester là, elle allait attirer l'attention.

Elle redescendit, dépassa le petit homme dans le hall, poussa la première porte, mais se crut obligée d'attendre le vieux en retenant la porte.

« Merci, mademoiselle », lui dit-il avec une voix qui sonnait étrangement.

Elle était trop perturbée pour y faire attention. Déçue et abattue. En allant chez Fontaine, elle ne voulait qu'accomplir un devoir moral : il s'agissait de porter secours à un homme en l'avertissant de la nature du danger qu'il courait. Elle pourrait toujours revenir. Et si elle ne parvenait jamais à le joindre malgré ses efforts, ce serait décevant, mais elle aurait le droit aussi de se sentir soulagée. Pourquoi, alors, cet échec lui coupait-il les jambes et lui donnait-il envie de pleurer ?

Maïa marchait à côté de son vélo, lentement, telle une voile battant à vide dans une mer sans vent. Elle irait nourrir les mésanges le lendemain, cela lui ferait du bien. Le moral n'allait pas fort, elle se sentait seule dans cette affaire. Elle avançait rue Victor-Hugo entièrement tournée sur elle-même, sans rien remarquer autour, préoccupée par cette tristesse qu'elle ressentait et qu'elle cherchait à comprendre – car si Maïa réussissait à mentir aux autres, elle n'aimait pas se mentir à elle-même.

En traversant la Saône, elle s'arrêta, figée par une révélation simple, idiote même, qu'elle n'avait jusqu'alors pas considérée.

Si elle était déçue, si son cœur battait si vite en appuyant sur la sonnette, si elle avait peur que Victoire l'empêche d'accomplir ce qu'elle considérait comme son devoir, si elle voulait retrouver cet homme, c'était tout simplement parce qu'elle voulait le revoir.

CHAPITRE 31

Bastien

Les eaux du lac reflétaient un ciel trouble et chargé. Le soleil n'arrivait à percer les nuages qu'avec peine, si bien qu'on pouvait presque le regarder en face ; on aurait dit la lune. Le jour était levé cependant et les joggeurs du parc n'avaient pas abandonné leurs habitudes. Plusieurs me frôlèrent, laissant derrière eux des souffles de vapeur tels des pointillés pour suivre leur parcours.

J'étais déjà venu la veille et l'avant-veille, mais je m'étais promis de revenir tous les matins jusqu'à ce que je la revoie. Je ne sentais pas le froid, tendu vers mon but : ce carré de buissons autour du cèdre du Liban. Je connaissais bien le chemin maintenant. Je laissai le ginkgo biloba à ma gauche et passai près du kiosque où, depuis qu'on y avait installé un piano, des jeunes se retrouvaient l'été pour chanter en chœur des chansons anciennes et contemporaines.

À la fois ancienne et contemporaine, cette appréhension qui me parcourait. Universelle et si personnelle, cette crainte de ne pas la revoir ; cette envie qui me guidait vers la fille aux mésanges, la fille du camion.

Arrivé sur le sentier entre des résineux et des feuillus, je me figeai.

Elle était là.

Sous le cèdre, en tenue de jogging. Comme dans mon souvenir. Sa silhouette, je m'en rendis compte, était inscrite dans ma mémoire. Elle était immobile, la main tendue pour sa cérémonie habituelle.

Une mésange se posa sur sa main puis s'envola. Deux autres oiseaux étaient perchés sur les branches basses et attendaient leur tour. L'un d'eux vint voleter autour de sa main sans s'y poser. Elle restait la main stable comme en signe de paix.

Mon cœur battait à tout rompre ; j'avais peur. Peur que ce ne soit pas vrai, peur qu'elle parte et que je ne puisse la rattraper. J'attendis quelques secondes pour me ressaisir, puis je sortis de derrière l'arbre où je m'étais dissimulé et marchai droit sur elle.

J'aurais préféré que ce soit l'automne, que les feuilles adoucissent le bruit de mes pas ; j'aurais préféré que ce soit le printemps, pour aller vers elle entouré de verdure et de ce sourire léger qui monte sur nos lèvres quand la vie bourgeonne autour de nous. Mais j'avançais vers elle entre les arbres dénudés dans un matin d'hiver, et ce n'est qu'au dernier moment – alors qu'elle avait baissé la main et que son corps faisait un mouvement en arrière –, ce n'est qu'au dernier moment que je pensai à sourire, pour être moi-même un signe de paix.

« Bonjour, dis-je, vous me reconnaissez ? »

Je n'imaginais pas lui faire une telle surprise. Elle me regarda sans ciller, visiblement stupéfaite. Puis son regard m'examina de haut en bas et ses sourcils se froncèrent.

« Je savais que je vous avais déjà vue, mais je n'arrivais juste plus à me souvenir où. »

« Vous m'avez vue ici ? » dit-elle enfin.

Sa voix me fit l'effet d'un baume.

« Bien sûr. Où d'autre ? »

Elle eut un petit rire, très bref, comme pour enterrer un secret. Elle regarda derrière moi. Je la sentais méfiante, peut-être avait-elle peur que la police me suive.

« Je suis seul », dis-je.

J'eus l'impression non de constater un fait mais d'énoncer un jugement plus général sur mon existence.

Je n'ajoutai rien, déjà trop ému. J'avais mille choses à lui dire mais je sentais qu'il fallait du temps pour l'apprivoiser. Je regardai ses yeux sombres, qui semblaient parcourus d'éclairs contradictoires, comme si elle avait décidé quelque chose mais luttait pour que cela n'advienne pas. Enfin, elle secoua ses mains l'une contre l'autre, remit ses gants :

« Ne restons pas là. »

Je la suivis à travers la roseraie jusque sur le sentier bordé de graminées qui longe le lac, en face d'une île habitée par des dizaines de grands oiseaux blancs. Elle marchait côté lac et moi côté jardin, à sa gauche. Il n'y avait personne d'autre que nous deux, mais aurions-nous été en pleine foule que je n'aurais regardé qu'elle.

Elle était plus pâle que dans mon souvenir. Ses cheveux étaient plus noirs, son allure plus sportive. Elle ressemblait assez peu à la femme dans le camion, et pourtant je reconnaissais ce mélange de charme et de détermination. J'aurais voulu l'observer davantage mais comme elle marchait à ma droite, et que nous avions exactement la même taille, je ne voyais plus à présent que le bonnet en coton qu'elle avait mis sur sa tête, et son bras gauche près de mon bras droit, qui se balançait sans me toucher.

« J'étais chez vous avant-hier », dit-elle soudain.

« Chez moi ? »

Je stoppai net. À mon tour d'être sidéré.

« Oui. Vous habitez bien place Carnot ? »

Je dus me remettre à marcher, car elle ne s'était pas arrêtée. Sa démarche était instable cependant, comme si elle hésitait entre fuir et m'attendre et me prendre la main.

« J'ai sonné mais vous n'étiez pas là. »

J'étais tellement surpris que j'en oubliais d'être heureux.

« Pourquoi êtes-vous venue ? »

Elle ne répondit pas tout de suite.

« Je m'inquiétais, dit-elle enfin en tournant la tête du côté du lac. Quand je vous ai trouvé au sol, là-bas, vous étiez tellement mal en point… »

« Assez, oui. »

J'essayais de parler avec légèreté, comme un soldat qui se moque de ses blessures, mais je n'étais pas un soldat.

« Je peux vous demander votre prénom ? »

Elle tourna son visage vers moi mais ne répondit pas. Alors je repris, plus volubile :

« Je suis resté presque trois semaines loin de Lyon. Au début, j'avais du mal à dormir... »

Et je lui racontai un peu le Bugey, ma convalescence après l'agression – sans lui parler de ma tentative de suicide, évidemment.

« Comment ça va, votre dépression ? » demanda-t-elle.

J'eus honte soudain. Tous les suicidaires sont honteux, comme le sont les alcooliques. Je cherchai dans ma poche un paquet de cigarettes qui n'y était plus depuis deux ans. Il me sembla inapproprié de lui parler en détail de ma santé mentale.

« Ça va, ça vient. »

Nous franchîmes le pont de bois surmonté d'une charpente qui mène au vieux vélodrome. Elle s'accouda un instant pour contempler le lac qui se rétrécissait jusqu'à ressembler à une simple rivière passant entre des branchages. Un canard flottait, le bec dans ses plumes, encore endormi. Je ne pouvais la quitter des yeux. Elle regardait le lac, apparemment immobile, mais en réalité elle bougeait sans cesse. Ses mains, subrepticement, venaient toucher, frotter, une seconde, son nez, sa joue, son menton, puis se repliaient dans les poches de son coupe-vent comme un oiseau replie ses ailes. Je ne sais pas si elle se rendait compte de tous ces mouvements. Peut-être que, chez une autre, cela m'aurait agacé ; chez elle c'était fascinant.

Je suivis son regard et, sur le lac, je vis comme un éclair bleu.

« C'était quoi, ça ? »

« Un martin-pêcheur. »

J'aurais bien voulu alors que ce sourire s'adresse à moi.

« Les mésanges, ça fait longtemps que vous les nourrissez ? »

« Un an, peut-être deux. Mais vous savez, ajouta-t-elle avec une soudaine gaieté, ce n'est pas dû à un pouvoir particulier. Vous aussi vous pourriez le faire. »

« Oh, je ne crois pas. »

« Mais si. Il suffit de venir assez tôt, avec des graines de tournesol. Des amandes, des noisettes. »

« Je préfère vous regarder. »

Elle se détourna vers le lac. Je me mordis les lèvres.

« En général, je préfère observer les choses qu'y participer de trop près. »

« Je m'appelle Maïa », dit-elle.

J'aurais voulu de nouveau lui prendre la main, mais à la place je balbutiai :

« Moi, c'est Bastien. »

« Je sais. »

Évidemment qu'elle le savait. Elle connaissait mon nom, mon métier, mon adresse. Je ne connaissais rien d'elle.

Elle se remit en route.

« Vous avez des nouvelles de Kader ? », demanda-t-elle.

« Non. Je ne l'ai pas revu depuis la garde à vue. Il allait bien. »

« Je me fais du souci pour lui. »

« Vous travaillez avec lui ? »

Elle ne répondit pas, je la sentais peinée et je n'insistai pas.

Nous longions à présent le vélodrome, on voyait la rive d'en face, d'où nous étions partis. J'aurais voulu que nous y soyons encore, que les berges du lac s'allongent. Que cette promenade ensemble ne finisse pas.

« Pourquoi me cherchiez-vous ? »

« Je m'inquiétais », répondit-elle sans me regarder.

« De quoi ? »

« De votre santé... »

« C'est gentil. »

« Et vous, pourquoi me cherchiez-vous ? J'aurais pensé que vous ne vouliez plus être mêlé à tout ça. »

Nous étions près de la buvette. Au bout de l'allée, après l'esplanade des daims, nous serions revenus à l'entrée principale. Il allait être 8 h 30, elle devait sans doute se rendre à son travail.

Je pris une inspiration :

« Je suis mêlé à tout ça, désormais, quoi que je fasse. »

« Vous avez raison », dit-elle avec gravité.

À ce moment-là, elle me regarda longuement. Ses yeux trahissaient de la douceur, mais elle se mordait les lèvres, comme soumise à une autorité qui lui intimait de se taire.

« Je voulais vous remercier, dis-je, encouragé par ce regard. Enfin, toute cette nuit a été si folle, j'étais si mal dans ma peau... Je me demandais si vous étiez bien réelle, si je n'avais pas rêvé. »

« Je suis bien réelle. Plus que vous, peut-être. »

Sur le moment, je ne relevai pas.

« Je ne me souviens pas de grand-chose dans le camion. »

« Tant mieux. L'important maintenant est que vous preniez soin de vous. »

Elle était en train de se refermer imperceptiblement. Je devais vite poser la question qui me travaillait :

« Il me semblait que vous saviez des choses sur cette compacteuse... »

Elle ne répondit pas. Elle fixait ses pieds et marchait plus vite.

« Vous avez le temps de prendre un café ? » demandai-je.

« Non. »

« Pourquoi ? »

« Ça ne sert à rien. »

« Qu'est-ce qui ne sert à rien ? »

Nous étions parvenus à l'entrée du parc. Depuis que j'avais prononcé le mot « compacteuse », le charme était rompu. Elle semblait impatiente de partir.

« S'il vous plaît, allons prendre un café. Demain ? Vous pouvez demain ? On ne parlera que de ce que vous voulez. »

« Ça ne sert à rien, dit-elle avec un soupir venu de très loin. C'est même dangereux. »

« Je vous assure, je ne suis pas dangereux pour vous. Je n'ai pas parlé de vous à la police... »

À cet endroit du parc, sur un talus de fleurs, il y a une sculpture d'une centauresse à petits seins embrassant sur la bouche un faune étendu sur son corps chevalin. Maïa s'était assise sur le cadre de son vélo, un vélo de sport, et j'étais debout en face d'elle, la sculpture en arrière-plan. Le brouillard s'était levé, mais elle ne partait pas.

« Je voulais juste savoir comment ça allait... Votre dépression. Puis j'avais peur que les flics vous aient fait du mal. Je pensais que vous pourriez me donner des nouvelles de Kader. Mais maintenant que je vous vois, je me dis... Ce n'est sans doute pas une bonne idée de reparler de tout ça. »

« Vous ne pouvez pas parler sans vous mettre en danger, c'est ça ? »

« Non, vous ne comprenez pas. »

« Expliquez-moi alors. »

« Je dois y aller, je suis en retard. »

L'idée qu'on se quitte m'était insupportable. Alors je dis, à tout hasard :

« Venez frapper à nouveau chez moi quand vous voulez, j'y serai cette fois. »

Je lui donnai le code de l'immeuble. J'étais désespéré. Elle cligna des yeux et je sentis qu'elle l'avait enregistré dans sa mémoire.

« D'accord, faisons ainsi. »

Elle disait peut-être ça pour se débarrasser de moi.

« Vous viendrez ? »

« Oui, mais je ne sais pas quand. »

« Ce n'est pas grave, je vous attendrai. »

« Vraiment ? » dit-elle d'un ton triste.

Soudain, elle eut l'air d'une enfant qui a peur que les adultes lui mentent ou disparaissent. Son visage à la fois pâle et mat était levé vers moi. J'eus très envie de lui caresser la joue.

« Je vous attendrai. »

Elle me sourit. Peut-être que je lui inspirais de la pitié. Une pitié douce, un attendrissement. À mon tour j'eus l'impression d'être cet enfant ayant peur de faire confiance à l'autre, peur d'être trahi ou d'être broyé par une force contre laquelle il ne peut rien.

« Alors au revoir, Maïa. »

« Au revoir, Bastien. »

C'est en la regardant partir que je me rendis compte que j'étais amoureux. Il était difficile d'appeler ça de l'amour, mais ça y ressemblait. D'innombrables cordelettes étaient sorties de moi pour aller s'accrocher à sa silhouette qui s'éloignait sur son vélo.

Je restai les bras ballants, ne sachant pas quoi faire de cette émotion que je ressentais. Je m'assis sur un banc, soufflai entre mes doigts pour me réchauffer, et fixai d'un œil vide l'île au centre du lac. Des oiseaux blancs s'y rassemblaient et j'aurais voulu lui demander leur nom. Le son de sa voix ne me quittait pas. Quand elle m'avait dit : « J'étais chez vous avant-hier. » J'observai un moment les oiseaux, puis je sortis du parc, tout plein d'elle.

CHAPITRE 32

Maïa

Ça ne servait à rien. C'était foutu d'avance. Victoire avait raison. Il était condamné. Ça se voyait. Il avait l'air épuisé. Il avait voulu parler de la compacteuse, elle devait l'obséder. À quoi bon lui dire la vérité ? Le mieux était qu'il meure sans savoir.

Maïa mordillait son crayon avec méthode. Sous son bureau, Pito jouait avec le câble de l'imprimante.

L'ordinateur à droite, des feuilles A4 imprimées à gauche, elle écrivait une pige pour *Sciences naturelles* au sujet des crapauducs. À savoir : pourquoi ces passages construits avec soin par les ingénieurs du BTP afin que monsieur crapaud rencontre sa crapaude étaient le plus souvent boudés par les batraciens. Mais elle avait beau lire depuis une heure un article scientifique, elle n'arrivait à rien.

« Bouge de là ! »

Pito reçut un coup de pied dans les fesses. Il renonça à mordiller le fil électrique et alla se jucher sur le rebord de la fenêtre, adoptant une attitude contemplative, ou peut-être vexée.

Maïa le regarda, honteuse de l'avoir frappé. Mais elle était énervée. Depuis le vendredi elle essayait d'oublier ce qu'il s'était passé au parc. On était dimanche soir, elle était en retard sur son article et elle pensait toujours à Bastien.

Elle n'avait qu'à fermer les yeux pour le revoir avançant vers elle. Le plaisir qu'elle avait eu à le retrouver. La manière dont il l'avait abordée. Cette façon de marcher si légère, comme s'excusant de devoir poser les pieds sur terre. Ses cheveux bouclés et ses yeux clairs. Son visage qui gardait les traces de quelques cicatrices. Le soulagement de le voir vivant et ce charme, à peine réunis, qui lui donnait envie de lui prendre la main le long du lac.

Mais à quoi bon ?

Maïa recracha la peinture du crayon qui s'écaillait en paillettes dans sa bouche et bougea la souris pour faire réapparaître le topo sur les crapauducs. Elle avait cru que cette pige allait lui changer les idées. Même pas.

Elle avait d'abord voulu tout lui avouer. Mais assez vite, en l'observant, elle était passée du soulagement à l'inquiétude, puis au fatalisme. Victoire avait raison. C'était trop tard. Dans son allure quelque chose paraissait flotter, comme s'il était déjà dans un autre monde. Quand elle l'avait questionné sur sa dépression, il avait répondu Ça va ça vient, le truc qu'on dit quand ça ne va pas du tout. Surtout, il y avait cette béance dans ses yeux, ce manque dont il ignorait la cause et qui le dévorait de l'intérieur comme une plante carnivore.

Et elle n'avait rien dit. D'ailleurs, que dire ? De but en blanc, lui apprendre qu'il était victime d'une contamination chimique ? Il aurait sûrement très mal réagi. Il se serait affolé, aurait posé des dizaines de questions. Il aurait alerté la police, les médecins, les médias... ce qui aurait mis en danger Victoire, Kader et le Cern. Tout ça pour quoi, puisqu'elle ne pouvait pas le sauver ?

Elle dormait très mal depuis deux jours. Elle n'arrivait pas à se dire qu'elle avait pris la bonne décision. Pourtant il n'y avait rien à faire, il fallait qu'elle travaille. Qu'elle passe à autre chose...

Son écran avait basculé en mode économie d'énergie. Elle rafraîchit la page et se força à lire.

Sur une départementale du Béarn, un crapauduc était dix fois plus fréquenté qu'un autre. Les riverains organisaient certaines nuits la circulation alternée des voitures, sécurisant le passage des crapauds mâles, qui avaient tendance sinon à aller sur la route, en les rabattant dans le tunnel. Ils faisaient ça plusieurs fois par an, en gilet orange. Ils avaient même fondé une association.

Maïa écrivit un paragraphe pour son article et se leva. Il était tard et elle était loin d'avoir fini.

Dire que Bastien devait l'attendre à ce moment même chez lui... Elle n'aurait pas dû lui dire qu'elle passerait. C'était stupide. Maintenant, ne pas venir, c'était cruel. Alors que lui... La capacité de cet homme à éveiller sa compassion était proche de l'intolérable. Maïa ressentait rarement ces mouvements de sympathie fraternelle, presque sensorielle, pour quelqu'un – la plupart du temps ils étaient réservés à son père – mais, une fois déclenchée, cette faculté prenait des proportions énormes.

Imaginons, se dit-elle – simple hypothèse de travail –, que je sois amoureuse de Bastien Fontaine. C'est vrai qu'il me plaît, avec son air de chien battu, ses yeux doux et calmes. La plupart des hommes qu'elle côtoyait faisaient tellement les fiers. Lui, pas du tout. Il l'avait attendrie. En même temps, il était inspecteur du travail, ce n'était pas un job de planqué. Il devait avoir l'habitude d'une certaine conflictualité ; il pouvait affronter les mauvaises nouvelles...

Et alors quoi ? Elle n'allait tout de même pas tomber amoureuse d'un type qui risquait de mourir dans quelques semaines ?

Bartolomeo, au bout de quelques jours.

Malgoni, au bout de six mois.

Maïa avait vu passer l'information sur la mort de Malgoni – elle avait mis une alerte Google avec le nom de Plastirec. Elle avait ainsi appris qu'il avait été retrouvé pendu à Parilly. Elle n'avait pas pu s'empêcher de soupirer, car le journaliste du *Progrès* avait osé écrire « Le mystère s'épaissit » en début d'article. Venerio Malgoni retrouvé pendu... sans qu'on sache pourquoi il avait commis cet homicide, toujours non élucidé, à Plastirec... la police incapable de répondre...

« Le mystère s'épaissit. » Elle imaginait le journaliste satisfait de son effet : on doit être content, quand on est fait-diversier dans un journal local, de déclencher chez les lecteurs ce petit frisson d'effroi. Maïa ne se serait jamais permis de telles faiblesses d'écriture. Son but n'était pas de faire frissonner les lecteurs. En tant que journaliste scientifique, elle contribuait à éliminer les mystères. Éclaircir l'esprit. Ses articles devaient susciter la curiosité des lecteurs, mettre en branle leur intelligence, leur capacité d'émerveillement et même d'admiration, non provoquer un frisson d'irrationnel. Les problèmes ont des causes, ils ont aussi des solutions, voilà ce qu'elle aimait raconter dans ses articles. Les êtres humains cherchent des solutions. Alors même que les problèmes sont complexes, qu'ils nous paraissent énormes, nous cherchons. Certains vont jusqu'à aider les crapauds à traverser une départementale. Nous cherchons individuellement, nous cherchons collectivement. Il s'agit d'une quête de l'esprit, une quête toujours renouvelée, et rien à terme, dans les siècles des siècles, Maïa le croyait, ne restera inaccessible à notre intelligence. C'est une question de confiance dans notre capacité de pensée. C'est moralement un but plus noble que le plaisir narcissique de déclencher chez les lecteurs un petit effroi circonstancié. « Le mystère s'épaissit »... Quelle blague. Malgoni était mort à cause d'une intoxication au cristal d'orthosilicate de lutécium modifié, et Fontaine en crèverait aussi. Il y avait une cause.

Est-ce qu'il y avait une solution ?

Maïa alla dans la cuisine, fit couler de l'eau froide dans une casserole et jeta du riz dedans. En attendant qu'il cuise, elle fit tourner son rubicube dans ses mains. Elle ne savait absolument pas pourquoi les algorithmes qu'elle répétait, étape après étape, lui permettaient de remettre le cube en ordre. Des gens plus intelligents qu'elle avaient trouvé une solution ; simplement elle reproduisait les algorithmes et ça marchait.

Il aurait fallu trouver une solution de cet ordre pour sauver Bastien. Une solution pratique. Même si elle n'y comprenait rien. Une solution donnée par quelqu'un de plus expert qu'elle.

Toute seule, c'était impossible.

Depuis son « cambriolage », elle avait emprunté à la bibliothèque municipale deux numéros de *La Recherche* et lu de nombreux articles sur les cristaux scintillateurs. Elle avait appris beaucoup de choses, notamment que certains de ces cristaux servaient dans l'industrie du luxe, ainsi que dans le spatial et l'aéronautique. Mais en termes de chimie elle était dépassée. Tous les éléments étaient devant elle, comme les pièces d'un puzzle qu'elle ne pouvait pas résoudre.

Est-ce que, par exemple, le cristal qui contaminait pourrait, à petites doses, décontaminer ?

Pito vint se blottir contre elle. Maïa posa son rubicube et le caressa, les yeux dans le vague. Elle repensa à la longue soirée que Victoire avait passée là, et à la photo qu'elle lui avait montrée. Bartolomeo, elle et sa collègue devant les cristaux, tout sourires. Un homme et deux femmes...

Pito émit un miaulement de protestation : sa maîtresse s'était levée d'un coup sans crier gare.

Frida !

Maïa alla chercher son cahier à spirale. Celui où elle notait tout, le nom de Jack Meryll, la date de la mort de Malgoni, les résultats de ses recherches à la bibliothèque... tout sur le cristal. Elle le feuilleta un moment en revenant au début. Trouva les notes sur Frida. Associée au mot « chimiste », au mot « *coating* », aux mots « bain à base d'ammoniac ».

Elle ferma les yeux et se remémora la conversation avec sa tante.

Un de ces cristaux était « défectueux ». Plongé dans le bain à base d'ammoniac, il s'était brisé, avait pris une couleur bleue. Bartolomeo était resté deux jours collé à lui. Mais Frida aussi était présente lors de la découverte. Victoire était équipée de « protection antiradiation », car elle travaillait dans une zone dangereuse du MSE, mais Frida, non. Elle n'avait pas de protection. Rien de tel. Maïa avait noté :

« Frida, contaminée > rentre en Allemagne. »

Ensuite, les notes étaient illisibles mais elle se souvenait. Frida la première avait parlé de drogue à Victoire. Frida avait ressenti un effet agressif – et elle était partie en Forêt-Noire pour éviter de tuer ses voisins ou son mari. Frida était d'accord avec Victoire pour faire disparaître le cristal bleu. Mais jusqu'à cet instant, Maïa n'avait pas considéré cette information essentielle : Frida avait survécu.

C'était donc possible !

Mais comment ?

La voilà la solution : rencontrer Frida.

Elle mit son ordinateur sur ses genoux et ouvrit le moteur de recherche. En quelques minutes, grâce au site du Cern, elle trouva son nom, son curriculum vitæ, son adresse mail, ainsi qu'une interview dans une revue scientifique appelée *Luminescence*.

Frida Böbinger, université de Fribourg-en-Brisgau dans le Bade-Wurtemberg. Née en 1962 à Radnice en ex-Tchécoslovaquie. Chimiste spécialisée en cristallologie et en *coating*. Avait fait des études de médecine à Prague, commencé à exercer comme « addictologue », mais « le soin n'était pas mon chemin » et elle s'était spécialisée en chimie pure avant de, « par collaborations successives », travailler avec le Cern, notamment sur les cristaux scintillateurs et le MSE. « Ce sont des matériaux fascinants, qui me font toujours découvrir quelque chose de nouveau », disait-elle.

Maïa copia-colla son adresse mail sur son logiciel de messagerie.

Elle se sentait excitée et nerveuse.

Il fallait qu'elle la voie, il le fallait absolument ! Frida, à partir de son expérience ainsi que de son savoir conjoint de chimiste et d'addictologue, pourrait créer un remède, ou un protocole pour tenter de guérir les victimes du cristal... Il fallait qu'elle prenne rendez-vous avec elle sous le prétexte d'un article journalistique. Elle devait la rencontrer, lui demander comment elle avait survécu.

Soudain, Maïa se souvint du riz dans la casserole. Elle alla dans la cuisine. Il était gonflé et surcuit. Son père aurait détesté la voir manger ça.

Elle fut alors prise d'une autre idée. Et si elle lui amenait Bastien ? Face à cette nouvelle victime du cristal, Frida ferait peut-être preuve de plus d'empathie que Victoire... Elle aurait peut-être une solution pour lui.

Pito s'était remis à mordiller le fil électrique. Elle le laissa faire.

À 23 heures, elle osa envoyer son mail à Frida Böbinger. Elle lui demandait un entretien au sujet des cristaux scintillateurs pour *Comprendre*. Elle avait menti en ajoutant : « J'habite à Strasbourg, je peux passer vous voir facilement » – de Lyon, il y avait en fait six heures de route pour aller à Fribourg, mais elle était prête à les faire. Elle emprunterait la voiture de Florence. Elle terminait son mail par cette phrase que tant de scientifiques ont l'habitude d'entendre de la part des journalistes : « Si vous pouviez me donnez rendez-vous au plus vite, on a des délais très courts. » Elle ne dit pas qu'elle était la nièce de Victoire.

Maïa dormit mieux cette nuit-là, contente d'avoir tenté sa chance.

Le lendemain matin, au réveil, elle saisit son téléphone pour voir si Frida lui avait répondu. Sa tête sortit d'un coup de l'oreiller en voyant son mail.

De : <u>frida.bobinger@uni-freiburg.de</u>
A : <u>maia.di.natale@gmx.com</u>
Objet : Re : Appointment
Dear Maïa di Natale, Yes, let's meet. I speak French. Friday after my class ?

Vendredi, c'était quatre jours plus tard. Parfait. Cela lui laissait le temps de décider si elle partirait seule, ou avec Bastien.

CHAPITRE 33

Bastien

À partir de ce moment-là, je ne fis que l'attendre. L'attendre et penser à elle. Comme elle m'avait promis de venir, je décidai de me barricader chez moi et de sortir le moins possible. Un confinement, mais décidé librement. Pas un confinement de la peur : un confinement de l'amour.

Nous nous étions parlé un vendredi matin. Je passai le week-end à faire du ménage.

Le lundi après-midi j'avais mangé tout mon stock. J'étais en train de le reconstituer au Franprix du coin quand je sentis une violente douleur dans le thorax. Je mis ma main sur ma poitrine. La sueur me couvrit le visage. Mon autre main, après un mouvement circulaire, prit appui sur une étagère ; j'étais au rayon des conserves, une boîte de thon chuta.

Il me fallut quelques secondes pour comprendre ce qu'il m'arrivait. Mon cœur battait à toute allure. Jamais je n'avais eu de palpitations aussi violentes ; j'en avais le souffle coupé, et la sensation qu'on m'étranglait.

« Monsieur ? Ça va ? »

Un client s'était approché. Derrière lui, un jeune couple avait également suspendu ses achats.

Je pris une grande inspiration. Un acouphène me traversa le crâne. Était-ce le vrombissement de la compacteuse ? Le client près de moi me regardait avec des yeux inquiets. Mais non, ça allait, j'étais sauf, j'étais en sécurité.

« Je crois que c'est fini », répondis-je.

Les palpitations étaient retombées mais je restais la main agrippée sur l'étagère.

« Vous êtes sûr que ça va ? » insista-t-il.

Le client parlait avec un accent que je ne parvins pas à identifier, peut-être allemand. On aurait dit un homme miniature. Sans être atteint de nanisme, il avait une petite tête, un petit visage, des mains réduites. Il ne devait pas mesurer plus d'un mètre cinquante. Ses cheveux noirs semblaient dessinés au crayon de couleur et tout dans sa personne, y compris ses vêtements négligés, donnait une impression de mauvaise santé. Il me regardait avec une fixité inconvenante ; on aurait dit un croque-mort prenant des mesures pour mon cercueil.

« Merci. C'était juste des palpitations. »

« Hum », dit-il.

Il tendit sa tête et je vis son cou, aussi ridé que celui d'une tortue. Ce devait être un handicapé ou un marginal, comme il y en a tant qui traînent en ville, cohorte d'exclus qui se révèlent plus à l'écoute du malaise des autres, car portant en eux un profond mal-être.

« Je me sens mieux. »

« Hum... répéta-t-il de son air étrange. Au revoir alors. »

Je zigzaguai entre les passants rue Victor-Hugo comme parmi autant d'obstacles. Il fallait que je rentre chez moi au plus vite. Maïa était peut-être venue pendant l'heure où je m'étais absenté.

J'avais laissé un mot sur la porte et rien n'avait bougé.

Le mardi, je sentis que je commençais à dévisser. La semaine allait être longue. Et il y aurait peut-être encore une autre semaine à attendre...

Le mercredi, je remis le mot sur ma porte et j'allai à la piscine Garibaldi. On n'était plus confinés, après tout.

Assis sur un banc dans le vestiaire, je me sentais délassé comme on peut l'être après une séance de natation. Le bruit du sèche-cheveux me dérangeait plus que d'ordinaire mais j'étais détendu. Mon cerveau shooté par les antidépresseurs, les anxiolytiques, le sport et ce sentiment de puissance que donne l'état amoureux, même s'il rend fébrile, même s'il était peut-être non partagé. J'avais dans ma main mes lunettes de piscine. Sans doute, il y avait en moi une part de déni. J'avais passé une partie de la nuit à faire des jeux sur mon téléphone ; je dormais peu ; j'avais nagé presque une heure. Il fait chaud dans ces vestiaires, se rhabiller est une entreprise pénible, on aimerait que quelqu'un le fasse pour vous. Surtout quand le chauffage est réglé trop haut. Si au moins cette chaleur pouvait venir d'un corps de femme. Si je pouvais l'étreindre. Me lover en elle. Entendre sa voix. Avoir trop chaud. Entendre des coups. Cesser de respirer. Cette machine au fond de moi, qui me dévore. Qui m'étrangle. Qu'est-ce qui se passe ? Ma joue contre le fond de la machine. Un bourdonnement dans les oreilles. Les vérins ! Remontez-lui les chevilles. Allez chercher une couverture.

Je rouvris les yeux.

Ma joue n'était pas contre le fond de la compacteuse, mais sur le carrelage du vestiaire.

« Monsieur, ça va ? »

Ils étaient quatre autour de moi, dont un type en maillot de bain.

Cette fois, j'avais perdu connaissance, et on m'avait mis sur ma serviette, les pieds sur le banc en bois.

« Vous pouvez vous lever ? Vous voulez qu'on appelle les pompiers ? »

Le maître-nageur était là, un jeune gars en slip rouge et en tee-shirt blanc marqué M.N.S.

« Non non, pas la peine, j'ai juste très chaud », dis-je en tentant de m'asseoir, un peu honteux.

Deux hommes m'aidèrent à me relever. On passa deux portes. L'air froid de février me rendit mes esprits.

« Asseyez-vous sur le banc, on reste avec vous. Vous voulez un chocolat à la machine ? » proposa la dame de la caisse.

« Oui, je veux bien. »

Elle partit m'en chercher un.

Les voitures circulaient sur l'avenue. J'étais de retour dans ce monde. Le maître-nageur me parlait. Il devait avoir une vingtaine d'années ; il souriait en montrant de belles dents. Je le sentais content : le soir venu, il rentrerait chez lui en se disant qu'il avait servi à quelque chose. Moi je ne servais à rien. Je ne travaillais plus. Je ne pouvais qu'attendre. Si Maïa ne m'aimait pas, je me pendrais pour de bon.

« Vous mettiez votre écharpe autour du cou, et vous avez glissé », m'expliqua le MNS.

« C'est la première fois que ça m'arrive, dis-je avec effort. J'avais trop chaud. »

Le maître-nageur ainsi que la dame de la caisse, revenue avec le chocolat, abondèrent aussitôt dans mon sens. Mais bien sûr, il faisait trop chaud dans ces vestiaires, on n'arrivait pas à régler la chaudière, ça devait arriver qu'un nageur fasse un malaise, après le froid du bassin, la fatigue, faut pas trop forcer... À les entendre, c'était quasiment de leur faute si je m'étais évanoui. Ils étaient touchants, à vouloir ainsi me déculpabiliser. Les gens sont si gentils parfois – pourquoi avais-je toujours l'impression que je n'étais pas concerné par cet amour ? Pourquoi en chercher un autre, qui ne viendrait peut-être jamais ?

Le lendemain était un jeudi. Je ne sortis pas. Plus qu'un jour et cela ferait une semaine que j'avais vu Maïa. Pourquoi ne revenait-elle pas ? J'échafaudais des théories, je les démolissais et je recommençais. M'aurait-elle menti ? Avait-elle peur de la police ? Lui avais-je déplu ? Peut-être était-elle en couple avec Kader. Cette idée me torturait. Leur différence d'âge était marquée, mais rien n'est impossible. Chacun fait ce qu'il veut. Si elle ne voulait pas me revoir, elle avait bien le droit. Mais quand même, j'aurais pu insister pour avoir son numéro de téléphone... Puis je me rappelai comment elle était appuyée sur son vélo : elle semblait si réservée, presque distante... Elle ne voulait pas me revoir, en vérité.

Triste journée. J'avais commencé de boire assez tôt, du vin en mangeant, de la bière pour me détendre. Il était tard, elle ne viendrait plus. La mousse de la Leffe laissait des traces blanchâtres sur le verre, comme la carte géographique d'un pays qui n'existe pas. J'hésitais à rouvrir une bouteille, mais je n'avais qu'un format de 75 centilitres, c'était beaucoup, quand un coup de sonnette retentit.

Il y a bien dix pas entre la porte d'entrée et mon salon, je les fis dans un état second.

J'avais la main sur le loquet. À ce moment-là, une voix d'homme, lente et accentuée, dit de derrière la porte :

« Monsieur Fontaine, vous êtes là ? »

J'ouvris dans un réflexe musculaire.

Ce n'était pas Maïa, c'était le petit homme du Franprix. Un bloc de béton me tomba sur la poitrine.

« Vous ! Qu'est-ce que vous faites ici ? » demandai-je avec hostilité.

« Mais je suis votre voisin », répondit le petit homme avec son accent guttural.

Il me dit son nom mais je n'entendis que Monsieur-Louis ou un prénom composé du type Machin-Louis.

« Vous ne vous souvenez pas ?... J'habite au cinquième. Je n'ai pas voulu vous gêner au Franprix. »

Il parlait d'une manière si humble que je ne savais comment réagir. Je ne fréquente jamais mes voisins. Dans mon souvenir, celui du cinquième était un grand Noir avec des lunettes, professeur de maths, et non une espèce de gnome pâlichon. Mais cela avait peut-être changé...

« J'ai fait un dégât des eaux, ça ne goutte pas de votre plafond ? »

« Pardon ? »

« Je peux entrer ? Je vous montre. »

Tandis que j'hésitais, la porte ouverte, voilà qu'il passa sous mon bras, comme un rat qui se faufile. Je me retournai, stupéfait.

Monsieur-Louis était allé directement dans ma cuisine. Je le rejoignis, voulant protester contre cette intrusion, mais il regardait mon plafond d'un air soucieux. À le voir si petit, si insignifiant, ma colère retomba.

« Non, ça ne goutte pas, constata-t-il de sa voix désagréable. Je suis rassuré. »

Il me raconta une histoire de machine à laver endommagée.

Tout ce qui ne concernait pas Maïa était sans intérêt. Je mesurai l'intensité de ma déception. Je m'étais emballé pour rien. Je m'étais fait des idées sur rien. Je resterais seul toute ma vie. Je m'appuyai contre le plan de travail.

« Hum, vous allez bien ? »

Monsieur-Louis s'approcha de moi. Il avait le teint cireux. Je compris ce qui me mettait si mal à l'aise : sa tête était plate. On aurait pu faire tenir sur son crâne un verre de bière.

J'avais trop bu.

« Prenez un verre d'eau. »

Il me parlait avec une obséquiosité étrange. Sa présence rendait la pièce plus vide. Il y a des gens comme ça, qui gèlent le cœur dès qu'on les voit. Cet homme en faisait partie. Rien qu'à le regarder on se disait : Quelle solitude !

« Vous avez des absences, monsieur Fontaine. »

Je ne me rappelais pas lui avoir proposé de s'asseoir, pourtant nous étions à présent dans le salon, moi dans le canapé, Monsieur-Louis dans le même fauteuil où s'asseyaient Henri, mes invités, le père Queyras quand il était venu me parler de la lutte entre le Bien et le Mal. « Il faut se battre, avait dit le prêtre, le lieu de la lutte, c'est votre cœur. »

« Non, c'est dans votre cerveau que ça se passe. »

« Que dites-vous ? »

Sur ses lèvres minuscules était apparu un sourire de croque-mort. J'eus un élancement à la tête.

« Vous êtes victime d'une intoxication neurologique. »

Il m'avait servi un liquide transparent qui devait être de la vodka.

« Buvez, ça va vous faire du bien. »

Le plafond se confondit avec le plancher. Le petit homme se renfonça dans le fauteuil. Il avait un carnet de notes sur son petit genou.

« J'étais en train de vous demander combien de fois vous étiez descendu dans la compacteuse... »

Je cherchai mon téléphone sans le trouver. Je pensai à Henri. Il m'avait dit de l'appeler si ça n'allait pas. Ça n'allait pas. Où était mon Samsung ?

« C'est moi qui ai votre téléphone. Je vous le rendrai tout à l'heure si vous répondez à mes questions. »

La peur me saisit, une peur plus terrible encore que celle que j'avais ressentie face à Malgoni, parce qu'elle venait de l'intérieur de moi. Je ne pouvais plus me faire confiance. Depuis une semaine, depuis mon premier malaise à Franprix, j'avais des absences. J'en avais à la piscine. J'en avais eu à l'instant même. Maintenant cet inconnu était chez moi. Et il n'était pas mon voisin.

« Qui êtes-vous ? Qu'est-ce que vous m'avez fait ? »

« Si la formule n'était pas galvaudée, je dirais que je suis un ami qui vous veut du bien. »

Je fis un effort violent pour me lever. En vain ; j'avais les jambes coupées. Qu'est-ce qu'il m'arrivait ?

« C'est le cristal qui vous attaque », dit Monsieur-Louis.

Je compris que j'avais parlé à voix haute.

« On dirait qu'il attaque d'une manière évolutive. Il faudrait que nous puissions récupérer la mallette pour l'étudier. »

« Je ne vois pas de quoi vous parlez. »

« Votre cas nous intéresse. Ainsi que la mallette qui contient le cristal. »

Je tremblais de tout mon corps. Il devait m'avoir drogué.

« Vous devez faire erreur », dis-je.

Le petit homme eut un sourire affreux. Il croisa ses mains sur son genou et dit avec solennité :

« Les gens qui me paient ne font pas d'erreur. Essayez de vous rappeler. Dans le camion, il y avait une mallette. Où est-elle ? Est-ce la femme qui est partie avec ? »

CHAPITRE 34

Maïa

Au même moment, à l'autre bout de la ville, Florence donnait les clés de sa voiture à Maïa. Le mari était sorti, les enfants étaient couchés. Florence avait aligné plusieurs bouteilles sur le plan de travail de la cuisine.

« Tu veux quoi ? »

Maïa les regarda sans marquer d'enthousiasme.

« Du Baileys ? »

« D'accord. Ça nous rajeunira. »

Florence remplit deux verres puis se pencha vers le congélateur à la recherche de glaçons. Son corps s'agitait comme un écureuil cherchant une graine enterrée quelque part.

« Tu trouves ? »

« Oui, ça y est. »

Florence leva son verre et dit d'un ton triomphal :

« À mon entrée au capital de *Comprendre* ! »

Maïa but une gorgée. C'était horriblement sucré.

« Je n'aurais jamais cru que les jumeaux accepteraient ton argent », dit-elle.

« Jules et Jacques ne sont pas cons. Si je n'entrais pas au capital, on fermait boutique – ils prendraient le pognon même de leur pire ennemie. »

« Tu n'es pas leur pire ennemie. Tu es leur associée, dorénavant. »

« Ils vont être obligés de m'écouter, du coup. Je suis contente. »

Maïa aurait voulu partager sa joie, mais elle avait du mal. Elle trouvait ça cocasse, après ce que Florence avait dit des jumeaux, qu'elle s'associe à eux. C'était triste, d'une certaine manière. Non qu'elle espérât que Florence se fasse licencier elle aussi, mais elle aurait préféré qu'elle demeure simple journaliste. Elle disait qu'elle abondait au capital pour « changer les choses », mais elle ne pourrait pas se permettre de perdre de l'argent. Bientôt, peut-être, elle aussi parlerait de réduire les frais fixes ou les montants des piges... Car dans le journalisme, il y a ceux qui sont en capacité de commander des papiers et ceux qui cherchent à en obtenir. Florence était passée du côté des patrons.

« J'espère que je ne fais pas une bêtise », dit la nouvelle actionnaire.

« Mais non, tu as bien fait », répondit Maïa.

Elle sentait que son amie avait besoin de son approbation. Pourquoi la lui refuser ? Florence avait fait un choix d'adulte. Quand elle l'avait connue, elle avait à peine 30 ans ; maintenant il y avait deux enfants, un crédit immobilier, il fallait qu'elle pense à l'avenir... Elle vieillissait, c'était pour cela qu'elle devenait actionnaire

– mais inversement, devenir actionnaire la vieillissait.

Maïa se demanda si c'était normal, à son âge, d'être toujours du côté des salariés, des locataires et des célibataires.

Florence était en train de rouler une cigarette. Preuve que c'était vraiment la fête pour elle. Maïa s'éclaircit la gorge. La regarda. Regarda son verre et dit enfin :

« J'ai une question à te poser. Une question importante. »

« Ouh là ! Ça a l'air grave. Tu n'es pas amoureuse au moins ? »

« Si. Enfin, peut-être. »

Florence referma la fenêtre qu'elle venait d'ouvrir.

« Toi ? Amoureuse ? »

Elle ouvrit de grands yeux et s'écria :

« Mais c'est une super nouvelle ! Je suis tellement contente ! Alors, qui est l'heureux élu ? »

Maïa soupira. Elle aurait voulu éviter ce genre de réaction.

« Ça n'a pas d'importance de qui il s'agit. »

« Ah mais si ! Je veux tout savoir. »

Maïa improvisa un mensonge, inventa une autre rencontre, un autre métier, en disant le moins possible, mais elle inclut la promenade au parc de la Tête d'Or.

« C'est quelqu'un de bien. Pas de doute là-dessus. »

« Pas un de ces branques d'Internet ? »

« Oh, il n'y a pas que des branques sur Internet. »

« J'en doute. Alors il est comment ? Grand et beau ? »

« À mes yeux, oui. »

« Comment il s'appelle ? »

« Bastien », répondit Maïa d'un ton triste.

Florence se tut. Depuis le temps qu'elles se connaissaient, c'était la première fois que son amie lui parlait de ses sentiments. Elle n'avait pas réagi assez finement : pourquoi monter dans les aigus dès qu'on parle d'amour ?

À ce moment-là, son fils l'appela de sa chambre : il avait perdu son doudou. Florence se leva. Quand elle revint, elle avait quitté le registre du *gossip* :

« C'est quoi le problème ? Parce que, si tu m'en parles, c'est qu'il y a un problème. »

Maïa garda le silence. Dans le bref temps où Florence s'était absentée, elle avait hésité à partir, à arrêter cette conversation. Juste prendre les clés de sa voiture, se rendre en Allemagne. Sans Bastien, évidemment. Quelle idée stupide de vouloir partir avec lui… Depuis quatre jours, elle ne pensait qu'à ça. Aller chez lui, tout lui expliquer, le convaincre de la suivre. Fantaisies mentales idiotes… Il était plus raisonnable qu'elle aille voir Bastien après, si et seulement si elle pouvait lui donner l'espoir d'une guérison… Sauf qu'elle avait peur de faire une erreur, et qu'à son retour il soit déjà mort.

Florence alluma sa cigarette à la fenêtre. Elle ne fumait que les jours exceptionnels – comme lorsqu'on investit dans une entreprise de presse, ou qu'une amie vient de vous faire une grande confidence.

« Tu en veux une ? »

« Oui, pourquoi pas ? »

Elles fumèrent un instant en silence. Maïa était reconnaissante à Florence de ne plus la presser de questions.

« Cette histoire ne peut pas marcher », reprit-elle enfin.

« Il est marié ? »

« Non. Mais il risque de partir dans un mois, ou même avant. »

Maïa s'éclaircit la gorge. Elle avait pris l'habitude de mentir, mais avec Florence elle n'aimait pas ça.

« Il va partir ? Où ça ? »

« En Inde, ou au Japon, je ne sais plus. Une mission humanitaire qui peut durer des années. S'il part, les trucs à distance, ça ne m'intéresse pas. »

Florence aurait voulu la contredire par mille arguments, mais elle sentait que le moment était particulier ; il lui fallait écouter plutôt que donner son avis tout de suite.

« Je me demande si ça vaut la peine de le revoir ou pas. »

« Il partage tes sentiments ? »

« Oui, je crois. »

« Il te l'a dit ? »

« Non, mais ces choses-là se sentent. »

« En somme, tu te demandes si ça vaut la peine de commencer une histoire d'amour qui risque de se terminer dans un mois ? »

« Oui. »

Florence tourna une mèche de cheveux roux entre ses doigts.

« Tu as deux possibilités, si j'ai bien saisi. Soit il s'en va, et tu auras vécu une belle histoire mais tu auras le cœur brisé ; soit il reste, et tu commences une histoire tout court. »

« Il va partir, c'est quasi sûr. »

« Et… tu ne veux pas d'une aventure ? »

Maïa prit une dernière bouffée de tabac ; elle avait un goût de cendres.

« Des aventures, j'en ai assez eu. »

Florence alors remarqua les traits tirés de son amie. On aurait dit qu'elle avait fait des efforts physiques ou intellectuels répétés, épuisants. Ou qu'elle se débattait avec une question depuis des jours sans pouvoir trancher.

« Tu voudrais passer du temps avec lui ? »

« Oui, je crois, dit Maïa après un silence. Mais, en un sens, je trouve cela dangereux. »

« Tu penses qu'il peut te faire du mal ? »

« Oh non ! Non. Il n'est pas méchant. »

Florence croisa son regard. Elle y perçut une petite flamme qu'elle n'y avait jamais vue.

« Mais le danger, c'est… »

Elle s'interrompit.

« Le danger, poursuivit Florence d'une voix calme, c'est de créer des liens, de s'attacher, de se connaître. De s'aimer, en fait. »

« Oui, c'est cela… »

L'appartement était entièrement silencieux. Par la fenêtre, Maïa voyait les pièces allumées d'autres logements, comme des instantanés de vies miniatures.

« Tu m'as dit tout à l'heure que tu voulais partir en Allemagne avec ma voiture. Tu pars avec lui ? »

Maïa ne répondit pas.

« Je te connais depuis bientôt dix ans, Maïa. Je vois bien quand il y a quelque chose qui te chiffonne et que tu gardes pour toi... »

Maïa se sentit à la fois triste et soulagée. Elle avait honte d'avoir à cacher tant de choses, mais ne pouvait malheureusement s'en tenir qu'à des semi-vérités :

« Oui, c'est à peu près ça. J'ai vraiment un reportage à faire en Allemagne. Mais j'hésite à partir avec lui. »

« Il t'a proposé de t'accompagner ? »

« Disons qu'il est libre pour venir. Mais c'est moi seule qui dois décider. »

Florence termina sa cigarette. Elle avait trouvé le bon ton ; elle pouvait aider, sans rien imposer.

« Ce sera sans doute un très beau moment, ce week-end ensemble à Fribourg. »

« Oui. J'en ai envie. Mais... je ne veux pas prendre le risque de tomber encore plus amoureuse d'un homme qui risque de... de me quitter pour toujours. »

« Partir n'est pas mourir », dit Florence.

Maïa but une gorgée de Baileys pour cacher son émotion. Le sucre passa sur le goût du tabac sans le faire disparaître.

« Pour l'instant, je... je suis amoureuse mais je ne le connais pas. Si je me mets à passer du temps avec lui... »

« Il peut te déplaire. Ou te plaire encore plus. »

« Oui, mais s'il part, je ne m'en remettrai pas. »

Florence regardait son amie. Dans ses yeux elle lut de la détresse et beaucoup de contradictions. « Je ne m'en remettrai pas »... C'était bouleversant d'entendre ça de sa part.

« Depuis combien d'années tu n'as pas été amoureuse ? »

« Je ne sais plus. J'avais mis ça tellement de côté... »

Les lumières dans l'immeuble d'en face s'éteignaient une à une. Maïa n'avait plus envie de fumer ni de boire, elle était au bord des larmes.

« J'ai l'impression que, quoi que je fasse, je me mets en danger, et lui avec. »

« Pourquoi tu parles toujours de danger ? »

Maïa soupira.

« Toi, tu ferais quoi à ma place ? » demanda-t-elle en regardant son amie dans les yeux.

Florence prit son temps pour répondre.

« Je ne suis pas à ta place, finit-elle par dire avec le plus de délicatesse possible. Je ne connais pas cet homme et je ne réagis pas de la même manière que toi aux événements. Mais je pense que le plus grand danger pour toi, ce n'est pas que tu t'attaches à cet homme. Ni que vous partiez ensemble en Allemagne. Ni qu'il te quitte pour partir au Japon... Ce n'est pas ça qui est dangereux. Le plus grand danger pour toi, c'est de ne pas aimer. »

massif, comme une note de bas de page que personne ne prend la peine de lire.

Des pas feutrés se firent entendre. Quelqu'un descendait l'escalier. À regarder le jeune homme qui s'avançait vers lui en souriant, Meryll se sentit très vieux et abominablement *underdressed*.

Le jeune banquier qui venait à sa rencontre était habillé d'un costume gris métallisé et d'une cravate bordeaux dont on ne voyait que le nœud bombé, ainsi que d'un pantalon au pli irréprochable. Il était mince, le visage frais et régulier, et son sourire donnait l'impression qu'il posait pour une publicité pour dentifrice.

« Bienvenu à l'ABP, monsieur Meryll. Mme Lavaudant vous attend. »

Sans rien ajouter, il exécuta un demi-tour presque militaire et remonta les marches. Meryll le suivit en observant sa main ballante sur le côté, manucurée comme un objet d'art. Le jeune homme se retourna pour dire une phrase badine sur la météo, il répondit n'importe quoi. Il était frappé par l'absence totale de traces de rasage sur ce visage, ainsi que par l'hyper symétrie de ses traits. Meryll notait cela sans pouvoir s'en empêcher, comme un reste d'une disposition scientifique à l'observation.

Ils s'arrêtèrent devant une porte plus large que les autres, dotée d'une plaque marquée « Direction ». Le jeune homme fit face à Meryll ; son sourire était devenu celui d'une publicité pour la viande.

« Je vous demande un instant. »

De sa main parfaite, il toqua à la porte. Une voix de femme répondit d'entrer.

« Je vous en prie… » dit-il.

Son ange gardien referma la porte derrière lui.

Meryll se retrouva projeté dans un grand bureau à la moquette claire. Au fond, devant un mur orné d'un tableau contemporain, une femme était assise à un bureau de verre. Les fenêtres de la pièce étaient entièrement dissimulées par des stores.

« Bonjour, Jack. Merci de vous être déplacé jusqu'ici. »

La femme ne se leva pas. Du menton, elle lui désigna un des deux grands fauteuils en forme de coque disposés devant le bureau. Meryll s'assit et, tout de suite, il se sentit aspiré par ce fauteuil à l'assise trop large et trop incurvée.

D'abord il ne se passa rien. Un téléphone fixe avait sonné. La directrice de l'ABP avait décroché et par monosyllabes signifiait à son interlocuteur qu'elle prenait note des informations qu'il lui transmettait – et, ce faisant, laissait comprendre à Meryll que les informations qu'il allait lui donner n'avaient qu'une importance relative comparée à toutes celles qui, eu égard à sa fonction, lui parvenaient chaque jour, à chaque minute, par de multiples canaux.

Meryll fit semblant d'être fasciné par le tableau sur le mur, qui représentait une scène champêtre exécutée dans des couleurs criardes. Il chercha la signature sans la trouver.

La banquière raccrocha et prit le temps de noter quelque chose sur une feuille volante, de contrôler une tablette et un iPhone, avant de croiser ses mains en pyramide sous son menton et de dire, sans que sa voix ne porte une quelconque trace d'émotion :

« Ce serait bien que nous fassions ensemble le point sur le cristal, pour savoir où nous en sommes et ce qu'il nous est permis d'espérer. »

Katia Lavaudant était une femme très grande et très mince, à la présentation aussi parfaite que son ange gardien, mais qui ne prenait pas la peine de sourire. Elle était habillée d'un tailleur-pantalon vert sombre. Ses cheveux d'un blond vénitien étaient tirés en arrière. Son visage paraissait jeune mais certaines rides autour de ses yeux corrigeaient cette première impression. Il était en vérité difficile de lui donner un âge, même pour ceux qui la fréquentaient au club de golf et à des réceptions mondaines. Mais ce qui perturbait Meryll ce jour-là, c'était la couleur de son rouge à lèvres, très rouge et très vif, qui attirait son regard sur sa bouche et lui conférait un air inquiétant, comme si elle allait s'ouvrir pour annoncer un danger imminent et définitif.

Meryll s'éclaircit la gorge.

« Les nouvelles ne sont pas bonnes. J'ai longuement parlé avec Victoire Hussard. J'ai essayé de la convaincre mais il n'y a rien à en tirer : elle ne veut ni étudier les cristaux ni permettre à d'autres de le faire. »

« Elle vous a dit où étaient les échantillons restants ? »

« Non. »

« Comment l'expliquez-vous ? » interrogea Lavaudant, toujours sur un ton neutre.

« Je pense qu'elle reste traumatisée par la mort de son doctorant. Et puis, vous savez, Victoire n'est pas quelqu'un de facile à manipuler. Nous n'avons vraiment pas eu de chance que ce soit elle justement qui fasse cette découverte... »

« Et sa nièce ? »

Meryll ne comprenait pas pourquoi Lavaudant regardait régulièrement dans l'autre fauteuil, celui où il ne s'était pas assis. Il jeta un coup d'œil à sa gauche mais ne vit rien. C'était peut-être une manière de le déstabiliser.

« Sa nièce a dû être à un moment donné en possession des échantillons, reprit la directrice. Puisque vous n'avez rien trouvé chez elle... on pourrait peut-être tout simplement lui demander ? »

« Vous oubliez que c'est une journaliste. Vous savez, ils sont sensibles, surtout en France. Je préfère que tout cela reste dans les limites de la civilité. Déjà, mon cambriolage n'est pas passé inaperçu et je... »

Meryll s'interrompit : dans l'autre fauteuil, quelque chose venait de bouger. Au même instant une voix frêle, dotée d'un fort accent suisse, déclara :

« Hum... Un cambriolage sans doute mal mené... »

Du second fauteuil, tel un mollusque s'extirpant de sa coquille, deux pieds apparurent et se posèrent au sol, suivis d'une tête petite, brune, au teint jaune, couverte de cheveux noir de jais, avec un sourire hideux. Il fallut à Meryll toute son éducation anglaise pour ne pas crier de surprise.

« Si j'avais pu arracher les ongles de la petite nièce, on aurait déjà la réponse, madame la directrice... »

« Vous nous faites honte », répondit Lavaudant au petit homme.

« Je suis là pour ça, non ? Pour porter la honte, et vous éviter, hum, certains agissements. »

« Certains agissements sont exclus, Monsieur Meryll a raison. Vous n'avez pas affaire à des trafiquants de drogue ou des marchands de biens, mais à une journaliste et une universitaire. »

Lavaudant se retourna vers lui :

« Pardonnez-moi, Jack. Je vous présente Michalin Louis, notre missionné sur cette affaire. Il est là comme... observateur. »

Le petit homme se leva de son fauteuil et s'avança vers Meryll pour lui serrer la main. Ses yeux gris plongèrent dans les siens, comme pour juger du calibre de la balle nécessaire pour l'assassiner. Meryll plaqua un sourire sur son visage, malgré l'immédiate répugnance que lui avait inspirée le personnage.

« Donc, vous n'avez aucune perspective à nous donner ? » demanda Lavaudant.

Meryll écarta le nœud de sa cravate de sa gorge. Le fait qu'ils soient trois dans la pièce changeait tout.

« Mon opinion, répondit-il en essayant de ne pas balbutier, est qu'il ne faut pas s'acharner à vouloir retrouver *cet* extrait en particulier... La situation s'est compliquée. La police française est intriguée, elle risque de nous mettre des bâtons dans les roues. »

« La police ne sait rien sur la mallette », intervint Michalin Louis de sa voix traînante.

Meryll jeta un coup d'œil désespéré vers Lavaudant, qui ne réagit pas.

« À mon avis, continua-t-il avec effort, le plus simple serait de financer une autre recherche. En partant des mêmes bases. Voyons les choses du bon côté, Katia. Grâce à cette invention, une immense piste vient de s'ouvrir. Nous savons maintenant que les cristaux d'orthosilicate de lutécium peuvent donner une couleur bleue beaucoup plus pure que celle produite par l'alumine. Je suis sûr que nous retrouverons ce même résultat à force de recherches. J'ai le rapport comme base de travail, et même si cela doit prendre quelques mois de plus, faire une expérience nouvelle offre une meilleure perspective. Plus fructueuse que de s'accrocher trop à ces éclats de cristaux. Telle est mon opinion. »

Il se tut. Lavaudant allait parler maintenant, il le savait. Il s'était préparé à ce moment-là. Mais il n'avait pas imaginé qu'ils ne seraient pas seuls.

« Vous nous dites de laisser tomber, en somme, commença la banquière sur un ton toujours dénué d'une quelconque expression. Mais vous semblez oublier que c'est *vous* qui êtes venus nous chercher. Je me trompe ? »

« Non, admit Meryll. J'ai pensé à vous quand nous avons eu besoin de fonds pour étendre la recherche sur les cristaux. »

« Est-ce exagéré de dire que l'Alliance est devenue un partenaire du Cern dans votre R&D ? »

« Non. L'ABP est bien un partenaire du Cern. »

« Et vous n'avez pas oublié non plus pourquoi nous avons lancé ce partenariat ? »

« Non plus. »

Son regard était fatalement attiré par les lèvres rouges de la banquière. Elles étaient effrayantes, mais non dénuées d'érotisme.

« Nous sommes la banque des bijoutiers depuis presque deux siècles, reprit Lavaudant. L'ABP a 160 milliards d'actifs aujourd'hui, la plupart provenant des bijoutiers, joailliers et horlogers de Genève. Nous fréquentons ces professions tous les jours. Nous sommes à l'écoute de leurs problématiques d'investissement. Nous examinons ce qui les tracasse, nous les aidons à faire de l'argent aujourd'hui et à l'avenir. Or, il se trouve que depuis des décennies les joailliers cherchent à créer des pierres précieuses de laboratoire. Pour les diamants, c'est fait ; le marché monte. Pour les saphirs, personne n'a encore trouvé. Entendez-moi bien : nous ne sommes pas spécialistes en pierres précieuses. Notre compétence consiste à placer notre argent au bon moment au bon endroit. Nous encourageons des investissements *via* des start-up et des plates-formes, car ces pierres précieuses de laboratoire intéressent des consommateurs devenus sensibles à l'éthique. D'une certaine manière, précisa-t-elle avec une pointe d'ironie, ce qui constituait la première marque émotive dans son discours, pour cette clientèle, l'éthique est un signe distinctif. Or tout ce qui est distinctif intéresse l'industrie du luxe. Et donc concerne son banquier. »

Le petit homme avait de nouveau disparu dans son fauteuil, comme un bernard-l'hermite replié dans sa coquille. Meryll expira par la bouche.

« C'est seulement pour cette raison, poursuivit la banquière, que nous avons soutenu le Cern dans ses recherches. Si nous vous avons aidés à étudier les cristaux, ce n'était pas pour la physique des particules. Peu nous importe, à l'ABP, de savoir ce qu'il s'est passé quelques minutes après le Big Bang. Peu nous importe de savoir pourquoi il y a quelque chose plutôt que rien. Pour nous, la seule chose qui existe et existera toujours, c'est notre argent. »

Katia Lavaudant marqua un temps, comme pour souligner le fait qu'elle n'avait aucun problème à revendiquer la recherche du profit comme horizon moral. Meryll se crut obligé d'approuver d'un signe de tête.

« Nous avons compris qu'un diamant est d'abord un cristal. Mais les laborantins, c'est vous. C'est là que vous intervenez : vous savez de quelle manière on peut créer et traiter de nouveaux cristaux, et fabriquer artificiellement des saphirs… »

« Nous aussi, Katia, nous avons toujours été clairs, intervint Meryll, blessé d'avoir été traité de laborantin. Je vous ai prévenus il y a deux ans. Nous avons lancé plusieurs recherches grâce à cet argent, ou au matériel de *coating* qu'il a permis d'acheter. Mais le Cern ne s'intéresse qu'à la propriété de scintillation ; c'est seulement là-dessus que nous pouvons travailler... »

Lavaudant cligna des yeux rapidement, comme si elle appuyait sur la touche annulation, elle reprit, avec la même voix claire et posée :

« Nous avons cofinancé des fours à plasma. Et en échange de cet investissement qui était, il faut le dire, quasi à fonds perdu pour nous... »

« Pas entièrement perdu, Katia, intervint de nouveau Meryll. Ces investissements vous ont donné droit à certains avantages fiscaux, et une bonne image marketing... Il ne m'a jamais semblé que vous étiez autant intéressés par... »

« Peu importe, Jack, ce qu'il vous a semblé. En échange de ces financements, vous deviez nous donner des renseignements sur le fruit de vos recherches. Si elles aboutissaient, par hasard ou en les y incitant un peu, comme vous vous êtes engagé à le faire sur un cristal intéressant dans le spectre bleu, vous nous teniez au courant. »

« Pourquoi le bleu ? » demanda la voix dans le fauteuil.

Meryll sentait son cœur refroidir dès que cette espèce de gnome prenait la parole.

« Parce que, expliqua Lavaudant, en termes de pierres précieuses artificielles, si on peut proposer de très belles choses en diamants, en rubis et en émeraudes, les saphirs, eux, donnent toujours beaucoup de mal aux joailliers. Pour l'instant, en laboratoire, on obtient une couleur qui ne tient pas la comparaison. »

« Hum, intéressant… »

« La course pour les pierres précieuses de laboratoire est lancée. L'ABS a financé Cristal&Research, Cristalfuture, des plates-formes qui cherchent à fabriquer du saphir de synthèse. Pour l'instant en vain. La concurrence s'accentue à travers le monde. Le temps presse. En Afrique, les mines à ciel ouvert sont toujours en danger de fermeture ou, ajouta la banquière avec un rictus, de scandales sur les *human rights*. Nous étions persuadés qu'en étant partenaires du Cern nous nous assurions la primeur d'une information essentielle et aurions ainsi une longueur d'avance. »

« Je vous en avais parlé, se défendit Meryll. De cette difficulté à aller vers le bleu pur, le bleu aussi beau que le naturel. Je ne vous ai jamais fait croire que ce serait facile… Cette couleur ne pouvait apparaître que fortuitement. »

« Oui. Vous ne nous avez pas menti sur vos intentions. C'est important que dans un partenariat on n'exige pas de l'autre ce qu'il ne peut nous donner, répondit-elle comme en exécutant une réponse automatique. Mais vous nous aviez aussi promis de nous donner accès aux résultats s'ils nous intéressaient. »

« Ce que j'ai fait… »

« Pas exactement. Vous nous avez montré des photos, décrit un effet, c'est tout. Depuis des mois nous cherchons à voir cette découverte. Nous voulons mettre la main sur ce qui est peut-être le premier saphir artificiel valable. Et, donc, nous n'avons pas du tout l'intention de renoncer. »

« Il le faut pourtant. »

Par la suite, Meryll se dit que ç'avait été la phrase la plus courageuse qu'il eût prononcée de toute la matinée.

Katia Lavaudant lui lança un regard glacial.

« Cher Jack, on n'est pas dans le public, ici. Au Cern, vous pensez pouvoir vous servir dans les caisses de l'ABP comme bon vous semble. Vous vous trompez. Maintenant que nous avons payé une partie de vos recherches, nous voulons voir ce saphir. Et ce n'est qu'à cette condition que, *peut-être*, nous financerons une nouvelle recherche. Donc, conclut Lavaudant en se tournant vers Michalin Louis, je vous donne l'autorisation de trouver la mallette selon vos méthodes. »

« Formidable ! Je vais pouvoir faire la connaissance de cette nièce... »

Meryll pâlit.

Katia Lavaudant avait croisé les bras. Pour la première fois, elle semblait embarrassée par quelque chose.

« Michalin, laissez-nous un instant, je vous prie. »

Malgré son air de vieille tortue, le petit homme bondit du fauteuil.

« Qui est ce type, Katia ? demanda Meryll quand ils furent seuls. Pourquoi l'avoir fait venir ici ? »

« Un missionné. »

« Pour quelle mission ? »

« Michalin Louis nous aide à retrouver les cristaux. »

Meryll sentait qu'il perdait sa négociation, et ce sentiment le déprimait parce qu'il croisait un autre sentiment plus général dans sa vie depuis des années, une sensation de détumescence et d'affaiblissement.

« Écoutez, dit-il, ce n'est pas la peine de s'énerver. Il nous reste Frida Böbinger. Elle a participé à l'expérience ; elle a peut-être un état d'esprit différent quant aux perspectives... »

« Nous nous occupons de Mme Böbinger. »

« Vous vous en occupez ? »

« Je suis en contact avec elle », dit la directrice, utilisant le « je » pour la première fois.

Elle se leva et vint s'appuyer contre le verre du bureau. Meryll écarta son nœud de cravate. Il aurait voulu savoir quel *contact* la banque avait pris avec Frida, de quel ordre. Il avait du mal à respirer. Un instant, il pensa que si Victoire avait été à sa place dans ce fauteuil elle se serait beaucoup mieux défendue. Cette pensée le chagrina particulièrement.

« Katia, depuis le début vous comptez pour rien le pouvoir destructeur de ce cristal. »

« Je ne le compte pas pour rien. C'est ce que nous essayons de traiter avec Mme Böbinger... »

« Vous l'avez convaincue de travailler pour vous ? »

« On ne *travaille* pas *pour* nous. On a des recherches *financées* en partie par nous. Je vous recontacterai quand nous aurons la mallette et que nous l'aurons ouverte. Ce qui ne devrait pas tarder. »

CHAPITRE 36

Bastien

Je repris conscience sur la banquette arrière. Je vis d'abord le plafond d'un habitacle. Puis j'entendis le grondement du moteur. Je commençais à avoir l'habitude de ce genre de situation. J'avais dû perdre connaissance. Mon cerveau allait reconstituer ce qu'il s'était passé auparavant. Ça allait me revenir.

J'ôtai mes pieds de la vitre et regardai l'autoroute. Et ça me revint. Je me redressai, comme piqué par un aiguillon de joie.

Maïa était là. Ses mains sur le volant.

« Ça va mieux ? » me demanda-t-elle.

Elle était là. En tendant le bras, j'aurais pu la toucher. Elle était là. Elle m'avait tout dit. Elle voulait m'aider.

« Oui, je crois, dis-je en me plaçant entre les deux sièges. Même si, pour être franc, je ne sais pas ce qu'il s'est passé. »

« On parlait, et puis vous êtes allé derrière pour vous allonger, répondit-elle de sa voix chantante. Vous n'avez même pas voulu attendre que je m'arrête. Heureusement que la voiture est grande. »

La voiture était assez grande en effet, un Kangoo, aux sièges larges, encombré de toutes sortes de sacs, de jouets, de caisses et de cartons. Ainsi, nous étions de nouveau enfermés ensemble dans un véhicule, roulant vers une destination que je n'avais pas choisie. Sauf que, cette fois, il faisait jour. Cette fois, la police ne nous poursuivait pas. Cette fois, je n'étais pas couvert de sang, je n'étais pas terrifié mais au contraire apaisé. Soulagé même, après tout ce que je venais d'apprendre. Mes doutes, mes intuitions, tout s'ordonnait en un seul tableau. Ce tableau était effrayant, mais il m'apprenait une chose : je n'y étais pour rien.

Elle l'avait répété à plusieurs reprises :

« Vous n'y êtes pour rien. Ce n'est pas de votre faute. Vous êtes victime d'une blessure neurologique. »

J'avais beaucoup aimé ce terme : *blessure neurologique*. Je le préférais au terme *drogue* qu'elle avait utilisé également.

« Ce n'est pas une dépression ? »

« Non. Ce n'est pas une dépression. »

J'avais pensé à cette phrase de saint Jean, « La vérité vous rendra libre ». Il y avait tant de noirceur encapsulée en moi depuis mon plus jeune âge. Alors de savoir que j'étais victime non de cette angoisse, mais d'une matière toxique échappée du Cern, cela me procurait un vrai soulagement. Je n'étais pas dépressif, j'étais malade.

« Vous êtes malade, mais je peux vous aider. »

C'était ainsi que Maïa avait commencé, à peine avais-je ouvert la porte, tôt dans la matinée.

En entendant la sonnette, j'avais eu peur que ce soit le petit homme qui revenait. Mais c'était elle. Cependant, quand elle était entrée, mon allure et celui de mon appartement avaient semblé l'effrayer. J'étais très agité. Je lui parlai de l'interrogatoire que j'avais subi la veille, de cet homme qui connaissait son existence, toutes choses qui m'avaient paru relever du cauchemar. Elle n'avait pas eu l'air surprise, ni de ce personnage inquiétant ni de ses manières.

« Venez avec moi. Je vous expliquerai en route. »

Je ne comprenais pas. Partir où, et pourquoi ? Je devais rester à Lyon pour l'enquête. En plus, depuis notre entrevue au parc, je faisais de l'arythmie cardiaque. J'avais des malaises. Elle avait redit, fermement mais doucement :

« Vos symptômes s'aggravent, raison de plus pour se dépêcher. Venez, la voiture est en bas. »

Elle avait dû faire mes bagages, car je me rappelle que pour descendre l'escalier elle m'avait pris par la main tandis que de l'autre elle tenait mon sac. Le flou dans lequel j'étais ne rendait pas ce moment moins charmant. Elle me tenait la main, comme si j'allais m'échapper, ou me volatiliser.

« Alors, on part en voyage ensemble ? » avais-je demandé.

« On peut dire ça comme ça. »

Elle m'avait installé sur le siège passager. Le rétroviseur m'était apparu considérablement grand et le frottement de l'air trop bruyant.

Après le péage, je me sentais un peu mieux. Elle m'avait dit :

« Il faut que vous m'écoutiez. Même si vous devez me détester, il faut que vous m'écoutiez jusqu'au bout. »

Maïa parlait de manière extrêmement claire. Je me souviens avoir pensé qu'elle écrirait de très bons procès-verbaux. Elle expliquait très bien. Elle hiérarchisait les informations tout en déroulant son histoire avec logique. Monsieur Louis m'avait terriblement inquiété, me donnant et me soutirant des informations qui me semblaient démentes. Maïa avait tout remis en ordre.

Nous avions pris l'autoroute direction Ambérieu, puis vers Bourg-en-Bresse, Lons-le-Saunier. Tandis qu'elle me racontait le cristal bleu, sa tante, le Cern, la compacteuse, tandis que j'apprenais enfin le rôle de Kader Derwiche, l'ironie voulait que nous suivions un trente-huit tonnes qui portait sur l'arrière un logo représentant un arbre dénudé et une tête de poisson mort. Je connais ce logo pour l'avoir vu dans mon métier : il signifie que le camion transporte des matières toxiques. Cette coïncidence resterait longtemps dans mon esprit.

Je n'avais interrompu Maïa qu'une fois, pour lui demander quelles preuves elle avait. Le regard qu'elle avait porté vers moi m'avait fait de la peine. Moi-même, j'étais une preuve, m'avait-elle répondu. Il fallait que je réfléchisse, sans y placer aucun orgueil, à mes faits et gestes de ces derniers mois.

Elle avait raison. Tout avait commencé à se dégrader après que j'avais rampé dans la compacteuse : je gratte le fond de cette machine, j'ai les mains qui tremblent, une crise de larmes, et je vais obsessionnellement vouloir y retourner.

« Comme Bartolomeo, comme Malgoni. Il faut me croire. Vous êtes sous emprise de cette drogue. »

Le ciel gris s'était crevé en une pluie fine qui tombait sur le pare-brise. Elle conduisait prudemment. Un véhicule de police nous avait dépassés à ce moment-là. Elle s'était crispée, moi aussi. Mais la voiture s'était éloignée.

« Il faudra bien que je parle à la police, non ? »

« Surtout pas ! »

Elle avait un ton assez dur quand elle voulait.

« Celui qui pourrait nous aider, c'est Kader, mais il n'est pas là. »

Un pli triste sur son front était apparu comme elle évoquait son nom. J'avais laissé passer un silence, puis, le plus délicatement possible, j'avais dit :

« Vous vous débrouillez très bien sans lui. »

Je lui faisais confiance. Je la croyais. Cette femme ne pouvait pas me faire de mal. Peu importait où elle m'amenait, je lui faisais confiance.

« Et ce petit homme qui est venu m'interroger, qui c'est ? Il a parlé de la mallette... »

« Bien évidemment ! Ils ont fouillé chez moi, c'est logique qu'ils vous interrogent vous. »

Elle avait une manière habile de ne pas répondre aux questions.

« Pour le moment, la priorité, c'est de vous soigner », avait-elle repris en regardant droit devant elle.

Elle avait pris maintenant la direction de Dole. Je crois que c'est à ce moment-là que j'avais senti les palpitations revenir.

Assis sur la banquette arrière, dans une position contraire aux règles de sécurité, le nez au-dessus du frein à main, je regardais Maïa de profil. Je voyais son oreille droite, ornée d'un pendant doré, qui réapparaissait quand elle plaçait ses cheveux derrière et disparaissait lorsque ses cheveux revenaient dessus, rappelant sa main qui recommençait son geste encore et toujours, sans s'en apercevoir.

« Par contre, il faut que je vous dise... J'ai oublié où nous allions... »

Elle tourna la tête sans parvenir à croiser mon regard.

« En Allemagne, à Fribourg-en-Brisgau. Voir Frida. »

« Frida ? »

« La chimiste tchèque, celle qui a travaillé avec Victoire sur l'expérience. Je vous ai dit... »

« Vous m'avez dit tant de choses... »

« Elle aussi a été intoxiquée. Mais elle a guéri, elle pourra nous aider. »

« Elle me soignera ? »

« Je l'espère. Même si je ne peux rien vous promettre. »

Elle remit ses cheveux derrière son oreille. Je compris qu'elle ne voulait pas me donner d'espoir, mais qu'elle, de son côté, en avait un. Cela me suffisait. Si l'espoir était à Fribourg, va pour Fribourg ! J'avais appris dix ans l'allemand à l'école, je savais encore dire « *Ich bin krank, helfen Sie mir, bitteschön* ». Je suis malade, aidez-moi, s'il vous plaît.

« On va faire une pause, j'ai mal dormi cette nuit », me dit Maïa.

Quelques minutes plus tard, elle s'arrêta sur une aire d'autoroute. Je sortis de la voiture et m'étirai. Moi-même, avais-je seulement dormi la nuit précédente ? Je ne me rappelais plus. Je me tenais contre la portière, peu pressé d'entrer dans l'aire d'autoroute. Un rayon de soleil me réchauffait. J'étais bien. Je restai à contempler le vallonnement devant nous, embelli çà et là par des taches de neige.

« Où sommes-nous ? »

« Près de Belfort. »

Manifestement, Maïa attendait une réponse à une question que j'avais oubliée.

« Vous comprenez ce que je vous dis ? » ajouta-t-elle après un silence.

Il avait dû se passer quelque chose. Même sans palpitations, mon cerveau perdait la connexion – je ne vois pas comment le dire autrement. C'était moins gênant que de m'évanouir, mais ces absences demeuraient handicapantes.

Je me frottai les tempes. Maïa se pencha vers moi et, rapidement, elle me toucha le front, comme pour prendre ma température. Je frémis de bonheur.

« Vous n'avez pas de fièvre. »

« Ne vous inquiétez pas. C'est juste que parfois j'ai des absences. »

« Il ne faut pas vous absenter, il faut vous battre. »

« Je ne suis pas fort pour me battre. »

Pour la première fois, elle sembla se fâcher :

« Mais si vous êtes fort ! Sinon, vous seriez déjà mort ! Vous vous seriez pendu comme Malgoni, ou défenestré comme Bartolomeo. »

Elle s'était adossée elle aussi contre la portière de la voiture. Je repensai à Arent, à ce moment où j'avais noué la corde sur le hêtre. J'hésitais à lui dire. Mais elle avait le droit de savoir la vérité sur mon état psychique.

Cela me fit du bien.

« Je vous remercie de m'avoir raconté ça. Mais promettez-moi de ne pas vous tuer, dit-elle d'une voix blanche. Maintenant que vous savez que ce n'était pas de *votre* volonté, promettez-le-moi. »

« Je vous le promets », murmurai-je.

« Mieux que ça ! » dit-elle en me poussant du coude.

Je me plaçai face à elle, les jambes écartées. Je la regardai. Ses yeux étaient au même niveau que les miens. Je pris le ton le plus ferme que je pus, comme si elle était un employeur à qui je devais imposer mon autorité, et dis bien distinctement :

« Je vous promets, Maïa, que je ne ferai plus de tentative de suicide. »

Elle sourit, sembla contente de cette déclaration. Nous étions seuls, elle était contre la portière, moi devant elle. Nos deux corps étaient très proches, et le froid nous poussait l'un vers l'autre. Elle se décala légèrement, comme pour mettre fin à cette attirance.

« Vous avez mangé ce matin ? »

« Non... On m'a kidnappé, je n'ai pas eu le temps. »

Elle riait maintenant.

« Vous êtes un très mauvais otage ! Venez, je vous offre un café. »

L'aire d'autoroute d'Écot est grande et agréable, avec un restaurant, une épicerie, un bureau de tabac-maison de la presse, un parc à jeux pour jeunes enfants. Il faisait chaud, ça sentait bon.

Les toilettes pour hommes étant en cours de nettoyage, je fus renvoyé sur l'espace Famille, avec des sièges W-C adaptés aux tout-petits. Le carrelage était neuf, les miroirs resplendissants. Je restai à examiner certains détails. Ces toilettes au bord d'une autoroute étaient plus luxueuses que celles d'un restaurant trois étoiles.

« Vous êtes toujours aussi observateur ? »

« Excusez-moi, dis-je, mais j'ai vu dans mon métier des toilettes pour salariés tellement dégueulasses que celles-ci me semblent pharaoniques. »

« Bastien, ça fait dix minutes que je vous cherche. »

Les gens nous observaient. Alors seulement je me rendis compte qu'elle était la seule femme au milieu des hommes. Je croyais pourtant être dans l'espace Famille...

Elle m'entraîna dans le hall principal et me fit asseoir dans un fauteuil de l'espace Détente, puis partit vers la machine à café. À intervalles réguliers, les portes vitrées automatiques s'ouvraient pour laisser entrer de nouveaux automobilistes à la démarche bancale, ainsi que des camionneurs qui eux ne flânaient pas.

Maïa revint avec nos deux cafés et je la regardai. Ses mains faisaient des tas de petites choses, comme ouvrir le sucre, le verser dans le gobelet, chercher une touillette en bois qu'elle venait de faire tomber au sol, ne pas la trouver, chercher un stylo pour faire office de touillette, le glisser dans une autre poche. C'était fascinant.

J'eus un peu honte de mon comportement dans les toilettes. Il fallait que je me reprenne. Je ne voulais pas être un poids pour elle.

« Je vous remercie », dis-je.

« De quoi ? »

« De tout ce que vous faites pour moi. »

Elle eut ce même sourire triste, que j'aurais voulu voir disparaître de son visage.

« Ne me remerciez pas trop. »

Elle s'était installée dans un fauteuil dans une pose que je trouvais sensuelle, les deux jambes croisées loin devant. Elle avait l'air fatiguée. Comment l'aider ? À cause de mes évanouissements, je ne pouvais pas la relayer au volant. Mais je pouvais la distraire de cette angoisse qui semblait la tenir, et qu'elle portait pour nous deux.

« Il y a plusieurs semaines, commençai-je, j'ai reçu à ma permanence un salarié qui travaillait dans l'événementiel, à gérer des plannings. Il était en burn-out. Son psychiatre me l'avait envoyé. »

Maïa tourna les yeux vers moi. Elle sembla apprécier que je fasse un effort de conversation. Je ne sais pas pourquoi je me mis à parler de ce type. Enfin, si. Parce qu'il avait parlé de suicide... Cette pensée restait donc en moi en permanence ?

« Il me disait qu'il ne supportait plus de gérer les relations avec les autres. Alors il rêvait d'être grutier. "Monsieur l'inspecteur, il me dit, moi je rêve d'être grutier. J'arriverais le matin, je monterais en haut de la grue, tout en haut. Je ne verrais personne de la journée, les autres, ils ne pourraient pas venir me parler, je ferais mon taf depuis ma cabine et le soir je redescendrais de l'échelle quand les autres seraient partis. Voilà ce que je veux faire comme métier, monsieur l'inspecteur." »

Ce cas m'avait frappé : il y avait tant de désespérance chez cet homme.

Maïa regardait le plafond, pensive.

« Moi, si j'étais grutière... ce serait être comme un arbre dans une forêt où pourraient se percher les oiseaux. »

Ses yeux noirs se reportèrent sur moi. Je tombai amoureux définitivement.

« Mais, reprit-elle sur un autre ton, je me trompe peut-être. Grutier, cela demande d'être en contact en permanence avec le sol. On est responsable de la vie des autres sur le chantier, on doit obéir à leurs consignes. En fait, on est tout le temps en relation. Non ? »

« Vous voyez juste. Sans compter qu'il faut avoir travaillé des années dans le BTP pour être accepté comme grutier. »

Beaucoup de gens passaient dans l'espace Détente, s'asseyaient, se relevaient. Il me semblait que nous restions bien plus longtemps que la moyenne des automobilistes.

« Oui, on ne peut jamais se débarrasser des autres », dit-elle d'un air indéfinissable.

J'eus soudain l'impression d'être nulle part. Ce n'était pas une perte de conscience. Mais cette aire d'autoroute était trop grande, trop luxueuse. Tous les objets étaient neufs, comme à peine sortis de leur emballage, les sols carrelés, les surfaces propres. Les gens autour de nous évoquaient des silhouettes dans un film. Nous étions dans une ville en toc, un décor de cinéma, un lieu qui n'avait pas d'importance. Au fond, une aire d'autoroute n'existe pas vraiment, elle disparaît de notre mémoire dès qu'on la quitte ; on ne fait qu'y passer, rien ne peut nous y arriver de mal, et tout ce qu'on peut y dire est sans conséquence.

« J'ai tellement, dis-je, tellement pensé à vous, Maïa. »

Elle ne détourna pas les yeux, elle sourit. Je crus qu'elle allait me répondre mais un couple avec un enfant s'assit à notre droite, attirant son attention.

« Pourquoi vous faites tout ça pour moi ? » voulus-je savoir.

Mais elle regardait la famille. La fillette avait 10 ans, elle demandait à sa mère de lui acheter des bonbons. C'était demandé très gentiment.

« Sans doute parce que je vous ai vu par terre dans ce hangar, répondit-elle enfin. Ou parce que j'ai été cambriolée : ça m'a vraiment énervée, je ne pouvais pas rester sans réagir. Ou parce que c'est ma tante qui vous a mis dans un état pareil et je me sens responsable... »

La mère et sa fille partirent main dans la main vers la supérette.

« Et puis je déteste la mort. Je fais ça parce que je déteste la mort. »

Elle me sembla habitée soudain d'une tristesse profonde, venue de loin.

« On reprend la route », dit-elle comme pour couper court à cette émotion.

Je me levai et remis mon manteau. Maïa se débattait avec une écharpe qu'elle essayait de faire tenir autour de son cou et qui lui échappait des mains. J'aurais voulu l'entourer de mes bras, lui dire que je pouvais l'aider, lutter avec elle contre ses démons. Mais elle s'était refermée.

« Quel est le programme ? »

« J'ai rendez-vous avec Frida à 15 h 30 à l'université de Fribourg. »

« Vous pensez qu'elle acceptera de me soigner ? »

« Elle est spécialiste des drogues. Je ne pense pas qu'en vous voyant elle puisse se défausser. Je vais la mettre au pied du mur. »

« Le mur, c'est moi ? »

Elle eut un sourire triste et ne répondit pas.

Nous remontâmes dans le Kangoo. La pluie avait cessé, la circulation se fluidifiait. Nous nous mîmes à parler. Le temps passa doucement, agréablement, la conversation reprit naturellement. Ce que nous avons dit, je ne m'en souviens plus, mais la sensation de liberté que je ressentais, je ne l'oublierai pas. Lorsque je rentrais chez moi après une journée de travail, je me sentais libre. Lorsque je trouvais une solution pour un salarié, j'étais heureux de l'avoir libéré de ses contraintes, et moi-même je m'en sentais libéré. Mais cela n'avait rien à voir avec la liberté que je ressentais auprès de Maïa dans cette voiture. J'étais certes sous l'emprise d'une drogue et transporté vers une destination que je n'avais pas choisie, pourtant le seul mot qui me venait à l'esprit pour décrire mon état d'esprit, c'était *libre*. Complètement débile. Cependant il n'y avait pas d'autre mot. Avec elle j'étais libre, libre, libre.

Plus tard, avec son sourire de Joconde, alors que nous franchissions un grand fleuve gris, elle me dit :

« Ça fait du bien de sortir de France. »

Le fleuve était le Rhin. Un drapeau allemand apparut en bas de l'écran du GPS. Le bitume avait le même grain, le paysage n'avait pas changé du tout. L'Union européenne continuait. Il n'y avait aucune barrière, aucun panneau nous demandant de ralentir ou de présenter nos papiers d'identité. Passer une frontière est bien plus facile que d'avouer ses sentiments.

CHAPITRE 37

Maïa

Fribourg-en-Brisgau n'était plus qu'à vingt kilomètres. Elle conduisait depuis cinq heures et, à part un café et un croissant sur l'aire d'autoroute, elle n'avait rien avalé. Il était presque 14 heures. Elle se gara sur le parking d'un *Supermarkt*. Elle voulait acheter quelque chose à manger avant l'entretien avec Frida ; par ailleurs, elle s'était rendu compte qu'elle avait oublié – ou perdu – son chargeur de téléphone, et devait s'en trouver un autre.

« Vous pouvez rester dans la voiture. »

« Je vous accompagne », dit Bastien.

Il avait été un bon compagnon de voyage, finalement. Elle avait eu tort d'avoir peur. Au moment où elle l'avait fait monter dans le Kangoo, ses doutes avaient cessé. Une immense tendresse l'avait submergée. Cet homme avait besoin d'être soigné, d'être soutenu, tout le reste passait au second plan. Certes, il l'émouvait particulièrement, mais ce n'était peut-être pas de l'amour. Même Kader avait été touché par ce type. À part Victoire, n'importe qui aurait été touché par ce type, cet air doux, presque modeste, avec lequel il allait vers la mort.

Car Bastien Fontaine était gravement malade. Ses malaises brefs mais déstabilisants, même s'ils ne le faisaient pas souffrir, étaient le signe que son état s'aggravait. L'intoxication par le cristal devenait plus profonde, trouvant des voies neurologiques nouvelles. Frida saurait peut-être de quoi il s'agissait. Il fallait l'espérer. Chaque heure comptait.

Ils déambulèrent dans le *Supermarkt*. Au rayon frais, on vendait des yaourts à l'unité ; à la caisse, des paquets de cigarettes. On était bien en Allemagne. Le dépaysement avait quelque chose de plaisant. Depuis combien de temps n'avait-elle pas pris de vraies vacances, loin de son père et de la Provence ?

Maïa s'arrêta au rayon chocolat, devant les Ritter Sport. Elle ne savait lesquels choisir. Elle se retourna pour lui demander son avis mais Bastien avait disparu. Il n'était pas au rayon pains. Partout, de grands panneaux jaune et noir avec des prix lui coupaient la vue. Maïa le chercha en vain du côté des fruits et légumes. Il n'était pas sur le parking. Elle retourna dans le supermarché en essayant de ne pas s'affoler. Les magasins de cette sorte sont pleins de mots, de publicités, d'appels pour les yeux, et dans une langue étrangère ces messages sont plus criards encore. Et si le petit homme bizarre dont il lui avait parlé les avait suivis et l'avait kidnappé ?

Elle le retrouva devant les bières. De le voir lui procura une joie violente. Elle ne sut pas quoi faire de cette joie. Elle avait envie de lui prendre la main. Mais elle ne fit rien.

Bastien regardait les bouteilles et les caisses en plastique, toutes consignées. Il ne s'était aperçu de rien.

« Je ne pense pas que ce soit recommandé de boire dans votre état », dit-elle dans son dos.

Il la regarda, comme étonné de la voir là.

« Non bien sûr. Mais quelle variété, quelle quantité... C'est fantastique. »

À la caisse, il tint à payer les achats, y compris le nouveau chargeur.

« Si vous payez tout ce que je perds ou oublie, je risque de vous coûter cher. »

« Je vous en prie. Ça me fait plaisir. »

Il était marrant avec ses manières un peu collet monté. Surtout que ça contrastait avec son allure. Mal rasé, habillé à la va-vite d'un pull en laine et d'un pantalon usé, Bastien ne ressemblait plus du tout à l'homme qu'elle avait vu entrer dans Plastirec. Il était vieilli et rajeuni à la fois. Il n'avait pas l'air malade, il avait l'air paumé. Mais, dans son genre, il était touchant. Maïa le laissa payer.

La pluie s'était remise à tomber, ils pique-niquèrent dans la voiture.

« Il faut que vous mangiez autre chose que du chocolat, Bastien. »

« Je n'ai pas faim. »

« Faites-le pour moi. »

« Alors, si c'est pour vous... »

Elle sentait bien qu'il était amoureux, ou du moins attiré par elle. Il ne fallait pas qu'elle le touche, se dit-elle. Elle avait fait près de cinq cents kilomètres pour venir jusque-là, ce n'était pas pour le mettre dans son lit ; ça, elle pouvait le faire avec n'importe qui à Lyon. Elle était là pour enrayer le processus mortel, celui que Victoire croyait inéluctable.

Elle détestait la mort, et l'idée qu'il meure en particulier. À cette simple pensée, une rage la parcourait, qui lui donnait la force de se battre mais aussi l'envie de l'embrasser, d'être nue contre lui, pour qu'au moins, dans un dernier spasme, la vie triomphe.

Elle démarra la voiture. Peut-être aurait-elle dû venir sans lui, c'eût été plus facile émotionnellement.

« C'est votre tour d'être dans les nuages ? »

« Je réfléchis à la suite. »

Son plan était simple. Elle avait rendez-vous avec Frida à la sortie de son cours. Elle lui dirait alors qu'elle ne venait pas pour une interview. Qu'elle était la nièce de Victoire. Qu'elle était au courant pour les cristaux. Mais Frida allait-elle accepter ne serait-ce que d'évoquer le cristal ?

« Vous allez rester à la BU, dit-elle, la faculté des sciences n'est pas loin. Je reviendrai vous chercher, je l'espère, directement avec Frida. »

« Ne vous inquiétez pas. Tout va bien se passer. »

Maïa le regarda du coin de l'œil. C'était gentil de dire ça. Mais est-ce qu'il prenait la mesure de ce qui lui arrivait ?

Le bâtiment de la bibliothèque universitaire de Fribourg ressemblait à un bloc de lave. Sa façade, dotée de centaines de fenêtres, reflétait la faculté de théologie située de l'autre côté de la place, toute en pierre rouge et en colonnades du XIXe, dans un face-à-face entre la Science et la Foi. L'ensemble formait un tableau gracieux, embelli par l'aspect de forêt que procure toujours la silhouette de centaines de vélos accrochés sur une place publique.

Maïa et Bastien pénétrèrent dans la bibliothèque. Le hall était immense. À un étage supérieur, une salle proposait des fauteuils et des machines à café. Des étudiants y discutaient en groupes, faisant tourner des stylos dans leurs mains. Elle désigna à Bastien un pouf à la forme malléable :

« Je vous laisse là. Surtout vous ne bougez pas. »

Il s'assit. Il avait l'air très fatigué.

Maïa regarda sa montre. Il était 15 h 10. Elle redescendit l'escalier et se dirigea vers la faculté des sciences, parcourant les cinq cents mètres avec une désagréable sensation de vulnérabilité. Comme si c'était elle, et non lui, qui était en danger. Elle reconnut le bâtiment sans charme qu'elle avait repéré sur Google Maps.

Elle entra, trouva le département de physique-chimie, mais se perdit dans un couloir. Heureusement, les étudiants en sciences parlent anglais.

« *Frau Böbinger? Sure. Straight ahead.* »

Il était 15 h 30. Son cours venait de finir.

En France comme en Allemagne, les salles de cours sont identiques. Elles ont des rangées de pupitres, des corbeilles à papier au sol, un tableau Velleda au mur. En France comme en Allemagne, à la fin de sa leçon, le professeur efface le tableau. C'est le moment idéal pour l'aborder.

Frida Böbinger était en train de ranger ses affaires dans une sacoche en cuir. Maïa ne la reconnut pas tout de suite. La photo que lui avait montrée Victoire et celles qu'elle avait vues sur Internet devaient avoir été prises sous un angle flatteur. Frida était sensiblement plus âgée. Ses cheveux mi-longs étaient blancs, elle portait un collier de fausses perles sur un chandail tricoté et des lunettes pendaient sur sa poitrine, retenues par un cordon. Maïa, qui imaginait toujours des rôles familiaux à ses interlocuteurs, lui donna celui de la grand-mère.

« *Hello. I'm the French journalist, we had an appointement.* »

« Bonjour, répondit Frida. Comment allez-vous ? Je peux parler français, j'ai de bonnes amies françaises au Cern. »

Maïa prit une grande inspiration et se présenta comme la nièce de Victoire. Frida eut un mouvement de recul. Elle alla fermer la porte de la salle restée ouverte puis revint vers elle, lui prit le bras et dit :

« C'est vous qui avez récupéré la mallette ? »

« Oui, c'est moi », s'exclama Maïa.

Frida était donc au courant...

« Merci tellement pour ce que vous avez fait pour nous ! Vous avez pris beaucoup de risques. »

Frida était au courant pour la compacteuse, pour la planque, pour Kader, pour tout. Maïa se sentait à la fois soulagée et désarçonnée. La chimiste la remerciait encore, en anglais, en français et en allemand. Jamais Victoire ne l'avait remerciée ainsi.

« *Ach so*, cette mallette, tout va bien avec ? »

« Oui. Même si j'aurais préféré ne pas la garder... »

« Vous pourriez me l'amener, si vous voulez », proposa Frida en remettant ses lunettes de vieille dame sur son nez.

Maïa hésita. Il est vrai que ça la débarrasserait.

« C'est gentil, mais ce n'est l'affaire que de quelques semaines, je pense. »

« *As you want*. Mais alors, qu'est-ce qui vous amène ? Il y a un autre problème ? »

« Oui, je le crains. »

« Quelle sorte de problème ? »

« Un problème humain. J'aimerais vous le montrer. »

Bastien n'avait pas bougé du pouf où elle l'avait laissé. Il sommeillait, un bras sur les yeux, unique quadragénaire au milieu d'une ribambelle d'étudiants, tel un baby-sitter endormi et confiant.

Maïa lui toucha le bras, sentant la chaleur de son corps à travers son pull. Elle le secoua légèrement en murmurant son prénom. Bastien ouvrit les yeux. Elle eut envie de lui caresser la joue. Mais Frida se penchait vers lui.

À cet instant, la chimiste perdit sa bonhomie, son visage se durcit. Elle l'observait d'un œil inquisiteur et – Maïa n'aurait pas su l'exprimer autrement – étrangement *cupide*.

Mais cela ne dura qu'une fraction de seconde. Frida déjà avait retrouvé son air de grand-mère. Elle dit à Maïa :

« *It's true that he doesn't look good.* »

Maïa ne savait pas si Bastien avait compris. Il se leva.

« *Guten Tag* », dit-il en serrant la main à la chimiste.

« Alors c'est vous le petit malin qui a touché le cristal ? »

« Et c'est vous le génie qui a inventé ça ? »

Bastien regarda Maïa, qui regardait Frida, qui toisa de nouveau Bastien. Derrière eux des étudiants s'attroupaient devant la machine à café. Frida eut un rire un peu étrange, comme des couinements. Puis elle les prit tous les deux par le bras, chacun d'un côté, et les entraîna dans l'escalier :

« Allons prendre un thé. Nous avons beaucoup de choses à nous dire. »

CHAPITRE 38

Bastien

J'ai horreur des gens tactiles. Alors, quand Frida Böbinger m'attrapa le bras, cela me crispa. Elle avait beau avoir un large sourire de grand-mère, quand elle me regardait j'avais l'impression d'être une souris de laboratoire – une de celles trop bêtes pour trouver la sortie du labyrinthe.

Elle nous entraîna dans un de ces salons de thé allemands, si typiques, peuplés de dames à chignon et ornés de napperons sur les tables, et nous indiqua une banquette. Maïa s'assit à côté de moi. Frida nous rejoignit et s'installa en face, dans les mains une assiette avec une part de gâteau énorme. Alternant génoise au chocolat et crème au beurre, comme des strates géologiques, et également une couche rougeâtre, que je n'identifiai pas... jusqu'à ce que je me rappelle dans quelle région nous étions. Une forêt-noire.

« *Essen Sie* », dit Frida en me tendant l'assiette – ce qui veut dire Mangez.

« Comment voulez-vous que je mange un truc pareil ? »

Maïa me posa la main sur la cuisse, très rapidement, comme pour me dire : Taisez-vous, faites ce qu'elle vous dit. Je ressentis la chaleur de sa main à travers tout mon corps. J'en fus ramolli et je pris sagement la fourchette dorée présentée avec ce gâteau pour en couper un bout. C'était plus léger qu'à première vue.

À ce moment-là, une serveuse apporta trois thés et un autre gâteau. C'était un *Käsekuchen*, cette fois : un gâteau au fromage blanc hyper calorique. Malgré mes dénégations, Frida poussa cette *Torte* vers moi. Puis elle distribua les tasses de thé. Elle avait choisi pour nous, sans rien nous demander. Maïa semblait trouver ça sympathique. Moi, j'y reconnus cette tendance faussement maternelle et véritablement tyrannique de mes anciens professeurs d'allemand et cela me déplut. Je plongeai le nez dans mon assiette avec l'impression fugitive d'être dans un conte de Grimm, celui où la sorcière cherche à engraisser au maximum son prisonnier avant de le dévorer.

« Elle a l'air bien disposée », me glissa Maïa à l'oreille tandis que Frida répondait au téléphone.

Mon oreille frémit de plaisir. Peut-être avait-elle raison, j'étais trop méfiant.

« Alors, dites-moi... » commença Frida.

Et elle se mit à me poser un nombre considérable de questions. D'abord sensiblement les mêmes que celles de Maïa et Kader : combien de fois j'avais touché le cristal, quels étaient les symptômes de ce que j'appelais ma dépression... Je répondais et elle commentait mes réponses avec des « *mein Gott* », ou « *wie Bartolomeo* »... Puis elle m'interrogea beaucoup plus précisément sur mes sensations. Je la sentais très soucieuse de bien comprendre mon état.

« Vous avez eu une sensation de chaud ou de froid ? Je n'ai pas compris... »

« Dans la benne, j'avais froid. Mais le gravier, enfin, le cristal, était chaud dans ma main. »

« Parce que vous l'avez pris à même la main ? »

« Une fois ou deux, oui. »

Maïa me lança un regard accablé. Frida se tourna vers elle. Elles se mirent à parler en anglais. Mis à part quelques expressions comme « *maybe* », « *so sorry* » et « *I don't know* », je ne comprenais rien. La conversation tournait autour du cristal, j'entendais revenir le terme, ainsi que « *contaminated* ».

Dans un premier temps, je les laissai discuter sans les interrompre – mes deux gâteaux me donnaient déjà assez de difficultés d'assimilation. Mais je finis par me sentir exclu, comme si Frida m'ôtait toute complicité avec Maïa.

« *Bitte schön !* Est-ce qu'on pourrait continuer en français ? C'est tout de même de moi qu'il s'agit... »

Les deux femmes s'interrompirent. Visiblement elles ne s'attendaient pas à ce que je fasse preuve d'une quelconque autorité. Mais Frida ne parut pas s'en formaliser. Elle reprit dans un français presque parfait :

« Vous savez ce qu'est un cristal scintillateur ? »

« Non, j'ai toujours été nul en sciences. »

« Le principe d'un cristal est d'être artificiel. Ils se fabriquent dans des fours, à partir d'un cocktail chimique que l'on fait chauffer pour créer un agencement d'atomes. Le but est d'accélérer la nature pour qu'elle soit plus puissante, plus conforme à nos attentes. »

Formidable ! pensai-je. Le docteur Frankenstein n'aurait pas dit mieux.

« Les cristaux ont de nombreux usages, notamment en raison de leur solidité. Mais pour le Cern ce sont des instruments de *conversion*. »

Frida attrapa son sac et fouilla dedans. Elle en sortit un petit carton dont elle tira un tube de verre de couleur jaune. Elle me le tendit. Je me reculai instinctivement.

« *Keine Angst !* Ce n'est pas un scintillateur, juste de l'alumine, il n'est pas dopé au cérium. Il ne peut pas vous faire de mal, c'est comme du verre. »

Je regardai Maïa. En elle seule j'avais confiance. Elle prit le cristal dans ses mains, puis me le passa. Nos doigts se touchèrent un instant.

Je fus surpris par la lourdeur du tube alors qu'il était très fin – pas plus gros que quatre pailles mises ensemble. Sa transparence était remarquable mais son jaune un peu terne. Je le soulevai, l'observai. Il y avait comme des bulles d'air emprisonnées à une extrémité.

« Alors ce tube est un instrument de *conversion* ? »

« *Jawohl*. L'accélérateur de particules du Cern engendre des millions de collisions de hadrons. Sauf que les hadrons sont invisibles. La lumière, elle, se quantifie, se mesure, s'étudie. Pour dire vite, si on envoie des hadrons dans un cristal scintillateur, ils vont le traverser et convertir la collision en lumière. La capacité visuelle est très précieuse, très recherchée. C'est pour augmenter cette capacité que Jack Meryll nous a poussés à mettre en place cette expérience de *coating*. »

« Les cristaux ne sont pas toxiques, d'ordinaire ? » demandai-je.

« Non. »

« C'est votre bain chimique qui a engendré sa capacité de nuisance, alors ? »

J'avais envie que Frida soit coupable, je ne sais pas pourquoi.

« Mon erreur a été de croire ça, au départ : que c'était le bain d'ammoniac qui avait induit la réaction du cristal. Mais ce n'est pas certain. Je sais maintenant que le cristal se serait brisé de toute façon. Il *devait* exploser. »

« Ah bon ? Mais pourquoi ? » intervint Maïa.

« Les atomes, c'est comme des êtres humains. Si vous mettez ensemble des gens qui ne s'entendent pas, si vous serrez très fort, au début ils pourront peut-être former un groupe stable, mais avec le temps ça va exploser. Le cristal, c'est un agencement très serré d'atomes... Ça tient ou ça ne tient pas. Si au départ vous avez mal fait votre agencement, ça peut exploser. »

Frida reprit le cristal jaune dans ses mains.

« Un cristal qu'on laisse sagement sur son bureau le matin peut se retrouver brisé en mille morceaux le soir. Je me suis renseignée : ce sont des choses qui arrivent. C'est rare, mais ça arrive. »

« Donc ce n'est pas la faute de Victoire ? demanda Maïa. Même si elle n'avait pas ordonné de le manipuler, il se serait cassé ? »

« Oui, aujourd'hui je le crois. »

Cette réponse parut lui faire particulièrement plaisir.

« Alors, cette propriété toxique, si elle ne vient pas du bain d'ammoniac, d'où vient-elle ? »

« Je n'ai pas dit qu'elle ne venait pas du bain d'ammoniac... »

Frida toucha son collier de perles, un geste qui semblait cacher une hésitation. Évidemment, pensai-je. Pourquoi nous dévoiler ce qu'elle savait ? Qu'est-ce que Frida gagnait à nous donner ces informations sur le cristal ? Toute confidence se paie en retour d'une confidence de la même importance. Que voulait-elle savoir de nous ? Je chassai ces idées et l'écoutai.

« Mon hypothèse est que cette puissance nocive vient d'un défaut de fabrication. Victoire vous a dit que ce cristal-là était erroné... »

« Défectueux, oui », corrigea Maïa.

« Qu'est-ce que ça veut dire, *ein Kristall* défectueux ? reprit la chimiste. Nous n'étions pas là à sa fabrication, mais il se peut que par accident ce cristal ait été irradié par un rayonnement ionisant intense – sans doute un rayonnement énergétique de type rayon gamma. Ce faisant, il aura stocké dans sa structure une quantité d'énergie énorme. »

Frida fit un geste avec ses mains comme pour mimer une grosse quantité, puis elle pointa le cylindre jaune resté sur la table, pas plus grand qu'un tube de vitamine C :

« Toute cette énergie s'est concentrée dans le cristal. Au début, malgré cela, il est resté stable. Sauf qu'avec le temps une réaction parasite a pu se créer. L'énergie emmagasinée à l'intérieur a ensuite engendré des réactions, qui ont formé un composé ultra toxique. Le bain l'a déclenché, *genau*, mais c'était là avant... Non seulement il a explosé, mais il a chauffé et émis des particules nocives pour le système nerveux central. En somme, conclut-elle, le cristal bleu transmet la toxicité qu'il a emmagasinée – même si, scientifiquement, une énergie n'est pas *négative* au sens moral du terme. »

« Mourir, par contre, ce n'est moralement pas très positif comme perspective », dis-je.

Je pensais à Malgoni, et à son corps demeuré à la morgue parce que Rosset avait demandé une seconde autopsie. L'idée de ce corps ouvrier, assassin, suicidé, supplicié, laissé *post mortem* dans un frigo en attendant je ne sais quelle délibération juridique me déprimait plus qu'il n'était possible de dire.

« Est-ce que je lui ressemble ? » demandai-je.

« *Entschuldigung ?* »

« Est-ce que j'ai la même tête que Bartolomeo avant qu'il se jette par la fenêtre ? »

Maïa me toucha rapidement la cuisse.

« Vous, vous avez survécu », observa-t-elle.

Frida ne répondit pas. Visiblement, la question sur Bartolomeo l'embarrassait. À nouveau, je me crispai. Peut-être était-ce juste de la misanthropie, mais je sentais chez cette femme quelque chose de brutal qui ne ressemblait pas à l'idée que je me faisais d'une scientifique.

Maïa essaya différemment :

« Victoire m'a dit que vous aviez contracté non pas une dépression, mais une forte dose d'agressivité. »

Frida laissa passer un silence et répondit enfin :

« Le lendemain de notre découverte, je me suis réveillée au Cern avec un mal de ventre terrible. Surtout, une sensation d'énervement, comme quand on est épuisé et que tout vous agresse. *Ach !* Je n'avais envie de voir personne. D'ordinaire, je ne suis pas du tout comme ça. Mais j'ai beaucoup étudié les drogues et leurs effets sur le cerveau, j'ai vite compris. J'ai quitté Genève et je suis allée m'isoler en Forêt-Noire. Là-bas j'ai un chalet. Même mon chien, je ne l'ai pas pris avec moi : j'avais envie de l'étrangler de mes propres mains. »

À peu de choses près, sauf l'envie de tuer un chien, je me reconnaissais dans ces symptômes d'hypersensibilité. Frida aussi avait vécu un calvaire. Elle me parut soudain touchante. Sans doute pouvait-elle me soigner. Pourquoi toujours voir le mal partout ?

« Après quinze jours de solitude, je suis revenue à Freiburg. Mais je ne venais que la nuit au labo : j'avais trop envie de tuer mes collègues. Surtout, j'ai dû faire un effort considérable pour réfléchir à comment m'en sortir. Car l'effet ne faiblissait pas, ou pas assez vite à mon goût. Heureusement, en tant que chimiste j'ai accès à certaines substances qui aident le cerveau à se maintenir. Si vous voulez, me dit-elle, je vous donnerai un cachet tout à l'heure, ça vous fera du bien… »

« Je préfère ne pas prendre de drogue supplémentaire. »

« Comme vous voulez. »

« Qu'avez-vous fait pour guérir ? » demanda Maïa.

« J'ai réfléchi. J'ai établi des hypothèses, j'ai étudié la littérature scientifique sur le sujet. *Endlich*, j'ai eu une idée. »

Frida récupéra l'assiette du *Käsekuchen* et l'attaqua sans hésitation. Je la soupçonnai d'avoir toujours espéré que le gâteau lui revienne – elle seule pouvait manger un truc pareil.

« J'ai pensé que si j'arrivais à reproduire ce cristal, mais de manière neutre, sans cet apport toxique initial, l'excès de rayonnements que j'avais accumulé pourrait être *déversé* en lui. »

Maïa suspendit son stylo. Elle prenait des notes depuis le début.

« Vous voulez dire, faire l'opération inverse ? »

« Oui. Du coup, il me fallait exactement le même cristal, celui un peu défectueux. En termes atomiques, je ne connaissais pas sa formule exacte. J'ai donc dû faire de nombreux essais. »

« Et vous l'avez *reproduit* ? »

« Il a bien fallu. »

Maïa avait l'air perturbée par cette nouvelle.

« Cela prend du temps de fabriquer ces bêtes-là ? » demandai-je.

« Non, il ne faut que vingt-quatre heures de pousse pour un cristal. »

« Mais je croyais que ça venait de Chine ou de Russie », dit Maïa.

« Pour de grosses quantités, oui. Mais pour des spécimens, *nein*. J'ai un laboratoire en banlieue avec un four Czochralski. Il suffit de mettre dans un creuset en iridium un certain nombre d'éléments chimiques, sous forme de poudre – pour l'orthosilicate, c'est $Lu_2Si_1O_5$. Enfin, avec l'inversion défectueuse que j'ai cherché à reproduire, puis à maîtriser. »

Je n'étais pas sûr d'avoir tout saisi. Mais il me semblait que, comme un virologue, elle avait besoin d'une partie du virus pour créer le vaccin.

« J'avais été contaminée par le cristal A, il me fallait le A'. Un cristal absorbant, en quelque sorte », dit-elle avec une pointe d'orgueil dans la voix.

« Et ça a marché, ce A' ? »

« Oui, dans une certaine mesure. En tout cas, je n'ai plus ressenti aucun effet après une semaine à dormir avec chaque nuit. »

Maïa prit une inspiration et demanda ce que je n'osais demander :

« Et vous l'avez toujours, ce cristal réparateur ? »

« Non, hélas. »

À ce moment-là, j'aurais dû intervenir, j'aurais dû dire : Attendez, je n'ai pas compris. Vous avez approché un cristal de votre tête et ça vous a guérie ? Ou m'étonner davantage de la disparition de ce cristal A'. Un antidote si vital, on le garde avec soi quand on a souffert comme elle l'avait dit.

« Je ne peux pas garder pour moi les cristaux que je fabrique au laboratoire, dit Frida, comme si elle avait entendu mes objections. Ils sont catalogués, utilisés pour des recherches. J'ai dû le donner à mes étudiants en programme à la faculté. »

« On pourrait aller le chercher. »

« Je parle de la faculté de Berkeley, aux États-Unis. »

Maïa s'affaissa. Frida avait fini le *Käsekuchen*. Elle tapota sa bouche avec une petite serviette.

« Il y a plus simple que d'aller à Berkeley, dit-elle. C'est de reproduire un cristal A'. D'autant que vous avez été plus irradié que moi : il vous faut un plus gros exemplaire. »

Nous ne dîmes rien, Maïa et moi. Tout dépendait d'elle.

« Il peut être prêt après-demain. Bien sûr, aucune étude clinique sérieuse n'a été faite sur ce protocole et je suis la seule à l'avoir expérimenté comme remède. Vous prenez des risques. Mais sans doute moins qu'en ne faisant rien, non ? »

Les deux femmes me regardaient. Il n'y avait qu'une chose à dire :

« Je suis d'accord. »

CHAPITRE 39

Maïa

Le lendemain matin, quand Maïa ouvrit les rideaux de sa chambre, elle vit une vallée étroite, où se blottissait un village de grosses maisons à toit de tuiles. Elle vit un clocher à bulbes et la façade claire d'une église, et au loin des collines couvertes de forêts. Elle vit le soleil qui traçait une ligne de lumière au bord de champs coupés par une piste cyclable et elle eut envie d'aller courir.

Dehors, l'air froid la réveilla entièrement. Le vent faisait bouger l'enseigne de l'hôtel représentant l'aigle impérial.

C'était Frida qui avait choisi la Gasthaus Adler. Pas question qu'ils aillent n'importe où, avait-elle dit. Elle les avait conduits dans cette vallée au nord de Fribourg, dans le village de Glottertal. L'hôtel était une bâtisse trapue qui semblait être là depuis un siècle. Des dizaines de chopes à bière en céramique étaient suspendues au-dessus du bar. Des trophées de chasse décoraient les salles communes, notamment des crânes de chevreuils, disposés soit en troïka soit en V, ainsi que des gibiers empaillés. Maïa trouvait ça moche mais amusant. Bastien resta à regarder un crâne, comme un philosophe devant une vanité, pendant que Maïa demandait deux chambres séparées.

À sa grande surprise, la jeune femme fut accompagnée dans la sienne par la chimiste. L'hôtel semblait lui rappeler de bons souvenirs. La chambre était meublée d'un lit à baldaquin, mais sans les tentures. Les montants de bois coupaient la vue sur l'écran de la télévision accrochée dans un angle du plafond. Maïa pensait que Frida allait partir, mais elle s'installa dans l'unique fauteuil de la pièce.

La journée avait été intense. Des émotions vives, douces, angoissantes, contradictoires l'avaient traversée et la traversaient encore. Elle se sentait fragile. Alors, d'avoir Frida, avec son visage si bienveillant, ses rondeurs de grand-mère et son chandail, assise à ses côtés lui fit beaucoup de bien. Combien de fois avait-elle pris une chambre d'hôtel pour un reportage sans personne pour lui parler ? Tandis qu'elle déballait ses affaires, personne ne lui demandait comment elle allait, ni ne lui décrivait les curiosités touristiques aux alentours. Il y avait quelque chose de si aimable chez Frida que Maïa ne pouvait se défendre contre la mollesse qui l'envahissait. La conversation avait abandonné le sujet de son travail de journaliste pour passer à la journée de planque devant Plastirec, puis à la mallette.

« *I don't understand why Victoire doesn't want it back.* »

« *Me neither.* »

Frida enleva ses lunettes et entreprit de les nettoyer. La chimiste parlait tchèque, allemand, anglais et français. Mais l'anglais était plus facile, surtout à partir d'une certaine heure. Elles continuèrent dans cette langue.

« Peut-être n'est-ce pas prudent de la garder dans votre appartement... Vous devriez peut-être ramener ces cristaux ici. »

Maïa glissa sa valise vide dans un placard. Elle se sentait soulagée d'être prise en charge par une femme plus âgée.

« La mallette n'est pas dans mon appartement, mais chez mon père », dit-elle.

Plus tard elle se rendit compte que si elles avaient parlé en français, jamais elle n'aurait dit ça. Mais s'exprimer dans une langue étrangère donne parfois l'impression que les mots prononcés sont moins graves, pas aussi *réels* que dans sa langue maternelle.

« Votre père ? Il est au courant ? »

« Non ! Non. Il ne sait même pas qu'elle est chez lui. »

« Ah, vous me rassurez. Mais il ne faudrait pas qu'il la trouve... »

Maïa se sentit légèrement coupable, à cet instant. Mais l'insistance de Frida la gênait également.

« Écoutez, je préfère en parler avec Victoire d'abord. Je ne voudrais pas qu'on se fâche, elle et moi – déjà qu'elle ne sait pas que je suis ici –, si je vous la rapporte sans son autorisation. »

Frida eut un large sourire et se leva.

« Vous avez raison, *Fräulein*, oubliez ce que je vous ai dit. Le plus important est que vous gardiez de bonnes relations avec votre tante. La famille, c'est ce qu'il y a de plus sacré. Vous n'avez plus votre mère, c'est cela ? »

Maïa ne put s'empêcher de baisser les yeux. Elle sentit la main de Frida lui tapoter l'épaule.

« Je vous attends au restaurant. »

Quand elle descendit, Bastien était au bar de l'hôtel. Devant lui, un verre presque aussi haut qu'un vase, qui devait contenir un demi-litre de bière très claire. Maïa vit tout de suite que quelque chose avait changé. Sa chemise était plus propre, il s'était rasé. Mais il avait le visage fermé. Les mains tendues, légèrement tremblantes, le front barré d'une ride profonde. Avait-il pris enfin la mesure de la gravité de sa situation ? Était-ce l'alcool ? Ou était-il contrarié par la présence de Frida ?

« Ça va ? » lui demanda-t-elle, impressionnée par ce changement.

« Comme vous voyez. »

Il semblait presque hostile. On aurait dit qu'il ne la connaissait plus. Elle ne se formalisa pas, mais elle avait de la peine pour lui. Cet homme, elle le sentait, était un mélancolique. Peut-être le cristal ne faisait-il qu'accentuer cette tendance. Elle aurait voulu lui dire de lutter. Lui dire, S'il vous plaît, ne buvez pas trop, mais elle sentit qu'il fallait le laisser tranquille.

Elle traversa la salle du restaurant et eut l'impression de faire un bond dans le passé. Des têtes de cervidés ornaient les murs, les vitres étaient en verre tremblé, de gros lustres avec des abat-jour à dentelle pendaient d'un plafond à caissons. Quand elle arriva à la table de Frida, le serveur était en train de rassurer la scientifique sur son allergie au sésame. Le détail des allergènes était signalé en petit au bas de la carte. Maïa s'assit. Derrière elle, un énorme poêle en faïence couvrait presque la moitié du mur ; orné de carrelage kaki, il ressemblait à un crocodile endormi.

Bastien les rejoignit peu après. Elle attira son attention sur ce poêle et il lui renvoya un sourire. Ce fut leur seul moment de complicité de la soirée.

Frida commanda du vin. Maïa but un peu trop, mais il fallait qu'elle relâche une tension. La chimiste tenait bien l'alcool, elle posa quantité de questions à la journaliste, sur sa vie, son métier, son enfance en Provence. Bastien n'intervint quasiment pas dans la conversation ; il écoutait. Il semblait aussi intéressé par ses réponses que par la manière dont Frida l'interrogeait. Maïa sentait cependant que leur trio ne fonctionnait pas. Aussi fut-elle soulagée quand, avant le dessert, il s'excusa et remonta dans sa chambre. Maïa, alors, osa poser la question qui l'obsédait :

« Frida, *tell me, please*. Combien de chances a-t-il de s'en sortir ? »

Maïa avait adopté une foulée légère pour ne pas abîmer ses tennis. Elle revint sur la piste cyclable, qui déboucha sur une ferme du toit de laquelle pendait un angelot, reste des fêtes de Noël. Elle pensa à son père, au risque qu'elle lui faisait prendre en laissant la mallette chez lui. Frida avait peut-être raison, elle pourrait la lui apporter... sans le dire à Victoire... Elle se remit à courir pour calmer ses doutes. Devant ce qui devait être la mairie, des tiges de crocus ou de narcisses avaient percé le terre-plein, dans l'attente des fleurs. Dans un mois, le printemps serait là – Bastien le verrait-il ?

Elle retrouva la route principale et s'arrêta dans une *Apotheke*. La pharmacienne prit le papier qu'elle lui tendit, où Frida avait noté le nom d'un médicament. Cela ressemblait à un décontractant musculaire – mais impossible de savoir exactement. Bastien pourrait le prendre au petit déjeuner, « cela pourrait aider », avait dit Frida. Car rien n'était gagné.

« Sincèrement, *I can't tell you*. Il serait le premier à guérir. »

Maïa n'avait pas pris de dessert. Frida, par contre, mangeait une tarte pommes-cannelle. Cette femme était une force de la nature.

« Je ne comprends pas. Vous avez guéri, vous ? »

« *Jawohl*. Mais je n'ai pas été aussi profondément contaminée ; c'était léger : à peine une demi-heure de contact, et une seule fois. »

Les mots anglais « *deeply* » et son contraire « *light* » avaient résonné dans sa tête, comme deux frères ennemis. Elle avait avalé sa salive.

« De plus, le cristal A' n'est pas si facile à fabriquer », avait ajouté Frida.

Ce cristal devait être dopé au cérium. Un produit hybride, qu'elle n'avait réussi à reproduire la première fois qu'en toute petite quantité. Frida avait beaucoup étudié cette question. Maïa lui en était reconnaissante. Mais elle était journaliste : elle voulait une réponse plus nette.

« Vous estimez à combien nos chances de réussite ? »

« Disons cinquante pour cent. »

Maïa finit à pied, traversant le village. *Fifty percent*. Une odeur de fumée flottait dans l'air malgré l'heure matinale. La plupart des maisons disposaient d'une réserve de bûches protégée par un auvent ; on devait se chauffer au bois depuis toujours. Le soleil brillait, c'était une belle journée d'hiver. Maïa se sentait mieux, comme toujours après un footing. Son corps lui semblait plus facile à gouverner. Sa nervosité avait baissé. Cinquante pour cent de chances. Ça ne dépendait plus d'elle. À ce moment même, Frida lançait la production du cristal. Elle passerait les chercher, le soir, le lendemain matin, elle ne savait pas quand exactement. Mais ils avaient une journée devant eux. Ce n'était pas à proprement parler une journée de vacances mais c'était une journée vacante, partagée entre deux directions. L'une vers la mélancolie, l'hiver et la mort ; l'autre vers la lumière, l'air vif qui remplissait ses poumons et les narcisses annonçant la venue d'une saison nouvelle. Cinquante pour cent de chance d'avoir le cœur brisé. Et cette journée ensemble, entre la vie et la mort, entre le silence et l'aveu.

« Je ne prendrai pas ce médicament. Je ne sais même pas ce que c'est. »

« Frida dit que ça peut vous aider. »

« Je me sens bien ce matin. Et je veux rester parfaitement conscient. Vous comprenez ? »

Bastien était plus souriant que la veille au soir, mais au nom de Frida il se raidissait. Maïa n'insista pas et se leva. Un groupe de retraités faisait la queue au distributeur de café. Elle attrapa quelques bretzels et revint s'asseoir. Quelque chose la tracassait.

« Je ne trouve plus mon téléphone. Vous ne l'avez pas vu ? »

Bastien ne se moqua pas. Il l'aida à refaire le film. La dernière fois qu'elle l'avait eu en main, c'était dans sa chambre, avant de descendre dîner. Elle l'avait cherché en se couchant, mais elle était trop épuisée. Puis au matin avant de partir courir. Mais ce n'était qu'à cet instant qu'elle se disait qu'il avait vraiment disparu.

« Je perds tout, ça me fatigue. »

À ce moment-là, alors qu'elle croquait dans une tartine, elle savait ce qu'il allait dire : Allons allons – Les objets ne disparaissent pas comme ça – Il suffit de bien chercher – de se souvenir…

Mais il la regarda avec un sourire malicieux et dit :

« Si on ne le retrouve pas, je rendrai aussi la liberté au mien. D'accord ? »

Elle sourit en retour.

« On ne peut pas partir se balader sans téléphone. »

« Pourquoi pas ? »

C'est vrai, pourquoi pas ? Frida pourrait toujours laisser un message à la réception si elle cherchait à les joindre...

« Comme ça, on oublie Frida. On oublie tout. J'aimerais bien. »

« D'accord. Faites tout de même sonner mon téléphone avant. »

Elle était bien avec lui ; il voulait vraiment l'aider. Mais le téléphone devait être sur silencieux.

Bastien avait pris cette histoire de téléphone perdu comme un défi. Avec son autorisation, il entra dans sa chambre et, se pliant en deux, regarda sous le lit. Cette recherche faillit porter ses fruits :

« Je vois un truc noir et plat... » Il avait presque entièrement disparu sous le sommier. « Ah non, désolé ! C'est juste la télécommande... »

Il réapparut, décoiffé, rajeuni. Il était vraiment craquant. Elle eut envie de le rejoindre par terre et de l'embrasser.

« Laissez tomber. Les objets ne m'obéissent pas, ils disparaissent. »

« Votre vie doit être compliquée », dit-il en passant la main sur ses cheveux avec ce geste qu'elle trouvait si élégant.

Le soleil l'éclairait, assis en tailleur par terre. Elle imagina ses mains se posant sur son torse, le caressant, ses mains fouillant sa chemise, son pantalon, glissant le long de ses cuisses pour chercher son sexe. Elle imagina la sensation quand elle lui toucherait le sexe la première fois, et comment elle l'embrasserait, sa langue fouillant dans sa bouche. Elle avait beau s'intimer de ne plus y penser, impossible de s'arrêter. Elle se collerait à lui, puis se détacherait, s'ouvrirait pour qu'il la pénètre jusqu'au plus profond et l'accueillerait en elle, le retiendrait...

Elle ouvrit un placard pour prendre sa polaire. Bastien ne se rendait compte de rien.

« Alors, on va se promener ? »

Maïa resta la tête dans le dressing, attendant que cette tempête cesse de faire rage en elle. Rarement elle avait désiré si brutalement un homme.

Tout en conduisant, elle lui parla de sa disparitionnite.

À lui, elle sentait qu'elle pouvait se confier. Il ne la jugeait pas. Cependant, plus elle lui expliquait le phénomène, plus elle trouvait ses raisonnements alambiqués. Elle avait beau essayer de présenter ça comme une forme de mystère, l'œuvre d'une obscure malédiction dont elle serait parfaitement innocente, au fond, elle ne croyait pas un mot de ce qu'elle disait.

« La seule chose certaine, c'est que je suis vraiment quelqu'un de distrait. »

Bastien semblait tout à fait détendu à présent, il arborait un sourire calme.

Maïa mit son clignotant pour tourner à gauche. Elle se gara au fond d'un vallon, à côté de l'ancienne scierie du village de Sägendobel. C'était une année sans neige, leur avait assuré le serveur de l'hôtel, mais il avait gelé dans cette combe étroite. En sortant de la voiture, cela donnait envie de se serrer l'un contre l'autre.

Ce village était bourré de symboles religieux. Le sentier commençait au pied d'une crucifixion, et pour monter dans la forêt il fallait suivre un chemin de croix, fait de petits calvaires en bois, jusqu'à une *Kapelle* en forme de baptistère. Bastien poussa la porte. Maïa le suivit, pensant qu'il voulait visiter. L'intérieur était sobre : juste un autel avec des bougies et des bancs ; un chant grégorien filtrait par d'invisibles haut-parleurs. Elle sentit de la douceur en ce lieu, mais une douceur qui l'excluait. Lui s'était assis, les mains jointes. Elle sortit.

Quand il la rejoignit, elle avait pris de l'avance dans le sentier. Elle s'arrêta puis dit :

« C'est pour cela que vous avez renoncé au suicide l'autre fois ? Parce que vous êtes chrétien ? »

Il la regarda, étonné. La forêt et ses pins les couvraient de son obscurité.

« Non. Si j'ai renoncé, c'est par lâcheté, comme tous ceux qui se ratent. »

Il était chrétien, il avait foi en la vie, il ne s'en rendait pas compte.

« Je suis contente que vous vous soyez raté », dit-elle plus doucement.

Le sentier montait maintenant à travers la forêt. Son cœur battait plus fort, sans doute à cause du dénivelé.

« Vous savez, dit-il en arrivant à son niveau, je suis un catholique français, il ne faut pas avoir peur de moi. »

« Ça veut dire quoi, un catholique français ? »

« Eh bien, disons, j'en prends et j'en jette. »

Elle sourit. Il était drôle.

« Et qu'est-ce que vous prenez ? »

« D'habitude, avec les athées, on parle de ce qu'on jette. »

Il reprenait son souffle, accoudé sur un pont de bois. L'eau blanche en dessous coulait sur les pierres, on aurait dit que le ruisseau était là pour donner une forme au froid. Elle remit son écharpe autour de son cou.

« Je ne demande pas ça pour être convertie. »

« Je n'en avais pas l'intention. D'ailleurs, je ferais un très mauvais apôtre. »

Ils reprirent leur marche. L'obscurité de la forêt était agréable, légèrement angoissante mais agréable.

« Plus tard, vous me direz ? » demanda-t-elle.

« Quoi ? »

Visiblement, il avait perdu le fil.

« Ce que vous gardez de la religion. Je pense que je suis capable de l'entendre. »

« Si vous voulez, oui. Plus tard, quand nous nous connaîtrons mieux. »

Maïa sentit l'intention qu'il avait mise dans sa réponse, dans ce « quand nous nous connaîtrons mieux ». Elle avait envie de lui dire qu'il n'y aurait peut-être pas de *plus tard*, qu'il leur fallait se parler maintenant, sans attendre. Mais elle ne dit rien.

Le sentier sortit de la forêt pour entrer dans un pâturage et le soleil les prit tous les deux sous une même caresse. Le pré était couvert d'une herbe étonnamment verte pour la saison. Maïa leva les yeux vers le ciel, respira à pleins poumons.

Soudain elle se figea. Un rapace volait au-dessus d'eux dans le champ. Elle l'avait reconnu. Un faucon crécerelle. L'oiseau aux plumes blanches et brunes demeurait fixe dans le ciel, mais non immobile. Ses ailes s'agitaient très vite tandis que sa tête, en particulier ses yeux, restait accrochée comme sur un clou invisible. Le vol du Saint-Esprit. Pour la première fois, elle le voyait. Bastien s'approcha, intrigué par son immobilité subite. Il chercha ce qu'elle contemplait dans le ciel. Elle lui montra le rapace avec un cri de joie. Ils étaient très près l'un de l'autre. Le faucon là-haut les regardait comme deux proies offertes, debout au milieu d'un champ, partagé entre l'hiver et le printemps.

CHAPITRE 40

Bastien

Tas de bois, sapins hauts, branches, bois flotté, troncs creusés, piquets de clôture, bois de chauffe, granges, chalets... Depuis le matin, nous étions entourés de bois. Je n'avais plus l'habitude. À Lyon, tout est si minéral. Donnez-moi un autre matériau que je me construise une autre âme. Que je puisse moi aussi me réjouir et m'écrier Oh, la forêt ! Oh, la clairière ! Oh, l'oiseau !

« Oh, le faucon ! » avait dit Maïa, et elle le regardait comme si elle trouvait dans ce rapace une réponse précise à un problème immense. Je la trouvais belle. Elle se remit à marcher. Je peinais à la suivre et cherchais à le dissimuler. Heureusement il y avait après la clairière, comme à plusieurs autres endroits du chemin, un banc fixé au sol pour se reposer. Les Allemands sont gentils.

Je m'assis. Maïa me rejoignit et sortit de son sac une pomme et un thermos de thé. Elle avait tout prévu. Elle nous servit du thé dans deux gobelets en plastique, découpa la pomme et m'en donna la moitié. Je regardais le paysage pour éviter de sans cesse la dévorer des yeux. La masse sombre de la forêt alternait avec des pâturages clairs, de même nous alternions conversation et silences. Je voyais ses lèvres se poser sur le rebord de plastique, s'écarter, souffler sur la vapeur d'eau. Des piaillements parvinrent à nos oreilles. Elle leva la tête, scrutant les branches. Peut-être des mésanges allaient-elles descendre pour lui demander des graines, mais elle rit quand je lui dis ça.

« Je ne regardais pas les mésanges, je me demandais si ces arbres étaient des pins ou des sapins. »

« Vous savez les différencier ? »

« Il faut analyser leurs aiguilles. Voir si elles sont groupées en faisceaux ou fixées une à une sur la branche... »

« Lequel est le pin, lequel le sapin ? »

Ses mains palpitèrent un instant autour de son visage, touchèrent son bonnet, son écharpe.

« En vrai, je ne sais plus. Mais je sais que c'est ça qui les différencie ! »

Sous ses allures sérieuses, plein de trucs déraillaient chez elle qui me la rendaient encore plus attachante. J'aurais voulu tout connaître de sa personne, savoir à quel point elle était distraite, à quel point elle était têtue.

Ce matin-là, elle s'était mis en tête d'atteindre le sommet du Kandel. Depuis Sägendobel, ça ne représentait que quatre cents mètres de dénivelé, avait-elle dit. Je l'aurais suivie n'importe où. Mais une neige depuis longtemps tombée recouvrait maintenant le sentier. Nous étions à plus de mille mètres d'altitude. Le vent en balayant le sol générait des serpents blancs qui s'enroulaient autour de mes chevilles, la lumière m'aveuglait. Maïa s'abrita du vent derrière un énorme tas de bois et m'appela. Mais à peine l'avais-je rejointe qu'elle s'écarta. Nous repartîmes et, à mon soulagement, nous arrivâmes au sommet.

Il y avait un promontoire. La main courante pour monter à la table d'orientation était couverte de cadenas d'amoureux. Des randonneurs observaient le panorama sur la plaine du Rhin et la partie occidentale de la Forêt-Noire. Maïa resta un moment penchée sur la balustrade. Un sportif anglais avec des jumelles regardait un lointain rapace et elle parla avec lui. Le type avait l'air à la fois savant et sportif : le genre ornithologue capable de dormir une semaine en bivouac sans se salir. Je ne comprenais rien à ce qu'ils disaient, mais elle prenait un plaisir visible à discuter avec lui. J'étais fatigué. Il n'y avait nulle part où s'asseoir.

Soudain, devant ce paysage ouvert comme un avenir à écrire, je fus pétrifié par cette évidence : je n'avais rien à offrir à une femme. Depuis ma rupture avec Isabelle, je n'avais rien appris. Le fait que je sois amoureux ne garantissait rien à Maïa. Je n'étais pas quelqu'un d'intéressant. D'ailleurs, si elle voulait me guérir, ce n'était pas par amour, mais par devoir. Elle me l'avait répété plusieurs fois dans la voiture. « Je devais vous le dire... Je me sentais coupable... » Il n'y avait rien de personnel là-dedans. Je ne lui inspirais aucun sentiment.

Sur le chemin du retour elle ne sembla pas gênée par mon silence. Je devais être un poids pour elle. Un vrai boulet. Mais en reprenant le volant elle me jeta un coup d'œil inquiet.

« Où allons-nous maintenant ? » demandai-je avec effort.

« À Sankt Peter, manger des gâteaux. »

Je la regardai. La marche avait rosi ses joues. Elle avait pris un ton taquin, affectueux. Mon cœur chavira de nouveau.

« Vous voulez me tuer, en fait ? »

« Absolument. »

À Sankt Peter, je visitai l'ancienne abbaye. Mais elle n'avait pas le charme de la chapelle du matin. L'intérieur était alourdi par l'esthétique de la Contre-Réforme, ces gros piliers torsadés, ces stucs, tout ce côté monumental qui célèbre la puissance du catholicisme au lieu de célébrer l'amour du Christ pour l'humanité. Ça m'écœura très vite.

« Sortons, dis-je. Sinon je vais me convertir au protestantisme. »

Par affection peut-être ou par devoir, elle ne me quittait pas. Je la suivis à mon tour quand elle entra dans une boutique d'objets en bois. Le commerçant nous prit sans doute pour un couple. Maïa regarda les Pinocchio puis s'arrêta devant une toupie rouge de forme ronde au lieu d'être conique comme les toupies conventionnelles. Elle se demandait comment ça marchait. Je m'adressai au commerçant avec mon rudiment d'allemand.

« *Der Kreisel ?* »

Le commerçant nous montra. Bien lancée grâce à sa courte tige, la toupie tournait sur la face ronde sans difficulté. Mais, surprise, la tige descendait et, comme par miracle, se mettait à la place de la face tournante. De pomme rouge, la toupie se transformait alors en champignon vénéneux.

Maïa poussa un cri d'admiration. Elle en acheta deux, qu'elle fit emballer.

« Pour les enfants d'une amie », dit-elle.

J'étais content qu'aucun homme ne lui ait fait aucun enfant.

Je restai dans le magasin un peu plus longtemps, choisis une carte postale pour Henri. Il m'avait dit de l'appeler, « où que je sois », si j'avais un problème. Je trouvais drôle l'idée de lui envoyer une carte postale. Mais plus tard je me rendis compte que je ne pouvais pas écrire cette carte. Je n'avais pas la capacité mentale de rédiger des phrases, coller un timbre, mettre une adresse... Ce n'est pas grave, me dis-je, je la lui donnerai plus tard.

« Vous venez ? » dit Maïa.

Le salon de thé de Sankt Peter était encore plus kitsch que celui de Fribourg. Nous nous assîmes au fond de la salle.

Le soleil passait à travers la vitre à notre droite, éclairant son visage, ses yeux noirs, ses boucles d'oreilles. Elle prit un chocolat chaud et insista pour goûter à une tarte grumeleuse épaisse et indigeste qui me rappela vaguement les makrouts qu'on récupérait à l'Aïd au bureau, sauf que la couche sombre n'était pas aux dattes mais aux framboises. Était-elle contente elle aussi de passer tout ce temps avec moi ? La rendais-je un peu heureuse ? C'était cela qui me torturait.

« Ce n'est pas grave si je meurs, dis-je quand la serveuse fut repartie. Je n'ai pas d'enfant, ni de femme, je ne parle plus à mes parents depuis vingt ans et j'ai été plus ou moins viré de mon travail. »

Elle fut surprise que j'aborde le sujet si frontalement – il est vrai que je n'avais pas beaucoup ouvert la bouche depuis une heure. Elle prit son temps, puis dit :

« Vous avez bien des amis ? »

Cela me fit penser au père Queyras me disant : « Vous n'aimez pas ce monde mais vous aimez bien vos amis. »

« Ils ne seront pas si surpris que ça. »

« Qu'importe. Il ne faut pas mourir. Ce serait un assassinat. »

« Et alors ? »

J'aurais voulu qu'elle me dise Ne mourez pas, je vous aime, mais elle ajouta :

« Chaque fois qu'il y a un assassinat sur terre, c'est moche. C'est comme les guerres. »

« Comme les guerres ? »

« Oui. Chaque fois qu'une guerre est déclarée quelque part, toute l'humanité en est atteinte. On est tous rabaissés. Chaque fois qu'un homme est assassiné, même si ce n'était pas vous, que je connais maintenant, c'est toujours moche, il ne faut pas que ça ait lieu. »

« Vous, que je connais maintenant. » Ce n'était pas une déclaration d'amour, loin de là. Elle ne m'aimait pas. Elle se sentait coupable vis-à-vis de moi, elle était travaillée par sa conscience, voilà tout.

Je constatai cela calmement, de même que je me rendis compte que j'avais terriblement faim. Je coupai un morceau de tarte et le mangeai. Puis je bus une longue gorgée de chocolat chaud.

Hélas, rien ne me touche plus que voir la conscience morale à l'œuvre. Voir quelqu'un relever la tête face à l'injustice – comme j'ai dû le faire dans ma jeunesse. Voir chez un travailleur, au-delà de son cas particulier, ce moment où il décide de se battre non seulement pour lui mais pour tous les autres. Où il redresse la tête par dignité : « je le fais pour pouvoir me regarder en face », disent-ils. Voir la conscience morale agir, c'est ce qui est beau dans ce travail, ce qui me manquait. Ce que je cherche peut-être en allant à l'église : qu'on me rappelle à ma conscience, qu'elle gigote à l'intérieur de moi pour lutter, souffrir, aimer. Alors, que Maïa veuille me sauver par *sens moral*, cela me l'attachait plus encore.

C'est sans doute un truc tordu, je le concède. Car, maintenant qu'elle avait enlevé son manteau, que je devinais sa poitrine, avec sa peau un peu rougie par l'effort et la chaleur du salon de thé, et voyais une légère transpiration sur son cou, j'étais aussi tout à fait capable d'envisager un plaisir physique, tout ce qu'il y a de plus amoral, avec elle.

« Et puis, personnellement, je déteste le suicide », reprit-elle.

« Pourquoi ? »

Je pensai à Malgoni. À son corps non enterré. Je me sentais proche de lui, du combat qu'il avait mené et perdu.

« Il y a tant d'occasions de mourir par accident... »

Elle me raconta la mort de sa mère avec un naturel désarmant. Je sentais pourtant, et elle le dit elle-même, que c'était un sujet qu'elle n'abordait jamais avec ses amies, ni même avec son père. J'étais gêné, ravi de sa confiance, j'étais ensorcelé, j'étais terrifié à l'idée de mal réagir – bref, j'étais amoureux.

« Vous y pensez souvent ? » dis-je enfin.

« Pas très souvent, mais j'y pense. »

Avec un sans-gêne dont je n'aurais pas été capable, elle avait étiré ses jambes sur la banquette. Son corps s'appuyait sur la vitre avec abandon, comme si nous n'allions jamais reprendre la route, jamais partir de là. J'aurais tellement voulu cela. Elle examinait les femmes qui mangeaient des gâteaux et me dit, en me montrant l'une d'elles du menton :

« Les fois où je pense à ma mère, je l'imagine un peu comme elle, là-bas. »

« La brune ? »

« Oui. Ma mère était brune comme moi. »

À cet instant entra un couple âgé, elle, grande et sèche, avec un foulard en soie, parlant beaucoup, l'homme taiseux à ses côtés. Il émanait d'eux quelque chose de supérieur et de désagréable. Je désignai la femme du regard.

« Ma mère lui ressemblerait... Enfin, elle doit être plus vieille maintenant. »

Je fus arrêté un moment par cette pensée. Mes parents devaient être vraiment très vieux désormais. Je les imaginais toujours plus jeunes, plus dangereux.

« Vous ne les voyez plus du tout ? »

« Pas depuis vingt ans. Tant qu'ils ne m'auront pas demandé pardon. »

« Vous avez été battu ou violé ? »

J'essayai de ne pas paraître choqué. J'avais oublié qu'elle était journaliste, qu'elle aimait la précision.

« Je n'ai pas été violé », dis-je en sentant ma gorge se serrer.

Je ne parlais jamais de cela à quiconque.

Elle laissa s'étendre un long silence entre nous, pour que je le rompe, que je me confie peut-être. Mais je ne pouvais pas parler davantage, pas si vite.

« C'est étrange de vivre sans mère, dit-elle alors. Vous ne trouvez pas ? Même adulte, on ne s'habitue jamais vraiment. »

Elle avait tellement raison. Je regardai le couple. En commandant leurs thés, la femme rit d'un rire clair et l'illusion se brisa. Je n'étais plus en danger.

« Vous attendez vraiment qu'ils vous demandent pardon ? »

« Non. J'ai rendu les choses impossibles. »

« Vous le regrettez ? »

Je secouai la tête. J'avais les yeux qui piquaient, je ne savais plus quoi dire. Sa voix s'adoucit encore :

« On n'est pas toujours obligé de pardonner. C'est bien aussi, la colère. »

« Comment vous savez que je suis en colère ? »

« Vous avez l'air d'être en colère contre la vie. Seule l'enfance peut donner ce genre de colère, vous ne croyez pas ? »

Je ne sus quoi répondre à sa question. J'avais l'impression de me noyer.

Quand je me réveillai, j'étais allongé sur la banquette. Me parvenait le brouhaha d'une conversation dont le sens et les sonorités m'échappaient. J'avais la tête posée sur ses genoux, sa main caressait mes cheveux. Je n'osais pas bouger. Je ne rêvais pas, Maïa me caressait bien les cheveux, j'avais bien ma nuque sur sa cuisse.

J'ouvris les yeux. Elle était au-dessus de moi, paisible.

« Je ne me rappelle pas ce qu'il s'est passé. »

« Vous m'avez demandé si vous pouviez dormir un moment, si vous pouviez vous mettre là, j'ai dit oui. »

Je serrai sa main contre moi ; elle la serra aussi puis la retira pour la mettre sur mon front, comme pour prendre ma température. Et elle a dit oui, pensai-je.

« Il faut rentrer. Je ne suis pas tranquille quand je vous vois ainsi. »

Mais elle ne bougea pas.

Je la regardai passionnément. Elle n'avait qu'à pencher la tête et m'embrasser. Je crus un moment qu'elle allait le faire : elle eut un regard intense et trouble à la fois. Alors je compris : cette femme me désirait, c'était évident.

J'en eus le souffle coupé. Elle aussi, je crois. Mais elle réagit différemment :

« Il faut y aller, Frida nous a peut-être laissé un message à la réception. »

Elle se leva, je fus expulsé de son giron. Peut-être que je pourrai l'embrasser en sortant, pensai-je. Mais la manière dont elle se mit au volant m'en ferma la possibilité.

Frida avait bien laissé un message pour dire qu'elle passerait nous prendre le lendemain matin. Le cristal serait prêt. Chacun se retira dans sa chambre. Maïa m'emprunta mon portable pour relever ses mails et appeler son père. Moi je n'en avais pas besoin, je n'avais personne à appeler.

J'étais seul dans mon lit, douché, la chemise ouverte, en pantalon, les pieds nus. Les sensations de la journée revenaient me charmer et m'exciter. Plus je me détendais, plus j'avais envie d'elle. Sa peau sous ma nuque, sa main dans mes cheveux. Ce qu'il restait de vigueur dans mon corps, malgré une faiblesse générale allant jusqu'à l'évanouissement, c'était ce désir. J'en étais bêtement fier. En même temps, j'étais soulagé d'être seul, car sa présence me percutait de trop d'émotions. J'avais besoin de me reconstituer, comme si je m'étais dissous en elle – ou dans une part de moi que je ne connaissais pas –, et qu'il était difficile de revenir à mon ancien moi... si tant est que cela soit souhaitable...

Maïa entra sans frapper. Ses lèvres tremblaient, elle avait les yeux grands ouverts.

« C'est ma faute ! Tout est ma faute ! »

Elle était pieds nus, avec un tee-shirt et un jean qu'elle n'avait pas boutonné. Elle avait dû s'habiller à la va-vite ; elle ne portait pas de soutien-gorge.

« Mon père a été cambriolé ! La mallette a disparu ! »

Je me levai et la saisis par le bras. Pour la première fois j'avais l'impression de pouvoir l'aider.

« Asseyez-vous, racontez-moi tout depuis le début. »

Elle avait appelé son père, qui lui-même avait cherché en vain à la joindre depuis le midi. Il avait été cambriolé.

« On a tout retourné chez lui, le grenier où j'avais mis la mallette aussi, il est paniqué. »

Elle dit encore :

« Mon pauvre papa... C'est ma faute. »

Je pensai à Monsieur-Louis. Le salaud m'avait interrogé sur cette mallette. Très certainement, j'avais donné le prénom de Maïa à ce type, mais ce n'était pas suffisant pour qu'il retrouve son père.

« Maïa, qui savait ? »

« Personne, à part Victoire. »

Soudain, elle se figea. La veille au soir, elle l'avait dit à Frida...

« Vous le lui avez dit ? » répétai-je, estomaqué qu'elle ait pu faire une erreur pareille.

Elle renifla pour ne pas pleurer. Je l'entourai de mes bras.

« Frida nous a manœuvrés, dis-je. C'est sans doute elle qui a pris votre téléphone... »

« J'y ai pensé mais... »

« Voilà comment ils ont retrouvé votre père. »

La salope ! pensai-je. Elle a donné l'info à Monsieur-Louis pour qu'il aille chercher le cristal.

« Mais vous croyez qu'ils sont de mèche ? »

« Je ne sais pas. »

Maïa était toujours dans mes bras. J'avais terriblement envie d'elle, envie de l'aider aussi. Je voulais l'embrasser et la rassurer.

Soudain j'eus une idée, à peine croyable :

« Peut-être que votre hypothèse était fausse. Peut-être Frida n'a-t-elle jamais guéri. »

Maïa me regarda de ses grands yeux. Nous étions tous les deux effarés par ce que nous venions de comprendre. Frida reproduisait le cristal non pour se soigner, mais pour en avoir... En avoir par tous les moyens...

« Il faut partir », dis-je.

« Quand ? »

C'était maintenant comme si elle s'en remettait à moi.

« Demain, au plus tôt. Ou tout de suite, si vous voulez. »

Elle était toujours contre ma poitrine, elle répétait « C'est ma faute, vous avez raison. Il faut partir », mais elle ne bougeait pas.

J'avais mon bras autour de ses épaules, sa tête reposait sur mon cou, je sentais sa joue sur ma peau. Elle s'était douchée elle aussi et ses cheveux encore humides sentaient le savon d'hôtellerie. Je respirais difficilement.

Mon sexe était dur à faire mal. Elle passa ses doigts contre mon dos, me toucha la hanche. Je laissai alors ma main descendre sur sa taille, soulever son tee-shirt. J'avais l'abominable sentiment de profiter de sa faiblesse. Mais elle pressa sa bouche sur mon cou. Son corps cherchait à se coller le plus possible au mien. Puis elle releva la tête et nos lèvres se touchèrent, nos bouches s'ouvrirent, nos langues se mêlèrent. Elle posa ses deux mains sur mon torse à travers ma chemise, je fis de même, attrapant ses petits seins dans ma paume. Elle bascula sur moi, ses mains couvraient mon corps de caresses nerveuses. J'étais dévoré de désir, mais elle semblait encore plus avide que moi. Elle se battait pour défaire son jean et, comme il résistait, elle me demanda de l'aide. Je tirai sur les jambes et bientôt elle fut nue entre mes bras. Elle revint vers moi et mit sa main dans mon caleçon. Ça allait trop vite. Ça me donnait le vertige. Elle allait trop vite. Je bandais sous sa main qui m'enserrait, c'était délicieux et terrible. Attends, dis-je, attends. Mais elle agissait comme si elle voulait obtenir de moi quelque chose qu'elle voulait prendre le plus vite possible – ou qu'elle avait l'habitude de prendre le plus vite possible. J'avais beau dire Attends, attends, elle n'attendait pas. Elle voulait faire l'amour avec moi dans une sorte de rage, contre la mort alors que je voulais faire l'amour avec elle dans un geste d'amour pour l'avenir. Je fus emporté en elle. Sa fièvre relançait la mienne. Je pris son menton entre mes doigts, l'embrassai encore et la mis sur le dos. C'était impossible de résister. Seulement quand je la pénétrai elle sembla s'amollir, se calmer, elle me laissa prendre mon temps, la caresser, l'embrasser. Mais je ne savais pas, à cet instant, si je l'avais vraiment atteinte, je ne savais même pas si c'était la meilleure manière de faire l'amour, ni si ça m'avait vraiment plu, au-delà de me délivrer ; si, pour elle, c'était un abandon ou un geste désespéré. Mais je savais une chose en m'endormant à ses côtés : je ne voulais plus qu'elle sorte de ma vie. C'était affolant quand j'y pensais. Je ne voulais plus que cette femme sorte de ma vie.

CHAPITRE 41

Frida Böbinger

Gros comme un coffre-fort, fixé à un mètre au-dessus du sol, le four Czochralski. À gauche, la pompe à vide. À droite, un container de mille litres d'eau pour le circuit de refroidissement. Au sol, contre les murs du laboratoire, partout où le regard se porte, des tuyauteries. Plus bas, les conduites reliant le four à la bonbonne d'argon. L'ordinateur avec les écrans de contrôle du débit. Enfin, au-dessus du four, placée à la verticale, la pièce maîtresse du procédé : la machine de tirage. Celle qui, très lentement, tire et fait croître le cristal à partir des atomes fondus dans un creuset.

Frida Böbinger était assise devant une feuille de papier couverte de formules. À part le ronronnement de la colonne informatique, rien dans ce sous-sol ne trahissait qu'un cristal scintillateur était en cours de fabrication. Le four lui-même, malgré ses 4 000 degrés Celsius, n'émettait qu'un chuintement discret. L'horloge murale du laboratoire indiquait 4 heures du matin.

Frida posa son crayon et, du pas lourd de l'insomniaque, alla coller son œil sur l'œilleton de la porte du four. Au cœur de la combustion, à présent que le creuset avait fusionné, le cristal ressemblait à un fœtus translucide. Elle contempla un moment sa création. Regarder le cristal en train de pousser la mettait toujours dans un état de manque terrible.

Il lui en fallait.

Il lui en fallait absolument.

Elle n'avait jamais guéri. Si elle avait survécu, c'était grâce à ses connaissances en addictologie et aux substances qu'elle s'était administrées. Un traitement alternant cocaïne contre le manque et opiacés en guise de calmants – très utiles lors de ses pics d'agressivité.

Elle avait tenu six mois. Elle n'en pouvait plus. Sa délivrance approchait. Elle le savait. Ce sixième essai pouvait bien échouer, il y avait désormais une autre issue : la mallette. Elle leur avait envoyé un message, sur le numéro spécial laissé par Lavaudant, pour leur dire où elle se trouvait. Ils allaient forcément l'appeler dès qu'ils l'auraient récupérée – depuis le temps qu'ils la cherchaient. Son téléphone allait sonner. Mais qui la préviendrait ? Sans doute pas Lavaudant, elle ne pouvait pas se compromettre. Peut-être son jeune collaborateur… Qu'importe.

Son téléphone était posé sur la table, à côté de celui de Maïa. Seul ce dernier avait sonné à plusieurs reprises. Le mot *Papa* apparaissant de manière répétée, envoyant des signaux lumineux affolés. Frida avait fini par le mettre sur silencieux.

L'horloge du laboratoire indiquait maintenant 4 h 30. Cela faisait plus de vingt-quatre heures que, par texto, elle leur avait donné cette information essentielle : « La mallette est chez son père ». Pourtant son téléphone restait muet. Un appel et elle saurait. Ils avaient dû récupérer la mallette, sinon *Papa* n'appellerait pas ainsi... Mais elle attendait confirmation.

Que ces dernières heures étaient longues !

Il lui fallait sa dose.

Elle alla se faire un thé avec la bouilloire électrique, dont le bouton « on/off » avait été rafistolé avec une pince à linge.

Impossible qu'ils ouvrent la mallette sans la prévenir... Ce n'était pas le deal. Non, l'ABP avait besoin d'elle pour manipuler le cristal bleu et le reproduire. Elle était la seule à connaître cette substance et à vouloir l'étudier. Car, contrairement à ce qu'elle avait dit à Maïa et Bastien, le pouvoir destructeur du cristal provenait bien du bain chimique de *coating* ; la couleur bleue et la toxicité étaient intimement liées. Elle seule, Frida Böbinger, pouvait parvenir à reproduire ce matériau.

Ils lui avaient fait une proposition considérable du point de vue financier. De celles qu'on ne refuse pas. Frida aurait son propre laboratoire à Zurich. Officiellement, une structure de type start-up abritant un laboratoire de cristallologie – qui aurait pour but la recherche sur les pierres précieuses artificielles, notamment les saphirs *éthiques* à destination de l'industrie du luxe.

Frida n'était pas stupide, elle savait que l'ABP attendait d'elle *autre chose*. L'effet addictif du cristal était aussi intéressant que sa couleur, Katia Lavaudant n'avait pas eu besoin de le lui signifier explicitement – dans ce genre de partenariat, l'essentiel est sous-entendu. Jack Meryll, lui, n'avait pas voulu comprendre. Elle était plus maligne, mieux armée scientifiquement. Frida avait longuement parlé avec Lavaudant par visio, puis à un de ses collaborateurs. Un jeune homme propre comme un sou neuf qui avait fait le déplacement jusqu'à Fribourg : il voulait connaître l'effet du cristal sur le système nerveux. Elle avait eu enfin avec Lavaudant une rencontre physique dans son bureau de Genève, pleine de mondanités et de non-dits, mais agrémentée de chiffres précis, notamment sur son futur salaire. « Réfléchissez, avait dit la banquière. Vous n'avez qu'un mot à dire et nous montons cette plate-forme de recherche. » Frida savait que, une fois contracté, ce partenariat serait de ceux qui ne se brisent pas. Elle avait demandé à récupérer le cristal bleu d'abord. « Nous le cherchons activement, avait répondu Lavaudant. Et si vous pouvez nous aider, d'une manière ou d'une autre, en nous apportant des informations, nous vous récompenserons d'autant mieux. »

Récompensée, elle espérait bien l'être – mais l'argent l'intéressait moins que la substance. Elle voulait avant tout le cristal. Pour le toucher de nouveau... Et puis voilà que cette fillette et ce gringalet étaient venus la voir, lui donnant l'information qu'elle cherchait.

Frida sourit dans le noir. Avec quelle facilité elle lui avait tiré les vers du nez, à cette petite. Tellement confiante... C'en était pathétique. Frida aurait pu tout aussi bien l'étrangler. C'eût été tellement jouissif de laisser libre cours à la rage qui la dévorait. Au salon de thé, elle avait pris une double dose de calmants.

Il était 5 heures à présent. Pourquoi Lavaudant et ses sbires ne l'appelaient pas ? Qu'est-ce qui pouvait bien les retarder ?

Frida repensa à l'ABP. Elle avait peut-être eu tort de ne pas accepter tout de suite leur proposition. L'idée de finir son existence à la direction de ce laboratoire miteux dans un sous-sol de Fribourg la déprimait. L'université allemande ne l'avait jamais reconnue à sa juste valeur : aucun investissement n'avait été réalisé ; personne n'avait compris le potentiel de la cristallogenèse. À l'université, il fallait toujours se battre pour le moindre sou. Rien que pour changer une ampoule c'était toute une histoire. Dans le privé, ce serait autre chose.

Bientôt 6 heures. La cuisson et la pousse devaient durer encore une heure. Le programme était automatique. Le four serait encore chaud à l'arrivée de Maïa et Bastien, ça ferait illusion. Elle leur donnerait n'importe quel cristal en faisant croire qu'il s'agissait du A'.

La chimiste ouvrit à l'entrée du laboratoire une armoire vitrée qui contenait des cristaux de différentes tailles et couleurs. Elle en prit un de couleur violette et le plaça sous une lampe à UV : il devint phosphorescent, comme s'il contenait des millions de vers luisants. L'effet était superbe. Ça impressionnait toujours les ignorants. Elle le donnerait à ce type. Cet imbécile qui voulait guérir. Il était au contact d'une drogue d'une intensité extraordinaire et il ne voulait pas en profiter... Une drogue surpuissante, de celles qu'on peut chercher toute sa vie en tant que chimiste sans jamais parvenir à l'approcher.

Dire qu'il lui avait fallu trente-cinq ans de carrière pour comprendre qu'une drogue peut être plus forte que la mort.

Frida avait commencé sa vie en voulant soigner les toxicos qui traînaient dans son quartier, dans un pays qui n'existait plus aujourd'hui, la Tchécoslovaquie. Avec le recul, devenir médecin addictologue avait été une manière de se protéger de ces substances qui l'attiraient violemment. Elle avait résisté. Elle avait de l'ambition, elle voulait devenir une grande scientifique. Elle avait quitté père, mère et patrie pour la Russie, puis quitté la Russie pour l'Allemagne, puis la Suisse... jusqu'à n'avoir plus d'autre patrie que la Science.

La vie est une côte. Quand on est jeune, elle semble sans fin. On regarde vers l'avant, on monte, on grimpe sans ménager ses efforts. Durant la première partie de sa carrière, Frida avait vu ses titres universitaires s'accumuler, ses publications se multiplier. Son ascension intellectuelle et sociale lui semblait ne jamais devoir s'arrêter. La cristallologie la passionnait. Elle aurait voulu percer les mystères, faire une grande découverte, aller jusqu'au prix Nobel, qui sait ?

La vie est une côte. À un moment, le sommet est atteint. Alors il n'y a plus qu'à redescendre. Ça va lentement quand on monte, mais ça va vite quand on redescend.

Depuis quelques années, Frida déclinait. De moins en moins d'étudiants faisaient appel à elle pour diriger leur thèse. Les colloques aux États-Unis réunissaient d'autres spécialistes. La course aux honneurs était terminée. Elle n'aurait pas le prix Nobel. Ce poste à Fribourg qu'elle avait accepté dix ans plus tôt en le prenant comme une étape serait un piètre sommet, très différent de la carrière qu'elle s'était imaginée. Elle n'avait pas gravi une montagne, à peine une colline. Elle n'était pas un génie, juste une bonne chercheuse. De la catégorie des besogneuses, destinées à rester dans l'ombre, coautrice de deux ou trois publications marquantes, certes capable de faire un bon *coating*, mais plus là où ça se passait. Comme si le sous-sol du laboratoire s'était refermé sur elle.

Le déclin n'était pas qu'universitaire. Pendant des années, Frida ne s'était rendu compte de rien. Bien sûr, elle avait divorcé, son fils unique était parti de la maison. Bien sûr, elle fêtait de moins en moins ses anniversaires. Puis un signe était venu la frapper : le premier poil blanc qu'elle avait vu apparaître sur son sexe. Pour ses cheveux, elle s'y était habituée ; mais à cet endroit-là la corrosion était insupportable. La mort s'était installée à demeure chez elle.

La mort était entrée intimement en elle et allait tout lui prendre, étape par étape. Déjà, elle lui avait pris sa minceur, sa peau ferme, une grande part de son énergie et la totalité de son pouvoir de séduction. Quand elle se regardait dans le miroir, Frida ne reconnaissait plus rien de la jeune femme fraîche qu'elle était à 30 ans. Elle était devenue une grand-mère bouffie aux yeux ternes. Elle s'essoufflait en montant les escaliers, elle avait besoin de lunettes pour tout. Elle se sentait écrasée par une force plus grande qu'elle. Elle avait l'impression que chaque mouvement, chaque journée, chaque souffle n'était fait que pour hâter cette odieuse destruction. Travailler, manger, dormir, tout ce qu'elle faisait, parler, organiser, réfléchir – vivre, finalement –, c'était mourir.

Ses méditations sur la mort la maintenaient éveillée des heures. Seule dans son lit, il lui semblait certaines nuits que la mort était si proche qu'elle aurait pu la toucher en écartant les bras.

La désillusion était terrible. Parfois, dans sa rage d'avoir été ainsi flouée, elle aurait voulu recommencer à zéro, ou être demeurée une femme quelconque dans un village brumeux aux confins de la Mitteleuropa. Mais c'était fini – son tour était passé. Rien ne viendrait la sauver de cette angoisse de la finitude.

Car il n'y a aucun moyen d'être épargné. C'est terrifiant quand on y pense. Personne n'y échappe ! Personne n'en revient ! À présent, il lui semblait que l'unique recherche à mener dans ce monde était de réfléchir, des heures, des semaines, des mois et des années, à cette impasse abominable. Les scientifiques du monde entier auraient dû se consacrer exclusivement à cette question : comment vaincre la mort ? Ou, si c'est impossible, comment n'avoir plus peur ? Comment mettre fin à ce scandale ? À cette horreur ? N'y a-t-il donc aucune issue ? Aucun moyen d'inverser cette force et de s'en faire une alliée ?

Non, elle crèverait comme les autres, au même niveau que les autres, elle qui était si ambitieuse et qui s'aimait tant. Banquiers véreux, conducteurs de bus, toxicos de Prague, remplisseurs de machines à café, femmes de ménage, mafieux, prostituées, buralistes... comme eux, elle finirait poussière, comme eux tous, elle rejoindrait la cohorte des milliards et des milliards de cadavres empilés sur cette terre après s'être crus libres un instant. Libres, indispensables et puissants. Quelle vanité ! Il n'y avait aucune liberté. Aucune puissance. Aucun avenir. Non seulement elle allait mourir, mais tout ce qui l'entourait allait disparaître. D'ici six milliards d'années, le Soleil mourrait dans une grande extinction de la lumière. Et bien avant encore, précipitant par lui-même sa destruction, le genre humain s'éteindrait ; cette perle noire de la Terre, qui aurait dû briller éternellement dans la lumière des astres, n'existerait plus. La galaxie nous oublierait. Quand bien même le temps durerait éternellement, il n'y aurait plus rien, dans le cosmos, pour porter mémoire de l'humanité, de son amour, de ses haines, de son intelligence et de ses créations, rien qu'un long silence au milieu des comètes. Il y a quelque chose. On naît. On cligne des yeux. Il n'y a plus rien.

Et puis vint le cristal bleu. Et la mort prit une autre forme.

Frida n'avait plus peur. Non que la mort ne soit plus omniprésente – le cristal bleu n'avait rien d'un élixir de jouvence. Chez les faibles, comme ce pauvre Bartolomeo et ce Bastien, le cristal détruisait l'élan vital. Mais aux forts de nature, comme elle, il donnait une puissance encore plus grande. Cet ouvrier au contact de la compacteuse devait l'avoir éprouvé. Le secret était de ne plus avoir peur, de ne plus se penser en victime mais d'agir *depuis l'autre côté*, puisque là était la puissance ultime. La mort, si Frida retournait le miroir, n'avait plus le même sens. Son visage de grand-mère devenait un instrument. De victime, elle devenait agent. Il ne fallait pas lutter contre la mort, il fallait la donner – et s'en réjouir.

Ce sentiment de puissance, elle ne l'avait pleinement accueilli qu'une fois dans son chalet en Forêt-Noire. Chaque insecte crevé, chaque écureuil piégé lui prouvait qu'elle pouvait aller à la rencontre de cet extraordinaire pouvoir. Avant, elle tuait les mouches sans y prendre garde ; elle s'était mise à observer leur agonie avec passion. Alors que d'ordinaire elle avait peur du moindre craquement du bois dans cette cabane rudimentaire, elle n'avait plus peur de rien. Chaque jour elle faisait mourir des animaux. Elle avait pris son temps pour tuer son chien et avait ressenti un plaisir intense à le voir souffrir. Les chiens ont à la fin un regard de supplication si humain...

Frida avait vite compris qu'elle pourrait basculer. Le fusil de chasse du cabanon la tentait trop. Elle ne voulait pas finir en prison. Elle s'était automédicamentée. Ainsi régulée, cette dévoration nouvelle, exultante, lui avait fait vivre dans ce chalet des heures merveilleuses.

Elle ne voulait pas que ça s'arrête.

Le cristal bleu avait mis quelques jours à agir neurologiquement dans toute sa plénitude. Victoire avait eu le temps de manigancer la disparition du cristal. Ne pouvant plus en récupérer, Fria avait essayé de le reproduire. En vain. Elle aurait fini par craquer, par tuer un étudiant dans le sous-sol du laboratoire – comme Malgoni, elle aurait perdu pied face à cette bouche noire qui lui demandait sans cesse des victimes nouvelles – quand l'ABP l'avait contactée.

La pompe à vide émit un claquement. La cuisson était terminée. L'horloge marquait presque 7 heures du matin.

Frida se leva. Elle remonta une volée de marches, franchit un sas anti-incendie et deux autres portes, fit quelques pas dans le parking. Quatre voitures y étaient stationnées, dont la sienne et une Audi qu'elle ne reconnaissait pas. Dans la nuit encore sombre, elle fixa un moment cette Audi noire, puis elle sortit de sa poche le téléphone de Maïa, ainsi que le sien.

À cet instant, il sonna.

Point lumineux sur un parking.

« Bonjour, dit une voix que Frida ne connaissait pas. Je vous appelle de la part de Madame... vous savez... »

C'était un homme – encore qu'on eût pu en douter : il avait une voix grinçante avec un fort accent suisse. Elle n'osa parler de la mallette au téléphone, elle n'osait rien dire, tendue vers la nouvelle de sa libération.

« Madame la directrice me fait dire que, hum, si vous vouliez vous joindre à nous, nous en serions très heureux, et que vous nous seriez très utile pour un certain objet... »

Quel soulagement ! Évidemment qu'elle était utile ! Elle seule savait comment manipuler cette mallette de façon sécurisée. Ils avaient besoin d'elle.

« Oui, bien sûr. »

« J'ai autre chose à vous dire... Ils ne viendront pas. »

Elle crut avoir mal entendu :

« Vous voulez dire... ? »

« Vos visiteurs d'hier sont repartis en France. »

Frida se demanda si l'homme disait la vérité et si Maïa et Bastien étaient encore vivants – mais ça ne la concernait plus, seul comptait le cristal qu'elle pourrait bientôt toucher.

« On nous attend à Genève », dit la voix dans le téléphone.

« Mais, dit Frida, un peu décontenancée, je suis à Freiburg. »

« Et moi en face de vous. »
L'Audi noire lui fit des appels de phares. Une petite tête dépassait du siège.
« Eh bien ?... » dit la voix.
Frida regarda la voiture. Elle avait eu peur. Mais bientôt, avec l'aide du cristal, elle n'aurait plus jamais peur. Une autre existence commençait.

CHAPITRE 42

Maïa

Les rideaux n'avaient pas été tirés et la lune baignait la chambre d'une lumière gris-bleu. Maïa était réveillée. Elle s'assit au bout du lit et regarda Bastien qui dormait, la tête sur l'oreiller, une mèche de cheveux sur ses yeux clos. Sa respiration n'émettait aucun bruit mais il était bien vivant.

Maïa se leva, chercha sur la moquette ses vêtements dispersés à des endroits incohérents, puis retourna dans sa chambre à elle.

Ils avaient prévu de partir tôt. Il valait mieux qu'elle ne se recouche pas. Elle mit son manteau sur ses épaules et sortit sur le balcon. Un vent froid passa entre ses jambes nues. Le village de Glottertal dormait. La lune était en train de disparaître derrière une montagne.

Elle soupira.

C'était une catastrophe.

Une catastrophe personnelle, familiale et scientifique.

Elle n'aurait jamais dû venir en Allemagne. Elle n'aurait jamais dû dire à Frida où était la mallette, elle n'aurait jamais dû la cacher chez son père, elle n'aurait jamais dû coucher avec Bastien. Elle aurait dû rester chez elle à écrire des piges, à courir au parc et à coucher avec des imbéciles. Au lieu de ça, elle avait parcouru cinq cents kilomètres avec cet homme pour aller voir une inconnue qui les avait trompés et volés.

C'était accablant.

Dès les premiers mots échangés, Frida lui avait demandé de lui rapporter la mallette. Et elle ne s'était pas méfiée.

Frida lui avait soutiré des informations.

Frida avait volé son téléphone.

Cela dépassait l'entendement.

Mais ce n'était pas la peine d'aller à la confrontation, il fallait fuir. Emmener Bastien à l'hôpital.

À cause d'elle, le cristal était désormais entre les mains de gens sans scrupules. Si d'autres personnes étaient contaminées, ce serait sa faute. Tout ça parce qu'elle s'était mis en tête de sauver cet homme.

Une voiture passa, feux allumés, sur la route qui traversait Glottertal. Maïa referma la porte du balcon, s'allongea sur le lit. Des larmes lui montaient aux yeux. Mais elle n'avait pas le droit de pleurer. Elle voulait comprendre comment elle avait pu être naïve à ce point.

Tout venait d'un mélange d'orgueil et d'espoir. L'espoir qu'elle pourrait guérir Bastien d'un mal nouveau et injuste, et ce, malgré les avertissements de Victoire. L'orgueil d'être flattée en tant que femme. Si elle avait été moins perdue dans des projections mentales de midinette, elle aurait compris que Frida lui mentait.

Elle n'aurait jamais dû coucher avec lui. Elle s'était fait l'effet d'une harpie. Lui s'était révélé heureux dans ses gestes, et même assez sensuel, sur ce plan-là au moins ce n'était pas catastrophique. Mais c'était juste du désir, et elle était rassasiée. Pour le reste, ça ne servait à rien. De se croire forte. D'espérer. De s'attacher. De se faire des confidences. On est toujours seuls.

Maïa regardait le plafond. Des poutres peintes en blanc, avec des accrocs dans le bois, comme des échardes prêtes à s'extraire. Qu'est-ce qu'elle faisait là, dans ce pays étranger, dans un hôtel avec des crânes de chevreuils aux murs ? Elle ne savait plus qui elle était. Quelque chose dans son axe de gravité était faussé.

Elle expira lentement en essayant de ne pas penser au corps nu de Bastien endormi dans la chambre voisine. Elle devait remettre de l'ordre dans ses pensées, être calme et méthodique.

La première chose à faire était de conduire Bastien à l'hôpital. Il fallait que des médecins le prennent en charge. Elle n'aurait jamais dû flirter avec lui. Cela se résumait à une forme d'orgueil et d'aveuglement, ce qu'on appelle l'amour.

Ce mélange d'orgueil et de folle confiance, Frida l'avait vu en elle, et en avait froidement profité. Elle aurait dû écouter sa tante ; ne pas avoir de scrupules ; ne pas chercher à revoir Bastien, ni à le sauver. Reprendre sa vie.

Où en était sa vie ? Tout semblait s'effondrer par plaques depuis quelques mois. Son travail, le cambriolage, son père... Maïa serra les poings en pensant à lui : il avait l'air tellement affolé au téléphone.

La priorité ensuite était de se rendre en Provence. Prendre le train jusqu'à Draguignan. Rassurer son vieux père, l'aider à gérer...

Enfin, il fallait appeler Victoire. Ils avaient la mallette, mais pas la clé, ni le code de sécurité. Tout n'était pas encore perdu. Victoire serait furax, mais c'était une femme d'action. Elle trouverait quoi faire.

Maïa se sentit mieux d'avoir pris ces décisions. Tout était clair dans son esprit. L'hôpital. La Provence. Victoire.

Elle resta un moment les yeux ouverts. Elle devait remettre l'axe de sa vie à l'endroit, les couleurs avec les bonnes couleurs, comme un rubicube – un jeu qu'on résout toujours seul.

Elle se réveilla en sursaut. Il était 7 heures passées. Elle rangea ses affaires et descendit à la voiture. Elle se sentait rendue à elle-même, prête à ce qui devait être sa seule priorité finalement, au cœur de ce chaos : son père. Quand Bastien arriva avec son sac, elle s'arrangea pour avoir la tête dans le coffre.

« Partons d'ici », dit-il en bouclant sa ceinture, peut-être en espérant lancer une conversation.

Maïa mit la radio un peu fort.

Une fois la frontière franchie, elle dit :
« À Lyon, je vous déposerai à l'hôpital. »
Bastien releva la tête. C'étaient les premiers mots qu'elle lui adressait depuis le départ et ils étaient abrupts. Il prit son temps pour répondre :
« Comme vous voulez. »
Il demanda ensuite comment elle allait, elle.
« Ça ira mieux quand je serai chez mon père. »
Il s'excusa encore de ne pas pouvoir prendre le volant, elle ne répondit que d'un signe de tête, il ne la dérangea plus.
Pendant une heure, elle s'efforça de ne fixer que la route. De temps en temps, cependant, elle le regardait à la dérobée. Il avait mis la tête sur son poing. Il ne cherchait pas à lui demander des comptes. Son père aurait dit « Il est bien brave », ce qui dans sa bouche ne voulait pas dire courageux mais gentil. Son père qui lui reprochait de ne jamais ramener personne... Il aurait été si heureux de voir Bastien, ç'aurait été presque drôle – et tellement agréable d'être deux pour gérer ce qu'elle allait trouver là-bas...
L'autoroute défilait devant elle comme un ruban noir, avec les mêmes arbres décharnés sur le côté. La journée serait longue avant d'être chez son père. Elle aurait des tonnes de choses à faire. Tout en lui cachant les véritables causes du cambriolage, elle devrait passer beaucoup de temps avec lui, et l'aider, l'aider encore et encore.

Maïa serra ses mains sur le volant. Comme il était lourd de prendre soin de son père, comme il aurait été plus simple qu'il soit mort, songea-t-elle en appuyant sur l'accélérateur. Mort dès le départ avec sa mère, ou mort de chagrin ensuite. Plutôt que de devoir s'occuper de lui, lui apporter de la joie et du secours. Le mieux dans la vie était d'être seule, sans attaches, sans père, sans tante, sans personne. Disparaître. Ouvrir la mallette. Toucher le cristal – voilà ce qu'elle aurait dû faire –, plonger dans l'abîme. Se foutre en l'air.

« Vous allez un peu vite », dit Bastien.

« Pardon. Je vais m'arrêter un instant. »

Elle fit halte à la première aire. Elle alla se passer de l'eau sur le visage. Elle était épuisée. Elle n'avait pas dîné la veille et rien mangé le matin. Il fallait qu'elle fasse attention, qu'elle se reprenne : l'auto-apitoiement est aussi une forme d'orgueil.

En sortant, elle chercha Bastien dans le petit espace de restauration. Elle se sentait si triste, si différente de l'avant-veille seulement, lorsqu'ils s'étaient arrêtés ensemble. L'aire d'autoroute était glauque, juste une station-service avec deux machines à café.

Bastien était accoudé sur une table haute, un gobelet à la main, comme si rien de grave, rien de dangereux, rien de sexuel non plus ne s'était passé. Elle le regarda enfin en face et vit dans ses yeux le reflet des siens. Elle eut honte. Elle n'avait pas le droit d'être si dure avec lui. Elle lui devait des excuses.

« Je suis désolée pour Frida. Si j'avais su... »

« Ce n'est pas de votre faute. »

« Je me sens tellement nulle, j'ai tellement honte. »

« Je connais ce sentiment. Ne vous accablez pas, Maïa. »

Il lui parlait trop tendrement. Elle détourna les yeux vers les voitures qui prenaient de l'essence et dit :

« Bastien, écoutez... Je ne voudrais pas que vous... »

Que vous vous attachiez, que vous imaginiez, que vous espériez... Elle ne savait que choisir. Elle se tut et le regarda, l'air navrée.

Il comprit sans doute, car son front se contracta, son regard devint plus fixe, la tristesse remplit son visage pour le laisser plus pâle, comme une vague détruit un château de sable sur une plage.

« C'est entendu », souffla-t-il.

Elle fut soulagée de n'avoir pas à s'expliquer.

Ils remontèrent en voiture. Il se passa encore une heure.

Ils étaient au niveau de Lons-le-Saunier quand il demanda d'une voix claire :

« La mallette était sécurisée, vous m'avez dit ? »

« Oui, il y a une clé et un code secret. »

Elle était heureuse qu'il parle, et qu'il parle d'autre chose que de la nuit précédente.

« Où est la clé ? »

« À la consigne de la Part-Dieu. »

« Vous avez l'intention de la récupérer ? »

« Oui. Je la récupère et je prends le train pour Draguignan. »

Bastien hocha la tête.

Elle le trouva soudain très proche physiquement. Son corps s'était redressé, ses mains étaient posées près du frein à main, sur son genou gauche. Leurs regards à nouveau se croisèrent. Elle eut encore envie de lui. Enfin, non, peut-être pas de *lui*, mais d'être de nouveau dans ses bras sous une couette, dans une chambre, dans le noir, et de se remplir de tendresse...

« Je vous accompagne à la consigne de la gare, dit-il. Ce petit mec est très fort, vous savez, il attend peut-être que vous récupériez la clé pour vous agresser et la prendre. »

Elle ne sut que répondre. Quel argument trouver. Ce n'était pas ce qu'elle avait prévu.

« Peut-être. Mais vous me devez bien ça, non ? »

Il lui sourit – on aurait dit un armistice. Elle accepta.

Quelque chose s'était dénoué entre eux, ou plutôt en elle, et la fin du trajet se passa mieux. Bastien demanda d'autres détails sur la mallette, où exactement elle l'avait cachée, et, de fil en aiguille, Maïa lui parla de la maison en Provence, de son père, et de plein de choses qu'elle ne pensait jamais raconter, et surtout pas à lui. Il l'écoutait sans rien dire, la tête penchée comme pour mieux entendre. Elle sentait en elle comme une expansion, une excitation différente du simple désir. Ce n'était rien, juste un mélange d'espoir et d'orgueil.

À la consigne de la Part-Dieu, quand Maïa lui donna le numéro, le préposé déclara :

« Ce casier est vide. Quelqu'un est déjà venu. »

Elle blêmit.

Bastien se rapprocha du guichet et dit :

« Vous pouvez vérifier encore ? »

Le type tapa quelques touches sur le clavier de son ordinateur.

« Le logiciel est formel : le casier n'a été utilisé que quelques heures et le contenu a été prélevé le jour même. »

Maïa sentit le sol se dérober sous ses pieds. Mais rapidement elle se reprit, pour ne pas perdre la face :

« Ah oui, bien sûr ! Où avais-je la tête ? »

Elle sortit en courant.

C'était sa faute, tout était sa faute ! Comme elle s'en voulait ! Et comme Victoire serait déçue, elle qui lui avait accordé sa confiance !

« Maïa ! »

Elle se retourna. Bastien l'avait suivie dans la nouvelle galerie de la gare, il venait droit vers elle.

« Où allez-vous comme ça ? »

« Acheter un billet pour Draguignan. »

« Je viens avec vous. »

« Pas question ! Vous, vous allez à l'hôpital. Le tramway vous amènera directement aux urgences de Saint-Luc. »

« Je reste avec vous. »

Il parlait doucement, sans forcer, les mains ouvertes comme si elle risquait de tomber en avant et qu'il dût être prêt à la rattraper.

Mais elle se remit à marcher ; il la suivit jusqu'à une machine automatique de billets. Elle tapa rageusement sur l'écran. S'ils avaient la clé et la mallette, le code serait une plaisanterie à craquer...

« Je ne vous laisse pas maintenant, reprit Bastien derrière elle. Vous n'allez pas bien et ceux que vous affrontez sont des gens dangereux. Ils ont encore besoin du code. »

« Je suis capable de me défendre », répondit-elle sèchement.

« Laissez-moi vous accompagner jusqu'à la maison de votre père. Ensuite, une fois que je vous saurai en sécurité, je partirai. »

« Mais vous êtes débile ou quoi ? dit-elle en se retournant. Vous allez crever. Allez à l'hôpital ! »

Elle avait parlé plus durement qu'elle n'aurait voulu. Il était midi passé, elle était épuisée. Elle voulait juste qu'il disparaisse, que toute la gare disparaisse dans un grand trou.

« Maïa », dit-il.

Elle avait renoncé à acheter un billet, elle était le dos contre le distributeur, incapable de décider quoi que ce soit.

Il n'avait pas élevé la voix. Il était debout devant elle. Elle voyait dans son regard de la tendresse. Il voulait qu'elle l'écoute, qu'elle accepte, qu'elle espère encore...

« Maïa... »

Il était si bouleversant quand il prononçait son prénom. Oh, bien sûr, elle voulait qu'il vienne avec elle – l'idée de se retrouver seule la rendait tellement triste. Mais en même temps elle voulait qu'il la laisse, que son odeur ne lui soit pas déjà indispensable, que sa voix ne la déchire pas ainsi. Elle sentit les larmes lui monter aux yeux.

Bastien s'approcha encore.

« Je vous aime, Maïa. Je ne vous abandonne pas. »

Elle leva les yeux, les baissa très vite, comme brûlée. Au sol, la dalle de la galerie était gris-blanc. Une petite tache se forma par terre, plus sombre, et une autre. Puis sa vue se brouilla et une main se posa sur son épaule, aussi légère qu'un frôlement d'oiseau.

CHAPITRE 43

Bastien

À peine l'avais-je touchée qu'elle s'effondra sur moi.

Elle pleurait dans mes bras. Elle pleurait comme si ça ne lui était pas arrivé depuis des années. Elle pleurait et j'étais heureux.

Ses propos étaient incohérents et me rappelaient les miens quand j'étais ivre : « Ça ne sert à rien », « Je m'en veux », « Je suis nulle »... « Je n'en peux plus », aussi, revenait souvent. Les gens dans la galerie nous regardaient. Je m'en fichais. J'étais au seul endroit où je devais être. Je la serrais fort contre moi, lui caressais les cheveux, lui disais que j'étais là.

Elle commença à se reprendre. Sa respiration se fit plus lente, ses sanglots cessèrent.

« Ils sont tellement forts », murmura-t-elle, son visage toujours enfoui contre ma poitrine.

« Surtout plus forts que moi. »

Je sentis son sourire dans le pli du tissu. Elle releva la tête.

Ce n'était plus exactement la même femme. Ses yeux avaient changé, ils étaient mouillés et emplis de tendresse. Elle me donna enfin le regard que j'espérais tant depuis le début de cette horrible matinée. Elle passa une main sur ma joue. J'avançai mon visage vers le sien, l'embrassai. Sa bouche sentait le sel et la solitude.

Elle s'endormit après Valence. Comme on avait pris nos billets au dernier moment, on était en première. Je la regardai. Son visage était appuyé contre la vitre, une mèche se balançait devant ses yeux au gré des soubresauts du train. Maintenant qu'elle s'était abandonnée dans mes bras, combien me paraissait pauvre ce que nous avions partagé la nuit précédente ; combien plus beau et plus profond ce que nous pourrions vivre ensemble – mais le pourrions-nous seulement ?

Mes évanouissements s'étaient estompés. Je sentais des flottements, des pertes d'équilibre, cependant j'arrivais à rester conscient.

J'avais un souci plus grave.

Je me levai, sortis de la voiture et montai à l'étage pour trouver des toilettes libres. Je me regardai dans le grand miroir des première classe.

J'étais pâle, mal rasé, décoiffé. Je me rapprochai encore. Baissai les paupières, les relevai. Mais non. Rien. Aucune marque sur la rétine. Aucune tache dans le blanc de l'œil. Pourtant, depuis quelques heures une ombre noire était apparue dans mon champ de vision. D'abord sous forme de petits points, qui s'étaient agglomérés vers le bas. Tout flottait dans une nappe de brouillard, chaque silhouette coupée au niveau des chevilles. Je savais qu'il y avait un escalier pour descendre sur la plate-forme, mais si je ne l'avais pas su je serais tombé. Alors je marchais les yeux fixés sur le sol.

Je m'assis sur la dernière marche de l'escalier, essayant de ne pas paniquer. Devenir aveugle est sans doute pour tout un chacun une des peurs les plus vives. Je devais rester calme et réfléchir. Si je parlais à Maïa de ce nouveau symptôme, elle m'enverrait à l'hôpital, or je voulais la suivre jusque chez son père. Je ne voulais pas que Monsieur-Louis lui tombe dessus. Il me fallait rester avec elle. Je voulais rester avec elle.

Ce brouillard dans mon champ de vision pouvait n'être que transitoire...

Seule Frida aurait pu savoir. Mais la chimiste n'avait jamais voulu nous aider, elle s'était juste servie de nous pour s'emparer du cristal.

Le train filait à trois cents kilomètres/heure. Je ne savais pas quoi faire. L'image que j'avais de la mort était celle d'un ralentissement, d'une lente agonie. Mais la mort peut aussi prendre la forme d'une accélération. Je fonçais vers un mur où j'allais me fracasser. Je ne voulais pas que Maïa s'y heurte aussi.

J'allai me rasseoir à côté d'elle.

Je crus qu'elle allait m'embrasser, mais non. Elle me sourit seulement. Elle venait de se réveiller.

« J'ai eu peur que tu aies disparu... Tout va bien ? »

Je pris sa main et l'attirai contre moi.
« Tout va très bien. »

Dans le hall de la gare de Draguignan, Maïa me regarda comme on regarde un phénomène inexpliqué. Elle semblait trouver très étrange que je sois à ses côtés. Elle se gratta le menton, indécise. J'eus peur qu'elle me demande de rentrer à Lyon ; je m'y étais plus ou moins engagé. Elle m'emmena derrière un Relay.

« Attends-moi là. Il faut que je prévienne mon père. »

Je la suivis des yeux. Elle franchit les portes vitrées, traversa un parking, s'approcha d'une voiture devant laquelle attendait un vieil homme avec une casquette. Son père avait l'air adorable et agité. Maïa n'était plus qu'une silhouette, de dos, une femme avec un sac de voyage à ses pieds.

Comme l'amour est une drogue puissante ! Il y a un mois, cette femme sur ce parking aurait été une inconnue. À présent, elle était tout pour moi. Elle pouvait me rendre heureux, elle pouvait me briser. Je me sentais comme un appareil électrique qu'on peut débrancher en tirant sur la prise. J'avais peur qu'elle parte sans moi.

Voilà qu'elle montrait la gare du doigt. Son père regardait dans ma direction. Ils venaient vers moi.

Je m'avançai, stressé comme un jeune homme.

« Ah ben si je m'attendais ! » dit Giorgio en me serrant la main.

Il flottait dans une nappe de brouillard au-dessus du sol.

Une maisonnette en désordre, trois tasses de café, le chant du vent dans les oliviers. Étant parti d'Allemagne à l'aube, cela faisait un drôle d'effet de se retrouver sur une terrasse au soleil couchant.

Giorgio di Natale avait les yeux pétillants. Il m'avait donné à boire en arrivant, m'avait posé des questions pour en savoir plus sur moi, et maintenant, tandis que sa fille était montée au grenier, il me montrait sa collection de fers à repasser. Ma présence semblait le réjouir. À croire que Maïa ne m'avait gardé près d'elle que dans le but de lui remonter le moral. Et quand bien même ?... Si ça lui faisait plaisir, j'acceptais le rôle.

« En quoi puis-je être utile ? »

« Faudrait les réaligner tous, et remettre les plus gros sur l'étagère. Je ne comprends pas pourquoi ils ont fouillé dans ma collection. »

« Pourquoi tant de fers ? » demandai-je pour changer de sujet.

« Le fer, c'est bon pour la santé », répondit-il.

Le visage de Maïa était sombre en redescendant du grenier – je compris que la mallette avait bel et bien disparu – mais elle sourit en me voyant avec son père. Elle nous fit un signe de la main et s'éloigna.

La porte-fenêtre donnant sur le jardin était ouverte. Un merle chantait. Une odeur agréable sortait de la cuisine et parvenait jusqu'à moi. En gendre idéal, pendant un bon quart d'heure je rangeai les fers à repasser. J'entendais Maïa parler à son père, posément, se sachant écoutée, et Giorgio lui répondre sans cris ni amertume. Même après un tel drame on sentait dans leurs voix un lien indéfectible qui me laissait bouleversé.

Soudain j'entendis comme un bruit dans le jardin. Je sursautai. Et si Monsieur-Louis était resté dans le coin pour faire avouer le code à Maïa ?

J'attrapai un fer et sortis. Méthodiquement, je vérifiai les haies une par une.

Le fer était assez lourd pour assommer quelqu'un. Mais pourrais-je me défendre ?

Je pris l'allée gravillonnée qui descendait vers la rue.

Je crus défaillir quand une silhouette surgit derrière une haie. Elle avait poussé d'un coup, comme un champignon sortant de terre.

« Aaah ! »

Je lâchai le fer, qui tomba à mes pieds. Ou plutôt sur les siens.

« Aïe ! »

C'était une femme. Je reconnus un air de famille.

« C'est vous Bastien ? »

J'acquiesçai, penaud. Elle m'attrapa par le bras :

« Je vous cherchais. Venez avec moi. »

Victoire Hussard avait une sacrée poigne. Elle m'entraîna dans sa voiture, garée à cent mètres de la maison. Elle se mit à vociférer :

« Alors, c'est vous l'imbécile qui touche à tout ? Pas encore mort ? Expliquez-moi ça. »

J'étais content de la voir. Maïa l'avait appelée du train, mais c'était inespéré qu'elle arrive si vite. Je lui racontai les palpitations, les évanouissements, le brouillard dans les yeux.

« Donnez-moi votre bras. »

Elle sortit une seringue d'une sacoche rouge.

« Qu'est-ce que c'est ? »

« Une prise de sang, espèce d'idiot ! »

Contrairement à Frida qui faisait semblant d'être sympa, Victoire ne cachait pas qu'elle était furieuse.

« Pourquoi avez-vous touché le fond de cette machine ? Vous êtes complètement con ! Comme si on n'avait pas assez d'emmerdements... »

Elle m'expliqua qu'elle venait de Marseille, où elle avait un ami neurologue au CHU qui allait me soigner.

« C'est un médecin. Il s'occupera de vous. »

« Vous lui avez dit, pour le cristal ? »

« Plus ou moins. Uniquement ce qu'il a besoin de savoir. Ça restera entre nous. »

Ce médecin avait demandé un échantillon sanguin au plus vite pour analyses. Elle était juste venue pour me piquer, repartait aussi sec pour Marseille avec les tubes.

« Vous devriez venir avec moi. »

« Je préfère rester là. »

« Vous voulez goûter la cuisine de Giorgio ? »

« Je veux rester avec elle », répondis-je quand je pus retirer mon bras.

J'ignore sur quel ton j'avais dit ça mais Victoire eut l'air d'avoir été piquée à son tour :

« Parce que vous couchez avec ma nièce, monsieur Touche-à-tout ? »

« Et quand bien même ? »

Elle me regarda de ses yeux perçants. Je ne me démontai pas. Puis, à mon soulagement, elle haussa les épaules d'un air mi-dégoûté, mi-sceptique. Je compris que, pour la physicienne, le bénéfice cognitif de l'acte sexuel restait difficile à démontrer.

« Bon, comme vous voulez. »

J'étais soulagé. J'avais eu peur d'être kidnappé par cet ouragan.

« Alors écoutez-moi bien, reprit-elle en me mettant un pansement. Je rapporte ces prélèvements à mon collègue. Il s'appelle Nicolas Pristen – vous vous rappellerez ? Il va faire au plus vite, vers 2 heures du matin on aura déjà des éléments de réponse. Donnez-moi votre numéro. Si je vous appelle, il faudra venir tout de suite, OK ? Plus de câlin, vous lâchez tout, vous obéissez, vous venez. »

« Oui, cheffe. »

Elle sourit. Elle aimait bien commander, ça se sentait.

« Allez ouste ! »

Je sortis de sa voiture et fis quelques pas vers la maison. Puis je me retournai et la vis en train de ranger son matériel. Je revins en arrière et tapai contre la vitre.

« Maïa vous aime beaucoup, lui dis-je. Elle s'en veut énormément, pour la mallette. »

La physicienne hocha la tête. Elle sembla touchée.

« Maïa n'a pas à s'en vouloir. Tout est entièrement ma faute depuis le début. »

CHAPITRE 44

Maïa

Notre cœur, non pas ce muscle qui nous sert à nous lever chaque jour, mais notre cœur vivant, est comme une ville où coexistent des ruines de différentes époques, des vestiges du couple idéal, des vieilles bâtisses de l'enfance, des amitiés Art déco et d'autres structures oubliées. Notre cœur est fait d'embarcadères et de ruines, mais parmi ces ruines accostent et se construisent jour après jour des sentiments nouveaux, car aucune ville ne reste figée dans la forme où on l'a connue ; aucune ville, ni le cœur des passants.

Maïa cherchait Bastien.

Elle ne l'avait pas trouvé dans la maison. Il n'était pas dans le jardin. Prise d'une peur presque irrationnelle, elle descendit l'allée. Alors elle le vit. Il parlait à la fenêtre d'une voiture. Son soulagement fut si fort qu'elle s'en sentit déséquilibrée. Elle aurait voulu être plus détachée.

« C'était qui dans la voiture ? » lui demanda-t-elle quand il l'eut rejointe.

Il n'eut pas le temps de répondre.

Elle remarqua le pansement sur son bras. Sa voix devint dure :

« Qu'est-ce que c'est que ça ? Tu te drogues ? »

« Non ! Qu'est-ce que tu vas t'imaginer ? »

« Pourquoi pas ? Je ne te connais pas, après tout. »

Il fut très peiné par cette phrase. Alors il lui dit pour Victoire.

Elle était donc venue ! Sa tante ne faisait jamais rien comme on s'y attendait.

« Tu aurais dû partir avec elle », dit Maïa d'une voix radoucie.

« Je voulais rester avec toi. »

« C'est stupide. »

« Je suis stupide. »

Bastien passa son bras sur son épaule. Elle ne se blottit pas contre lui, mais ne fit rien pour l'écarter.

« Excuse-moi, j'ai eu peur. »

Ils remontèrent ensemble l'allée.

Dans la cuisine, Giorgio avait pris le temps de faire un dessert. Ils mirent le couvert en discutant. Le désordre mental et administratif provoqué par le cambriolage commençait à s'estomper. Lui mentir sur sa véritable cause était pénible, mais c'était nécessaire. Et puis, Victoire était là. Au lieu de se fâcher, elle avait prévenu un ami médecin. Il y avait peut-être de l'espoir. Maïa ne pouvait se défaire de l'espoir.

L'espoir qu'il vive, que la mallette n'ait pas été ouverte – mais aussi des espoirs plus simples : l'espoir que le repas se passe bien, que la conversation roule comme elle roulait, douce et anodine, l'espoir mêlé d'orgueil que son père apprécie Bastien, que Bastien le félicite pour le risotto, l'espoir plus secret qu'il la rejoigne dans sa chambre, alors même qu'après le dessert elle lui avait préparé le canapé-lit « pour qu'il dorme mieux », l'espoir qu'il lui redise les mots qu'il lui avait dits à la gare. « Je vous aime, Maïa. Je ne vous abandonne pas. »

Il toqua à la porte de sa chambre. Maïa lui ouvrit en mettant son index contre sa bouche : son père à l'étage pouvait les entendre. Il entra pieds nus, sa chemise écrue par-dessus son pantalon, avec cette manière étrange de regarder le sol qui lui donnait un air de conspirateur.

« J'ai un cadeau pour toi », dit-il en sortant de sa poche un sachet.

Elle ne sut pas comment réagir. Cela faisait si longtemps qu'un homme ne lui avait rien offert.

Le sachet venait d'Allemagne. Elle s'assit sur son lit pour le déballer. Il contenait la même toupie en bois, sphérique et non pointue, que celles qu'elle avait achetées pour les enfants de Florence. Bastien lui en faisait cadeau. Un geste peut-être anodin, mais dans l'aridité dans laquelle elle vivait, pour elle il signifiait beaucoup.

Elle se mit par terre et la fit tourner, le plus vite possible. Bientôt ils furent assis face à face sur le parquet, chacun à son tour saisissant la toupie, qui allait de l'un à l'autre, dans une valse tressautante et rapide. Maïa la lançait et la toupie allait vers Bastien, parfois juste à son premier stade, sous forme de pomme, parfois sous forme de champignon. Il la relançait plus vite, pour que la transformation se fasse, que l'axe de rotation se retourne. Maïa prenait la toupie quand elle venait cogner contre sa jambe. Elle savait qu'elle n'avait qu'un mot à dire : « Moi aussi je t'aime. » Le lendemain il serait peut-être trop tard. Puisqu'elle l'aimait, puisqu'il lui était déjà indispensable. Mais dire une chose pareille allait retourner l'axe de sa vie. C'était peut-être trop difficile. Trop dangereux.

Il avait arrêté de jouer et la regardait. Il vint s'accroupir près d'elle.

« Tu vas bien ? »

« Oui, oui », dit-elle.

La main de Bastien se posa sur son bras et remonta vers son épaule. Elle sentit ses doigts sur son cou. Elle passa sa main sous son aisselle, sans rien dire l'attira vers elle. Elle soupira et embrassa son cou, qui grattait d'une barbe qui repoussait. Elle sentit ses lèvres sur les siennes. Elle poussa un gémissement. Bastien l'embrassait avec tant de passion que ce fut comme si la vie l'embrassait – elle n'aurait pu le dire autrement. Comme si, par sa bouche, Bastien lui donnait de la vie, de la vie en plus. Elle gémit encore, entre le bonheur et la plainte.

Ils furent soulevés d'un même désir. Mais cette fois, elle ne voulait plus prendre seulement, mais se donner.

Ils restèrent accrochés l'un contre l'autre, jusqu'à ce qu'elle le mène dans son lit, abandonnant ses vêtements au sol comme une mue qu'on veut définitivement abandonner. Bastien passait ses mains partout sur son corps. Elle ne cessait de l'embrasser et le toucher, comme si chaque geste était insuffisant en soi et demandait une répétition infinie ; or ils n'avaient qu'une seule nuit. Elle posait ses mains sur son torse et son sexe, prit sa main et la guida là où elle voulait le sentir, au cœur d'elle-même. Il soupira, les yeux fermés, le visage sur sa poitrine. Elle gémit encore.

Quand plus tard il entra en elle, elle fut traversée d'un plaisir brûlant. Ils tanguaient ensemble, dans un paysage nouveau, comme deux passants marchant dans une ville nouvelle, allant de ravissements en découvertes et se perdant dans le même plaisir. Elle eut un mouvement saccadé. La voir jouir lui fit alors un tel effet que, sans bouger, Bastien jouit à son tour, heureux d'être un homme et d'être en vie.

Ils ne pouvaient pas faire de projets, juste se blottir l'un contre l'autre, sentir entre leurs corps une chaleur et une odeur qui n'appartenaient qu'à eux.

Elle avait les joues en feu, son pied droit dans le creux de son genou. Il avait sa tête sous mon menton et il disait qu'il était bien contre elle, qu'on était bien.

Ils ne pouvaient pas faire de projets, juste craindre que le jour vienne. Laisser les confidences venir, reparlant de ce qu'ils avaient vécu en Allemagne, comme si cette journée de la veille était déjà ancienne, mythologique, et qu'ils pussent s'en souvenir encore. Ils ne pouvaient pas faire de projets, juste poser sa tête sur son torse ; l'écouter en lui caressant les hanches. Elle aurait voulu retenir tout ce qu'il disait, retenir la nuit.

Elle se réveilla une première fois quand il rentra dans le lit qu'il avait dû quitter un instant.

« Je t'ai réveillée, pardon. »

Il se répandit en petits baisers sur son visage. C'était si bon d'avoir droit à cela. Ce n'était pas de l'orgueil – ou l'orgueil alors était nécessaire à la survie. La joie de n'être plus seule. D'avoir un homme près d'elle. L'embrassant. Elle se frottant à lui, posant sa tête sur sa poitrine, poussant un soupir et promenant les mains sur son ventre. L'un et l'autre se mêlant, une main sur une poitrine, une bouche mordillant une joue.

Elle n'était plus seule, il y avait maintenant un nous, un nous refaisant l'amour ; nous.

Elle se réveilla une seconde fois, percevant son absence.

Bastien était debout près du lit. Sur la table de chevet, son téléphone renvoyait sur le plafond une lumière bleue.

« Quelle heure est-il ? »

« 3 heures. »

Il prit la main qu'elle lui tendait. Le bout de ses doigts était devenu froid.

« Victoire t'a appelé ? »

« Non. »

« Tu regardais quelque chose ? »

« Toi peut-être. »

Elle rougit dans le noir. Il dit d'une voix changée :

« Il ne faudra pas être triste, tu sais. »

Longtemps, elle se rappellerait cet instant. Il y eut juste un souffle rauque. Il ne cria pas. Il n'eut pas l'air de souffrir. Il tomba doucement comme tombe du ciel une plume d'oiseau. Cela ne fit même pas de bruit, à cause du lit.

CHAPITRE 45

Katia Lavaudant

L'avion de Londres étant parti avec du retard, il se posa à l'aéroport de Genève en pleine nuit. Katia Lavaudant n'avait pas besoin d'attendre ses bagages, elle voyageait avec une valise cabine. Son chauffeur n'avait pas besoin d'attendre un ordre, il prit l'autoroute, déserte à cette heure.

Derrière lui, la directrice de l'Alliance bancaire privée semblait somnoler, mais, juste avant la sortie pour le centre-ville, elle dit d'un ton clair :

« Plaine de Plainpalais. »

« Très bien, madame. »

Le chauffeur avait l'habitude de ne pas poser de questions. Néanmoins, après avoir traversé la ville, franchi le pont du Mont-Blanc, quand la voiture arriva sur l'esplanade, celle-ci paraissait si grande et si vide, la nuit encore si sombre, qu'il ne put s'empêcher de demander :

« Je vous laisse là, vous êtes sûre ? »

Lavaudant ne prit pas la peine de répondre. Elle descendit, referma la portière et, toujours munie de sa valise roulante, traversa l'avenue du Mail aussi rapidement que le lui permettait sa jupe de tailleur. Michalin Louis lui avait donné rendez-vous à côté de la statue de Frankenstein, de l'autre côté de la plaine. Il était 5 h 35. Elle était en avance de dix minutes.

Haute de plus de deux mètres, la statue de bronze était différente de la représentation cinématographique du monstre de Mary Shelley que nous connaissons bien, cette tête pâle au crâne allongé et à la courte frange qui nous est devenue familière, presque aimable. Le « Frankie » de Plainpalais figurait un homme au sourire dément, aux veines saillantes, vêtu d'un blouson et d'un jean déchiré. La grande silhouette était penchée en avant, les bras tendus, ses doigts crochus semblant vouloir attraper quelque chose qu'on lui refusait.

Katia Lavaudant n'avait peur de rien ; c'était pour cela que le conseil d'administration de l'ABP l'avait nommée directrice. Parce qu'elle était exempte d'un certain nombre de réactions qui peuvent oblitérer le jugement et fausser, par des considérations exogènes, des décisions de management nécessaires à la bonne santé de l'institution. Ce matin-là, néanmoins, devant le skate-park de béton vide, les arbres dénudés, tandis qu'un vent froid lui passait sur les chevilles, elle se sentit mal à l'aise. Elle regarda autour d'elle, comme le font les femmes seules dans l'espace public, pour comprendre d'où viendra le danger. Personne. De toute manière, on était à Genève et elle avait une bombe lacrymo dans son sac. Ce n'était pas l'environnement qui la rendait nerveuse, c'était cette sculpture.

Frankie était bien plus grand qu'elle et la lumière d'un réverbère lui dessinait une ombre plus impressionnante encore. Lavaudant trouvait particulièrement laides les centaines d'agrafes en fer représentées sur ce corps supplicié. Le visage était couvert de cicatrices, les yeux divergents, la bouche édentée et grimaçante. Sur cette place immense, la statue donnait l'impression que Genève, la nuit, était sous la coupe de ce monstre hargneux, fou, violent, qu'on avait réduit au silence mais qui représentait la véritable face morale de la ville. Elle ne pouvait le quitter du regard. L'extrémité des doigts, sans doute à force qu'on lui prenne la main pour faire des selfies, était comme lustrée, couleur d'or.

Lavaudant aimait les surfaces planes, les couleurs bleutées, gris minéral, taupe, les aplats immaculés. Elle achetait tout neuf, sur mesure, d'un clic ou d'un coup de fil. Elle attendait très peu. Il fallait vraiment qu'aujourd'hui ne soit pas un jour comme les autres pour qu'elle accepte d'attendre Michalin Louis.

À 5 h 50, une Audi noire descendit le boulevard Georges-Favon. Arrivée à son niveau, elle s'arrêta. Lavaudant y monta.

« Vous avez cinq minutes de retard », fit-elle remarquer en bouclant sa ceinture.

Le petit homme avait sur le visage un mince sourire obséquieux. Il se tourna vers la directrice et sa bouche s'étira encore, tel un coup de lame donné dans une boule de paraffine. Elle détourna les yeux.

« Mme Böbinger a montré des signes de nervosité. La mallette semble beaucoup l'intéresser », dit-il.

« Où est-elle ? »

« Mme Böbinger nous attend dans le hall de l'hôtel Wilson. »

« Je parlais de la mallette. »

« Sur la banquette arrière, madame. »

Lavaudant se retourna. Elle avait terriblement envie de la prendre dans ses mains, mais elle se retint. Cela ne ferait pas professionnel.

Il fallait qu'elle se calme. Elle ne devait pas prendre trop à cœur cette affaire. Le saphir artificiel n'était qu'un moyen, pas une fin. Il n'y avait qu'une fin : la prospérité économique ; tout le reste n'était que moyen. Même elle n'était qu'un moyen. Elle le savait.

Devant l'hôtel Président-Wilson, Michalin Louis coupa le contact.

« Je vous demanderai de mettre la mallette dans le coffre, dit-il en sortant de la voiture. Ce serait mieux que Mme Böbinger ne la voie pas. »

Lavaudant fut étonnée par cette dernière phrase, qui ressemblait à un ordre.

Elle sortit à son tour de l'Audi, ouvrit la portière arrière et saisit la mallette. Elle était lourde ; la serrure avait une forme très particulière ; il y avait un mécanisme à cinq chiffres pour le code. Elle resta les deux mains dessus, comme dans un instant de recueillement. Puis elle la plaça dans le coffre. Il se referma juste au moment où la chimiste sortait de l'hôtel.

« Chère Frida ! Comme je suis contente de vous voir. Avez-vous bien dormi ? »

« Pas vraiment. »

« Montez, j'ai beaucoup de choses à vous raconter. »

Lavaudant avait beau essayer de mettre de la chaleur dans sa voix, on aurait pu croire qu'elle venait de dire des phrases aussi plates que « Le prochain train part dans trente minutes ».

Frida n'avait pas fermé l'œil de la nuit. La veille, elle avait passé toute une journée sans rien faire, coincée dans cet hôtel de luxe comme une opposante politique en résidence surveillée. Le petit homme ne lui avait pas montré la mallette : ils devaient attendre que « Madame la directrice » rentre de Londres. Elle n'en pouvait plus. Elle voulait voir le cristal.

La voiture roulait sans bruit. Tout en lui peignant sous les meilleures couleurs son futur laboratoire à Zurich, Lavaudant cherchait à évaluer Frida. Une universitaire qui abandonnait sa carrière pour se vendre à des banquiers serait reconnaissante. Elle travaillerait sans compter pour trouver ce pour quoi elle avait tout quitté, ne serait-ce que par scrupules intellectuels – les autres scrupules seraient écrasés par sa rémunération. L'argent n'était pas un problème. Non, le risque était que Böbinger soit trop intoxiquée pour mener correctement ces recherches. Dommage que Hussard n'ait pas voulu collaborer, songea Lavaudant. À ce que lui en avait dit Meryll, elle semblait plus solide. Böbinger lui paraissait à la fois trop molle, avec son physique lourd, et trop agitée.

Elle avait le teint flasque et les yeux rougis de quelqu'un qui a joué toute la nuit sur son ordinateur.

« Vous avez la mallette ? » demanda la chimiste.

« Vous allez la voir très bientôt. Nous allons dans une résidence qui appartient à la banque, sur les rives du lac, c'est là que nous l'ouvrirons. »

« D'accord. Vous avez apporté le matériel de sécurité ? »

« Nous avons les combinaisons, les gants, les masques. Nous avons la mallette et la clé. Mais il nous manque encore le code secret à cinq chiffres. Michalin Louis a une méthode pour en venir à bout ; nous resterons avec lui jusqu'à ce qu'il parvienne à ses fins. »

« D'accord. D'accord. D'accord », répéta Frida, comme si elle se retweetait elle-même.

Katia Lavaudant savait reconnaître un drogué, elle en voyait dans les cocktails qu'elle était amenée à fréquenter. Elle fronça les sourcils. Une vraie accro. On ne pourrait pas travailler longtemps avec elle. Frida Böbinger n'avait peut-être accepté sa proposition que pour s'emparer du cristal. Dans ce cas, une fois le travail fait, il faudrait s'en débarrasser. Michalin Louis trouverait un moyen qui paraîtrait naturel... Mais chaque chose en son temps.

Entre Versoix et Morges, en un endroit tenu secret, après une intersection, au bout d'une rue arborée, se trouve une maison moderne. L'Audi entra dans le garage. Connaissant visiblement les lieux, Katia Lavaudant monta par un escalier en métal. Frida la suivit et se retrouva dans un salon doté d'une large baie vitrée donnant sur le lac.

La pièce devait mesurer dans les soixante mètres carrés. Une table en chêne pouvait recevoir douze personnes. À part cette table, tout était blanc : les murs, le sol et les quelques meubles. Mais même s'il n'existe qu'un seul adjectif pour cette couleur, il y a une différence fondamentale entre le blanc ordinaire et le blanc de luxe.

La maison servait sans doute à des réceptions, songea Frida. Un endroit de villégiature pour des actionnaires ou pour des investisseurs – voire dévolu à la diplomatie secrète. Frida n'eut pas le temps de contempler la vue. Lavaudant l'emmenait à présent dans la cuisine, où une corbeille en osier était remplie de viennoiseries. Frida se demanda comment il était possible que celles-ci semblent si fraîches, encore odorantes, alors que personne ne paraissait habiter là.

« Café ? Croissant ? »

« Avec plaisir », dit la chimiste, intimidée.

« La maison vous plaît ? Ce sera votre résidence durant quelques semaines. Le temps que nous vous installions à Zurich. »

Frida fut si décontenancée qu'elle en oublia le cristal. « Votre résidence durant quelques semaines »...

La veille, dans sa chambre d'hôtel, elle avait eu des remords. C'était le bon choix – elle le savait désormais. Sa vie d'avant lui parut d'un coup très loin, comme un brouillon qu'on jette à la poubelle et qui n'en ressortira jamais.

De retour dans le salon, Frida contemplait le lac Léman, sa tasse de café dans la main. Le soleil se levait au-dessus des Alpes françaises, mais c'était la rive suisse qui en recevait la lumière.

Elle se retourna. Le petit homme venait d'entrer. Il déposa la mallette antiradiation sur la table en chêne.

« Mesdames... » dit-il.

Ils se tenaient tous les trois debout. L'homme présidait, Lavaudant à sa gauche, Frida Böbinger à sa droite, en contre-jour.

« Voici la mallette que vous m'avez demandé de retrouver. Et voici la clé », ajouta-t-il en la posant à côté.

Michalin Louis parlait de sa voix grinçante, mais certaines intonations trahissaient le plaisir manifeste du triomphe à venir.

« J'avais pour instruction de votre part, *madame la directrice* (il appuyait sur ces mots avec une ironie à la limite de l'insolence), de ne pas ouvrir cette mallette, dont le contenu peut être toxique. Nous avons donc renoncé à une solution plus simple. »

« Je vous l'ai dit hier, intervint Frida, découper cette mallette à la meuleuse serait une grave erreur. »

« Mais nous ne risquons rien pour l'instant, n'est-ce pas, madame Böbinger ? »

« Non. Il faut les toucher pour être contaminé. »

« Alors je vais mettre la clé dans la serrure. »

Frida n'arrivait plus à respirer. Lavaudant se pencha insensiblement.

Le petit homme saisit la clé dans sa main, l'inséra. La clé tourna, un *clic* infime se fit entendre, aussi discret qu'une opération bancaire réussie.

« Comme vous le constatez, il ne se passe rien. Parce qu'il nous manque le code secret que l'on doit taper sur ce clavier. Il s'agit d'un code à cinq chiffres. En théorie nous avons donc cent mille possibilités. »

« Cela fait beaucoup », dit Frida.

« En vérité, les codes à cinq chiffres utilisés d'ordinaire ne sont pas si nombreux que ça. Il y a certaines règles mathématiques sur lesquelles on retombe et qui permettent de faire passer le nombre d'essai de cent mille à deux mille cinq cents. »

« Deux mille cinq cents essais, ça va prendre du temps. »

Frida ne pouvait s'empêcher de parler.

« Oui, madame. C'est pourquoi, avant de tenter cette méthode, j'en ai élaboré une autre. J'ai noté sur ce papier des codes plus simples, à partir des données personnelles des personnes impliquées depuis le début dans cette affaire, des prénoms et des dates de naissance... Grâce à notre conversation hier, madame Böbinger, j'ai établi cette liste que voilà. »

Il sortit une feuille aux rayures Seyès qui comptait une suite de codes sur des dizaines de lignes.

« Le premier est le nom de Kader, qui fait cinq lettres, avec 1 pour A ; comme le K correspond à 11, cela donne 11145, KAD. Sa date de naissance, 23589. J'ai mis aussi BART, 21161... »

« Faites donc, Michalin, intervint Lavaudant avec une pointe d'agacement, nous vous faisons confiance. »

« Avec plaisir. Je me permettais d'expliquer, car cela peut être long. »

Au bout de trois codes erronés, Lavaudant s'écarta, mimant l'indifférence. Elle s'assit à l'autre bout de la table en chêne, sortit sa tablette et se mit à travailler.

« Et de dix ! Je continue », dit Michalin Louis.

Frida était restée debout à ses côtés, incapable de cacher son impatience.

Le quarante-neuvième essai fut 13191, pour MAIA. Il y eut un *clic*, aussi fin et discret que le premier.

« Hum, nous avons trouvé je pense. »

Le visage de Frida prit des allures d'illuminée mystique. Le petit homme recula.

Frida tremblait en enfilant sa combinaison. Il fallut mettre des gants, un masque. Elle transpirait. Lavaudant avait relevé la tête de l'écran mais n'approcha pas. Il était hors de question qu'elle prenne un quelconque risque physique.

La chimiste était prête. D'un geste, elle ouvrit la mallette. Ses yeux en regardèrent le contenu puis fixèrent le petit homme et Lavaudant, telle une noyée qu'on laisserait couler en mer.

Elle se mit à pousser des cris de démente. Michalin Louis, qui s'était éloigné de plusieurs mètres, se jeta sur elle et, avec une force surprenante, lui arracha la mallette des mains. Il devint blême à son tour.

« Mais enfin, que se passe-t-il ? s'écria Lavaudant. Vous devenez dingues ou quoi ? »

Elle se rapprocha et plongea les yeux dans le caisson. Il était vide.

CHAPITRE 46

Kader Derwiche

Un mois plus tard à Vénissieux, posté à l'angle de la rue de l'Industrie et de la rue Marcel-Dassault, un motard observait la circulation. La zone industrielle était en pleine activité. Il souleva la visière de son casque, faisant apparaître une barbe et des cheveux gris sel. Kader Derwiche laissa tourner le moteur. Il devait faire attention, la BM avait du répondant.

Une camionnette ; une Renault Express ; une berline.

Trop de monde pour opérer.

L'entreprise Plastirec avait commencé le travail depuis deux heures, de même que l'entreprise de câbles et de connecteurs informatiques à côté. Les salariés étaient arrivés. Ils avaient salué les collègues, allumé leur ordinateur, enclenché l'allumage de leur machine ; elles s'étaient assises à leur poste, avaient ganté leurs mains, consulté le planning. Chacune et chacun, avec joie ou avec résignation, avait repris le travail.

D'autres voitures, encore. Des fournisseurs, des prestataires, des clients ; ils se garaient, déchargeaient, parlaient, informaient, récriminaient peut-être. Puis les véhicules repartaient.

Kader enleva son casque et souleva le masque qu'il portait sur le visage – d'une matière particulière et qui lui grattait les boucles de la barbe. Kader était vêtu de cuir. Malgré toutes ces protections, comme on se sent vulnérable quand on sort de prison.

Kader avait supporté sa détention avec une humilité et un fatalisme qui venaient de loin. De la honte profonde que laisse un passé de toxicomane, sans parler des humiliations infligées par son père, qu'aucun agent de l'administration pénitentiaire ne pourrait jamais égaler. La prison de Corbas des années 2020 était plus supportable que celle des Baumettes des années 1990. Le plus difficile avait été de côtoyer la misère de ses jeunes codétenus, de les voir dévorés de la même colère et la même honte qu'il avait connues et qui se cachent sous les mêmes fanfaronnades violentes. Alors, sur son matelas, Kader avait déroulé mentalement le fil de sa vie comme une vieille bédé qu'on connaît déjà mais qu'on relit à ses heures d'ennui.

Sur les premières pages, le personnage principal était à peine visible, replié en boule sous des forces écrasantes. Sa jeunesse comme un dessin gribouillé par un fou, entre un père toxique et une drogue dure. La bande dessinée ne devenait lisible qu'après sa cure de désintoxication au Pavillon Chevrette. Le dessin prenait des couleurs, les dialogues sortaient des simples onomatopées. Il en avait fini avec l'héroïne. Le gribouillis devenait une ligne claire. La reprise des études élargissait encore les cases. Bien des pages plus tard, Kader entrait au Cern, puis progressait jusqu'à devenir ingénieur. Les dessins se faisaient plus techniques, plus précis. De nouveaux personnages apparaissent. Mais le plus bel épisode, c'était l'irruption du personnage de Victoire.

Ils avaient vite compris qu'ils ne pourraient pas vivre ensemble. Leur couple était comme une collision de particules, fructueuse, passionnante, mais les laissant chacun en morceaux. Lui aurait voulu continuer l'expérience, Victoire n'avait pas la patience pour ce genre de débordements. Ils s'étaient promis d'être toujours là l'un pour l'autre. Il n'aurait pas pensé que, de case en case, quinze ans plus tard, ça le ramènerait en prison.

Il partageait une cellule de neuf mètres carrés avec un braqueur entre deux centrales, un certain Coco. Un mec respecté, qui parlait abondamment de ses exploits. Il disait notamment : « Quand tu fais un braquage, chronomètre-toi, parce que le temps, ça fait des loopings dans ta tête, tu sais plus où t'es, tu flippes, alors chronomètre-toi. »

En sortant de prison, Kader avait acheté une montre à quartz. Le chronomètre était configuré pour émettre un *bip* toutes les minutes. En trois minutes, tout devait être fini. Personne n'aurait le temps de le voir.

Kader était enfin dehors, il pouvait marcher au soleil de ce début du mois de mars. Une fois l'opération réussie, il en profiterait. Il avait décidé de parler à Victoire. La vie était trop courte, il ne fallait pas avoir de regret.

Il remit son casque. La circulation se calmait, mais chaque fois qu'il voulait se lancer sur sa moto une voiture réapparaissait.

Alors il reprit dans l'ordre.

Les gants de protection : épais. Le masque sur le visage : étouffant mais indispensable. La lampe torche dans la poche. Dans le porte-bagages, le sac en aluminium, la caisse-coffre, le sac de course. Son téléphone laissé à l'hôtel. Son portefeuille aussi. Il gardait sur lui son permis de conduire, les papiers de l'entreprise de location pour la moto, un ticket de métro, un billet de 20 euros. Et sa montre à quartz.

Maintenant !

Kader part en trombe. Déclenche le chronomètre. L'adrénaline monte. Coco avait raison, le temps s'étire.

La moto s'engage dans la rue de l'Industrie. Arrive devant Plastirec. Aucun salarié dehors, personne pour le voir arrêter la BM, moteur allumé, exactement là où il avait garé son van. Contre une haie de thuyas.

Personne pour voir Kader s'accroupir et plonger ses mains dans la haie.

Un motard habillé de cuir, un casque sur la tête, qui doit avoir fait tomber quelque chose.

Il cherche dans la haie. Ses gestes sont nerveux, les gants le handicapent. Un *bip* : une minute. Il touche quelque chose de dur. Non, c'est une canette rouillée. La jeter plus loin. Respirer. Continuer à fouiller. Le buisson est épais et ce qu'il cherche est noir. Encore une canette, un paquet de cigarettes délavé. Un *bip* : deux minutes. « Putain », dit-il entre ses dents. Il est en nage.

C'était pourtant bien là. Il s'en souvient très bien. Il avait hésité mais il avait pris ses repères : le thuya desséché de la haie. Sauf qu'il n'y a rien. C'est impossible !

Il enlève un gant. Se relève. Il fait un pas sur le côté et voit un autre thuya desséché à deux mètres. Ses doigts plongent à ce niveau. Tout de suite il touche une matière métallique.

Il l'extrait du buisson. L'enveloppe est faite d'une matière souple et dure à la fois, comme un sac de congélation high-tech. La pluie est tombée dessus, il y a des traces de boue qu'il époussette. Mais c'est elle. L'enveloppe en plomb souple, scellée.

Un *bip* : trois minutes.

Kader se relève, regarde à droite et à gauche, rabat la visière de son casque. Une voiture passe sans s'arrêter.

Il ouvre le coffre à l'arrière de la moto. Introduit l'enveloppe dans une caisse en métal de commerçant, et la caisse en métal dans un sac de course, qu'il asperge de produit isolant. Il referme le coffre de la moto sans attendre que la mousse gonfle.

Trois minutes quarante-deux. Il démarre en trombe.

La moto prend l'A46 en direction du nord et roule pendant vingt kilomètres, en respectant la limite de vitesse autorisée. Kader se faufile entre les voitures. Il regarde régulièrement dans son rétroviseur : il ne lui semble pas être suivi, ni par un policier, ni par un quelconque véhicule, ni – il regarde en l'air – par un drone.

Au niveau de Miribel-Jonage, l'A46 continue soit vers Paris, soit vers Genève. Kader ne prend aucune de ces bretelles, mais celle retournant vers le centre-ville. Sa moto fait encore un passage sur le périphérique, comme pour brouiller les pistes. Le soleil de midi tape sur son casque.

Il ralentit l'allure, arrive en face du McDonald's de la Manufacture des tabacs. Gare la moto, entre dans le fast-food, monte à l'étage.

Elle est là, penchée sur des papiers.

Elle lève la tête, elle voit Kader, le sac de course gonflé dans la main. Dans l'autre un soda qu'il a pris le temps de commander. Il a soif.

Voir sourire une amie. Sentir une joue frôler sa barbe. La liberté, les femmes.

Victoire prend le sac et le place au sol, entre ses pieds, puis elle pousse un long soupir. Elle le regarde.

« Eh bien ? Raconte, imbécile. »

Kader sait l'effet que procure sa voix, il fait durer son récit. Elle a changé de coupe de cheveux, se dit-il. On ne peut pas dire que ça lui aille mieux, certains animaux ne pourront jamais être domestiqués. Mais il la complimente.

« Tais-toi, je te déteste. »

« Tu n'as plus de raison de me détester. Tout est terminé. »

« Tu ne me caches plus rien cette fois ? »

« Non, je te le promets. »

Il la sent soulagée, émue aussi, et bien sûr un peu énervée, comme elle l'est toujours.

« Que tu n'aies rien dit à Maïa, passe encore, mais moi... Moi tu aurais pu me prévenir ! »

« Comment ? Par un parloir qu'on n'a jamais pu obtenir ? Les flics n'attendaient que ça. Moins vous en saviez, mieux ça valait. »

« Ouais... »

« Victoire, les choses ne peuvent pas toujours se passer comme tu le veux. »

« Oh, j'ai appris l'humilité depuis six mois... Mais jeter mon cristal dans un fourré, tout de même ! »

« J'ai senti que la police allait nous tomber dessus. »

« Mais comment pouvais-tu en être sûr ? »

« Dès que la sirène a retenti, j'ai compris que ça allait mal tourner. Le patron nous avait repérés en sortant... et puis ce blessé... Mais la sirène surtout. Elles sont reliées à des postes de police, voire à des caméras de surveillance. »

« Tu en sais des choses. »

Kader se gratta la barbe.

« J'ai eu une vie avant d'être ingénieur... »

« Je sais qui tu es, Kader », dit Victoire avec une douceur inattendue.

« Tu ne veux pas l'admettre, mais j'ai eu raison. Le cristal était mieux caché dans un buisson au cœur d'une haie de banlieue où personne ne passe jamais à pied, même pas un jardinier, qu'entre nos mains. »

« Mais pourquoi ne pas l'avoir dit à Maïa ? »

« J'étais pris par le temps ! J'ai voulu la prévenir que le cristal n'était pas dans la mallette. J'ai crié... mais je n'ai pas pu finir ma phrase. Les flics nous ont barré la route. L'important, c'était que les flics ne l'arrêtent pas, non ? »

« Oui, acquiesça Victoire. Tu as très bien fait. Maintenant qu'on a récupéré cette saloperie, on va pouvoir s'en débarrasser. »

Elle avait dit ça d'un ton triste. Dans la salle du McDo, les étudiants de l'université toute proche riaient, mangeaient des frites, se montraient des vidéos sur leurs téléphones. Kader posa ses doigts sur le poignet de Victoire et le secoua tendrement.

« À quoi tu penses, Vickie ? »

Il avait parlé plus bas, telle une contrebasse qu'on aurait juste effleurée.

« À notre équipe, celle qui a découvert le cristal. Nous étions trois. Bartolomeo est mort. Frida m'a trahie, c'est officiel. Elle se lance dans une start-up à Zurich. Il ne reste que moi au Cern. Je suis la seule survivante, en somme. »

Elle ajouta d'un ton plus ferme :

« Je vais arrêter la recherche sur les cristaux scintillateurs. »

Kader éclata de rire.

« Bien sûr que non tu ne vas pas arrêter ! Et tu le sais très bien. Tu vas continuer à chercher et aller d'échec en échec, jusqu'à la réussite. »

Victoire soupira et se cala contre le dossier de la banquette.

« Maïa me disait la même chose... »

« Comment va-t-elle ? » demanda Kader.

« Je pense qu'elle ne dort pas beaucoup. »

Il y eut un silence.

« Tu sais qu'elle a été réembauchée à *Comprendre* ? C'est une bonne nouvelle pour elle, dans cette drôle de période. Sa meilleure amie est devenue rédactrice en chef. Je n'ai pas saisi les détails mais elle est contente. »

« Elle est courageuse, dit Kader. C'est toujours d'accord pour la manœuvre demain ? »

« Oui. Je la retrouve à 10 h 30 au crématorium. »

« Tu es sûre que les pompes funèbres accepteront ? »

« Oui. J'ai négocié avec les employés du centre funéraire. J'ai fait passer ça pour un rite d'un coin reculé de Calabre. Un dernier adieu. »

CHAPITRE 47

Maïa

Le crématorium de Lyon a été construit au début du XXe siècle en suivant la mode néo-classique. Maïa lui trouva quelque chose de romain : massif, pompeux, solide. Le four, à sa droite, était d'une architecture plus élégante. Un parallélépipède blanc, comme un morceau de sucre géant. Aucune fumée n'était visible en haut de la cheminée percée de trois bouches d'aération. Pourtant il y avait quatre cérémonies ce matin-là.

Maïa prit le temps de faire quelques pas dans le cimetière. Il flottait une odeur de fleurs. Quelque chose de sucré. Le printemps était arrivé, ou du moins sa première phase, celle des bourgeons et des jonquilles, des amandiers blancs sur les talus, celle qui nous arrête d'un parfum de violettes ou d'une averse soudaine. Avant que l'été ne devienne canicule et finisse par figer toute vie, il y a cette première poussée du printemps qui met au cœur un sentiment douloureux et presque irritant, mélange de joie de vivre et de regret d'être un animal civilisé, et non un oiseau, une graine, un arbre.

Maïa revint vers le crématorium. Il était 10 h 30 à sa montre. Une famille endimanchée se rassemblait sur le parvis. Des enfants jouaient à se poursuivre, mais sans pousser de cris, les adultes leur ayant sans doute fait la leçon auparavant. Sur une table pliante, un cahier de condoléances. On avait posé à côté une photo montrant une dame âgée avec deux petits-enfants sur ses genoux. La défunte souriait. L'ambiance semblait paisible, la mort naturelle. Le chagrin était contenu.

Soudain, quelqu'un lui toucha le bras.

« Victoire ! Tu m'as fait peur. »

Sa tante avait un attribut nouveau : un sac à main. Maïa, devinant ce que ce sac en cuir contenait, ne put s'empêcher d'avoir un mouvement de recul.

« Tu vas y arriver ? » demanda Victoire.

« Oui, ne t'inquiète pas. »

« Alors allons-y. On n'a pas beaucoup de temps. »

Elles entrèrent dans le hall, une vaste pièce dotée d'un comptoir en bois et de photographies de bougies sur les murs. Quatre hommes parlaient dans un coin.

Le personnel du crématorium était entièrement masculin, vêtu de costumes sombres et de chaussures brillantes. Le plus grand, doté d'une barbe qui se confondait avec sa chevelure, semblait raconter quelque chose de drôle à un employé plus jeune, qui s'efforçait de rire le plus discrètement possible. Tous avaient des épaules larges et aucun ne devait dépasser 35 ans. Maïa se demanda si les agents funéraires étaient recrutés pour leur capacité physique ou s'ils devenaient musclés à force de porter des cercueils. Elle resta à les observer pendant que sa tante se renseignait. D'une certaine manière, plus que les enfants courant sur le parvis, ces hommes pour elle représentaient la vie, la vie pleine et entière, avec ses heures d'ennui, ses moments de travail, ses efforts physiques, ainsi que cette politesse dont nous devons faire preuve les uns envers les autres, comme parler à voix basse en certaines circonstances, pour ne pas blesser des cœurs, même inconnus, autour de vous.

« Vous êtes Mme di Natale ? »

Un cinquième salarié, de carrure plus modeste, avec des lunettes dorées, venait d'entrer. Il se présenta comme le « maître de cérémonie ».

« C'est vous qui avez demandé de pouvoir vous recueillir avant la pose des scellés ? »

« Oui. C'est ma fille », dit Victoire, une main sur l'épaule de Maïa.

Elle eut à ce moment un regard tout à fait maternel. Maïa se troubla, ce qui rendit le subterfuge encore plus crédible.

« Suivez-moi, je vous en prie. »

L'homme sortit du hall par une porte à double battant. Il guida les deux femmes dans un long couloir. Sa démarche était lente et cérémonieuse, comme s'il ouvrait le défilé du 11 Novembre. Au bout du couloir, il poussa une porte blanche et les fit entrer dans une pièce basse et voûtée. Du lambris couvrait les murs jusqu'à la taille. Les fenêtres ressemblaient à des hublots.

Un cercueil, ouvert sur le tiers de la longueur, était posé au pied d'une estrade.

« Vous avez un quart d'heure », dit l'agent funéraire avant de s'éclipser.

Maïa ne put s'empêcher de trembler. Sa tante, avec une délicatesse surprenante, le sentit et lui serra fort le bras. Elle-même était oppressée. Les deux femmes pouvaient voir le visage du mort, et ses deux mains croisées sur sa poitrine.

« Il n'y a pas de caméras ? »

« Non, dit Maïa. Il n'y en a que dans la salle d'introduction, pour que la famille voie le début de la crémation. Pas dans les salles de recueillement. »

Elles parlaient bas et portaient des gants sombres qu'on aurait pu prendre pour des gants ordinaires, des gants de veuves noires.

Victoire avait posé son sac à main sur une chaise et tentait de sortir de la caisse l'enveloppe que Kader y avait mise. Maïa restait figée devant le défunt. Depuis la mort de sa mère, elle n'avait jamais vu un cadavre de si près ; et jamais celui d'un homme. Elle entendait derrière elle Victoire gratter quelque chose.

« Enfin ! Putain, il nous aura emmerdés jusqu'au bout, ce truc-là... »

Maïa fronça les sourcils et se retourna. Sa tante lui glissa dans la main droite une enveloppe souple et dure à la fois. Elle fut étonnée de son poids, bien plus lourd qu'elle ne s'y attendait.

Résistant à la tentation de soupeser le cristal et de chercher avec les doigts à deviner la forme des éclats, Maïa, comme une automate, déposa l'enveloppe sur la poitrine du mort. « Le plus vite possible », avait dit Victoire.

On toqua à la porte. Le maître de cérémonie entra, accompagné d'un homme d'une cinquantaine d'années. Celui-ci n'était pas habillé en costume noir, mais en jean, et avait avec lui une sorte de valise.

« Mesdames, l'agent municipal doit procéder à la pose des scellés. Vous pouvez rester mais vous pouvez aussi sortir. »

« Nous restons », dit Maïa sans marquer aucune hésitation.

Le maître de cérémonie s'avança. D'un geste précis et précautionneux, il rabattit le couvercle. Le mort disparut.

L'agent municipal fit le tour du cercueil en s'assurant de sa fermeture. Il posa une longue vis à chacune des extrémités, puis sortit d'une pochette un tube de cire rouge et un briquet. Avec son briquet, il alluma la cire et l'apposa brûlante sur les deux vis, avant de plaquer par-dessus un sceau. Une odeur agréable avait rempli la pièce. Maïa n'aurait pas pensé que les scellés étaient encore exécutés de manière si traditionnelle, avec une cire rouge, et que le dernier geste de l'administration au terme d'une vie serait ce geste presque médiéval, même dans un cadre aussi dépourvu de charme qu'une salle de crématorium.

Deux autres salariés entrèrent dans la pièce. Ils saisirent le cercueil par les poignées.

C'étaient des poignées à moulures que Bastien avait tenu à payer lui-même, sinon personne, avait-il dit, ne le ferait. Elle avait trouvé ça généreux de sa part, surtout après ce qu'il avait vécu.

Maïa recula d'un pas. Le cercueil passa devant ses yeux. Sur le couvercle était apposée une large plaque dorée. On pouvait y lire en lettres noires et en italique le nom du défunt :

Venerio Malgoni
1991-2022

Quand tout fut fini, Maïa rejoignit Kader qui les attendait devant le columbarium. Il n'avait pas changé – peut-être sa barbe était-elle devenue un peu plus blanche. Il avait une paire de jumelles en bandoulière.

« Tu regardais quoi ? »

« Si des flics étaient là, qui prendraient des photos. »

Maïa sourit.

« Tu sais que l'enquête est close depuis qu'une sœur de la victime s'est manifestée ? »

Kader haussa les épaules, l'air de dire : On n'est jamais trop prudent avec la police.

« Ainsi, Malgoni a pu assassiner son amant, et il a fallu deux mois avant que sa famille s'inquiète… »

Maïa cligna des yeux en signe d'approbation.

Ils marchaient dans le cimetière fleuri, et elle se sentait comme auprès d'un oncle qu'on voit rarement mais toujours avec plaisir.

« Moi, continua Kader, j'espère qu'on s'inquiétera plus tôt si je disparais. »

« Mais tu ne vas pas disparaître ? »

« Non, s'exclama-t-il. Victoire ne m'en a pas donné l'autorisation. »

Leurs regards se reportèrent sur l'allée. Victoire revenait enfin, suivie par le grand employé barbu. La crémation n'avait pas produit de panache de fumée. Les filtres modernes empêchent la diffusion des matières lourdes comme le mercure et d'autres toxines ; la fumée est invisible.

Victoire s'était bien renseignée : le crématorium était l'endroit idéal pour en finir avec le cristal bleu. À 900 degrés, rien ne survit. Au bout de quatre-vingt-dix minutes de combustion, les os calcinés sont sortis du four. À l'aide d'un aimant au bout d'une perche, un employé attire les matières métalliques restantes du cadavre : prothèse, alliage dentaire, stérilet… tandis que tout le reste est versé automatiquement avec les os dans une machine à pulvériser. Tout finit en poussière et tient dans une urne. Une vie compactée.

Victoire la tendit à Maïa. Autant le cristal lui avait semblé lourd, autant l'urne lui sembla légère. Elle s'avança et la plaça dans la case ouverte. L'employé la referma.

Quand il fut reparti, Kader dit avec un soulagement audible :

« Bon, c'est terminé ? »

Victoire ne répondit pas. Elle se tenait immobile devant cette case de vingt centimètres cube où demeuraient les restes de son expérience scientifique. Puis elle s'avança et tapota la dalle, comme pour dire merci, ou peut-être pardon, avant de se retourner.

« Allez, je vous offre un verre. Je vous dois bien ça. »

Ils s'assirent en terrasse route de Vienne, dans un bistrot où une télé diffusait un match de foot. Le serveur suivait sur son téléphone un pari sportif qu'il venait de faire et un habitué lui disait : Tu te fais entuber, tu te fais entuber. Au loin on percevait la rumeur des trains passant sous le pont routier et partant pour la vallée du Rhône.

Maïa demanda un Perrier, Kader une bière. Victoire aussi, en se débattant avec son sac à main.

« Tu as eu Bastien ? » demanda-t-elle.

« Il n'a pas répondu. Il doit dormir. »

« Il dort encore beaucoup ? »

« Pas mal, oui. »

« En fait, ce n'est pas un homme que tu as chez toi, mais deux chats », dit Kader d'un air taquin.

Victoire rit comme s'il avait fait une blague particulièrement drôle – ils avaient tous besoin de se détendre un bon coup. Elle passa sa main sur le bras de Kader, qui lui tapotait l'épaule, puis se mit à parler de ses recherches en cours au Cern.

Maïa n'écoutait pas. Elle était inquiète que Bastien ne réponde pas à ses appels. Il lui avait demandé de le tenir au courant, il tenait à savoir...

« Je vais passer au journal, puis rentrer », dit-elle.

« File, ma grande, dit Victoire. Tu en as assez fait. »

« Laisse-nous entre vieux », ajouta Kader.

Maïa se leva. Il lui sembla en effet, même si elle n'eut pas le temps de s'attarder sur cette impression, que Victoire et Kader avaient envie d'être seuls.

La jeune femme décrocha son vélo. Elle se sentait anxieuse.

Elle aurait dû se rendre à *Comprendre*, mais elle préféra appeler Florence, elle irait l'après-midi. Depuis que les jumeaux avaient retiré leur argent du capital, lui laissant le journal en plein déficit, Florence était toujours aussi adorable, mais plus envahissante. Le pari qu'elle avait fait, en rachetant leurs parts, de remonter la courbe des abonnements reposait à présent sur elle. Sur elle et sur Maïa, à qui elle avait demandé de la rejoindre. Elle avait accepté tout de suite – quand bien même elle n'avait guère la tête au travail... « Tu devrais faire un papier sur la chimie de l'amour, disait Florence, vu que tu ne penses qu'à ça. »

C'était vrai. Elle ne pensait qu'à ça. Elle avait eu si peur que Bastien meure.

D'abord quand l'ambulance l'avait évacué, puis à l'arrivée du neurologue, le docteur Pristen. Son diagnostic était peu rassurant. Il avait commencé par des traitements pour les yeux, ce qui avait été assez efficace. Sa méthode était humble, « la médecine n'est pas une science, mais une pratique », disait-il. Pour lui, le plus inquiétant était que Bastien ait des trous de mémoire. Il lui avait fait passer beaucoup d'examens, mais il avait autorisé Victoire à intervenir à sa manière : « Vu la complexité du cas, ça ne peut pas faire de mal. » L'état de santé de Bastien avait véritablement commencé à s'améliorer quand sa tante avait trouvé le moyen de créer le cristal A'.

Maïa lui avait raconté tout ce que lui avait dit Frida Böbinger. D'après Victoire, il était impossible d'inventer une histoire pareille, il y avait forcément une part de vrai. En déviant le raisonnement de la chimiste, elle avait réussi à fabriquer ce cristal absorbant.

Au bout d'une semaine de ces traitements conjoints, Bastien n'avait plus ces absences qui inquiétaient tant Pristen. Le neurologue avait accepté qu'il sorte du CHU à condition qu'il reste à proximité. Giorgio avait trouvé tout naturel de l'accueillir et Maïa l'avait installé dans sa chambre. Elle-même devait repartir à Lyon pour voir Florence. Cela lui faisait bizarre de laisser Bastien chez son père, alors qu'ils se connaissaient à peine. Mais le vieil anarchiste italien et l'inspecteur du travail catholique trouvaient beaucoup de choses à se dire. Son père était content de s'occuper de lui, il lui faisait des petits plats.

Quand elle était revenue trois jours plus tard, elle les avait trouvés sur la terrasse, en pleine discussion sur la Vierge Marie.

« Je vous dérange ? »

Les deux hommes l'avaient regardée, et elle n'aurait pas su dire lequel avait dans ses yeux le plus d'amour.

Une semaine plus tard, Victoire était revenue avec un nouveau cristal. Pristen avait refait faire des examens à Bastien et l'ordonnance était devenue plus légère. Enfin, Bastien avait pu rentrer à Lyon. Il ne voulait pas retourner dans son appartement – trop de mauvais souvenirs, disait-il. Alors il s'était installé chez elle.

Elle gara son vélo rue Saint-Georges et monta au quatrième étage.

Elle ouvrit la porte.

Bastien était dans le salon. Il dormait, Pito à ses côtés.

Elle reprit son souffle. Elle avait eu peur. Alors qu'il était là, simplement allongé sur son canapé.

Son téléphone était tombé au sol. Elle le récupéra, fit glisser un doigt sur l'écran et vit qu'il était sur silencieux. Elle le reposa à côté d'un roman ouvert sur la tranche, d'une boîte de médicaments et d'un bol de café à moitié plein.

Bastien avait investi son appartement. Il avait rencontré Florence. Il nourrissait Pito. Bastien était près d'elle, tous les jours. Elle ne vivait plus seule. Ce n'était peut-être que provisoire, le temps de sa convalescence, mais le phénomène n'en était pas moins étonnant. Car la place qu'il avait prise ne lui en avait enlevé aucune. Comme si sa présence avait juste révélé un espace libre qu'elle n'avait jamais vu en elle.

Maïa lui saisit une mèche de ses cheveux qu'elle replaça derrière son oreille, puis posa un baiser sur son front.

« Tu es là ? dit-il en se réveillant. Ça s'est bien passé ? »

Elle sourit et s'assit près de lui.

« Oui, comme sur des roulettes. »

« Vraiment ? Rien de louche ? Ta tante était contente ? »

« Très. Pour une fois tout s'est déroulé comme elle l'avait imaginé. »

Elle lui raconta la crémation puis, avec cette inflexion de voix qu'elle prenait parfois avec lui, ou plutôt qu'elle s'était découverte, une voix douce et presque suppliante, qui lui faisait un peu honte mais qu'elle assumait, comme elle assumait ses sentiments, elle demanda :

« Comment tu vas ? J'étais inquiète que tu ne répondes pas. »

« J'ai eu une insomnie cette nuit... »

Il posa ses mains sur ses épaules, l'attira à lui.

« Mais je vais bien, très bien même. L'avocate a appelé pour dire que mon dossier allait être classé. »

Bastien lui caressait maintenant la poitrine. Elle titillait son col de chemise, qui était mal mis. Il l'attira encore un peu plus contre lui et glissa une main dans son jean.

Il fallait toujours qu'elle se force pour s'arracher à lui.

« Après ! dit-elle. Je n'ai rien pu avaler ce matin et j'ai faim. »

« C'est une bonne maladie. »

Elle se leva d'un bond.

« Tu parles comme mon père, ma parole ! »

Pito les précéda dans la cuisine. Il sautillait sur ses pattes, à croire qu'il était heureux d'avoir deux maîtres. Surtout que l'un restait dans l'appartement pour lui tenir compagnie.

Maïa ouvrit le frigo.

« J'ai préparé une salade », dit Bastien en s'accoudant à la porte.

« C'est gentil mais ça ne va pas me suffire. »

« Je sais. Tu es insatiable ! »

Elle fit deux pas vers lui. Il se recula pour éviter le coup de poing qu'elle fit semblant de lui donner, et attrapa sa main pour l'attirer contre lui. Ils s'embrassèrent à pleine bouche. Il avait des lèvres douces. Elle sentit toute sa peur disparaître, comme aspirée. Il avança plus loin sa langue et elle finit par se dégager en disant : « Arrête, je te déteste quand tu fais ça. » Il rit en la traitant de menteuse. Maïa s'échappa de ses bras.

Bastien la regardait. Elle était beaucoup plus détendue à présent. Elle parlait de Kader, de sa tante, du prochain dossier de *Comprendre*, qui porterait sur les exoplanètes. Bastien ne retint qu'une chose : qu'ils avaient deux heures avant qu'elle ne reparte au bureau. C'était assez pour manger et pour faire l'amour. Il s'avança dans la cuisine en faisant attention à ses gestes, car il lui arrivait encore d'être pris de tremblements, et, tout en lui répondant, tout en lui souriant, il saisit deux assiettes et les déposa sur la table, l'une à côté de l'autre. Pito pendant ce temps s'était juché sur le rebord de la fenêtre, comme s'il contemplait le platane bourgeonnant, les corneilles qu'il abritait. Derrière lui, la femme parlait, l'homme riait, une fourchette tombait, le thermostat du frigo se faisait entendre, deux verres s'entrechoquaient et un nouveau rire fusait. Mais dans ses oreilles de chat, les voix et les sons se confondent ; l'homme, la femme, les cliquetis des objets, le murmure de la circulation s'entremêlent pour ne faire plus qu'une seule musique, qu'un fondu : le doux bruit de la présence humaine.

Remerciements

Isabelle Desesquelles et la maison De Pure Fiction (Lot) – Ian Dufour (DDETS du Rhône) – Pr Étiennette Auffray et le service de presse du CERN – Pr Kheirreddine Lebbou (institut lumière matière-Lyon 1).

14410

Composition
NORD COMPO

*Achevé d'imprimer à Barcelone
par* CPI Black Print
le 4 mai 2025

Dépôt légal mai 2025
EAN 9782290408285
OTP L21EPLN003754-635844

ÉDITIONS J'AI LU
82, rue Saint-Lazare, 75009 Paris

Diffusion France et étranger : Flammarion